David Lodge

THERAPY

[英]
戴维·洛奇
———— 著

罗贻荣
———— 译

新星出版社　NEW STAR PRESS

以爱
献给爸爸

在我为创作这部小说进行的研究中和作品的创作中，许多人提供了热心的帮助，他们解答我的问题，或者阅读手稿并提出意见。这里我要对玛丽·安德鲁斯、伯纳德·伯冈兹、安妮·伯冈兹、艾萨克·温克尔·霍尔姆、迈克尔·保罗和马丁·沙德洛表示特别的感谢。

小说事件发生的地点像往常一样，是现实与想象结合的产物，但书中人物和他们的行为纯属虚构，只有第四部里简短提到的电视实况报道节目撰稿人可能是个例外。

戴维·洛奇

Therapy：对身体的、精神的或者社会的紊乱或者疾患进行处理。

——《科林斯英语词典》

"你知道吗，索伦？你什么事也没有，就是你那爱佝着背的傻习惯。只要你把胸膛挺起来，站直身子，病就会好了。"

——克里斯蒂安·伦德，索伦·克尔凯郭尔之舅

"写作是一种治疗方式。"

——格雷厄姆·格林

第 一 部 分

好了,开始吧。

1993年2月15日,星期天,上午。二月温和的天气引出了冬眠的松鼠。庭院里枝桠光秃的树成了它们冒险的乐园。我书房的窗外有一棵栗子树,我看着两只松鼠在树上玩捉迷藏的游戏:一会儿盘旋着爬上树干,在枝杈间闪转腾挪,声东击西;一会儿沿着一根枝条仓皇出逃,跳到旁边的树上,然后头朝下从树干上急速下窜,又突然在半中腰停下来,一动不动,爪子像维克罗魔术贴一样紧紧抓住粗糙的树干;一会儿又飞一样地互相追逐着跑过草坪,前面的松鼠左躲右闪,不时来一个急转弯,试图摆脱后面的松鼠。最后,它们冲向一棵加拿大白杨的树干,箭一样射向树梢,落在有弹性的细枝上,保持住平衡,轻摇着身体,冲对方满意地眨巴眼睛。这是纯粹的游戏,毫无疑问。它们只是在戏耍,在操练它们的灵敏性,完全是为了好玩。如果有转世这种事,我不介意来世做松鼠,它们的膝关节一定像淬过火的钢一般柔韧。

我第一次感到疼大约是在一年前。那时我正要离开位于伦敦的公寓,去赶八点十分从尤斯顿发来的火车,我急匆匆地在四个房间里进进出出,将手稿和脏袜子塞进手提箱,关上窗户,灭掉电灯,重新设置中央空调的计时器,将纸盒里剩下的牛奶倒进洗碗池,沿马桶内壁倒入三尼拉夫牌洁厕灵——简单地说吧,我正在执行"离家须知"清单里的程序。那个清单是莎丽开的,她用黄色的表情符号冰箱贴将它固定在冰箱门上。就在这时,我的膝盖出现一阵剧烈的、刺骨的疼痛,就像有一根烧红的针刺进了我的右膝深处,然后又拔了出来,留下一阵迅速减弱的后燃感觉。我突然发出一声尖叫,翻倒在床上(那时我正在卧室里)。"天哪!"我的声音很响,尽管此时我独自一人,"这他妈是怎么啦?"

我小心谨慎地①站起来。(应该是"gingerlyly"吗?不,我查过了,形容词和副词是同一种形式。)我小心谨慎地站起来,将身体的重量都转移到右膝上试了试,往前走几步(那真是个有趣的词,跟生姜没有一点关系,我一直以为它的意思是品尝生姜时的样子:非常小心,将湿手指在生姜上蘸一蘸,然后用舌尖舔舔手指。可是不对,据认为它来自古法语 genson,意思是美味佳肴,或者 gent,意思是贵族出身。这两个词都不适用于我要表达的意思)。我往前走了几步,没有特别费力,我耸耸肩膀,轻蔑地将它理解为某种反常的神经抽搐,就像你有时候转过头在汽车后座上找什么东西时脖子会出现的那种疼痛性痉挛一样。我离开公寓,上了火车,此后再也没有想到过它。

大约一个星期后,我正在书房里工作,我的双腿在书桌底下交叉着,我又感觉到了它,右膝盖那种突如其来的刺痛。我疼得一时喘不过气来,接着深深地吸了一口气,然后随着一声响亮的"见——鬼!"呼出来。从那时起,这种疼痛变得越来越频繁,而且出现时仍然没有任何先兆。在我预计它发作的时候它从来都不疼——比如在我打高尔夫球或网球的时候——可是它会刚好在一场

---

① 原文为"gingerly",ginger 有生姜之意。

运动之后发生：当我在俱乐部的酒吧喝酒的时候，或者开车回家的时候，要不就是一动不动坐在书房里的时候，或者在床上躺着的时候。它有时候在半夜疼得我叫出声来，以至于莎丽以为我做了噩梦。说起噩梦，实际上它大概是我唯一没有的东西。我有抑郁、焦虑、恐惧症、盗汗、失眠，可就是没有噩梦。我从没真的做过多少梦。或者简单来说——据我的理解——我记不住我的梦，因为人睡觉时一直都在做梦。他们是这样说的。这就像我的大脑里有一台电视机整夜开着但却没有人看。梦频道。我真希望我可以把那些节目录下来。也许我能从中找到一条线索，借此弄清我出了什么毛病。我不是指我的膝盖。我是指我的大脑。我的灵魂。

在有了所有其他麻烦之后，现在又得加上神秘的膝盖痛，我感到日子有点难过。应该承认，在身体方面，可能会有更糟糕的灾难降临到你的头上。比如，癌症、脑脊髓多发性硬化、运动神经元疾病、肺气肿、老年痴呆症和艾滋病。这还不算那些先天性的疾病，像肌营养不良症、脑瘫、血友病、癫痫症。更不用提战争、瘟疫和饥荒。有意思的是，想到这些并不能让你膝盖上的疼痛减轻些。

这大概就是他们所说的"同情疲劳"，这种观点认为，每天都有数不清的人类苦难从媒体上扑面而来，以至于我们的神经开始麻木，我们耗尽了所有同情、愤怒、义愤的库存，现在唯一能感觉到的只有自己膝盖上的疼痛。我还没有麻木到那种地步，还没有完全到那种地步，但我知道他们说的是什么意思。我收到了许多慈善团体寄来的捐款呼吁书。我想他们一定互相交换了捐助者的姓名和地址：你只消向一个组织捐款，还没等你明白过来是怎么回事，就有一封接一封的信开始被送进你的信箱了，快得你都来不及取。乐施会、天主教海外发展基金会、联合国儿童基金会、救助儿童会、皇家盲人协会、红十字会、帝国癌症研究基金会、肌营养不良症协会、流浪者基金会，等等，等等。信封里全都装着打印的信件和用再生纸做成的传单，传单上印着一些黑白照片，照片上不是一些饿得骨瘦如柴、头像老人一样的黑人婴儿，就是坐在轮椅里的年轻人，又或是看上去处于眩晕状态的难民、拄着拐杖的截肢者。一个人如何抵挡得了这潮水般涌来的人类悲情惨状？好吧，我来告诉你我是怎样做的。你每年向某个机构认捐一千英镑，他们会给你一个特别的支票本，你可以用它签支票捐给你选定的慈善组织。他们还会将你曾为这些钱交过的税返还给你，你的一千英镑就突然变成了一千四百英镑。所以我每年都要将这一千四百英镑分成若干小份：五十英镑给索马里的饥饿婴儿，三十英镑给波斯尼亚遭强奸的受害者，四十五英镑给孟加拉国购买水泵，二十五英镑给巴塞尔顿①的一个戒毒所，三十英镑用于资助艾滋病研究……如此这般，直到支票账户里的钱用完。这样做就好像试图用一盒面巾纸吸干海洋里的水，但它可以预防同情疲劳。

当然，我捐得起的钱要比这多得多。以我目前的收入，我每年捐得起一万英镑，就算那样也不会伤筋动骨。其实，我可以全都捐掉，可那仍然不过是一盒面巾纸。所以我把大部分留下来，用它支付开销，包括自费治疗我的膝盖。

我首先去找了我的全科医生。他推荐我去做理疗。一段时间

---

① 英国东南部一小镇。

后,理疗医生推荐我去找会诊医生。会诊医生推荐我去做关节内窥镜手术。那是一种高科技的显微手术,全部由电视和纤维光学仪器完成。外科医生把水用泵输送到你的腿里,在里面辟出一个类似于工作室的空间,然后将三个针一样粗细的器械插进去。其中一个器械顶端有一个摄像头,另一个是切割工具,还有一个是用来将碎屑吸出来的泵。这些器械是那样的精细,以至于肉眼分辨不出它们的区别。手术后,它们插进去的地方甚至用不着缝针。医生摆动膝关节里的微型摄像头,通过它在电视监视器上观察什么地方出了毛病,然后切去碎裂的软骨、软组织、骨刺或任何导致病患的东西。我听说有的病人做了局部麻醉后在电视监视器上观看整个手术过程,但我不想那样做,并这样对医生说了。尼扎尔用安慰的眼神冲我笑笑。(这是我的矫形手术会诊医生的名字,尼扎尔先生。我叫他"膝盖就是我们"[①]。当然,不会当面这样叫他。他来自中东,黎巴嫩或叙利亚,要不就是中东别的什么地方,不过从他的口音里已完全听不出他的中东背景。)他说我可以做全麻,但他会给我一盘手术的录像带让我带回家。他一点也不是在开玩笑。我知道现在人们把婚礼、命名礼和假日用摄像机拍摄下来,而不是照照片,可是我不知道连手术也要拍下录像。我想你可以把那些录像稍加编辑,然后邀请周围的朋友在品尝过酒和奶酪后一同观看。"这是我的阑尾切除手术,那是1984年,要不就是1985年⋯⋯很有趣,不是吗?⋯⋯这是我的心脏外科手术,啊呀,镜头有点晃动⋯⋯下面是多萝茜的刮宫手术⋯⋯"(备忘:这里面可以找到《邻居》的构思吗?)我对尼扎尔说:"你也许可以搞点第二职业,对那些自己没动过手术的人做点小

[①] "膝盖就是我们"(Knees'R Us)与"尼扎尔"(Nizar)谐音。

小的录像出租生意。"他大笑。他对这次手术非常自信。他宣称，这种手术有百分之九十五的成功率。我想总有人要成为那倒霉的百分之五。

我在鲁米治总医院做的手术。因为我是私立医院的患者，通常情况下我会去修道院医院，也就是板球场附近的英联保① 医院，但眼下那儿有点人满为患——他们正在翻修一个手术室。所以尼扎尔说他可以在总医院给我快一点安排手术，他每周要在公立医疗系统的医院工作一天。他答应给我安排一个单人病房，因为手术后需要在医院住一天。我同意了。我想尽早了结此事。

那时候是冬天，我上午九点钟坐出租车来到了鲁米治总医院。我一到那儿，就开始后悔没有等候修道院医院的床位。总医院是一座高大阴暗的维多利亚式建筑，外面是黑乎乎的红砖墙，里面涂着粘湿的绿色和奶油色油漆。接待大厅里早已挤满了等待就医的人们，他们颓然坐在一排排塑料椅子上，带着满脸不抱任何希望的神情。我总是把这种神情和公立医疗系统的医院联系在一起。一个男人额头上缠着绷带，血从绷带里渗了出来。一个婴儿在没命地尖叫。

尼扎尔给了我一张小小的胶版纸片，上面潦草地写着他的名字，还有跟我约定的日期和时间——我想，用它来作为一家医院的入院许可证，未免有点滑稽可笑。我怀疑它是否管用，但接待员好像还认它，并指示我去四楼的一间病房。我上了电梯，到了二楼，一个面相严厉的护士也上了电梯，她要我下去，并指出这个电梯是医护人员专用的。"你要去哪儿？"她问我。"3J病房。"我回答，"我要

---

① 全称为"英国联合节约保险协会"，是一个为长期投保人支付在私立医院的治疗费用的保险协会。

做一个小手术。是尼扎尔先生的病人。""噢,"她带着一丝鄙夷的神情说,"你是他在私立医院的病人,是吗?"我得出一种印象,她对私立医院的患者在公立医疗系统的医院里接受治疗很不以为然。"我只来住一晚上。"我想平息她的怒气。她发出简短的、咆哮似的大笑,这让我感到不安。原来就是她负责3J病房。我有时候真的怀疑接下来一个半小时的酷刑是不是出自她的精心策划。

我坐在病室外面靠墙的塑料椅子上,二十分钟后,才有一位瘦瘦的、身穿坐诊医生白大褂、脸拉得很长的亚裔年轻女人来记录我的详细情况。她问我有没有过敏症,并将一个写有我名字的小牌子系在我的手腕上。接着,她把我带到一个狭小的、有两个床位的房间。房间里有一个穿着条纹病号服的男人,他躺在其中一张床上,脸朝向墙。我正要抗议,因为有人答应过给我一间单人病房,这时他转过头来看我们,我发现他是个黑人,很可能是加勒比人。我不希望被人看成种族主义分子,于是把抱怨咽进了肚子里。坐诊医生吩咐我脱下所有衣服,换上那种背后开襟的长袍病号服,它就放在空着的那张床上。她要我取下假牙、玻璃眼珠、假肢或身上可能有的其他看不见的类似附件。接着她出去了。我脱下自己的衣服,穿上病号服。加勒比人嫉妒地看着我。他告诉我他三天前就住进了医院,是来做疝气手术的,但进来以后就再也没有人走近过他。他好像跌进了英国公立医疗制度的某种黑洞。

我穿着病号服坐在床边,感觉到衣服紧紧地绷在腿上。加勒比人转回脸去,似乎进入了浅睡眠,偶尔发出哼声和哨音。那位年轻的亚裔女医生回到房间,对照她的记录查看我手腕上的牌子,好像她从没见过我似的。她再次问我是否有过敏症。我对这家医院的信任感迅即消失。"那个人说他来这儿已经三天了,可是没有人看他一

9

眼。"我说。"嗯,他至少还可以睡觉,"医生说,"比我过去三十六小时里睡得多多了。"她再次离开了房间。时间过得很慢。冬日低垂的阳光从肮脏的玻璃窗外射进来。我看着人造革地板上窗框投下的阴影缓缓移动。这时,一个护士和一个推着轮式担架的搬运工来接我去手术室。年轻的搬运工是本市人,有着一张通宵玩牌者那样病恹恹、毫无血色的脸;护士是个丰满的爱尔兰姑娘,她浆洗过的制服好像太小了,这使她看上去像个轻佻女子。搬运工向我扔来一句本地常用的问候语——"咋样,还行吧?"然后吩咐我快去担架上躺着。我说:"你知道,穿着这身长袍我也可以走路的。我真的一点也不疼。"实际上这一个多星期以来我一次也没有感到过疼。这就是所有这种精神焦虑症的典型特征:一旦你决定治疗,症状立刻消失得无影无踪。"不,我们得推你去,"他说,"这是规定。"我小心翼翼地将病号服的衣襟拢在一起,就像一位爱德华时代的女士调整她的裙撑一样,然后爬上担架躺下来。护士问我是不是紧张。"我该紧张吗?"我问。她咯咯咯地笑了,但没发表任何评论。搬运工检查我手腕上的牌子。"帕斯摩尔,对。右腿截肢,对吧?""不!"我大叫一声,警觉地坐起来。"只是一个膝盖小手术。""他在逗你玩呢。"护士说,"别闹了,汤姆。""只是跟你开个玩笑。"汤姆说。他脸上毫无表情。他们给我盖上毯子,并将毯子裹紧。我的双手被紧裹在身体两侧。"省得过弹簧门时磕着你。"汤姆解释说。加勒比人醒了,一只胳膊肘支起身子,瞧着我们离开。"再见。"我说。我以后再也没有见过他。

你躺在一个担架上,头下没有枕头,会有一种奇怪的孤立无助感。你不知道自己身处何地,也不知道要去往何方。你唯一能做的就是看着天花板,而鲁米治总医院的天花板上又没有什么好景致:

只有那些裂缝的塑料板、剥落的乳胶、墙角的蛛网、灯具上的死苍蝇。那走廊似乎一英里又一英里，没有尽头。"今天我们得走一条景色优美的路了，"汤姆在我的脑袋后面说，"手术室的电梯坏了，不是吗？得用货运电梯把我们带到地下室，从那里到大楼另一侧，再换别的电梯从地下室上去。"那架货运电梯是工业用的超大型号，里面像洞穴一样阴森，灯光昏暗，淡淡地散发出煮白菜和洗衣房的气味。我被推进电梯时，担架的轮子被什么东西卡住了，我突然发现自己正盯着电梯和梯井之间的空当，这架古老机器里面黑乎乎、油腻腻的缆绳和带槽的滑轮赫然在目。这就像一部矫揉造作的蹩脚电影里的镜头，所有的事物都是从不自然的角度拍摄的。

汤姆"哐"的一声关上电梯折叠门，护士按了一个按钮，电梯开始带着吱吱嘎嘎、咿咿呀呀的声音缓慢下降。电梯的天花板甚至比走廊的天花板更让人绝望。我的同行者们在我的视线之外有一搭没一搭地聊着天。"带烟了吗？"护士问道。"没有，"汤姆回答，"我戒了，上周二戒的。""为什么？""为了健康呗。""不抽烟了那你干什么？""使劲做爱呗。"汤姆若无其事地说。护士咯咯地笑了。"不过，我告诉你个秘密，"汤姆说，"我开始戒烟前，在医院到处都藏了烟。万一忍不住了怎么办？地下室里就有一包。""什么牌子的？""本生牌。你想抽就抽吧。""好的，"护士说，"谢了。"电梯颠簸一下，停了下来。

中央空调的机房就在地下室，所以里面的空气又热又干。汤姆推着我在由装着医药用品的纸箱、纸盒和大木箱筑成的高墙之间穿行，我开始在毯子底下出汗。蝙蝠屎一样的蛛网从地下室的拱顶上密密地垂下来。车轮在石板地面上磕磕绊绊地滚动，震动着我的脊椎骨。汤姆停下来去找他藏起来的香烟，和护士一起消失在堆得像山一样高的待洗衣物后面。接下来我听到一声长长的尖叫和扭打的声音，这说明他的那包本生牌香烟不折不扣地得到了回报。我无法相信我会遇到这样的事情。一个私立医院的患者怎么可以受到这样的羞辱？这就好像我买了头等舱的机票，结果发现自己坐在机舱后排挨着厕所的破座位上，还有吸烟者对着我的脸咳嗽（这是个比喻的说法——护士没有胆量真的把烟点着）。更糟糕的是，要是我把我的遭遇告诉莎丽，我不会从她那儿得到任何同情：她根据自己的原则反对私立医院，我加入英联保时她拒绝加入。

我们重新上路，在那个大仓库的迷魂阵里左转右拐，终于又进了一个和大地下室另一端的电梯相同的电梯，缓慢地上升到地面。又是数不清的走廊，漫漫长征——接着，一切都变了个样。我穿过一道弹簧门，一下子从19世纪来到了20世纪，从维多利亚的哥特时代来到了高科技的现代。我好像在一个漆黑一片、横七竖八满是电线的音响舞台的后台跌跌撞撞一阵后，突然踏进了灯火通明、布景优雅的演播台。每样东西都是银白色的，在泛光灯下一尘不染、熠熠生辉。医护人员个个面带笑容欢迎我。他们语调和蔼，处处显示出良好的修养。我被他们灵巧地从担架上抬下来，转移到另一张较为精致的活动床上。我躺在活动床上，被推到了麻醉室的过厅，麻醉师正在那里等我。他让我屈起左臂，一边将一个塑料针管插进我胳膊上的静脉，一边用安慰的语调提醒我可能会有轻微的刺痛。尼扎尔漫不经心地走进房间，身上紧裹着一件淡蓝色的手术长袍，头上拢着一个女用发网，看上去就像一个穿着睡衣的胖主妇，刚从床上爬起来，还没有取下头上的卷发筒。"早上好，老伙计。"他向我打招呼，"一切都还行吧？"尼扎尔说一口无可挑剔的英语，可我想他一定读过不少 P. G. 伍德豪斯①的作品。我正要说，不，到目前为止一点都不行，但这当口似乎不是抱怨接待不周的好时间。而且，一种温暖的、昏昏欲睡的、飘飘欲仙的感觉控制了我。尼扎尔正将我膝盖的 X 光照片举到一个发光的屏幕前察看。"啊，就是它。"他自言自语地嘟囔着，好像从一张快照上隐约认出了一位久违的老友。他走过来，站在麻醉师对面的床边。他们低头冲我微笑。"一个手部连接物。"麻醉师说。我不知道他说的是什么意思。我身上的毯子被拿了下来，不知道他们放了什么别的东西把我的双手固定在我的肚子上。麻醉师拍拍我的手。"好了，很好。"他安慰道，"有的人会握紧拳头，咬手指甲。"尼扎尔掀起我的病号服褶边，挤压我的膝盖。我暗自笑了，正想说个有关性骚扰的笑话，就在这时我失去了知觉。

我醒来时，已经回到了那间有两张病床的病房，但那个加勒比人已经走了，没有人能告诉我他去了哪儿。我的右腿裹着厚厚的绷带，粗得像一只大象腿。莎丽下班后顺道来医院看我，她觉得我这样看上去很好笑。正如我事先想到的那样，我向她讲述上午发生的事情时没有得到她的同情。"让你加塞儿已经是很大的优待了，"她说，"我姨妈艾米丽等着做屁股上的手术都等了好几年了。"稍后，尼扎尔来了，他要求我把腿从床上轻轻抬起来一点。我很轻很轻地——你可能会说，小心谨慎地——把腿抬起来，不需要特别用力，他似乎很满意。"太好了，"他说，"干得绝对漂亮。"

我拄了几天的拐杖，等腿慢慢消肿，又花了几个星期做理疗，并进行有节制的锻炼。恢复股四头肌的力量后，那种周期性的疼痛

---

① P. G. 伍德豪斯（1881—1975），英国幽默小说家、戏剧作家。

又开始像以前一样时常发作。见——鬼！我简直没法相信。尼扎尔也没法相信。他记得他确认了导致病痛的原因——膝关节里一小块破损的叫皱襞的软组织——他已经将它切除。于是，我们一起在他办公室的电视机上观看了手术录像。此前我不想看它。录像中出现了光线强烈的圆形彩色画面，就好像带着强光探照灯从潜艇的舷窗往外看一样。"看，在那里！"尼扎尔叫道。我唯一能看到的就是一条纤细的银鳗正一块一块地啃噬着水生贝类里柔软的贝肉。凶恶的小铁颚猛烈地撕咬着，膝盖里浮起的碎片被吸引器吸出来。我看不了多长时间，电视上的暴力总容易让我呕吐。

"怎么回事？"尼扎尔关掉电视时我说。"嘿，说实话，老伙计，我也搞糊涂了。"他说，"你自己也看到了，是那个皱襞引起的麻烦，你看到我已经把它切除了。没有证据表明关节里有半月板碎片，也不是退行性关节炎。你的膝盖没有什么理由再疼了呀。"

"可是它疼。"我说。

"是的，没错。这真伤脑筋。"

"对我尤其是这样。"我说。

"一定是原发性髌骨软骨部分软化症。"尼扎尔说。我要求他解释什么是原发性髌骨软骨部分软化症时，他说，"髌骨软骨部分软化症指膝盖疼痛，原发性的意思是这种病是你自身特有的，老伙计。"他好像给我一个奖励似的冲我笑了笑。

我问他怎么办，他说——这次可没有上一次那么自信了——他可以再做一次关节内窥镜手术，看看是不是上次手术中漏掉了什么，要不我也可以试试阿司匹林和理疗。我说我想试试阿司匹林和理疗。

"当然，下一次手术我会在英联保医院做。"他说。他意识到我并没有为总医院的护理标准而陶醉。

"虽然这样,"我说,"我不急于再做一次手术。"

当我告诉罗兰——我的理疗医生的名字——当我告诉罗兰那次会诊的大致经过后,他侧着头嘲笑道:"你得了膝盖内部紊乱。矫形手术医生在他们那一行里是这么叫的。"膝盖内部紊乱。I.D.K. 我不知道。①

罗兰是个盲人。那是可能发生在你身上的比膝盖疼痛更糟糕的事情。失明。

* * *

2月16日,星期二,下午。昨天我写完上面那句话后,立刻试着将眼睛闭上一会儿,想知道失明是什么感觉,并提醒自己,和可怜的老罗兰比起来,我有多么幸运。实际上,我做得比闭上眼睛更彻底。我用眼罩蒙上了眼睛,那个眼罩是我坐飞机从洛杉矶回国时,英国航空公司发给我的。我想我可以借此了解在完全看不见的情况下,做一些十分简单又普通的事情是什么感觉,像沏一杯茶什么的。这一实验并没有持续多长时间。在试图从书房摸出去进厨房时,我磕着了膝盖,不用说,是右膝,它碰在了文件柜打开的抽屉上。我撕下眼罩,一面单脚在房间里跳来跳去,一面在嘴里诅咒和叫骂着。我喊叫得如此厉害,以至于我自己也惊得目瞪口呆。我可以肯定我已经把膝盖彻底毁了。可是过了一会儿,疼痛渐渐消失了。今天早晨膝关节好像并不比以前更糟糕。当然,也没有好转。

得了膝盖内部紊乱有一桩好处,那就是,当人们打电话来问你

---

① I.D.K. 是"膝盖内部紊乱"(Internal Derangement of Knee)的首字母缩写,同时也是"我不知道"(I don't know)的首字母缩写。

怎么样的时候,你不想说"糟糕透顶",但也不想假装快乐无比,你什么时候都可以抱怨你的膝盖。我的经纪人杰克·恩迪克特刚才给我来过电话,确认明天的晚餐约会,我一上来就跟他说了一大通有关膝盖的事。今天下午他正在和哈德兰电视台的人会面,讨论是否拍摄下一季《邻居》。我几个星期前才刚把正在拍摄的这一季最后一集的剧本交给他们,但这种事得提前很长时间做决定,因为演员们的合同不久后就要面临到期重签。杰克有把握哈德兰至少会再拍一季,很可能是两季。"以你现在的收视率,如果不拍了,他们会发疯的。"他说他会在明天午餐时告诉我会谈的结果。他要带我去格劳乔饭店。他总是去那儿。

做关节手术已经一年了,我的关节仍然在疼。我应该再冒险做一次手术吗?我不知道。我没法做出决定。这些天我对任何事情都没法做出决定。今天早上我没法决定我该系什么领带。要是连系领带这么小的事情我都没法决定,又怎么能拿定主意是否做手术呢?我在领带架前左右徘徊了很长时间,以至于有赶不上与亚历山德拉的约会的危险。是系一条低调的黑领带呢,还是系一条鲜艳惹眼的领带?我犹豫不决。最后,我将选择的范围缩小到从玛莎商店买来的一条针织平纹海军蓝领带和一条红、黄、褐三色的意大利手工真丝领带之间。可是这两条好像跟我身上穿的衬衣都搭配不上,所以我得换掉衬衣。时间在不停地消逝,我打好那条真丝领带,将针织领带塞进外衣口袋,以防在去亚历山德拉办公室的路上又改主意。我的确又改了主意——我在等绿灯时换上了那条针织领带。亚历山德拉是我的精神科医生,目前的精神科医生。亚历山德拉·马贝尔医生。不,其实她真正的姓是马普尔,我开玩笑叫她马贝尔。要是她搬家或退休，我就可以说"我丢了我的马贝尔①"。她不知道我那么叫她，但如果知道，她也不会介意的。不过要是她知道我称她为精神科医生，她就会介意了。要知道，她不喜欢将自己说成精神科医生，而是把自己称为认知行为医生。

我的治疗非常多。星期一，我去罗兰那里做理疗；星期二，我去亚历山德拉那里做认知行为治疗；星期五，我不是去做芳香治疗就是去做针灸治疗；星期三和星期四我通常在伦敦，但在那里可以见到艾米——我想，这也是一种治疗。

精神科医生和认知行为医生有什么不同呢？照我的理解，精神科医生试图揭示你的精神疾病隐藏的病因，而认知行为医生则治疗让你感到痛苦的症状。举例来说，你可能患有在公共汽车和火车上的幽闭恐惧症，精神科医生会试着从你以前的生活中发现你受过伤害的经历，并找出导致这种症状的原因。他会说你小时候坐过火车，当火车进隧道或别的诸如此类的地段时，你受到了坐在你旁边的男人的性攻击——他会说火车进隧道时那人趁黑骚扰你，你既害怕又感到羞耻，车开出隧道后你也不敢指控那个男人，你甚至后来也没有把这件事告诉你的父母或任何别的什么人，而是将记忆完全埋藏起来。然后，如果那位精神科医生让你回忆起那次经历，并让你明白那不是你的过错，你就再也不会遭受幽闭恐惧症之苦了。不管怎样，理论是这么说的。问题是，正如认知行为医生指出的那样，就算假定有这样一种被压抑的受到伤害的经历，病人也可能会永远陷入寻找这种经历的努力中而不能自拔。艾米就是一个例子。她做

---

① "马贝尔"（marble）意为大理石或感官能力。"丢了我的马贝尔"（lost my marbles）是一个成语，意为"我脑子不管用了"。

精神分析治疗已经三年了，她每天都去看心理医生，从星期一到星期五，每天上班路上都去，从九点待到九点五十分。想象一下那会花掉她多少钱吧。我曾经问她，她如何知道病什么时候能治好。她说："当我感到不再需要去找卡尔的时候。"卡尔是她的心理医生。卡尔·基斯医生。要叫我说的话，卡尔知道怎样做对自己有利。

所以，一个认知行为医生可能会给你订一个计划，规定你乘坐公共交通工具去旅行，比如乘地铁在内环线环行，第一次只坐一站，然后坐两站，然后三站……这样继续下去。刚开始的时候避开高峰期，然后在高峰期乘坐，每次增加旅行长度后都给自己一点奖励，喝点什么，吃顿饭或买条领带，只要是能让你产生快意的东西就行——结果，你因为所取得的成绩和得到的小奖赏而对自己非常满意，以至于你忘掉了恐惧并最终明白这样一个事实：并没有什么可怕的。不管怎样，理论是这么说的。我向艾米解释时她很不以为然。她说："可你能想象在内环线被人强奸吗？"她是个相当缺乏想象力的人，艾米。

提醒你，最近真的有人在内环线遭到强暴。甚至是个男人。

是我的全科医生将我委托给亚历山德拉的。"她很棒，"她向我打保票说，"她很有经验。不会老是刺探你的潜意识，问你小时候如何被训练使用便壶，或者是不是看过父母做爱，如此这般。"听她那么说后我放下心来。亚历山德拉的治疗还真有些效果。我是说她的呼吸操十分有效，在我做过这种操后大约五分钟之内很有效。见到她我总是感到镇静一些，至少在此后的一两小时里是这样。她的专长是理性情绪治疗，简称RET。这种疗法的目的就是让患者明白，他的恐惧或憎恶是建立在对事实的错误或无根据的理解之上的。在某种意义上我已经知道了这一点，但让亚历山德拉清楚地说出来有好处。不过,有好多次我几近嫉妒艾米每天的基斯(那家伙的名字实际上读作"基希",他是匈牙利人,可我宁愿叫他"基斯"[①]),而渴望来点老式的维也纳分析[②]。问题是,我并不总是不快乐。我能回忆起我快乐的时候。多多少少感到快乐的时候,总而言之。或者,至少我能回忆起我不认为自己不快乐的时候,不认为自己不快乐大概跟感到快乐,或者合情合理地感到满意就是一回事。可是在有的地方,有的时候,我失去了它,失去了只是生活着、不感到焦虑和压抑的诀窍。怎么失去的?我不知道。

"你今天怎么样啊?"亚历山德拉说,在我们开始治疗程序时她总是这样说。我们面对面坐在两把安乐椅上,彼此相距三米。她漂亮的办公室里铺着厚厚的浅灰色地毯,天花板很高,除了靠窗的那张古董写字台和屋角一个高大实用的文件柜,这里的陈设更像一间起居室。我们坐的两把椅子位于壁炉的两边,整个冬天,壁炉里仿碳燃烧器的煤气火焰都令人惬意地燃烧着;到了夏天,壁炉上则摆上一只花瓶,花瓶里插着刚剪下的鲜花。亚历山德拉的身材高挑苗条,穿戴雅致飘逸:真丝衬衣搭配精纺羊毛百褶裙,裙子长到足以在她坐下时小心地盖住膝盖。她长着一张窄而小巧的脸,脖子又细又长,头发向后紧紧拢成一枚小圆面包,要不就叫作发髻?想象一下沃尔特·迪士尼笔下的有着美丽的长睫毛的雌长颈鹿吧。

我以告诉她选领带时病态的犹豫不决开始。"病态?"亚力山德拉说,"你为什么用这个词呢?"我对自己使用一些负面字词时,她

[①]这位匈牙利人的姓氏原文为"Kish"(基希),日记作者有意将它拼成"Kiss"(基斯),意为"吻"。
[②]指维也纳医生弗洛伊德(1856—1939)发明的精神分析疗法。

总爱逮住我。

"你看,我是说,一条领带,看在上帝的分上!我在那里自我折磨,浪费了生命中的半个小时,我的意思是,我怎么变得这么琐碎无能了?"

"我当时想,如果我系那条平纹深蓝色领带,你会把它看成是我很沮丧,或者我正屈服于沮丧情绪而不是在跟它斗争的迹象。要是我系上那条亮色的领带,我想你会认为它是我克服了沮丧的迹象,可我没有。好像不管我系哪一条领带,都会是一个谎言。"亚历山德拉微微地笑了,接着我经历了那种虚假的精神振奋。在治疗中,要是你像聪明的小学生一样干脆利落地回答问题,这种精神振奋通常就会出现。

"你可以什么领带都不系。"

"这我考虑过。可这段时间我一直都系领带。我接受的教育就是这样的:去看医生时总要穿着得体。要是我突然不打领带,你可能会认为这里边有什么含义——不尊重,不满——可我没有不满。对了,有不满,只是对自己不满。"

几个星期前,亚历山德拉要我写个简短的自述。我发现那是一项很有趣的练习。我想就是它使我有了不停地写下以上那些东西的想法……叫它什么都可以。游记。日记。忏悔。到现在为止,我写的东西全都属于戏剧性文体——特写、舞台剧剧本、影视剧剧本。当然,电视剧本里总有一点说明性文字——舞台说明、为选角导演写的角色说明("朱迪二十多岁,是一个漂亮的、身材苗条的、头发染成金色的姑娘")。没有细节,也没有分析,只有 lines。这就是电视——全是 lines:人物说的是一条条 lines;形成图像的电子射线管里也全是 lines。^① 一切事情要么在画面里，从画面里你可以知道故事的进展；要么在人物对话里，从对话里你可以知道人物在想什么，他们的感觉是什么，有时甚至不需要语言就能知道——人物耸耸肩膀、睁大眼睛就可以告诉你他们的想法和感觉。而如果你要写一本小说，一切都只能通过语言来表达：行为、外貌、思想、情感——所有如火如荼的情感。我向小说作家脱帽致敬，诚心诚意地。

---

① 英文中"lines"有多重含义，此处分别为"台词""射线"之意。

* 劳伦斯·帕斯摩尔 *
一份自述

我,五十八岁,身高一米五四,体重八十六公斤——根据我家那本翻旧了的《家庭健康手册》里的标准体重表,我超重了十三公斤。我是在加入英国陆军之后才得到"墩子"这个绰号的,那之后就一直被叫了下来。但我的体重相对我的身高来说一直都有点偏重,甚至在我年轻那会儿踢足球时也是这样,那时我的身材就已呈水桶状,从胸部开始到衬衫与短裤相接的地方微微向外凸出。不过那时候我的腹部全是肌肉,这对撞开对方带球球员很有用,可是随着年龄变大,尽管仍然坚持锻炼,但肌肉开始变得松弛,然后又从腹部扩展到了屁股上,所以现在我的身材与其说是桶状的,不如说是梨形。他们说在每一个肥胖者的身体里边都有一个拼命要钻出来的瘦人,每当我在浴室里照镜子时,都能听到那个人压抑不住的呻吟。让我感到不安的不仅仅是我的身材,也不仅仅是我的身体本身困扰着我。我的胸脯上长满了胸毛,像一块擦鞋垫大小的布里洛牌垫子一样,一直往上长到喉结那儿;要是我穿着开领衬衫,胸脯上粗硬的鬈毛就会显露峥嵘,就像老尼格尔·内尔[①]的连载小说里描写的

---

① 尼格尔·内尔(1922—2006),英国电视编剧。

那种来自外层空间的疯长真菌一样。因为那由遗传决定的残酷命运的捉弄，我跟我父亲一样，喉结以上实际上一根毛发也没有，我的头顶像电灯泡一样光溜，只有耳朵周围和后脖颈上有几绺被我蓄得很长的头发，耷拉在衣领上。这看上去有些邋遢，可我几乎忍受不了将它们剪掉的想法，每一根都是珍贵的。我不忍看到它们落在理发店的地板上——我觉得理发师应该把它们装进纸袋子里让我带回家去。我一度试着蓄唇髭，可是结果样子非常滑稽，胡子一边是灰色，另一边却是一种深姜黄色，所以我赶快将它刮了。我也想过留络腮胡子，可我害怕胡子长起来以后看上去像是胸毛的延伸。这样，就没有什么东西可以装点我这张非同寻常的脸了：那是一张粉色的、椭圆形的肥脸，像一只慢慢瘪下去的气球一样满是褶皱，脸颊松垂得像两只袋子，多肉的鼻子略呈球状，两只神色哀戚的蓝眼睛湿乎乎的。我的牙齿也没什么好让我多写的，不过它们都是我自己的牙齿（只有右边下颌掉了几颗白齿，我安了一个齿桥），不管怎样你自己的东西你会喜欢。我的脖子像树干一样粗，可我的手臂很短，这让我很难买到合适的衬衫。我一生大部分时间都穿着袖口垂到指关节的衬衣，除非有长袖毛衣箍紧袖子或肘部戴着有弹性的箍带。后来我去了美国，在那里，他们已经发现有些人的胳膊比平均值短（在英国，因为某种原因，只允许你长长于平均值的胳膊），我从布鲁克斯兄弟公司买了一打袖长三十二寸的衬衣带回来。后来，我可以从一家几年前在英国开业的美国邮购公司买这种衬衣，我的壁橱里塞满了这种衬衣。当然，现在我花得起钱定做衬衣，但皮卡迪利大街上定做衬衣的店铺那些势利眼的面孔让我厌恶，橱窗里那些条纹府绸看上去太一本正经，不对我的口味。无论如何，我受不了上街买东西。我是个不耐烦的家伙。至少现在是。我曾经不是。拿排队来说吧。我小时候,排队就是一种生活方式,我觉得那没什么。排队等公共汽车,排队看电影,排队买东西。现在,我几乎从不坐公共汽车,大部分电影我都是在家里看录像,要是我去商店时有两个以上的顾客等着买东西,我八成会转身径直走出去。不管我要去买什么,我都会这样。我特别讨厌银行和邮局,他们像机场的海关一样有画着警戒线的通道。在那里,你得排着队拖着脚步慢慢往前挪,等你排到最前面时,你得不停地转着头看哪一个柜台最先有空,你很可能还没法阻止后面某个聪明的家伙捣着你的后腰说:"到你了,伙计。"现在,我尽可能用银行的计算机网络系统办银行里的事,我的大部分信件都是通过传真发出去,要是有稿子要寄,我在家里打电话给快递公司。但偶尔,当我需要买邮票时,就不得不去邮局排长队,长队里排的尽是些等着领养老金的老太太、婴儿车里正在抽噎的婴儿、等着领生活补助的单身母亲。我简直要忍不住大喊起来:"我们就不能有个专卖邮票的柜台吗?有的人只想买张邮票邮点东西。不管怎样这儿是邮局呀,对不对?"当然,这只不过是一种修辞性的说法,我控制住自己很容易。我做梦也不敢想象在公众场合喊叫,那只是我的一种感觉。我从来都没有表达过多少自己的感觉。要是说我没有耐心,认识我的大部分人都会感到吃惊。我的温和镇静在电视界是出了名的,因为当周围所有的人都沉不住气时,我仍然可以镇定自若。要是他们知道我因为自己的身体而不快乐,他们也会感到吃惊的。他们以为我喜欢被叫作墩子。我曾经有一两次暗示我不介意他们叫我拉兹①,但没人领会。我身体唯一有理由让我感到满意的部分是手和脚。我有一双相当小巧的脚,穿七号鞋,

---

① 劳伦斯的昵称。

我的脚也很窄，但脚背高。穿上意大利鞋我的脚很好看，我买意大利鞋的频率严格地说超过了我的实际需要。尽管要支撑一个大块头，但我的脚步总是十分轻快，我是足球场上漂亮的带球者，舞会上不赖的舞伴。我在房间里走动时静悄悄的，有时候我妻子转过身来突然发现我站在她旁边，会吓得跳起来。我的手也很小，但手指像钢琴家的手指一样又细又长，不过这并不是说我的手除了IBM电脑还会碰别的什么键盘。

* * *

我将这份自述交给亚历山德拉，她瞥了一眼说："就这些？"我说这是这些年来我写的最长的散文。她问："没有分段，怎么会这样？"我解释说我已经没有分段的习惯了，我习惯了写台词和讲话，结果自述就写得像一段独白。我说："我只有假设我在对某个人说话时才能写作。"（这是真的。这份日记就是一个例子——我并不打算让任何别的人读它，可是我只有假设在对一个"你"说话时才能写下去。我不知道那个"你"是谁，就当作是一只想象出的富于同情心的耳朵吧。）亚历山德拉将我的自述放进抽屉，打算以后再读。我们下一次见面时她说写得很有意思，但非常消极。"写的主要是你身体方面出的问题，或者你认为的你身体的问题，虽然你提到了两方面的优点，你的手和脚，可是又说你买很多的鞋子和不会弹钢琴，这又减轻了优点的分量。"亚历山德拉认为我的病因是缺乏自信。她很可能是对的，不过我在报纸上读到过很多这方面的报道。在英国，眼下缺乏自信就像某种流行病。这可能和经济衰退有关系。可我跟它没有关系。我的事业可没有衰退。我现在干得很好。我不缺钱。我差不多是个富翁。《邻居》已经开播五年了，每星期有一千三百万人在观看,美国的改编版也一样成功,世界各地还有其他语种的译制版发行。那些从分售版权得来的钱就像打开的水龙头的水一样涌进我的银行账户。那我到底是怎么啦?我为什么会不满意?我不知道。

亚历山德拉说那是因为我是一个完美主义者。我给自己定了一个不可能达到的高标准,所以我注定要失望。她说的可能有点道理。演艺界的大部分人都是完美主义者。他们制作的可能是垃圾,演的是垃圾,写的是垃圾,但他们都试着做出完美的垃圾。这是我们和其他人的根本区别。要是你去邮局买邮票,邮局的服务员不会把为你提供完美的服务当成自己的目标。要是你走运的话,会得到麻利一点的服务,可是完美,没有。邮局的服务员为什么要追求完美呢?那有什么意义?在最好的邮票和其他邮票之间没有什么区别,撕下邮票并将它们推过柜台的方式也没有太大的差异。他们日复一日、年复一年地处理同样的事务,陷于重复单调的工作。可是情景喜剧,不管可能多么陈腐,多么俗套,它的每一个插曲都有某种特别的东西。这有两个原因。第一个原因是,人们不会像迟早都需要邮票那样需要情景喜剧,所以情景喜剧存在的唯一理由就是它能带来快乐,要是它跟上星期毫无二致,就没有快乐可言。第二个原因就是,参与连续剧制作的每一个人都明白第一个原因,并且知道,他们最好是尽可能地将它做好,不然他们会失业。每一行台词、每一个手势、每一个穿插镜头里都包含着许多集体劳动,这一点可能会让你吃惊。在录制前的排练中,每一个人都在想:我们怎么才能让这集戏更精彩些,在那里做点改进,在这里添加一点额外的噱头……然后,批评家用几个冷嘲热讽的句子将你损得体无完肤。这是电视作为传媒让人讨厌的地方之一:有电视批评家。你知道,尽管我缺乏自信,但这并不意味着我不希望别人尊重我。实际上，要是别人不尊重我，我会变得十分沮丧。可我总是很沮丧，因为我对自己不满意。我一方面不相信自己是完美的，一方面又想要每一个人都认为我是完美的。为什么？我不知道。I.D.K.

在我刚开始治疗时，亚历山德拉让我在一张纸上用一栏列下我生活中所有好的东西，用另一栏列下所有不好的东西。在"好"那一栏里我写道：

　　1. 事业上的成功；
　　2. 富有；
　　3. 健康；
　　4. 稳定的婚姻；
　　5. 孩子们长大成人并成功地开始了各自的生活；
　　6. 漂亮的房子；
　　7. 豪华轿车；
　　8. 想休多长时间的假就可以休多长时间的假。

在"不好"那一栏里我只写了一件事情：

　　1. 大部分时间都感到不快乐。

几星期后，我添上了一条：

　　2. 膝盖疼。

疼痛限制了我锻炼身体的范围，但并不完全是疼痛本身让我情绪低落。体育锻炼一度是我主要的治疗方式，尽管我不把那叫作治疗。我只是喜欢满场跑动着顶球、踢球、追球——我一直都喜欢，从我儿时在伦敦后街玩耍时就是那样。我想，那是因为我想表现得比人们所希望的要好，并从中得到一种快感，我想让人们看到，我矮胖笨重的身体也有着让人惊讶的灵敏，踢球时甚至还很优雅（一定得有个足球；没有足球，我大概就跟一只河马一样优雅）。当然，这是一种常识，体育运动是缓解紧张、刺激体内分泌肾上腺素的一种无害方式；但最重要的是，它有助于睡眠。我不知道还有什么能比得上打一场激烈的壁球赛，或是十八孔高尔夫球，又或是五局网球之后的那种全身发热、遍体酸痛和疲乏的感觉，你在被子底下伸开四肢躺着，知道自己将毫不费力地进入长长的、香甜的睡眠，这是一种多么奢侈的享受！做爱就远没有这样的效果——它能送你进入一两个小时的睡眠，可是仅此而已。莎丽和我昨晚就做过爱（是她提议的，这段时间总是这样），事后，莎丽赤裸着躺在我怀里，我像身上绑了个沙袋一样立刻沉沉睡去。但我两点半就醒了，醒来时身上感到有些凉，睡意全无。莎丽穿着一件她用来当睡衣的大号T恤衫躺在我身边，静静地呼吸着。我起床小便并穿上了睡衣，却再也睡不着了。我只是躺在那里，脑子不停地转动着，不，我得说，是盘旋着下坠，下坠，坠入了黑暗的深渊。脑子里满是消极的想法。阴郁的想法。我的膝盖在颤动——我想大概是做爱引起的，我开始怀疑这是不是骨癌的第一个征兆。我还想到，膝盖内部紊乱症尚且如此难以对付，要是把腿锯掉的话，我该怎么办呢？

午夜你的大脑里挥之不去的就是这样一些想法。我讨厌这种强加给我的守夜。我大睁着双眼在黑暗中躺着，莎丽在身边熟睡，我拿不准要不要打开床头灯看一会儿书，或者下床弄杯热茶喝喝，要不就吃一片安眠药，以此换来几个小时的解脱，代价是第二天感觉好像在夜间被抽掉了骨髓并被灌上了铅一样。亚历山德拉说我应该看书，看到再次睡着，但我不喜欢打开床头灯吵醒莎丽。最后亚历山德拉说我应该到别的房间去看书，可我受不了下楼走进静悄悄、空荡荡的起居室，在我自己的房子里，看上去却像个非法闯入者。所以，我通常就是像昨晚那样躺在那里，希望重新入睡。我辗转反侧，翻滚腾挪，试图找到一个舒服的姿势。有一会儿我依偎着莎丽，可是这样她热了起来，在睡梦中将我推开了。接着，我试着自己拥抱自己，双臂紧紧贴着胸部，两手抓住对面的肩膀，就像一个被穿上拘束衣[①]的精神病患者。要叫我说的话，我应该穿拘束衣而不是睡衣。

* * *

2月17日，星期三，凌晨两点五十分。今晚我们没有做爱，我醒得甚至更早：一点四十分。我惊讶地盯着闹钟液晶显示屏上红色的数字，发光的钟面在床头柜抛光的表面投下地狱般的光线。这一次我决定试着起床。双脚在地板上扫动着摸索拖鞋，已经没有机会改变主意。下了楼，我在睡衣外面套上了跑步服，沏上一壶茶，提着进了书房。现在我就在书房里，坐在电脑前，敲出了这段文字。昨天我写到了哪儿来着？噢，对了，运动。

[①] 一种用来约束疯子等的激烈动作的帆布紧身衣。

罗兰说不管我是否再做一次手术，在症状消失之前，都不应该做任何体育运动。我被允许在俱乐部的多功能体育馆的某些器械上运动，那些运动都不用膝盖，我还可以游泳，条件是不许蛙泳——显然，蛙泳的蹬腿动作对膝关节有害。可是我从来都不喜欢器械运动——要叫我说的话，它和真正的体育运动的关系就跟手淫和做爱的关系一样；至于游泳，蛙泳碰巧是我会的唯一一种姿势。因为显而易见的原因，壁球不能玩了。不幸的是，高尔夫也是——球棒挥出后摆动身体完成弧形动作时，右膝的侧扭动作是致命的。但我仍然还打点网球，打球时戴一种使膝部或多或少保持僵直状态的支架。我得像海盗朗·约翰·西尔弗一样拖着右腿在网球场上来回做单脚跳，可那总比什么都不做要好。俱乐部里有室内网球场，不过这些年的暖冬天气使你差不多全年都可以在室外网球场里打球——这似乎是全球气候变暖后少有的几个好处之一。

我跟俱乐部里另外三个中年瘸子一起打网球。其中有乔，他的后背有很严重的毛病，他总是穿着一件女用紧身胸衣，几乎不能把手举过头顶；鲁伯特，几年前遭遇一场严重的车祸，只能勉强瘸着双腿走路；汉弗莱，他的脚有关节炎，大腿上安了一个塑料关节。打球时，我们都设法利用对方的缺陷，毫不心慈手软。比如说，如果乔在网前跟我打对手，我就给他回高球，因为我知道他无法把球拍举过头顶；同样，要是我在底线打后卫，他就总是改变回球的方向，球时而打到右边，时而打到左边，因为他知道我带着支架跑不快。看我们打球会让你眼含泪水，不是因为笑就是因为同情。

自然，我再也不能跟莎丽搭档打混双了，这非常遗憾。我们曾经在俱乐部的老会员联赛中取得过不错的成绩。偶尔她会跟我练练球，但不会再跟我一起打单打——她说我会为了赢球而不顾膝盖的疼痛。她很可能是对的。我健康时通常都是我打败她，可是她的球技趁我身体不好时迅速提高。有一天，我正在俱乐部跟我那帮挑战身体残障的球友一起打球时，她来了。她下班后就直接来了，正向一块训练场地走去。实际上，当她跟俱乐部的教练布赖特·萨顿一起沿室内球场的后部走来时，我感到非常惊讶，因为我不希望在这里见到她。我不知道她安排了这次网球课，或者，更有可能的是她告诉了我，而我没有听进去。最近，这成了我的一个让人担忧的习惯：别人跟我说话时我一直都在听着，也会做出反应，可当他们说完时，我发现自己一个字也没有听进去，因为我的注意力在追随自己的思绪。这是另一种内部紊乱症。莎丽发现这一点后很光火——这可以理解，所以当她隔着球网随意向我挥挥手时，我也随意挥挥手回应她，万一她真的跟我说过并以为我知道她安排了今天的球课呢？实际上，我有那么一会儿并没有认出她——我只是把她看成了一个身材高大、外表迷人的金发女郎。她穿着惹眼的粉白两色贝壳套装——以前从没见她穿过，头上是那种我到现在还没有习惯的发型。就在圣诞节前的某一天，她上午带着灰头发出去，下午回来时头发已变成了金色。我问她事先为什么不提醒我，她说她想看看我未经排练的反应。我说看上去妙极了。我说这句话时的声音如果听上去不是高兴极了，就只能是嫉妒得要命。（我曾经多次试过治疗我的秃顶，但都没有成功。最后一次治疗的方法包括每次数分钟的倒立，以便让血液涌到头顶上去。那叫倒立疗法。）当我认出是她来到了俱乐部，看着她灵敏的动作和跳跃着的金色鬈发时，我感到了一丝所有者的骄傲和兴奋。其他男人也注意到了她。

"你得留神你老婆，墩子。"我们打完一局后交换场地时乔说，"等你腿好了，她就要吊打你喽。"

"你这样想吗?"我说。

"是的,他是个好教练。别的事上也很棒,我听说。"乔对另外两个人挤挤眼睛,汉弗莱当然也支持他的说法。

"他的家伙一定大得惊人。我有一天在淋浴室见过,得有二十五厘米长。"

"你有那么长吗,墩子?"

"你得有场比赛了。"

"有一天你会把自己弄到牢里去,汉弗莱,"我说,"在淋浴室里对男人抛媚眼。"其他人哈哈大笑。

这种打趣是我们四人中的标准玩笑。这种玩笑无伤大雅。汉弗莱独身,跟妈妈住在一起,没有女朋友,可是谁都不会在任何时候把他看成同性恋。如果我们真这样认为了,就不会对他开这类玩笑。关于布赖特·萨顿和莎丽的玩笑也是如此。布赖特·萨顿是个身材高大、皮肤黝黑的男人,他足够漂亮,即使扎着马尾辫也不至于显得像个皮条客。这里有一个成了俗套的笑话,就是说俱乐部所有的女人一见到他都会流湿裤子,可是没有人相信他真的在干什么勾当。

由于某种原因,我们晚上上床睡觉时我记起了这段对话,并向莎丽复述了一遍。她对此嗤之以鼻,说:"你们这些人现在为自己那家伙的尺寸犯愁不是有点晚了吗?"

我说,对于一件真正让你犯愁又摆脱不掉的事情,为它犯愁永远都不会太晚。

不过,有一件我从来都没有犯过愁的事情,那就是莎丽的忠诚。当然,在我们近三十年的婚姻生活中,我们也有过一些波折,但我们一直都忠于对方。我得说,并不是没有机会,至少在我这边是这样，娱乐圈里就是如此。我也敢说，在她那边也是一样。不过我不相信她也跟我一样，面对那么多来自职业方面的诱惑。她所在的综合工学院，或者不如说大学——我现在得学会这样称呼它了——的同事，看上去不大像那种好色的时髦家伙。但这不是问题的关键。我们总是对对方很忠诚。我怎么可以肯定？我就是能肯定。我遇到莎丽时她是个处女，是那个年代常见的好女孩，而我自己也不是经验十足。我的性史只有很薄的一卷，包括一些零星的、见机行事的厮混，对方要么是我在陆军服役时驻地的风尘女子，要么是戏剧学校晚会上喝醉的女生，再要么就是肮脏的戏校公寓里孤独的女房东。我想我从没和她们中的任何一个做爱超过两次，而且总是很快，用的也是传教士式姿势。要享受性爱你需要舒适的环境——干净的被子、结实的床垫、温暖的卧室，你也不能被打断。莎丽跟我一起学会做爱，差不多是从零开始的。要是她跟别的什么人有了性关系，她动作中的新东西，身体姿势中我不熟悉的调整，拥抱方式的变化，等等，这些都会告诉我的，我肯定。我写通奸故事总有困难，特别是那种一方背叛另一方多年的那种。你怎么可能一无所知呢？当然，莎丽不知道艾米。话说回来，我和艾米并没有风流韵事。那么我和艾米现在算什么呢？我不知道。

我遇到艾米是六年前，那时她被聘来为《邻居》第一季物色演员。不用说，她的工作做得出色极了。这一行的有些人说，情景喜剧的成功百分之九十在于物色演员。作为剧作家，我对这一点自然会提出疑问，但是，的确，没有合适的演员，再好的戏也出不来。合适的演员并不总是一上来就被所有人都看好的那些。比如说，让黛波拉·拉德克利夫出演中产阶级母亲普里茜拉，就是艾米的主意。

黛波拉·拉德克利夫一直受制于皇家莎士比亚剧院，一生中从没演过情景喜剧。除了艾米，没有任何人想过她可以演普里茜拉，但她演这个人物真是如鱼得水。现在，她成了家喻户晓的人物，做三秒钟的广告就挣五千英镑。

那是一个有趣的工作，物色演员。它需要天赋，就像算命和跳水一样，但同时你也需要拥有经过训练的记忆力。艾米的大脑就像一个分类卡片盒：如果你要为某个角色物色演员去征求她的意见，她就会有一会儿进入恍惚状态，眼睛往上看着天花板，这时你几乎能听到她在脑子里轻轻翻动她的记忆卡片目录的声音。那些卡片记载着她见过的每一个男演员和女演员的最擅长的角色。艾米看演出时，不仅观看演员们扮演他们既定的角色，而且自始至终都在想象他们如何扮演别的角色，所以看完时，她的收获不仅仅是演员们当晚的表演，还有他们在许多其他表演中的潜力。你可以跟艾米一起去皇家莎士比亚剧院看《麦克白》，然后在回家的路上对她说："黛波拉·拉德克利夫演麦克白夫人演得太棒了！"她会说："唔，要是看到她在《花粉热》中演朱迪斯·布里斯，我会很高兴的。"有时候我真想知道，她的这种思维习惯会不会让她没法欣赏眼前的表演。那大概是我们共有的特点——我们都不生活在现实中，总是在追求别处的某种完美的幻影。

有一次我将这些想法告诉了她。"胡扯，亲爱的，"她说，"我不得不说，你完全是胡扯。你忘了我常常大获全胜吗？我找到演员和角色之间的完美组合。然后我欣赏他们的演出，只是欣赏演出，什么都不干。我靠那些时刻活着。在这方面，你也一样，你也靠那些时刻活着。我是说那些节目中的一切都进行得无可挑剔的时刻。你屏住呼吸坐在电视机旁，想着他们不可能坚持下去，有一刻节目好像就要变糟了,可是他们坚持住了,节目没有变糟——这就是一切,不是吗[①]?"

"我记不得什么时候、哪一集有这么好过。"我说。

"焚香那一集怎么样?"

"是的,焚香那一集不错。"

"简直是棒极了。"

这就是艾米让我喜欢的地方——她总是在提高我的自信心。莎丽的风格则爽快得多:别再闷闷不乐了,过你的日子吧。实际上,她们在各方面都是对立的。莎丽是个金发碧眼的英国美人,身材高挑苗条,体格健美。艾米则是个地中海型的女人(她父亲是希腊裔塞浦路斯人):黑、矮、丰满,一头黑色卷发,眼睛像黑葡萄。她抽烟,戴着不计其数的饰品,只要能不走路,她从不步行去任何地方,更不用说跑步。有一次我们得在尤斯顿赶火车,我冲到前面为她拉开车门,她穿着高跟鞋,像一只惊慌的鸭子一样摇摇摆摆地走下一个斜坡,她的所有那些项链呀、耳环呀、披肩呀、袋子呀,以及其他妇女随身用品,在她身上上下左右摇晃着,我突然大笑起来。我只是忍不住想笑。艾米上气不接下气地爬上火车后,问我什么事情那么好笑,我告诉她后,她在一路上余下的时间里一直拒绝跟我说话。(我碰巧在词典里查了"妇女随身用品"这个词,因为我不敢肯定我拼写对了,发现它来自拉丁语"paraphema",意思是"女人嫁妆之外的个人财物"。有意思。)

这是我们少有的几次口角之一。一般情况下,我们相处融洽,一起交换摄制组里的闲言碎语,发发牢骚,互相安慰,对比两人的

[①] 原文为法语。

治疗。艾米离婚了,她享有对十四岁的女儿塞尔达的监护权。女儿开始交男友了,买衣服、回家太晚、去让人怀疑的迪斯科舞厅等的事情让艾米难以对付。现在,艾米时时刻刻都在害怕塞尔达卷进性交和毒品;她也不放心她的前夫索尔,索尔是个剧院经理,每月让孩子在他那儿过一个周末。据艾米说,此人没有道德,或者直接用她的话来说,"道德碰上了他的鼻子他也认不出来"。然而,她又因婚姻破裂而受着罪恶感的折磨,担心塞尔达因为家里没有父亲的角色而不走正道。艾米开始分析在她自己和索尔之间最初是什么出了问题。从某种意义上说,她已经知道了根源到底在哪里:是性生活。索尔想做她不想做的一些事情,所以,最后他找了一个愿意跟他一起做那些事的人。可是她仍然试图弄清这到底是他的错还是她自己的错,到最后也没有得出任何结论。精神分析有一种方法揭示人的本性:线拉得越长,发现的瑕疵便越多。

  我差不多每周都能在伦敦见到艾米。有时候我们一起去看演出,有时只是一起在公寓里静静地待一个晚上,或者在当地的餐馆吃顿饭,我们的关系里从来都没有性的问题,因为艾米不会真的想要,而我也不需要它。在家里我有足够的性生活。这段时间莎丽似乎在性方面胃口大开——我想这一定是因为她在进行绝经期的荷尔蒙替代治疗。有时候,为了刺激我那惰性十足的利比多[①],我建议来一些索尔想跟艾米做的事情,莎丽就未曾拒绝过我。她问我从哪里得来的这些主意,我回答杂志和书,她对此感到很满意。如果莎丽得知有人看见我在伦敦跟艾米在一起,她也不会担心,因为我并没有向她透露过我们时常见面的事实。莎丽会认为我们是因为工作上的关

[①] 精神分析学说术语,意为"性本能",被认为是人的一切行为和动机的根源。

系待在一起。她有一部分是对的。

所以说我很容易就做到了两全其美，不是吗？我不用犯不忠之罪，就解决了一夫一妻制的难题，也就是单配偶制的难题。我在家里有一个性感的妻子，在伦敦有个柏拉图式的情人。我还有什么可抱怨的呢？我不知道。

现在是三点半。我想我要回到床上，试一试能不能在麻雀吵闹起来之前小睡上几小时。

* * *

星期三，上午十一点。我的确睡了几小时，可精神并没有恢复。醒来时我感到精疲力竭，就像在军中服役时站岗后的感觉一样：站两小时，被换下四小时，整夜都是这样；如果是周末，就整天都是这样。上帝呀，写到这里我的记忆已全被唤醒：穿着夹脚的皮靴和勒得脖子生疼的作战服，在白炽灯泡的照耀下抢时间小睡片刻，随即被粗暴地叫醒，咽两口半温不温的甜茶，可能还有放冷了的炒蛋和焗豆。然后，拖着脚步、打着寒战、哈欠连天地钻进黑夜，在营房门口呆站两小时。要不就在静悄悄的、关上窗户的棚屋或仓库周围转悠，听着自己的脚步声，看着自己的身影在弧光灯下变长又变短。让我的注意力在这些回忆上多逗留一会儿吧。闭上眼睛，试着从里边多挤出一些悲惨的东西，好让我能珍视现在的舒适。

我试着那样做了。不行。不管用。

我是在去伦敦的火车上用笔记本电脑写着这些东西的。自然，是头等车厢。富翁的定义，就是能够自己掏腰包买头等车厢车票的人。这样做当然是可以减税的，但仍然……这节车厢里的其他乘客大部分都是公费,商务男士都提着密码箱,拿着手机,商务女士则穿着宽垫肩外套,带着鼓鼓囊囊的费洛法克斯公文包[①]。还有零星几个从偏远地区来的乡下人,穿着花呢套装。我自己今天穿的是一套西服,那是为了表示对格劳乔饭店的尊重。有时候,我穿着牛仔裤和皮夹克就上车了,头发像流浪汉一样披散在后领上,人们用怀疑的眼光瞥瞥我,好像以为我进错了车厢。不过,列车员不会——他们认识我。这趟车我来来回回经常坐。

别以为我热衷于乘坐英国铁路公司开往伦敦的城际客运列车。恰恰相反[②],正如艾米会说的那样(她喜欢在交谈中插进些外语调调味),这趟车有太多让我不喜欢的地方,比如,每次有人打开从餐车买的那种装在聚苯乙烯小快餐盒里的用微波炉加热过的培根西红柿卷饼时,车厢里的空气就被污染了,我不喜欢闻这种味道。我也不喜欢这种铂尔曼车厢[③]车轮上的刹车垫,它们发热时会散发出一种据说对健康无害的亚硫酸气味,这种气味钻进车厢,与培根西红柿卷饼的气味混合在一起。刚才我犯傻给自己买了一份这种卷饼,我也不喜欢它的味道,不知道我怎么会忘了上次买的有多么难吃。要是你向列车员要一杯咖啡,他会给你一只盛满了那东西的巨型塑料杯,除非你要的是一小杯(也就是普通大小的一杯),这一点我也不喜欢。我还不喜欢列车加速时的左摇右晃,无论加速到多少都会摇晃。你刚将咖啡举到唇边,一阵摇晃便使得咖啡从杯里漾出来,烫伤你的手指,洒到你的腿上。要是车厢里的空调坏了——这并不是不常发生的事情——车厢里就没法通风,因为窗子都是封死的,这一点

---

① 一种可装记事本和随身物品的多用公文包。
② 原文为法语。
③ 火车的豪华车厢。

我也不喜欢。还有一种情况我也不喜欢，它不是不常发生，但绝不会是在空调坏的时候：车厢两头的自动滑门被卡住了关不上，人工也没法关上，有时候你好不容易关上了它，它又重新慢慢地自动打开或是被路过的乘客打开——他们以为门会自动关上，于是没有顺手关门。这迫使你要么每隔几分钟就得跳起来去关门，要么坐在永不停歇的穿堂风中。我还不喜欢厕所里那些用来钩起马桶坐垫圈的弹簧钩子，它们常常松动或出故障，于是当你小便到一半，正一手抓紧扶柄、一手握紧家伙瞄准时，列车剧烈的运动会使坐垫圈突然向前方落下，打断尿流，溅湿你的裤子。我也不喜欢列车总是在与一号高速公路平行的路段高速行驶，超过所有的小汽车和货运卡车，为铁路旅行的优越性做广告，几分钟后，却又因为信号失灵而停在拉格比的荒野里。

啊哟！哎哟！噢哟！膝盖突然一阵剧烈的刺痛，没有显而易见的原因。

有一天莎丽说那是我的肉中刺。我想知道这个词是从哪里来的，便去查字典。（我查字典很勤——这是我弥补我所受的糟糕教育带来的不足的办法。我的书房里满是参考书，我买这些书并非心甘情愿。）我发现这个词来自圣保罗的第二封致科林斯人的使徒书："又恐怕因所得的启示甚大，就过于自高，所以有一根刺加在我肉体上，就是撒旦的差役要攻击我，免得我过于自高。"[①] 我拿着一本《圣经》，相当沾沾自喜地走回厨房，将那一段念给莎丽听。"这不就是我刚才给你念过的那一段吗？"这时我才意识到我又来了一段时间

---

① 参见《圣经·哥林多后书》第十二章第七节。

的心不在焉,她念那段文字时,我正在想那个短语的出处。"噢,是的,我知道你说过那是圣保罗的话,"我撒谎说,"可这跟我的膝盖有什么关系呢?这段话看上去有点模糊。""问题就在这儿,"她说,"没有人知道保罗的肉中刺是什么。那是一个谜,就像你的膝盖。"她对宗教了解甚多,莎丽就是这样,比我知道的多得多。她父亲是个牧师。

列车一如既往,在一个旷野里停了下来,没有明显可见的原因。过道对面一个穿衬衫的男人正在用手机打电话,谈论关于搁置一份仓储合同的事。车停时车厢里突然静了下来,那人说话的声音变得突兀,令人生厌。我的确宁愿自己开车去伦敦,可是一旦你下了一号高速公路,拥挤的交通就会让你寸步难行,更不用说在一号高速公路上开车和在伦敦西区停车是怎样的恶战了,真不值得劳那番神。因此我开车到鲁米治博览会站,从家里开车到那里只需要十五分钟,然后把车留在那里的停车场。尽管车上有最新式的报警和安全系统,但在从伦敦回鲁米治的路上我总有些担心,害怕有人会划伤我的车,甚至在上面刻点什么。那是一辆妙极了的车:二十四气门,三升排量,V形排列六缸发动机,自动变速,动力转向,巡航控制,空调,防抱死刹车系统,四喇叭音响系统,电动滑动式天窗,还有所有你能想象到的其他设备。它跑起来像一阵风,平稳,无法形容的安静。就是这种安静而伸手可得的强大动力深深地吸引了我。我从来都不喜欢嘈杂、嗡嗡直响的赛车,从来都不明白英国人为什么对手动挡汽车那么着迷。我真想知道,不断地摸变速杆头的圆球、不停地将离合器踏板踩上踩下,是不是一种性交的替代物。有人说有自动变速装置的车在中速范围内没法像普通的手动挡车一样加速。可如果你有一个像我的车一样的引擎，就完全足够了。这辆车也漂亮得让你心跳。

我第一眼看到它时就爱上了它，那时它停在展厅外边，车身很低，流线型，就像是用透着阳光的薄雾雕刻出的，它有着非常非常淡的银灰色，闪耀着珍珠般的光泽。那时我不断找借口开车路过展厅，一次又一次地看那辆车，每次都涌起一股要得到它的欲望。我敢说另外还有很多人路过时也有和我一样的感觉。但与他们不同的是，我可以走进展厅买下这辆车，甚至想都不必想我是否买得起它。可我还是犹豫了。为什么？尽管买得起，我却不赞成买这样的车：快、亮、浪费能源、日本造。我总是说我决不会买日本车，这与其说是出于经济爱国主义（我曾经开过福特车，最终你往往会发现它们是比利时或德国制造的），不如说是感情上的原因。我的年龄足以让我记住第二次世界大战，我的一个叔叔曾经作为战俘劳工死在暹罗铁路上。我想，要是我买了日本车，就会有不幸降临到我头上，或者至少开着它的时候我会感到内疚和悲哀。可是我仍然渴望得到它。它变成了我的又一件"事情"——那种我无法决定、无法忘记、无法丢下的事情，那种我半夜醒来为其焦虑不已的事情。

我买了所有的汽车杂志，希望找到对这辆车的批评，好让我能够做出否决它的决定。没用。有些道路测试报告带着一点屈尊俯就的姿态——"温顺""驯良"，甚至"不可理解"是他们使用的形容词，但你可以断定，没有人能找出它的任何缺点。有一个星期我几乎夜不成寐，一直在为它辗转反侧。你能相信吗？在南斯拉夫燃着熊熊战火、非洲成千上万人口死于艾滋病、北爱尔兰四处发生爆炸、英国失业率居高不下的时候，我却对这一切置若罔闻，心里只想着买还是不买这辆汽车。

我开始让莎丽心烦。"看在上帝的分上,去开开试试,要是你喜欢,就买了它。"她说。(她自己开的是一辆护卫舰。每三年更换新车时,只要和代理商电话交谈两分钟就办妥了,从不会有丝毫的犹豫。)所以我试开了那辆车。结果当然是我喜欢这辆车。我爱这辆车。我完全被这辆车迷住了。我为它欣喜若狂。但我对那位推销商说,我要考虑一下。"有什么好考虑的?"我回家后莎丽问道,"你喜欢这辆车,也买得起这辆车,为什么不买呢?"我说我第二天再买。当然,这意味着我整夜躺在床上睡不着,为它焦虑不安。第二天吃早餐时,我宣布我已经决定了。"噢,是吗?"莎丽说,她没有从报纸上抬起头,"决定什么了?""决定不买了。"我说,"不管我这样犹豫不决有多么不可理喻,我永远也摆脱不了这个习惯,所以我最好还是别买它。""好吧。"莎丽说,"那你买什么车呢?""我实际上什么车也不需要买,"我说,"我现在的车再开一两年没问题。""很好。"莎丽说。但听上去她有些失望。我又开始为我做出的决定是否正确而焦虑不安。

两天之后,我开车路过展厅,那辆车不见了。我走进展厅质问那个推销商。我实际上是抓住他的衣领将他从座位上揪起来的,就像电影里一样。有人买走了那辆车!我简直无法相信。我感到这就像是我的新娘在结婚前夜被人劫走了。我说我想要那辆车。我必须买到那辆车。推销商说他可以在两三个星期之内再调来一辆,可是当他在电脑上查看时,发现英国已经没有型号完全相同、颜色也一样的车了。这不是那种日本制造商在英国设厂生产的车,这种车是按配额制度从日本进口的。他说,现在正在公海上行驶的一艘集装箱船上有一辆,但要再等两个月才能运达英国。长话短说吧,我最终用高出标价一千英镑的价格从买了我的车的那家伙手里买回了那辆车。

我从来都没有后悔过。开这辆车是一种乐趣。我只是为父母不在了感到遗憾,要不我会开着这辆车带他们兜一圈。我觉得我需要别人来衬托我拥有这辆车的骄傲。这一点莎丽是不能指望的——对她来说,汽车只不过是可以使用的工具。艾米从来都没有见过这辆车,因为我从不开车去伦敦。我的孩子们,在他们偶尔来访的时候,会带着一种混合了嘲笑和非难的态度看这辆车——简叫它"土豪车",亚当说这是对我失去头发的补偿。我需要的是一个懂得欣赏的乘客。比如像莫琳·卡瓦纳,我的第一个女朋友那样的人。在那个遥远的年代,我们两家都买不起汽车,管它什么类型的汽车,只要能坐一次,就是一种难得的优厚待遇,坐车时会带着强烈的新奇感。我记得,当我叔叔伯特在一个公休日开着他那辆战前生产的、散发着汽油和皮革味的辛格牌汽车带我们去布莱顿①时,莫琳高兴得要命。我想象着将我眼前这辆流线型的超级豪车开到她家门前,想象着她探出窗外,脸上写满惊异;想象她冲出大门,蹦下台阶,跳进汽车,坐在车座上兴奋地扭动着,试试车上所有的设备,大笑着,以她特有的动作往上皱着鼻子,在我开动汽车时用娇宠的目光看着我。莫琳从前就是那样,用娇宠的目光看着我。从来没有别人那样看过我,莎丽没有,艾米没有,露易丝或那些跟我有过苟合之欢的女人也都没有。我差不多有四十年没见过莫琳了——天知道她现在在哪里,在干什么,是什么样子。在我的幻想里,坐在我身边的她仍然是甜蜜的十六岁少女,穿着她最好的夏季长裙,白底带粉色玫瑰花。不过我还是我现在的样子,又胖又秃,五十八岁。这种想入

---

① 英国南部海滨城市。

非非毫无意义，可是幻想就是如此，我是这样认为的。

列车离尤斯顿越来越近。列车员已通过车上的有线广播系统为火车晚点道了歉，"因为特灵附近的信号灯故障"。在交通部长宣布他的将铁路所有者和营运公司拆分的计划以前，我一度是英国铁路私有化的积极支持者。你可以想象那样拆分的效果会有多好，也可以想象那将为列车晚点提供一个多妙的借口。他们疯了吗？是得了政府内部紊乱症吗？

实际上，我在哪份报纸上读到过，约翰·梅杰[①]也有膝盖发软的毛病。显然，他不得不放弃打板球。这让很多问题都得到了解释。

* * *

星期三，晚上十点十五分。艾米刚才走了。我们从加百利餐馆回来后在我的小索尼电视上看《新闻十点钟》，与全球的阴郁保持同步（波斯尼亚的暴行、孟加拉国的洪水、津巴布韦的干旱、俄罗斯经济的急剧崩溃、英国超纪录的贸易亏空），然后我叫了一辆出租车送她回圣约翰伍德。因为塞尔达的缘故，尽管她晚上出去时那个住在附近的谈话疗法专家、社交生活单调的房东太太米莉亚姆会帮她照看那孩子，但不到万不得已，她不喜欢在外面待得太晚。

现在，我独自一人待在公寓里，很可能整个大楼里都只有我一个人。跟我一样，其他房主只是偶尔才来住住。这其中有：一位长途航线的空姐；一位穿梭于伦敦和苏黎世跑业务的瑞士商人，陪同的是他的秘书或情人，也许是秘书兼情人；以及一对美国同性恋情

[①] 约翰·梅杰（1943— ），英国前首相。

侣，是某类学者，只是在大学放假时才来这里住。因为经济衰退，还有两套公寓没有售出。今天在电梯和门廊里我没见到任何人，但我在这里从来都没有感到孤独过，就像白天莎丽上班后我一个人待在家里时一样。市郊的街道是如此安静，而这里一点也不安静，甚至夜里也不。缓缓移动在查令十字路上的公共汽车和出租车发出轰鸣和震动，透过双层玻璃隐隐传来，偶尔还夹杂着警车和救护车的尖叫声。如果我走到窗前，可以看到窗外的人行道，路上依旧人来人往，人们有的正从剧场、电影院、餐馆或小酒馆里出来，有的站着大嚼快餐食品，有的在猛灌罐装啤酒或可乐，夜晚寒冷的空气使他们呼吸短促。楼下是一个卖比萨和意大利面的餐馆，很少有人会从地面往上看，注意到上面有六套豪华公寓，其中一套公寓里有一个男人站在一扇窗前，拉开窗帘，正在往下看他们。这不是那种你能料到会有人住的地方，如果一年三百六十五天都住在这里，的确没有什么乐趣可言。这里太嘈杂，太脏。嘈杂声不仅来自车流，还来自公寓楼后面那些饭店换气扇刺耳的嗡嗡声，那些换气扇似乎从未关上过。肮脏的不仅是空气——尽管我大部分时候都关着窗子，但每一件家具上都蒙着一层来自空气的黑色粉尘，地上也肮脏不堪。人行道上永远覆盖着一层由泥土、唾液、溅出来的牛奶、啤酒残迹和呕吐物组成的黏糊糊的绿锈，到处散落着碾碎的汉堡盒、捏扁的饮料罐、丢弃的塑料包装盒和纸袋、用过的手纸和废旧公共汽车票。威斯敏斯特特区街道清洁工的劳动，在伦敦这一角落无以计数的垃圾制造者面前，全然成了杯水车薪。人类社会的渣滓也一样随处可见：酒鬼、懒汉、精神错乱和罪犯模样的家伙充斥着街道。任何时候都会有乞丐向你行乞，到了晚上十点，每一家店铺门口都被流浪汉占领。我第一次带艾米来这儿时，"louche"就是她给这里的环境

（或者她口中的环境①）下的定论，不过我不敢肯定我听对了没有。（我查了字典，"louche"的意思是"阴险、名声不好"，源自一个法语词，意思是"偷窥"。）半英里之外就是红灯区和脱衣舞表演区。这里，二手书店和著名剧院紧挨着一家家快餐食品店和多功能影院。这里肯定不是传统的贫民区，可对于像我这种不住在伦敦的人来说，它就是大都市的基础，你很难绕开这种环境。不管怎样，伦敦是一个中心城市。如果你不得不住在这里，那么最好还是将就一下，住在这种冒着热气、闪着微光的粪堆顶上吧，要不然就搬到郊区，每天早晚都在又厚又硬的枯屎里边拱来拱去。我知道那是什么滋味：我一生都是伦敦城际列车的常客。

十二年前，为了莎丽的工作，我们从伦敦搬到了鲁米治，我所有的朋友都对我表现出不加掩饰的同情，好像我要被流放到西伯利亚。说实话，我自己也有一点担心，因为我一生中从未在帕尔马的格林①以北居住过（在约克郡的军事基地受训以及当演员时的旅行除外，但那些都不能算"住"）。但我考虑，应该让莎丽抓住职业上的机会，从中学教育转到高等教育，只有这样才是公平的。她是斯托克纽温顿市一所小学的副校长，业余还在读教育学硕士学位，工作非常努力。鲁米治综合工学院教育系要招聘一名教师，专业要求跟她的研究范围——心理语言学和语言习得（别让我解释这个词）——正好吻合。所以她提出申请，并得到了那个职位。现在她是高级讲师，既然现在综合工学院变成了大学，也许有一天她还会当上教授。莎丽·帕斯摩尔教授：有那么点味道。只是那大学的名字有点

---

①伦敦市郊一地名。

遗憾。他们不能称为鲁米治大学,因为已经有了一所,所以他们叫詹姆斯·瓦特大学,取自本地那位伟大的发明家。你可以用你的性命来打赌,这个累赘的校名不久后就会被简称为"瓦特大学",想象一下那会导致一场怎样混乱的对话吧。"你要上什么大学?""瓦特大学。""对,什么大学?""瓦特大学。"① 诸如此类。

  不管怎样,当时我有一点担心搬家的事,毕竟我们和孩子们一直都住在伦敦东南区。但我们发现的第一件事就是,我们在帕尔默斯格林小区的那套建于两次世界大战之间的半独立屋的价格,足以在鲁米治的上好地段买一套五居室的爱德华式独立别墅。这样一来,我就可以自我们结婚以来第一次拥有一间属于自己的书房,从书房里望出去是大树掩映的绿草坪,再不是起居室狭窄的窗外街道对面清一色的肮脏半独立屋。我们发现的第二件事是,莎丽去学院上班和孩子们上学只消花费他们在伦敦搏斗时用去的一半力气和时间。我们发现的第三件事是,出了伦敦,人们还彼此讲礼貌:要是你给商店里的营业员数量刚好的零钱,他们会说"太好了";给出租汽车司机小费时,他会又惊又喜;来为你修洗衣机、装修房子、翻修屋顶的工人都温文有礼,活干得又快又好。在那个时候,生活在伦敦之外英国其他地区的优越性还鲜为人知,我们所有住在首都的朋友每天都坐在堵在半途的车里,或者吊在拥挤的区间火车的吊环扶手上,又或者找不到肯在周末接听电话的管道工。一想到他们对我们的怜悯,我和莎丽就忍俊不禁。搬到鲁米治从不止一方面改变了我们的命运。有一次莎丽接到邀请,去参加一个市民招待会。那时恰逢哈德兰电视台在寻找新的情景喜剧题材,我就是在那个招待会上

---

①在英文中,"瓦特"(watt)和"什么"(what)读音相近。

认识了奥利·西尔弗斯，要是我从没见过他，谁知道《邻居》会不会沾上摄影棚的边呢……

简和亚当离家去上大学时，我们搬到了霍利维尔——市南郊一个半乡村半城市式的小区。我想，在伦敦东南地区这小区应该会被称作城郊富人聚居区，只是在米德兰地区富人并不多见。我们的邻居大多是工厂里的高级主管、会计、医生和律师。那些房子都是独门独院的现代化小楼，风格各不相同，但都远离马路，并安装了防盗报警装置。那里绿树成荫，幽静宜人。在工作日，最大的噪音就是售货车的嗡嗡声，那些售货车挨家挨户出售半脱脂牛奶、有机奶酪和放养鸡下的蛋。在周末，有时能听到马蹄的嘚嘚声或是陆虎汽车驶过柏油路面时轮胎发出的刺耳摩擦声。从家到乡村俱乐部只有十分钟的路程，那里有十八孔高尔夫球场、几个网球场、室内室外游泳池和温泉浴池。我们搬到霍利维尔主要就是冲着这一点来的。还有，这里离鲁米治博览会火车站很近。

火车站是最近为服务国际博览中心和鲁米治机场而建成的，里面全是现代化的高科技设备，除了男厕所。出于某种原因，他们选用了大理石、玻璃和铬板，还有镀锌的立式贴墙小便器和白色防滑瓷砖，惹人喜爱地重现了古老的英铁厕所，甚至还包括因排水管堵塞而发出的浓浓臭味。除此之外，和市中心火车站比起来，这里的设施有了极大的改善，它也使我离伦敦近了十二分钟的路程。如果你在演艺界工作，不管在哪一个部门，你都不能完全远离伦敦——这是顺理成章的事。作为特许条件，哈德兰电视台要在鲁米治录制节目，说是给本地带来就业机会什么的，但他们在伦敦有办公室，大部分节目都在那里排练，因为大部分演员和导演都住在伦敦。所以我总是搭乘可爱的英铁列车，在尤斯顿和鲁米治之间往来穿梭。

三年前我买了这套公寓,某种程度上这是一种投资(不过那以后房地产价格跌了),但主要是为了免除我当日往返或者登记进出旅馆的劳顿。我想,在我内心深处还有一个考虑,那就是要有一个跟艾米见面的隐秘地方。

最近,我开始珍惜这种隐秘性,甚至更珍惜这个地方的无人知晓。人行道上的人没有谁知道我在上面这套装了中央空调和双层玻璃的舒适小屋里。街角有一家亚洲人开的二十四小时营业的杂货店,要是我下楼去那里买份报纸或取一品脱牛奶,混杂在旅游者、流浪汉、离家出走的年轻人、从郊区出来过夜生活的孩子、回家路上停下喝杯啤酒后又决定痛痛快快玩一晚上的办公室工作人员、演员、餐饮业人员、街头艺人、警察、乞丐和报贩子中间时,他们的目光不会聚焦在我身上,而是一滑而过,没有人会认出我,没有人会跟我打招呼或问我怎么样,我也不必向任何人假装我很快乐。

艾米下班后直接来了公寓,我们喝了两杯杜松子酒加汽水,然后绕过街角去加百利餐馆吃饭。有时,如果她从家来这里,还会带一份冷冻的菜来——要么是穆萨卡[①],要么是牛肉加橄榄,或者是酒焖童子鸡——在我的微波炉里加热,但我们通常是出去吃饭。有很少那么几次,她邀请我去她家吃饭并张罗一顿丰盛的晚宴,可每次都是一个大的晚餐聚会,有别的人在场。艾米不想让塞尔达认为我跟她有什么特殊关系,不过,那孩子看见她妈妈晚上穿着迷死人的衣服出去,戴着漂亮手套的手里提着一盒家里做的冷冻菜,我无法相信她没有怀疑什么。"我把菜藏在手提袋里,傻瓜。"当我有一次

[①] 一种用面粉、茄子、西红柿、蛋、肉等烤制而成的希腊特色菜肴。

提出这个问题时艾米回答。她的确提着一个特大号手袋,是那种皮质柔软的意大利皮袋,里边装满了女性随身用品(或者我应该就说随身用品?):口红、眉笔、粉底、香水、香烟和打火机、钢笔和铅笔、笔记本和日记本、阿司匹林和创可贴、卫生棉条和护垫——这是一个五花八门的生命支撑系统。这么大的袋子,藏下一个装着冷冻的穆萨卡的塑料饭盒不会有太大的问题。

艾米按电子门的对讲门铃时我正在换下一个坏了的灯泡,我按开门键的动作慢了,所以小门廊里监视器屏幕上浮现出来的是她滑稽地扭曲着的脸,全是嘴、鼻子和眼睛。"快点,罗伦佐,"她说,"我想痛痛快快地撒泡尿再好好喝一杯。"我喜欢艾米的原因之一就是她从不叫我墩子。她用很多别的亲昵的名字称呼我,但从来不用那一个。我按下按钮打开了楼门,片刻后让她进了公寓。我们拥抱时她贴在我脸上的脸很冷,我的鼻子在她的喉部和耳下摩擦,吸入她最喜欢的纪梵希香水那种让我陶醉的香味。我将她的大衣挂起来,她去浴室时我倒好了酒。几分钟后她出来了,嘴唇上闪着新涂的口红,她在安乐椅上躺下,交叉起又胖又短的腿,点燃一支香烟,接过酒杯:"干杯,亲爱的。膝盖怎么样?"

我告诉她今天在火车上疼得厉害。

"你的 angst 怎么样了?"

"什么?"

"噢,得了,宝贝!别假装你不知道 angst 是什么。是德语里焦虑的意思,要不就是极度痛苦的意思?"

"别问我,"我说,"你知道我的外语无可救药。"

"好吧好吧,你怎么样?除了膝盖。"

"糟透了。"我较为详细地介绍了我近几天的精神状态。

"是因为你不写作的缘故。"她指的是写电视剧本。

"可我在写作,"我说,"我在写日记。"

艾米的黑眼睛惊讶地眨动着:"你到底为什么写那个?"

我耸耸肩膀:"我不知道。是从给亚历山德拉写的东西开始的。"

"你应该写点让你摆脱自己而不是陷得更深的东西。会有新的一季吗?"

"以后告诉你,"我说,"我和杰克一起吃午餐时谈过这件事。你今天怎么样?"

"噢,糟透了,糟透了。"她做了个鬼脸。艾米这几天遇上各种各样糟糕的事情。我想要是没有那些糟糕的事情,她不会真正感到幸福。"因为房间像猪圈,我跟塞尔达发生了口角。呃,这不是新鲜事。①可是接着卡尔的秘书打来电话说他今天不能见我,因为嗓子疼。不过我真的不知道他为什么仅仅因为嗓子疼就取消会面,有时候他说话随意,可是秘书说他还有点发烧,所以我一天都紧张不安,像个需要来一针的瘾君子。然后是迈克尔·辛克利夫,他的代理人说他出演那部BBC的间谍连续剧'在技术上可以接受',而且他演那个角色一定会很出色,可他已经先接了一部电影的邀约了。这个贱人。更别提哈丽叶最近捅的大娄子了。"哈丽叶是艾米在演员经纪公司里的搭档。她跟一个叫诺曼的男人维持的很长时间的关系破裂了,结果没法正常思考问题,跟客户打电话时常常控制不住哭起来。艾米说我告诉她我跟杰克吃午饭的事后,她会告诉我哈丽叶最近捅的是什么大娄子,所以我们出了门,在加百利餐馆我们通常坐的桌旁坐了下来。

---

①原文为法语。

杰克·恩迪克特一直以来是我唯一的代理人。很久以前,他在收音机里听到了我的喜剧小品,提出要我做他的客户。好几年里我们之间并没有什么业务,但后来《邻居》让我一炮走红。现在,如果说我是他最大的客户,我也是不会感到吃惊的。他在格劳乔饭店带玻璃屋顶的里间订了一个餐席。这里是他喜欢的那种地方。每个人都来这里看别人或是被别人看,并且不让人知道这就是他们来这里的原因。常来这里的人有一种特有的瞥视,而且已经发展到了完美的地步,我叫它"格劳乔轻摇",它包括一边因同伴刚刚说过的不管是不是真的好笑的话而笑个不停,一边半垂着眼帘快速扫视房间,查看那些大腕是不是到场了。我本来以为我和杰克的会面不过是一次社交午餐,闲聊一阵,互相道道贺,可结果发现杰克有重大的事情要报告。

点完菜(我选了熏鸭脯肉拌温芝麻菜和红生菜沙拉,然后是香肠配土豆泥,每道菜的价格都准会让我可怜的老妈老爸吓出心脏病),杰克说:"好啦,先说好消息,哈德兰电视台想再拍两季。"

"坏消息是什么?"我问。

"坏消息是黛碧[①]·拉德克利夫要退出。"杰克焦急地看着我,等待我做出反应。

这件事并不完全出人意料。我知道拍完目前这一部黛碧·拉德克利夫的合同就该到期了,我也完全相信,每年花费大半时间拍《邻居》令她感到厌倦了。拍情景喜剧的演员工作很辛苦,节目要每周定期在电视上播出。《邻居》剧组的工作日程是这样的:星期二

---

① 黛波拉的昵称。

通读剧本，星期三到星期五在伦敦彩排，星期六赶到鲁米治，星期日在那里彩排和录制，星期一休息一天，下个星期二接过下一集的剧本后又重新开始。拍戏占去了演员的星期天，如果要拍外景，有时候还要占去他们唯一的一天假。他们的报酬很高，可干的是一种繁忙而紧张的程式化工作，他们也不敢生病。说得更简单明了一些吧：对一个像黛碧·拉德克利夫那样的演员来说，普里茜拉·斯普林菲尔德这个角色一段时间以前就已不再具有挑战性。不错，在季与季之间的间歇期，她每年有差不多四个月的时间可以去演舞台剧，但时间还是太短，不够她去伦敦西区[①]演出。无论如何，墨菲定律总是灵验，她想演的那些剧从不会在她有空的时间上演。所以，得知她不想续约我一点也不感到吃惊。不用说，杰克并不这么看。"搞这一行的人就是不知感激……"他一边叹气摇头，一边用叉尖在一碟莳萝酱里转动着生鲑鱼片，"在《邻居》之前，除了皇家莎士比亚剧团邮件群发清单上的少数几个人，有谁听说过黛波拉·拉德克利夫？是我们让她成了明星，现在她却要背弃我们。这世上还有没有忠诚了？"

"别胡闹了，杰克，"我说，"我们能让她在这里待那么久，已经够幸运了。"

"这一点你得感谢我，孩子。"杰克说（他实际上比我小十岁，可在我们的关系中，他喜欢扮演父亲的角色），"是我在连续剧第一季拍完后给哈德兰施加了压力，要他们在和她续签合同时订下四年的聘用期，要不然他们就只打算跟她续签三年了。"

"我知道，杰克，你干得不错。"我说，"我想这不会是她的代理

[①] 伦敦著名的戏剧中心，拥有众多剧院。

人要求增加片酬的伎俩吧?"

"自然,我最先想到的也是这个,可是她说给她加一倍她也不干了。"

"没有黛碧我们怎么拍下一季呢?"我说,"我们不能找新的女演员。观众不会接受的。对他们来说,黛碧就是普里茜拉。"

杰克让侍者添满了我们的酒杯,然后凑向前,压低声音:"我跟哈德兰的人谈过这件事——戴维·特里斯,梅尔·斯帕克斯和奥利。顺便提一句,这完全是保密的,墩子。明天你去参加排练吗?那你一个字也别说出去。其他演员都还不知道黛碧要走的事。哈德兰想让你修改最后一集剧本。"

"剧本有什么问题?"

"剧本没有问题。但你要把黛碧写出这个连续剧。"

"你是说,杀了普里茜拉?"

"天哪,不是。看在上帝的分上,咱这可是情景喜剧,不是一般的戏。不是让她死,但普里茜拉必须离开爱德华。"

"离开他?为什么?"

"嗯,那就是你的事了,孩子。也许她遇到了另一个家伙。"

"别傻啦,杰克,普里茜拉决不会抛弃爱德华。她生来就不是这样的人。"

"嗯,女人爱做古怪的事情。瞧瞧玛格丽特,她就离开了我。"

"那是因为你跟萝达暧昧不清。"

"那么也许可以让爱德华跟别人来点风流韵事,引起普里茜拉跟他离婚。这样你就有了新的角色!"

"爱德华也生来就不是那样的人,他和普里茜拉是典型的对彼此忠贞不贰的夫妻。他们分手的可能性就跟我和莎丽一样。"

我们争论了一会儿。我向他指出，斯普林菲尔德一家尽管有着时髦的自由主义思想和对文化的高雅品位，但在骨子里是传统的。而邻居戴维斯一家，虽然言行粗鄙，又有市侩气，但较为宽容开通。当然，杰克早就知道这些。

"那么，"最后他说，"你有什么建议？"

"也许我们可以到此为止了。"我毫不犹豫地说。杰克差点没被他正吃着的香煎牛杂和玉米糊噎住。

"你是说，在这一季里就结束这部剧？"

"也许按生活的自然逻辑它已经到头了。"我不能肯定我是否相信这句话，可是我惊奇地发现，这种可能的结局并不让我十分感到不安。

不过，杰克感到很不安。他用餐巾擦了擦嘴。"墩子，别这样对我。你是在开玩笑吧？《邻居》还能再拍三季。这只鹅还能下一大堆金蛋呢。你这不是自己割自己的脖子吗？"

"要知道，他是对的。"我和艾米在晚餐的时候谈起这件事时（按在格劳乔用餐的习惯，我只对菠菜乳清干酪卷这一道菜情有独钟，但也不时偷猎艾米的甜点，一种充满诱惑的提拉米苏），她说道，"除非你有了写新本子的主意。"

"没有，"我承认，"但《邻居》赚的钱已经足以让我过得相当舒服了。"

"你是说，你要退休？你一定会发疯的。"

"我本来也要疯了。"我说。

"不，你不会疯的。"艾米说，"你不知道疯意味着什么。"

我们彻底地讨论了没有黛波拉·拉德克利夫继续拍《邻居》的

优劣得失之后,轮到艾米详细地告诉我她一天的经历。但不好意思的是,现在,我正在努力试着记下那一部分谈话,可是已经记不得多少了。我还记得哈丽叶捅的最新一个娄子是给BBC电视台送错了去面试的女演员,引起上上下下的愤怒和尴尬。恐怕在她讲这件事的细节时,我的脑子早就开了小差,没有记住那个女演员的姓。当我回过神来时,艾米正说到约翰娜大发雷霆。我不知道她说的是哪个约翰娜,但那时要问也太晚了,如果问她,她就会知道我没在听她说话。所以,我不得不会心地点头、摇头,嘴里发出一些表示同情的声响,做出一些大而化之的评论。但艾米好像没有注意到,要不就是她注意到了却没有在意。然后,她谈起了塞尔达,说了些什么我一点也记不得了,不过我自信我完全可以猜出来,因为艾米对塞尔达的抱怨总是大同小异。

我没有告诉艾米我跟杰克谈话的全部内容。晚餐结束时,我们等着侍者拿回发票和杰克的白金信用卡,杰克快速扫视房间,殷勤地向正要离去的史蒂芬·弗莱挥挥手,然后说:"我下星期碰巧要借用一下你的房间,可以吗,墩子?"我起初以为他有需要招待的外国客人来访,直到他加上后面一句:"只是一个下午。在你方便的任何一天都可以,"他瞥了我一眼,狡黠地笑了,"我们会自己带床单的。"

我吃了一惊。杰克与玛格丽特具有讽刺意味的离婚不到两年,他就跟他那时的秘书萝达结了婚。在这些年里,玛格丽特成了他的某种朋友,或者至少是一个固定伴侣,我只是最近才习惯杰克在出席聚会和过周末时由萝达而不是玛格丽特陪伴。他可以从我的眼睛里看出我感到不安。

"当然，要是你不方便，就当我只是说说……"

"这跟方便不方便没关系，杰克，"我说，"只是我以后再也无法直视萝达的眼睛了。"

"这对萝达没什么影响，相信我。"他热切地说，"这不是风流韵事。我们两人的婚姻都很幸福。我们只是对娱乐性质的性关系有共同的兴趣而已。"

"我宁愿不卷进去。"我说。

"没关系。"他挥挥手做了一个不再考虑的手势，"忘了我说过的话吧。"末了，他又带着一丝焦虑的神色补充问道："你不会跟莎丽提这件事吧？"

"我不会的。可现在不是该结束这种玩乐游戏的时候了吗？"

"这让我感到年轻。"他得意地说。以他的年龄来看，他的确显得很年轻。这并不是说他不成熟。他有着一张有时可被描绘为"娃娃脸"的面孔：圆脸庞，稍稍突出的眼睛，狮子鼻，调皮的笑容。你不会用好看来形容他。很难理解他是怎么勾到那些女人的。也许是他那种热切的、初生牛犊似的、看上去永远也使不完的劲儿。"你该试试的，墩子。"他说，"你最近显得有点憔悴。"

我们坐在沙发上一起看《新闻十点钟》，我搂着艾米的背，她将头倚在我的肩上。除了告别时的唇吻，这是我们走得最远的肌肤之亲了。我们分手时那样做似乎比较安全。我们坐在沙发上时也没有爱抚过，我也没有试图抱紧她或者抚摸她脖子以下的地方。我得承认有时候我很想知道艾米光着身子是什么样子。浮现在我眼前的是一幅略显肥胖的名画新版本，那幅画是谁画的来着，一个西班牙的家伙，一位年迈大师，他画了两幅同一个女人斜躺在沙发上的画，一幅穿着衣服，一幅赤裸全身——我得去查一查。艾米总是穿得严严实实，上上下下一点不露，拉链都拉得很严，衣服总是里一层外一层，所以很难想象她会有赤身裸体的时候，除非是在浴室。但我敢打赌，即使在浴室，她也会用泡沫盖住身体。脱艾米的衣服一定是件又费工夫又让人兴奋的活，就像在黑暗中拆开一个贵重的、横七竖八绑了很多道的包裹，拆的时候还能听见带有香味的包装纸发出沙沙的声音。（一定得在黑暗中——她告诉我她跟索尔的一个麻烦就是他坚持要开着灯做爱。）比较之下莎丽的衣服就又宽松又随意，简单实用以至于只消十秒就可以脱光，她下班后在家常常就是这样，脱光后一丝不挂地走来走去，在楼上做些单调的家务，比如换床单、收拾脏衣服什么的。

这一联想撩拨起了我的情绪，不过不合时宜，因为莎丽不在场，没法满足我的情欲。艾米即使在场也不会这么做。为什么这些天我好像只是在女伴心满意足地保持贞节的伦敦才有欲望，可是在鲁米治有着欲壑难填的伴侣的家中却几乎从没有"性"致？我不知道。

"你该试试的，墩子。"杰克怎么知道我没有试过？一定是我的身体语言以某种方式泄露了秘密。要不就是我的脸，我的眼睛。一有漂亮姑娘进入视线，杰克的目光就会变成一部红外线安全扫描仪。

在我最近的记忆中，我想最接近"试试"的经历就是三年或四年前在洛杉矶跟露易丝的相遇。那时我出差一个月，去做美国版《邻居》的拍摄顾问。露易丝是一家美国电视剧制作公司的"创作主管"，实际上就是副总裁。这个头衔在英国人听来不是那么让人印象深刻，但安在一个三十出头的女人身上，还是相当引人注目的。她负责照料我，也是我和编剧班子之间的联络人。有八位作者为此剧写样片剧本。八位。他们围坐在长桌边，一边喝着咖啡和健怡可乐，一边焦急地互相在对方身上试验自己的笑料是否好笑。因为公司买了版权，他们可以随意修改剧本，他们也这样做了：丢弃了原作的大部分故事情节和对话，只保留了不能互相容忍的两家邻居这样一个基本概念。看上去我好像是白白得了几千美元。但我不是在抱怨什么。起先我还尽职尽责地参加他们的定稿会和头脑风暴，一段时间后，我开始觉得自己在场只会让那些人尴尬和分心。那些人好像正在进行某种激烈的竞争，我很高兴能置身事外。渐渐地，我的参与变成了懒洋洋地躺在比弗利威尔夏饭店游泳池边的躺椅上读读剧本草稿，草稿每次由露易丝·莱特福德用她那漂亮的、镶皮革边的帆布手稿袋装好后送来给我。她通常在下班后开着她的日本两门轿跑来取我写的意见，然后喝杯鸡尾酒，更多时候我们会一起吃饭。她最近跟男友分了手，"还没找到别的人"，而我在比弗利山庄孤身一人无所事事，很乐意有她陪伴。她带我去好莱坞"中心地带"的饭店，向我指点那些大牌制片商和代理人。她带我去看电影预映和首映式。她带我去画廊和小剧院。为了帮助我了解美国电视剧，她还带我去了一些更加草根的去处：汉堡王和美味甜甜圈，十球保龄球馆，有一次我们还去看了棒球。

露易丝个子不高，但身材匀称结实。剪得很短的褐色头发总是闪着光泽地左右摇晃，好像刚刚洗过，它们的确什么时候都是刚刚洗过。她有一口完美无缺的牙齿。好莱坞人谁没有一口漂亮的牙齿呢？但露易丝很需要它，因为她很爱笑。这是一种响亮的、运动全身的大笑。考虑到她娇小的身量和这一行业的从业女性老到专业的一般风格，她这种笑很让人惊奇。她笑的时候，头向后仰并且左右摇摆，使她的头发向外扇动着。我好像很容易在她身上引起这种效果。我对好莱坞做派和加利福尼亚口音的英国式挖苦让露易丝乐不可支。自然,对于一个剧本作家来说,最让人满意的莫过于一个又漂亮又有知识的年轻女性在听了你的笑话后忍不住哈哈大笑。

在我快要离开好莱坞的一个天气温暖的傍晚,我们开车去威尼斯海滩①一家近岸的海鲜饭店吃饭。我们坐在外边的阳台上,一边吃一边看太平洋的日落,此时太平洋上闪耀着彩色电影画面一样灿烂的光辉。黄昏降临时,我们仍然坐在那里喝咖啡和第二瓶那帕谷白葡萄酒,只有一盏小油灯在我们之间的桌子上闪烁。这一次我没有试着逗她笑,而是严肃地向她讲述我的写作生涯,以及《邻居》走红给我带来的激动。我停下来问她是否再要一杯咖啡,她笑了笑说:"不,现在我想做的是把你带到我的住处操出你的脑浆。"

"你真的会吗?"我一边敷衍,一边竭力想着对策,对那半明半暗的灯光感激不已。

"是的,怎么样,帕斯摩尔先生?""帕斯摩尔先生"自然是打趣——我们见面第一天起就建立了互相直呼其名的关系。但她在向公司的其他人提到我时总是称我"帕斯摩尔先生"。我听见过她在电话里这样称呼我。"帕斯摩尔先生认为把戴维斯一家设定成拉美人是个错误,但他将服从我们最后的决定。帕斯摩尔先生认为第十二稿第三十二页开头的场景太感伤。"露易丝说这是影视业里对一个人表示尊敬的标志。

"你真是太可爱了,露易丝。"我说,"别以为我不愿意跟你睡觉,我愿意。可是,换句话说吧,我爱我妻子。"

"她决不会知道的。"露易丝说,"那对她有什么伤害呢?"

---

①洛杉矶市一处海滨胜地。

"我会感到内疚,这可能会在她面前表现出来,"我说,"或者哪一天我可能会说漏嘴。"我悲伤地叹了口气:"我很抱歉。"

"嗨,这没什么大不了的,墩子,我并没有爱上你或什么的。你为什么不买单呢?"

她开车送我回到我住的旅店后,突然说:"我是唯一一个让你有那种顾虑的女孩吗?"我说我总是有那种顾虑,她说:"唔,那还让我感觉好点。"

那天晚上我没怎么睡觉,一直在比弗利威尔夏饭店宽大的床上辗转反侧,犹豫着要不要给露易丝打电话,问问她我还能不能改主意,但我没有打。尽管我们后来又有几次见面机会,但再也不像以前那样了。她渐渐疏远了我,而不是更接近我。我离开美国时她开车送我到机场,吻了吻我的脸颊说:"再见了,墩子,跟你相处感觉很好。"我热情地表示同意,但在旅途的大部分时间里我都在想我到底失去了什么。

该睡觉了。我真不知道在今晚的梦频道里会上演什么节目。一定会是黄色电影,我对此不该有什么怀疑。

* * *

2月18日,星期四,上午。公寓里的电视监视系统连着门廊里的摄像镜头,有两个画面供你选择:一个是来访者的脸部特写,一个是以街道为背景的门廊的宽镜头。闲着没事的时候,我按动宽镜头的按钮,看看人行道上匆匆走过或者停下脚步的行人。这能为我提供人物角色的构思——我能见到形形色色的人。我想我使用这一设备时大概得到了一种孩子式的看下流表演的乐趣。它就像一个反向潜望镜。从楼上那间温暖舒适的小屋里,我可以扫描现实生活褴楼的外表；观光客皱着眉头查看市区地图；年轻姑娘们外出时穿的用料吝啬的单衣外裹着轻便大衣，徒劳地抵御着早春的寒冷；黑人小伙子们互相扭打着；情意缱绻的恋人们停下迈了一半的脚步亲吻对方，使得拎着手提包匆匆前往查令十字站赶火车的人们不耐烦地碰撞着他们。

昨天晚上，没有特别的原因，我临睡前又按了那个按钮，果然有人睡在门廊里过夜。我想，如果说以前没有发生过这样的事，那才真是令人吃惊了。可那是一块很小的方形空地，要是一个成年人躺在里边，就得把脚伸到外面的人行道上去。但那家伙套着睡袋坐在里面，背靠着一面墙，脚蹬着另一面墙，头耷拉在胸前。他看上去很年轻，长着一张狐狸脸，稀疏的头发盖住了眼睛。

看到他在那里我感到很吃惊，继而是愤怒。真是太放肆了！他把整个门廊都占了。不踩着他就不可能进来或出去。这并不是说我那天晚上还要出去，但别的住户有可能要进来。不管怎样，这家伙在此宿营降低了公寓的格调。我想过下楼叫他走人，可是已经换上了睡衣。我可不愿意穿着睡袍和拖鞋去见他，也不想麻烦自己重新换衣服。我也想过打电话给警察，让他们来赶他走，可是伦敦的这一地区有那么多大案要案，我怀疑他们是否有心思对这样的请求做出反应，不管怎样，他们可能会问我是不是已经自己去撵他走了。我站在那里，盯着模糊的黑白图像，希望这套电视监视系统能将公寓里面的声音和图像都发送出去，这样我就可以通过喇叭对他大吼："喂，你！滚开！"然后在屏幕上观看他的反应。这个想法让我笑了起来，接着，我感到这种笑有点卑鄙。

这些在伦敦大街上粗鲁行乞和露宿的年轻人让我心烦。他们不像流浪汉和酒鬼——那些自古以来就伴随我们的流浪汉和酒鬼总是肮里肮脏、气味难闻，穿得破破烂烂。而这些新游民通常穿戴十分讲究，他们穿着看上去崭新的滑雪服和牛仔裤，脚蹬马丁靴，他们都有厚厚的棉睡袋，这种睡袋即使带去参加野外拓展训练，也不会让他们丢面子。老流浪汉们都像虫子一样在那些被人忽略的角落藏身，比如铁路桥下、垃圾堆旁，但新的年轻流浪汉们选择的则是伦敦西区灯火通明的街道两旁的商店门口，或者地下室的楼梯和走廊，所以你总是避不开他们。他们的存在就好像是一种无声的谴责——可他们谴责我们什么呢？我们把他们赶到大街上去了吗？他们看上去那么正常，那么无可挑剔，他们彬彬有礼地问你能不能给他们点零钱，以至于你很难相信他们会找不到住处乃至工作——如果他们真的试着去找。可能在伦敦西区找不到，可是谁说过他们有权在西区安家呢？我在西区安了个家，但我得为此工作。

我一边上床睡觉，一边如此这般地进行着自我辩护式的内心独白，最后睡着了。我四点钟醒来，起床小便。回床的路上，我又按了电视监视系统的按钮，他还在那里，蜷缩在门廊瓷砖地板上的睡袋里，像一只躺在篮子里的狗。背景上有警车的警灯闪过，我听到警笛刺耳的尖啸声透过起居室的双层玻璃传进来，但那个青年并没有受到惊扰。我早上七点半再看时，他已经走了。

* * *

星期四，下午。我正在五点十分从尤斯顿出发的火车上写这段日记。我本打算坐四点四十的车，可我坐的出租车因陷入长时间的塞车而寸步难行。这场塞车是伦敦中心大楼的炸弹警告引起的。警察已经封锁了托特纳姆宫路和牛津大街的十字路口，各个方向的车龙都越排越长。我对司机说："谁想炸那房子——爱尔兰共和军还是查尔斯王子?"可是他没听懂这个笑话——要不然,也更有可能是他不觉得这话有趣。炸弹的威胁吓跑了旅游者,坏了他的生意。

今天上午我去了一趟排练场,这是我星期四通常的日程。《邻居》初出茅庐蹒跚学步时,我差不多每天都要参加排练,但现在,它跑得就像火车(或者说像一列正常行驶的火车——我现在坐着的这列火车由于某种原因突然变得像蜗牛一样慢。我们甚至还没有到沃特福德联轨站)一样,我只是每周露一次面,来看看一切是不是在顺利进行,也许还要对剧本做一些小小的调整。排练在皮姆利科地铁站附近一个改做俗用的教堂大厅里进行,地板上画满了跟鲁米治的演播室背景一致的线条。在冬日里的一天走进那里,你会摒弃任何诸如电视娱乐业是个迷人行当一类的幻想。(我想这是我第一次用"摒弃"这个词。我喜欢它——有一丝高雅的味道。)砖墙按惯例漆成矿泥绿和奶油凝块的颜色,就像鲁米治总医院的墙一样。窗门紧闭,肮脏的窗玻璃上结着冰。各种普通的批量家具被推到墙边或摆在各个"房间"里,当中有带塑料桌面的斜腿桌、可以摞起来的塑料椅、皱巴巴的三件套西装和床垫让人看着恶心的弹簧床。除了上面放着咖啡机、软饮料、水果和零食的搁板桌,这地方简直就是一个救世军[①]的难民营或者二手家具仓库。演员们都穿着舒适的旧衣服——只有黛碧例外,她总是打扮得好像马上就要去为《时尚》杂志拍照片。不拍摄时他们就坐在破旧的椅子上看报纸,读平装本小说,玩填字游戏,织毛衣。至于黛碧,她则在绣花。

我进去时,他们都抬起头来高兴地笑着跟我打招呼。"嗨,墩

---

①英国一慈善机构。

子！你好吗？进展如何？"演员们对我总是那样礼数周到。大部分制片商和导演私下里蔑视编剧，他们认为编剧不过是些为他们自己的艺术创造提供原材料的苦力，是一些他们不得不请进门的恶魔，必须坚定不移地为其所用。然而，演员则很尊敬编剧，甚至对其有几分敬畏。他们知道，他们台词的最终源头是编剧，而没有那些台词，他们便一无所能；他们知道，如果拍长篇连续剧，编剧有权在还没有写出来的戏里增加或减少他们的戏份。所以，他们通常都对编剧表现出异乎寻常的热情。

本周正在拍摄的是目前这一季的第七集，定在五周后播出。我想知道他们有没有任何一丁点察觉到这可能是最后一季？没有，我们互相打招呼时从他们的眼神和身体语言里看不到什么焦虑的表情。只有我和黛碧之间交流了这种信息，不过这种交流一闪即过。黛碧坐在一把旧安乐椅里，绣着她永远绣不完的花，我弯下腰来吻她，这时我们的目光对视：她知道我已经知道她想要退出剧组。看来这个秘密目前保守得很好，甚至导演哈尔·里普金都还不知道。见我进来，哈尔匆忙奔过来，皱着眉头，嘴里叼着圆珠笔，但他找我是因为他对剧本有些想法。

情景喜剧是纯粹的电视节目，它是连续性和新奇性的混合。它的连续性来自剧本的基本"情景"——在我们这部电视剧里，就是两个毗邻而居但生活方式迥然不同的家庭：随遇而安、靠社会福利过日子的戴维斯一家意外地继承了一套位于市中心富人区的房子，他们决定搬进去住而不是卖掉它，这使紧挨着他们的邻居斯普林菲尔德一家的失望之情溢于言表。斯普林菲尔德一家是有文化的中产阶级，《卫报》的读者。观众们很快就熟悉了剧中角色，每星期都盼望着看他们以完全相同的方式生活下去，就好像剧中人物是他们的亲戚。新奇性来自每一集所讲述的故事。情景喜剧的艺术就在于找到新的故事来讲，一周又一周，故事都要有人们熟悉的框架。故事不能太复杂，因为每一集只有二十五分钟，出于预算和技术上的原因，大部分情节必须发生在同一背景下。

我期待着本周的一集戏被拍出来，因为情节已发展到了向严肃喜剧领地靠近的时刻。情景喜剧基本上是轻松的家庭娱乐，目的是逗笑和取悦观众，而不是要让他们感到不安和紧张。可是如果情节偶尔触及生活深刻的、黑暗的一面，不管这种触及是如何蜻蜓点水，观众也会不再信任剧中人物，不再对他们的命运感兴趣。本周的戏集中在斯普林菲尔德家大约十六岁的女儿爱丽丝身上。本剧五年前开始播出时，这个角色大约十五岁。她的扮演者是菲比·奥斯本，五年前刚开始拍摄时她十四岁，现在她十九岁了，所幸她这段时间发育得不那么快，而且化妆和发型的效果也惊人的好。长篇情景喜剧中的成年人物过着让人羡慕的生活，他们从来都不会变老。可是剧中的青少年角色，你得考虑到演员一定量的成长，并将它写进剧本。比如当小马克·哈林顿（他扮演斯普林菲尔德家最小的孩子罗伯特）的嗓音突然发生变化时，我就将它写成了整个连续剧中持续不断的玩笑。

不管怎样，本周这一集剧情的焦点是爱德华和普里茜拉担心爱丽丝可能怀孕，因为她常常呕吐。邻居家的辛迪·戴维斯是个少年未婚妈妈，她还在读中学，她的妈妈替她照看婴儿。本集的戏点就在于，斯普林菲尔德夫妇对辛迪的看法开明得要命，可是一想到同样的事情可能正发生在自己的女儿身上，尤其是孩子的父亲有可能是小特里·戴维斯——爱丽丝一直在跟他约会，此事他们是咬着牙同意的——他们就吓得要死。不用说，爱丽丝没有怀孕，甚至也没有怀孕的危险，因为她没有让特里对她做出什么非礼行为。爱丽丝对牛奶过敏，所以牛奶工人每天给她送来专用的羊奶，她不断呕吐是因为在性方面没有得到满足的特里跟他的伙伴、奶工助手若奇合谋在羊奶里投了药，并声称投的是春药（实际上是催吐剂）。有一天，普里茜拉偶然喝了爱丽丝的羊奶，感到非常恶心，此事这才终于真相大白。(爱德华[惊呆了]：这么说你也怀孕了？)可在那之前，在爱德华和普里茜拉绞尽脑汁、绕着圈子对那个可怕的怀疑所进行的调查中，在他们公开的宽容和私下里对单亲家庭的反对所形成的对比中，大量的喜剧情节已经产生了。

"拖得有点长了，墩子。"因为齿间咬着一支圆珠笔，哈尔说话时口齿不清，他一边说着一边用拇指快速地翻动着剧本。他的右耳上方还有一支圆珠笔，从金属丝一样硬的乱蓬蓬的头发里露出来。他早些时候将它夹在了耳朵上，后来又忘了。(我应该庆幸这种事不会发生在自己身上。)"我想是不是该在这里删掉几行。"他咕哝着说。他还没翻到他要找的那一页，我就清楚地知道他指的是哪几行。

> 爱德华：好吧，要是真的怀孕了，她应该把它解决掉。
> 普里茜拉（愤怒地）：你以为那样就一了百了了，是不是？
> 爱德华：等等！我以为你完全赞成妇女有选择的权利。
> 普里茜拉：她不是妇女，她是个孩子。不管怎样，要是她选择生下那孩子该怎么办？
> 她停下来，此时爱德华正在考虑如何应对这种可能性。
> 爱德华（语气平静而坚定）：那我们当然要支持她。
> 普里茜拉（柔和地）：是的，当然。

普里茜拉伸出手紧紧抓住爱德华的手。

我最先交稿时，已经因为这一段台词跟制片人奥利·西尔弗斯发生过冲突了。实际上，他现在已不只是我的制片人，他还是哈德兰电视台系列剧与连续剧部的主任，职位不低，可是《邻居》在某种程度上是他的宠儿，其收视率一直高于哈德兰电视台播出的所有其他节目，所以他升职后仍不忍将它移交给台词导演。我不知道他怎么还能拨冗插手每一集的细节问题。他说你不能在一部情景喜剧里提到流产，哪怕是九点以后在青少年都该上床睡觉的时间里播出的情景喜剧里也不行，因为那个问题争议性太大了，它会让人心烦意乱。我说一对受过教育的中产阶级夫妇在讨论女儿可能怀孕的问题时不提到流产是不真实的。奥利说观众接受了情景喜剧的传统做法，接受了情景喜剧里不提到某些东西的惯例，他们也喜欢这种处理方式。我说，从前被看成是情景喜剧禁忌的所有东西现在都被接受了。奥利说，流产没有。我说，总得有个第一次。他说，为什么要在我们的节目里？我说，为什么不能在我们的节目里？最后他让步了，要不就是我以为他让步了。我早该想到他会找到别的办法来删掉这段台词。

我问哈尔砍掉台词是不是奥利的主意，哈尔显得有点窘迫。"奥利昨天来了。"他承认说，"他的确暗示过这段台词对故事情节不是必不可少的。"

"不是绝对必不可少，"我说，"那只是一小份真实。"

哈尔看上去不大高兴，他说我们可以跟奥利一起进一步讨论，奥利午饭后要来这里。我说要在下午对这样的原则问题进行激烈的争论，时间就太晚了。而且，演员们听到我们争吵，就会焦躁不安，影响拍戏。哈尔看上去松了一口气，急忙跑过去吩咐他的制片助理苏茜修改剧本。在奥利到来之前我离开了排练场。现在，我不知道自己为什么不做更多的据理力争。

年长的列车员刚才已经通知过，我们快到拉格比了。"下一靠站是拉格比。""停靠站"，英国铁路公司最近已开始使用这一累赘的词语，大概是为了将计划中的停车和半道上的意外停车区别开来，以免因空调不力而空气混浊的车厢里的那些被培根西红柿卷饼气味和过热的刹车垫的焦煳味熏晕的乘客跌跌撞撞地走出车厢，误上铁轨，被火车轧死。

* * *

星期四，晚上。我大约七点半回到了家。火车到终点站时只晚点了十二分钟，下车后我找到了我的车，它没有遭贼，也没有被破坏狂们损坏，它像一个忠实的宠物，趴伏在原地等待着我。我走近汽车时用钥匙串上的遥控器唤醒它，它的指示灯开始向我闪烁，车门锁"吱吱吱"地响了三下，咔嗒一声打开了。这种遥控设备给我带来了孩子般的无穷乐趣。我家的车库门也是遥控的，我在马路尽头转过街角时门就开始开启，我可以不停车径直把车开进去，这也让我觉得很有趣。今晚车库门打开时，我发现莎丽的车不在里边。进门后，我发现厨房里有一张纸条，纸条上写着她去了俱乐部，要去游泳和桑拿。我感到极度失望，因为我有一肚子的话要跟她说，我要告诉她黛碧·拉德克利夫带来的危机，还有本周的节目被删掉台词的事。不过这并不意味着她急于听到两件事中的任何一件。恰恰相反。①

据我的经验,作家的妻子分为两种。一种身兼数职,既是保姆,又是秘书和粉丝会的会长。作家写作时她读他的作品,并总是赞不绝口;节目播出时她会看那些节目,每个笑料都让她大笑不止;不好的评论让她畏缩,好的消息使她欣喜,对他的悲喜荣辱感同身受;她焦急地关注着他的情绪变化和工作效率,不时给他端来一杯茶或咖啡,进出书房时为了不打断他的思路而踮着脚尖;她接电话,回信,回绝令人讨厌和不适当的邀请、请求、提议;她记下他的约会并不失时机地提醒他,开车送他去车站或机场,他回来时又开车去接他,为他职业上的朋友或资助人举行鸡尾酒会和晚餐聚会。另一种妻子就像莎丽那样,那些事情她从来不做,她有自己的事业,并将自己的事业看得跟她丈夫的一样重要,如果不是更重要的话。

实际上,莎丽是我见过的唯一一个第二种类型的妻子,不过我想一定还有其他这种类型的人。

所以,我回家时并不指望能得到充满同情的劝告和有见识的意见。我只想有个机会将郁积在心里的想法倾吐出来。从车站开车回家的路上,我越来越确信,我如此轻易地做出让步,同意删掉本周剧本中提到的关于流产的台词,是犯了一个错误,并开始为此折磨自己。我想着要不要分别打电话到奥利和哈尔家,重新讨论这个问题,但又拿不定主意,因为我知道,我今天早上已经同意了删掉那段台词,如果再次提出这个问题,我将处于十分不利的地位,要是最终撤销早上的决定,却因为来不及再次修改剧本而实际上一无所获,只会自找没趣。很可能会是那样,但也不一定。下午演员们已

---

① 原文为法语。

排练过删改后的剧本，但要求在明天的排练中恢复删去的台词也是有可能的。

我在空荡荡的房间里来回踱步，几次拿起电话，但都没有拨号就放下了。我给自己做了一个火腿三明治，可是火腿和面包因为在冰箱里冻得太冷，一点味道都没有。我又喝了一罐啤酒，结果灌了一肚子的气。我随意打开电视，发现BBC一台正在播放一部跟我们竞争的情景喜剧，他们的节目看起来比《邻居》更机智、更活泼。我看了几分钟就关掉电视，走进书房，坐在电脑前。

我感到我的自信就像一只破桶里的水一样，正在一点点地漏出去，一点点地消失。我开始蔑视自己，既因为我接受删改时的软弱，又因为现在的优柔寡断，拿不定主意是否要对此事再做点什么。我的膝盖开始颤抖，就像患了风湿病的关节对即将来临的坏天气那样敏感。我感觉到了一场沮丧的风暴在地平线上若隐若现，一场就要将我吞没的绝望的浪潮正在积蓄力量。

感谢上帝。莎丽刚才回来了。我听到门在她身后"砰"一声关上的声音，以及她在门厅里高兴地叫唤的声音。

* * *

2月19日，星期五，上午。今天早上的邮件里有精神卫生联会①的募捐信。我想，这是我第一次收到他们的信件。他们一定是从别的慈善机构那里弄到了我的地址。信封里有一封信，还有一个蓝色气球。信的上端写着一行指令："请吹大气球后往下读，但不要扎住气球口。"所以我吹大了气球。气球上出现了一个白色线条的人头像

---

① "全国精神卫生联合会"的简称。

轮廓，实际上看上去和我有几分相似——粗脖子，看不到一根头发，脑壳里边像思想一样地摞着一个个单词：丧亲、失业、钱、分居、抵押、离婚、健康。"对你来说，"那封信写道，"气球上的那些词看起来不过就是那样——一些单词。可是它们所描绘的事件却是那些精神崩溃者生活的中心内容。"

就在那时，门铃响了。莎丽去上班了，所以我来到前门开门，手里仍举着那只气球，拇指和食指捏住气球口，不让空气跑出来。我感到冥冥中一种超自然的力量控制了我，使我不得不按信里的指令去做，就像童话里的人物一样。

是送牛奶的工人，他在等我付钱。他看看气球，咧嘴笑了。"有聚会吗？"他说。现在是上午九点半。"你的生日，是吗？"他说，"很多开心的事又会回来的。"

"是别人寄来的。"我拿着气球僵着身子向他示意道，"我们该付你多少钱？"我用空着的手从兜里掏出一张十英镑的钞票。

"昨晚的节目真带劲，"送奶工找给我零钱时说，"戴维斯的爸爸在房间里藏满了香烟，然后开始戒烟……太有意思了。"

"谢谢，你能喜欢我很高兴。"我说。本地的商贩们都知道我是《邻居》的编剧。我站在家门口就能做即时观众调查。

我将气球拿回书房，拾起精神卫生联会的来信。"正像那些词随着气球变大一样，某些人的困境也一样随着他们身上压力的增大而变得越来越严重。"信上写道。

我再次看看那些摞在脑壳里的单词。我没有丧亲（或者说最近没有——我母亲在四年前、父亲在七年前去世），我也没有失业，我有很多钱，我既没有跟妻子分居也没有离婚，要是我愿意，我明天就可以付清我的分期付款账单，但为了减税，我的会计劝我别这样做。我只有神经衰弱症够资格列在"健康"名下,但我怀疑精神卫生联会想到的可能是比膝盖内部紊乱症严重得多的、威胁生命的问题。

我快速浏览信里剩下的内容:"自杀……精神失常……重返社会训练中心……帮助热线……"在最后提出捐款要求之后,还有一个附记:"现在你可以放出气球里的空气了。你在这样做时,请想一想,人们的困难带来的压力可以随着时间、关怀和你今天的礼物即将给予的特别理解而多么迅速地消除。"我放开气球,它立刻像一只放着响屁的绿头苍蝇在房间里乱窜,几秒钟后,撞上一块窗玻璃,掉在地板上成了一摊。我取出我的慈善基金支票本,送给精神卫生联会三十六英镑,以使某人可以得到经过特别培训的专业人员一上午的精神健康护理。

我自己今天就该去做一次。

昨天晚上莎丽回来后进了厨房,她给自己倒了一杯热巧克力饮料,我倒了一杯威士忌,我们一边喝一边谈话。或者不如说是我在说,她在听。她完全心不在焉。她洗了桑拿后感到既倦怠又欣快,好像比平时更难集中注意力听我说我那些工作上的麻烦。当我告诉她关于流产的台词已从本周的剧本中删除时,她说:"噢,好。"尽管她从我的表情上看出我需要的不是这样的反应,但还是象征性地辩护说,《邻居》完全是一部轻喜剧,它容纳不了这沉重的话题——与奥利的观点分毫不差。接着,我告诉她因为黛碧打算在现在这一季拍完后离开剧组,这个节目将来可能很难再拍下去了。她说:"那么,那会对你很合适,不是吗?你可以跟一个比奥利更愿意冒风险的制片商弄点新的东西。"这样说是很合逻辑的,可是对我没有什么特别的帮助,因为我还没有新节目的构思,就我目前的状态来看,也不大可能出现新的构思。

莎丽用手指在杯子里搅搅,然后舔舔手指。"你什么时候睡觉?"她说。这通常是她建议我们做爱的方式,所以我们做了,结果我没有射。我勃起了,可是没有高潮。可能是因为喝了啤酒又喝威士忌的缘故,我不知道是不是,那很让人着急,就像你摇着水泵的手柄,可喷口就是不出水。莎丽高潮了——至少我认为她高潮了。有一天晚上我在电视上看过一个节目,很多女人坐在一起谈论性的问题,她们每个人都偶尔假装高潮,要么是为了安慰各自的伴侣,要么为了早点了结不称心的体验。可能莎丽也这样做过。我不知道是不是。她很幸福地入睡了,我听着她的呼吸节奏渐渐变得沉重缓慢,我自己也睡着了。两点三十五分,我又醒了,睡衣领子已被汗水浸湿。我强烈地感觉到一种凶险,一种我必须记住但却早已遗忘的祸事的存在。接着我想起来了:在有了所有那些麻烦之后,我得了性腺内紊乱。摆在我面前的是一种没有性生活、没有网球、没有电视节目的生活。我感到自己正在盘旋下降,坠入黑暗的深渊。我总把绝望想象成盘旋下降的运动——就像一架折断机翼的飞机,像树叶一样往下飘落,飞行员无助地拼命试图控制飞机,飞机不停地扭动、旋转,引擎声音变成了刺耳的尖叫,高度表的指针一圈一圈地向零靠近。

读完前面写的句子,我想起了艾米的那个古怪的问题,"你的Angst怎么样了?"我查了那个词。在英语词典里居然找到了它,这让我有点吃惊:"1.剧烈但又无法确定的焦虑和懊悔的感觉。2.(在存在主义哲学中)一个人因意识到他的未来没有确定、必须对它做出自由选择而引起的忧惧。"我没有完全理解第二个义项——哲学在我所受的教育中是一片巨大的空白。但看到"忧惧"这个词我感到不寒而栗，它听上去要比折磨着我的"焦虑"严重得多。我觉得焦虑听起来要轻微一些。你可以因为赶不上车或者失去工作而焦虑。我猜这就是我们从德语里借来"Angst"一词的原因。Angst的读音有一种阴沉的共鸣，你发音时还得做出一种痛苦的怪相。但忧惧还不错。忧惧就是我凌晨带着一身冷汗醒来时的感觉。剧烈但又无法确定的忧惧。当然，不久我就会为这种忧惧找出一些确切的原因，比如阳痿。

这件事当然在每一个男人的身上都要发生。五十八岁似乎有点太早，但我想这也不是没有可能的。不管怎样，或早或晚，一定会有最后一次。问题是，你只能在你发现你再也无能为力时才知道。他不像你戒烟前的最后一支烟，也不像你挂靴前的最后一场足球比赛。你无法给你的最后一次做爱确定一个特别的时刻，因为你在最后一次做爱时并不知道那就是你的最后一次；到你发现那就是最后一次时，你很可能已经记不起当时的感觉。

我刚才在平装本《现代思想词典》里找到了存在主义。"哲学流派。该流派戏剧性地强调人类的存在和自然物的存在之间的差别。被赋予了意志和意识的人类发现自己处在既没有意志也没有意识的异己的客观世界中。"这对我来说不是什么新发现，我想我已经知道这些东西。"存在主义为克尔凯郭尔所开创，其宗旨是强烈反对黑格尔囊括一切的绝对理想主义。"噢，是的，是吗？再找克尔凯郭尔。"索伦·克尔凯郭尔（1813—1855），丹麦哲学家，见'存在主义'。"

我在另一本书——一本传记词典里找到了克尔凯郭尔。他是一个白手起家的商人的儿子,从父亲那里继承了一笔可观的遗产。他把这些钱全部用来研究哲学和宗教。他曾经与一个名叫蕾齐娜的姑娘订婚,但后来又因为断定自己不适合结婚而毁约。他曾经接受过牧师职业培训,可从未当过牧师,晚年写过一些攻击传统基督教会的引起争议的文章。除了在柏林住过一两次之外,他从未离开过哥本哈根。其一生之单调,一如词条的短暂。词条最后列了一个他的部分著作的清单。我无法形容我读那些题目时的感觉。要是我后脖颈上的毛短一点的话,它们一定会竖起来。《恐惧与战栗》《致死的病》《忧惧的概念》①——它们听上去不像是哲学著作的题目,倒好像是一针见血地道出了我目前的状况。就连那些我读不懂,或者只能猜测其内容的题目,比如《非此即彼》和《重复》,好像也隐含着许多专为我设计的意义。还有,你知道,克尔凯郭尔还写过一本日记。我一定要弄到那本克氏日记,还有他的其他一些书。

* * *

星期五,晚上。下午在康乐诊所做针灸治疗。像往常一样,吴小姐从号脉开始,用她那冰凉潮湿、细嫩如娇嫩珍贵的花茎般的手指捏着我的手腕,问我感觉怎么样。我本想告诉她我昨晚没有射精的事,但又打消了这个念头。吴小姐出生在香港,但长在鲁米治,她十分害羞,也很拘谨。在我需要脱衣服时她总是离开房间,等我脱得只剩短裤,爬到铺着厚床垫的小床上,盖上多孔毛毯时她才回来。她回房间之前总是先敲敲门,看看我是否已经准备好。我想要是跟她提起我没射精的事,她会感到难堪的。对你说实话吧,我可

---

① 《忧惧的概念》(The Concept of Dread),亦译为《恐惧的概念》或《焦虑的概念》。

不想让银针扎进我的阴囊。她并不总是扎你想让她扎的地方，谁知道呢。所以我只是提起了我通常有的症状，她则把针扎进我的手和脚，跟她每天做的一样。那些针看起来有点像挂图和留言牌上用的带彩色塑料头的大头针，当针扎到正处时，你会感到刺痛和震颤，有时候这种感觉强烈得像低压电击。这种针灸还真有两下子，不过我不知道它是否真的有持续的疗效。我去找吴小姐本来是想治疗膝盖内部紊乱症，但她坦率地告诉我，她认为她的治疗对我的病不会有什么效果，除非辅以促进整个生理和精神健康的治疗方案，所以我开始了她所说的那种治疗。治疗过后，在那天剩下的时间里我的感觉会好些，这种感觉也许会持续到第二天早晨，可是那之后，疗效就好像慢慢消失了。这种治疗带着一丝苦修的味道——针扎在身上的确有点疼，接受治疗的当天还不能喝酒，大概那就是我感觉好些的原因——但我发现吴小姐无限温和的态度让我很舒服。要是银针扎下去我因为过于强烈的反应而抖动一下，或者她找不到穴位（这样的情况很少），要试好几次，她总会向我道歉，并为此苦恼不已。要是有那么一天她把我扎出了血，我想她会羞愧而死。

我们一边治疗一边聊天，聊的话题通常是我的家庭。她对亚当和简的生活有着浓厚的兴趣。她提出的一些问题我有时很难回答，这使我意识到，这些年我对孩子们关心得太少了，我感到内疚。可是如今他们有他们自己的生活，独立自主，自给自足，他们也知道，如果他们急需要钱，只要向我提出来就行了。亚当在剑桥的一个电脑软件公司工作，他的妻子蕾切尔在苏福克大学代课，讲艺术史。他们有一个年幼的孩子，所以两人都全身心地投入了烦琐的家庭后勤保障和职业生涯中。简攻读了考古学学位，十分幸运地在多尔切斯特博物馆找到了一份工作，她跟她的石匠男友古斯住在斯沃尼奇。

他们都是素食主义者,在那个单调的小地方过着一种平静的、与世隔绝的生活,这种类似新世纪生活方式的生活好像让他们感到幸福得不得了。这些年我们只有在圣诞节才全家团聚,那时他们都来霍利维尔。吴小姐从我的话中意识到简和古斯没有结婚时,微微皱起了眉头——我猜,在她生活的社区里,那是不被接受的。我希望简有一天结婚,最好别跟古斯,不过情况很可能会比那更糟。今天,我壮起胆子问吴小姐她自己是否希望结婚,她微微一笑,红着脸垂下了眼帘,她说:"婚姻是要认真负责的。"她再次为我把脉,说有了很大的好转,然后在她的本子上记下了些什么。接着她离开房间让我穿衣服。我将一张装在浅棕色信封里的支票放在她放银针和其他杂物的桌子上。我第一次在这里接受治疗时犯了一个错误,我掏出钱包粗鲁地将一张支票塞到她的手里。她窘极了,当我意识到自己的失礼时我也很尴尬。给医生付钱总是一件很棘手的事情。亚历山德拉喜欢让我邮寄。艾米告诉我,她每个月的最后一个星期五去卡尔·基斯的治疗室时,都会有一个小信封放在沙发上,里面装着她的账单。她拾起信封,不声不响地将它藏进手袋。他们两人谁都不会提起它。这种秘而不宣并不让人感到奇怪,真的。治病救人不应该是一种金钱交易——耶稣就不为他救治病人的奇迹收费。但是医生们得生活。吴小姐治疗一小时只收十五英镑。有一次,我签了一张二十英镑的支票给她,结果是导致了更为难堪的局面,因为她追到停车场说我写错了。

我穿好衣服后,她回到诊疗室,我们约好了两个星期后的治疗时间。下星期五我要接受芳香疗法。不过,吴小姐不知道。

除了化疗,我几乎对其他所有治疗都有兴趣。我说的化疗是指镇静剂、止疼药、抗抑郁剂之类的东西。我曾经试过一次。那是很早以前，1997年。那时我正在跟河口电视台商谈拍摄第一个真正属于我自己的情景喜剧，剧名叫《反串角色》，讲的是一个做家庭主夫的丈夫与他的做职业女性、最近刚刚闲下来的妻子的故事。我正在写试播片断，这时杰克打来电话，说BBC娱乐频道邀请我加入一个喜剧连续剧的编剧组。这就是自由作家典型的变化莫测的生活：经过多年的苦熬，我的作品终于被接受了，可是突然有两家电视台同时约我，我想我不能既要熊掌又要鱼。（杰克以为我可以，不过于他而言，那时他唯一必须做的就是起草两份合同，接受两项委托。）所以我拒绝了BBC，因为《反串角色》显然是一个更重要的节目。我本可以打个电话把我的决定告诉杰克，但我给他写了一封长信，连珠炮似的详细陈述了我的理由，这与其说是为了说服他，还不如说是为了说服我自己（我怀疑他会不会费心读完这封信）。可是那个试播片断成了一场灾难，它拍得太糟了，以至于河口电视台连播都不会播，更谈不上开机拍摄连续剧了。很自然，我开始后悔我拒绝了BBC的邀请。实际上，"后悔"一词根本就难以充分描绘我当时的心境。我相信我已经把自己整个的创作生涯都毁掉了，放过一生最好的机会，那就是职业上的自杀，等等。回想起来，我猜那是我的内部紊乱症第一次真正发作。除了那个致命的决定，我不能想任何别的事情。我没法工作，没法放松，没法阅读，没法看电视，也没法跟任何人交谈任何话题，每过几分钟，我的思路就会像压在破唱片上的唱针，不屈不挠地回到原来的纹道——关于那个重大决定的徒劳的忧思。我得了肠道过敏综合征，我四处徘徊，被肠胃蠕动紊乱弄得精疲力竭，十点半疲惫不堪地倒在床上，两个小时后又汗流浃背地醒来。在晚上剩下的时间里，我在脑子里改写给杰克的信，用无懈可击的逻辑向他表明同时为BBC和河口电视台工作我会做得多么十全十美，并构思着不同的剧情方案，让时间倒流，幻想我做的那个决定有了不同的结果——我写给杰克的信丢了，或者因为地址有误被原封不动地退了回来，或者BBC再次请求我重新考虑自己的决定，如此这般。这样过了一个星期，莎丽强迫我去看我的全科医生，他是个沉默寡言的苏格兰人，名叫帕特逊，不是我现在的全科医生。我告诉他我肠胃不适，睡觉不安稳，小心地承认我有些紧张（我的脑子已经成了一座胡言乱语的疯人院，但我还不打算将它的大门向别人打开）。帕特逊听着，嘴里哼哼着，给我开了安定片的处方。

我之前从未服用过安定片——我想那就是药效如此强烈的原因。我真不敢相信，几分钟后，奇异的安宁和轻松像异常温暖的绒毯将我包裹起来。我的恐惧和焦虑在萎缩，在退隐，它们像曙光来临时的幽灵一样消失了。那晚我睡得像个婴儿，睡了十个小时。第二天早晨，我感到有些迟钝，情绪有些低落，好像思想没法集中。我隐隐约约地感到，消极的思想和坏情绪正在意识的地平线下聚集，时刻准备卷土重来，但是第二个淡蓝色的小药片很快击退了那种威胁，将我再次裹进了平静安宁的茧壳里。这样，只要我吃药，我就很好——这种很好不完全是那种文思喷涌、竞技状态良好的样子，但我很好。可是我服完了一个疗程后，那个难离难弃的想法又像挣脱了皮带的狂暴的罗威纳犬一样扑了回来。于是我又陷入了糟糕透顶的状况，比以前任何时候都糟。

那时候，人们还没有充分认识到服用安定片会让人上瘾。当然我服用的时间也不长，不可能上瘾，但是我得奋力抵抗住再去找帕特逊，要求他为我再开一张处方的诱惑，我想这差不多是强制戒除了。我想，如果我去找了他，我会变得完全离不开这种药。不仅如此，我还可以肯定，只要服用安定片，我就再也不能写作了。不过那时候，我不服药也一样不能写作。但是我有种直觉，这场噩梦最终会自动结束。它当然自动结束了，在杰克打电话告诉我河口电视台将重组演员班子，重拍试播片断后十分钟，它就灰飞烟灭了。试播片断播出后，反响令人鼓舞，他们决定拍摄整部连续剧。这是我的第一部连续剧，它获得了小小的成功，而BBC的那个节目却遭遇了失败。一年以后，我几乎没法回忆起我当时为什么竟会怀疑我最初那个决定是多么明智。但我还记得停止服用安定片后的可怕症状，并发誓再也不去碰它。

在我写上面的句子时，膝盖又发生了两次痉挛，其中一次疼得我喊叫起来。

* * *

2月20日，星期六，晚上。今天，鲁伯特在俱乐部给我讲了一个让我惊讶不已又十分不安的故事。莎丽和我吃过早午饭后去那里的露天网球场打网球。这是一个美好的冬日上午，天气干爽晴朗，空气清新，没有风。莎丽和另外三个女人打双打，我则和我那些瘸腿的难兄难弟一起打。我们男人花了很长时间才披挂停当，首先我们得把那么多的绷带、夹板、支架、托带和假肢穿戴齐备——就像战前的中世纪骑士披盔戴甲一样。所以，当莎丽她们第一局已打得热火朝天的时候，我们才走过——或者不如说跛过她们的球场去我们的球场。鲁伯特的妻子贝蒂跟莎丽搭档，就在我们走过时，贝蒂打出了一个漂亮的反手截击，得了一分，我们都为她鼓掌。"贝蒂也在上网球课，是吗，鲁伯特？"乔咧嘴一笑说。"是的。"鲁伯特的回答很突兀。"嗯，我们的萨顿先生对女士们肯定花了不少工夫，"乔说，"我不敢肯定，不过……""喂，别胡说了，乔。"鲁伯特不耐烦地说着，大步走到前面去。乔向汉弗莱和我做了个鬼脸，来回挑动着眉毛，但他没再说什么，这样一直到了网球场，我们挑选了搭档。

我和汉弗莱搭档，我们打五局赢了对手，比分是六比二，五比七，六比四，三比六和七比五。这是一场竞争激烈的比赛，不过要是有观众的话，我们动作的速度一定会让他们觉得我们好像在水底打球。有一次，我的反手击球打得很好，两次接发球时打出了扣杀，球低低地擦网而过，这让鲁伯特十分吃惊。没有什么比漂亮的反手击球更让人满意的了，那似乎是易如反掌的事。我实际上是用球拍边框打了一个不合常规的截击，从而赢了比赛。这更属于我们一般打球时的特点。然而，这一切都非常愉快。乔想交换搭档，然后打一场三盘两胜的比赛，可是我的膝盖在不祥地发紧，鲁伯特说他吃的止疼片已经过劲了(每次打球前他都要吃两片)，所以我们让他们两人去打单打，我们则洗了个淋浴后去喝一杯。我们端着酒杯到了俱乐部酒吧一个安静的角落。尽管我的膝盖偶尔发出一阵刺痛，但锻炼使我容光焕发，差不多像年轻时一样感觉良好。我津津有味地品尝着冰镇啤酒，但鲁伯特朝杯子里皱起眉头，好像杯底有什么脏东西。"我希望乔别再总是谈论布赖特·萨顿，"他说，"这让人难堪，比难堪还糟糕，这让人不愉快。就好像看一个人揭自己的疮疤。"我问他说那话是什么意思。他压低声音问："你认识琼吗？""哪个琼？"我傻乎乎地问。"噢，你没在那儿，是吗？"鲁伯特说，"乔的琼。平安夜晚会时她和小里奇私通。"

小里奇名叫阿里斯塔尔，俱乐部的职业高尔夫球员山姆·里奇的儿子。他父亲出去教课时他照看生意，也给初学者做点辅导。他的年龄不会超过二十五岁。"你不是说真的吧?"我说。"我敢发誓,"鲁伯特说,"琼喝醉了,开始抱怨乔不能跳舞,于是她找小里奇跟她一起跳。她咯咯地笑个不停,双手吊在他的脖子上,一会儿之后,两人都不见了。乔去找她,发现两人都在急救室,正搂成一团。我相信那个房间不止一次被派上这种用场。他们把门锁上了,但乔有钥匙,他是委员会的成员。"我问鲁伯特他是怎么知道这些的。"琼告诉贝蒂,然后贝蒂告诉了我。"我不相信地摇摇头。我感到奇怪,要是乔自己刚刚被小里奇戴上了绿帽子,他为什么要说那么多关于布赖特·萨顿是俱乐部的应招男士这样的俏皮话呢?"我想,那是转移注意力的战术。"鲁伯特说,"他在把人们的注意力从小里奇和琼的身上引开。""小里奇是怎么想的?"我说,"琼的年龄足以做他妈妈。""可能是可怜她,"鲁伯特提醒道,"琼告诉他,自从乔做了背部手术,她就再也没跟他那个过。""什么那个?""那个,"鲁伯特说,"性交。今天你的脑子反应有点慢,墩子。""对不起,我被惊蒙了。"我说。我正在回想我们上星期在室内网球场上的谈话:我本以为那是乔无伤大雅的打趣,可没想到还有这种痛苦的潜台词。意识到这一点我感到很不安。我想起来了,那天虽然汉弗莱也加入了打趣,但鲁伯特没有。"汉弗莱知道这件事吗?"我问。"我不知道。我想他不知道。他没有老婆给他传闲话,不是吗?我奇怪莎丽为什么没有听说过。"也许她听说了,我想,但她没告诉我。

可是后来我问她有没有听到什么关于琼·惠灵顿的丑闻,她说没有。"我也不会听到。"她说,"那种闲话需要互相交换。要是你自己不说点闲话,你就不可能从别人那儿听到什么关于某人的坏话。"我以为她会问我一些细节,但她没有。莎丽在那方面有着超乎寻常的自制力。要不,只能是因为她对别人的私生活没什么好奇心。眼下她完全把自己封闭在自己的工作里——不仅仅是她的教学和研究，还有管理工作。一个技术学校变成综合性大学，有太多的事情要重新安排。现在，他们可以开设自己的学位课程，教育系和人文学系联合开设应用语言学的硕士课程，莎丽就是这个学位项目的负责人。她还是许许多多委员会的成员，本系的，外系的，名为什么"质保委"（质量保险委员会）、"大英协"（大学英语协会）之类。她还负责组织本地初中教师为实施新的国家课程方案而进行的在职进修。我认为她的系主任在剥削她，他派给她所有那些最棘手的工作，因为他知道，她做那些工作会比任何别的人都做得好。可是我对她说这话时她耸耸肩膀说，那说明她的系主任是个知人善任的管理者。她带回一摞摞讨厌的议事日程和报告，一直工作到上床睡觉，周末也加班。我们两人默默地对坐在壁炉两边，她处理她的委员会的文件，我则拖着一根长长的脐带将按了静音键的电视和头上的耳机连接起来。

我在读《晚间新闻》时，膝盖里发生一阵剧痛。我突然大叫一声"妈的！"莎丽从她的文件里抬起头来询问地看着我。我暂时摘下耳机说："膝盖。"莎丽点点头继续看文件。我继续看我的新闻。新闻的主要内容是詹姆斯·布尔格案的进展，此案成了这段时间媒体的头条新闻。上星期，两个年纪稍大的男孩趁那个只有两岁的小男孩的母亲不注意时，将他从位于布特尔市商业街的一家肉店里带走。后来，有人在铁路边发现了他的尸体，身上的伤惨不忍睹。这个诱拐过程被一个保安电视监控系统拍摄了下来，每一家报纸和电视台都刊登或播放了这个尚在学步的孩子被两个男孩带走时的电视画面，画面朦胧，让人揪心。小男孩信任地拉着其中一个男孩的手，就像斯达赖特牌童鞋的广告画面。好像那之后有几个大人看到了这三个孩子,注意到小男孩在大声哭叫,显得很伤心,但没有人前去干预。今晚的新闻宣布,两个十岁男孩受到了谋杀罪的指控。"我们要问,"电视记者站在布特尔市商业街的现场说,"我们生活在其中的是一个什么样的社会,居然会发生这样的事?"一个病入膏肓的社会,这就是答案。

* * *

2月21日,星期天,下午六点半。现在是《邻居》彩排和录制之间的休息时间,我坐在哈德兰电视台演播室的餐厅的一张胶合板餐桌旁,用笔记本电脑写这篇日记,周围堆放着那些晚饭吃得较早的导演班子和演职员留下的脏盘子、酒杯和茶杯,有点无精打采的餐厅服务员还没将它们收走。节目录制七点半开始,这之前观众要做半小时的热身练习。演员们都不在,或去化妆室补妆了,或在更衣室休息。哈尔正在跟他的导演助理和录像合成师最后一次检查摄像脚本,奥利正在和哈德兰电视台的喜剧主管(我喜欢他的这个头衔)戴维·特里斯喝酒,我呢,刚刚摆脱马克·哈林顿的陪护人萨曼莎的注目——她在别的人走后还在那里徘徊。这样我就有了一个小时的空闲时间。萨曼莎在埃克塞特大学读过戏剧学位,现在做的工作,用艾米的话来说是降格以求[①],她在照看一个三句话不离电脑游戏的十二岁小男孩,监督他完成家庭作业,这显然不是她正常的事业。她真的很想写电视剧,她似乎认为我可以帮她揽到一份稿约。她是一个好看的红发女人,有大得惊人的胸脯。我想,别的男

[①] 原文为法语。

人，比如杰克·恩迪克特，可能会鼓励她将那个幻想继续下去，但我坦率地告诉她，要是她试试去找奥利给他的一些剧本手稿写写报道，以此作为开始，可能会更好一些。她微微噘起嘴说："我在构思一出肥皂剧，它可是不落俗套，差不多是英语版的《双峰》。早晚会有别人考虑接受它的，只是我受不了再等下去。""你要写什么？"我说着，将眼睛从她的双峰上移开，接着又犹豫地说道，"别告诉我。告诉奥利吧。我可不想有一天被别人指责为压抑人才。"她微微一笑说，那构思不是我喜欢的类型，很不合情理。"不合情理是什么意思？"马克插嘴道，他正要去取第二份密西西比软泥蛋糕。"没你的事。"萨曼莎用她修得很尖的长指甲轻轻弹了弹马克的耳朵。她问我她是不是该去找个经纪人，我说我认为那是个好主意，但我没有提出要将杰克·恩迪克特介绍给她。这完全是为了她好，可是她自然不会感激我的这种侠义举动，她有点生气地带着她照看的人去了化妆室。

如果能抽出时间，我从不错过星期天的录制。并不是说在这种后期制作阶段我有多少事情可做，可是，在这种场合，因为演播室里有观众，总有一种初夜式的兴奋。你从不知道观众会是谁，也不知道他们会做出什么样的反应。那些要求赠票的人通常是戏迷，他们是靠得住的鉴赏家，会在适当的时候发笑。但那样也有风险，因为赠票是免费的，他们那晚可能根本就不会来。为了确保座无虚席，哈德兰电视台主要是依靠有组织的团体观众，比如那些夜晚寻求便宜去处的社交俱乐部和职工协会会员，电视台负责用大客车接送他们，以使他们无法溜号。有时是从养老院弄来的一批老人，他们不是太糊涂跟不上情节，就是耳朵太背听不清台词，要不就是眼神太差看不清监视器。有一次来了一帮日本人做观众,他们中没有一个人懂英语,自始至终静悄悄地坐在那里,礼貌地微笑着。另外一些时候,你会有一群真正自得其乐的观众,从头到尾持续不断的笑浪一次次将演员淹没。演播室观众的不可预测性使情景喜剧成为电视上最接近舞台剧的节目,这大概就是我能从节目录制中获得如此多的快感和满足的原因。

哈德兰电视台的鲁米治演播室在一座巨大的新建筑里边,楼的外观有些像机场候机大楼,外面全是悬挑的玻璃幕墙和管形钢扶拱垛。大楼坐落在距鲁米治市中心大约一英里之外一块废弃的工业用地上,位于运河和铁路线之间,是三年前这块地改造后修建起来的。人们本来希望它会成为一个巨大的媒体公园的活动中心,满是演播室、画廊、图片商店和广告公司,可是因为经济衰退,这一愿望从未实现。偌大的场地里,除了哈德兰电视台用整块石料做成的闪着微光的标志牌和它巨大的花木掩映的停车场,就空无一物了。《邻居》在C演播室录制,那是最大的一间演播室,大得足以停飞机。可以容纳三百六十人的阶梯观众席占满了整个演播室,面向观众席的舞台上,永久性布景模型已经展开,那是一幅硕大无朋又错综复杂的布景,每样物件都必须有两套:两个起居室、两个过道、两个楼梯,所有这一切都由一堵隔墙隔开。实际上,《隔墙》是我在创作时最初使用的名字,我们在某些场景里还使用拼接特技画面,让两个家庭的故事情节同步发展,这种拼接特技画面是这部电视剧的形象商标,坦率地说,它是这部电视剧拍摄中唯一有创意的东西。数不清的电灯吊在从天花板上伸下来的无数个金属杆上,就像一块倒置的葵花地,以及为给全部电灯降温而设计的空调,总是温度过低,令人不舒服。我去参加彩排时总穿一件厚厚的毛衣，甚至夏天也是如此。哈尔·里普金和摄制组的大部分人都炫耀地穿着《邻居》剧组汗衫，汗衫是海军蓝颜色，斜排成一行的黄色草体字剧名印在胸前。

这一天对每个人而言都是漫长的一天，对哈尔来说尤其如此。他在剧组里全权指挥，全权负责。上午晚些时候我到演播室时，他正在布景里与罗恩·迪金谈话。罗恩·迪金正拿着一个百得牌电钻站在梯凳上，现在要拍的是一个"隔墙有厨房"的镜头。波普·戴维斯正在多莉·戴维斯冷嘲热讽的激将下往墙上装隔板，而隔壁的普里茜拉和爱德华正在忧心忡忡地讨论爱丽丝的事，电钻的嗡嗡声不时分散他们的注意力。这个镜头的高潮是波普·戴维斯的电钻钻透了隔墙，捅下墙上挂着的锅，锅差点砸在爱德华的头上——这个细节有些棘手，时间必须协调得准确无误。他们当然彩排过，但现在，他们必须使用真实的道具第一次"假戏真做"。罗恩的百得牌电钻上的电线太短，够不着电源插座，所以在电工去取插线板时有一个短暂的间歇。摄像师们打着哈欠看了看手表，算着离下一次茶歇还有多久。演员们在布景里伸着懒腰，来回踱步。菲比·奥斯本在镜子前练开了芭蕾舞步。做电视节目大部分时间就是等待。

每一天的例行工作缓慢而又有条不紊。首先，哈尔站在布景边导戏，必要时停下来重新设计动作，直到他满意为止。然后他退到控制室，看看从那里观看的效果。现场从不同的角度安装了五部摄像机，聚焦在不同的个人和群体上，每一部摄像机都把图像发送到控制室里各自的黑白电视监视器上。在一排屏幕中间，有一个彩色屏幕，上面显示着主录像带今晚要录下的所有镜头：这些镜头由导演助理根据哈尔准备的摄像脚本选定，每一个镜头都编好号码，分派给某个特定的摄像机拍摄。拍摄进行的过程中，导演助理对身边的录像合成师念出编号，录像合成师按动相应的按钮。如果你坐在演播室的观众席上，你可以判断出任何一个特定的时刻是哪一部摄像机真正在拍摄，因为拍摄时摄像机机身上的小红灯泡会亮起来。哈尔在控制室里通过他的舞台监督伊莎贝尔头上的耳机向她发出指令，她再将他的指令传达给演员们。有时候他会决定撤换一个镜头，或者插进一个新镜头，但让人惊讶的是，他很少需要这样做。他已经在脑子里一个镜头一个镜头地"看"过了整个节目。

多机拍摄是电视业里特有的一种摄录技术，在传媒业的早期阶段，一切节目都是以这种技术制作的，甚至严肃戏剧也是如此——而且都是实况转播（想象一下那种紧张和压力吧，演员们在后台跑来跑去，各就各位，准备下一场戏）。如今，大部分戏剧和许多情景喜剧都用胶片拍摄，或者用单机拍摄，换句话说，这样拍电视节目就像拍电影，所有场景都一个一个地以不同角度和不同焦距在现场而不是演播室多次拍摄，再由导演从容不迫地剪辑。导演们更喜欢这种制作方式，因为这使他们感到自己像个真正的个性导演。年轻导演们都瞧不起多机拍摄，称它为"杂拼电视"，可是实际上是他们大都掌握不了多机拍摄技术，要是他们试着使用这种技术，他们的缺陷就会被毫不留情地暴露出来。后期制作使你总可以将错误掩盖起来，可是多机拍摄要求一切都要在录制的那一夜做得尽善尽美。这是一种正在死亡的艺术，哈尔是少有的几个仍然活着的这种艺术大师之一。

稍后，奥利走进演播室在我身边坐下来。他穿着波士牌西装——他一定有满满一橱这种衣服。我想是它们的名字[①]使他买了这

[①] "波士"（Boss）字面之意为老板。

些衣服。当他坐下来时，上衣宽宽的肩膀向上拱起来顶住了他红红的大耳朵，再看看他被夹在中间的断裂的鼻子，他看上去就像一个退役的拳击手——的确有传闻说他早年曾在伦敦东区经营拳赛。"我们必须谈谈，"他说。"是黛碧的事吗？"我问。他警觉地将手指竖在嘴唇上。"小声点，隔墙有耳。"他说。不过整个观众席上只有我们俩，最近的墙离这里也有二十多米远。"一起吃午饭？或者晚饭？"我提议。"不，我想让哈尔也参加，要是我们俩单独会晤，演职员们会觉得奇怪的。录制结束后你能留下来喝一杯吗？"我说可以。就在这时，我惊讶地听到舞台上传来刘易斯·帕克尔的声音："好吧，要是她真的怀孕了，她应该解决掉。"黛碧答道："你以为那样就一了百了了，是不是？"我向奥利转过头来："我以为这几句台词已经删掉了。""我们决定尊重你对艺术的诚实，墩子。"奥利带着一种贪婪的笑说。我在喝咖啡的时间里问哈尔这件事，他解释说，他们在后面的场景里删掉了一个小小的细节，省出了一点时间，所以最终就没必要丢掉这几句台词了。可是我怀疑这是他们软化我的阴谋的一部分，以此让我在普里茜拉的角色这一更重要的问题上让步。

现在是七点差五分，到了我去演播室就座的时间。不知道今天是些什么样的观众。

* * *

2月22日，星期一，上午。原来他们找了一些糟糕透顶的观众。我们从中选了一个傻笑者作为发号员。那是一个很坏的消息：傻笑者是那种爱傻笑的笨蛋，出现什么好笑的场面时，总是在所有的人都笑完后还在长嚎或是咯咯笑又或是尖叫，要不就是在两个笑点之间的空当，别人都还没开始笑时就放声大笑。这会分散观众的注意力——不久，观众们就会被傻笑者而不是节目逗笑——还会给演员的时间安排造成大混乱。比利·巴娄是我们的热身员，他一眼就看出了这种危险，试图用一些挖苦性的旁白来制止那个女人（由于某种原因，傻笑者无一例外地总是个女人），可是傻笑者对嘲讽无动于衷。比利在解释一个技术上的术语，讲得无可挑剔，就在这时，她猛不丁咯咯笑起来（她是一个咯咯笑的痴笑者）。"我说了什么好笑的话吗？"他问她，"我想你必须记住，女士，这是个家庭节目——没有什么好笑的影射。你知道影射是什么，不是吗？就是意大利语栓剂①的意思。"他的话引来的笑声足以暂时盖过痴笑者那咯咯咯的声音，不过我知道，比利用那个笑话在别的场合博得了比这多得多的笑声。

热身员对录制的成功是至关重要的。他不仅要事先使观众的情绪进入善于接受的状态，还要在摄像机从布景的一部分转向另一部分时，让观众的情绪自然地从一个场景过渡到另一个场景。在每一个镜头拍摄完毕后技师们查看录像带时，他要避免出现冷场。如果某个镜头需要重拍，他还得安抚不耐烦的观众，要求他们合作，对同一句台词再笑一次。比利是这一行的佼佼者，可是他所能做的也是有限的。让这批观众配合真的很难。在应该放声大笑的时候他们仅仅发出轻声的窃笑，在应该轻声窃笑时他们一声不响。随着一行又一行的台词得不到任何反应，演员们都变得焦躁不安，开始出错，或者把台词念得干巴巴的，结果就要不断重拍，而重拍又使观众更加难以做出反应。比利开始出汗，他拿着无线话筒在观众席前来回踱步，发狂地说着笑话，露出带了牙冠的牙齿强装笑脸。尽管他的

---

① 植入肛门或者阴道使其融化的外用药。

那些笑话我全都听过，可我还是不停地笑着，想带动周围的人也跟着笑起来。我甚至在听到我自己的几句台词后也勉强笑起来，这是我平时从没做过的事。我开始认为这不可能全是观众的错，一定是剧本有什么问题。把情节集中在爱丽丝可能怀孕这件事情上显然是个糟糕的主意。奥利和莎丽是对的，这个主题让观众感到不安。接下来发生的事就是理所当然的了，在说到关于解决的那句台词之后，普里茜拉问："要是她选择生下那孩子呢？"接着是一个戏剧性的停顿，这时，傻笑者一句神经过敏的鹦鹉学舌打破了沉寂。我双手捂住了自己的脸。

九点过五分节目才煞尾，我从不记得有哪一次重拍镜头的次数超过了这个晚上。比利虚伪地感谢观众的支持，我们都陆续散去。演员们匆匆走出布景，向我无力地挥挥手或疲倦地笑笑以示告别。星期日的晚上他们总是匆匆离去，然后开车或赶最后一趟火车回伦敦，今晚也没有人有意停留片刻。要是我没有约好跟奥利和哈尔谈话，我自己也很高兴马上回家。我走进控制室，哈尔正在那里两手挠着鸟窝一样乱蓬蓬的头发。"我的天啊，墩子，今天坐在那里的那些榆木疙瘩都是些什么人哪？"我耸耸肩膀，表示迷惑不解。"可能是剧本。"我伤心地说。奥利一头闯进控制室，刚好听到了这句话。"就是把莎士比亚、奥斯卡·王尔德和格劳乔·马克斯[①]的天才都给你一个人也没用，"他说，"不管谁的剧本都会他妈的死在那帮混蛋手里。我们是从哪儿搞来的这些人——本市的停尸房吗？"导演助理苏茜说观众中最大的一个团体来自当地一家工厂的社交俱乐部。"那么，明天上午我们要做的第一件事就是查出他们是谁，是谁邀请的

---

① 美国著名的喜剧演出团体马克斯兄弟成员之一。

他们，并保证以后绝对不让他们再来参加录制。我们去喝一杯吧。我们正需要。"

奥利抠门是臭名在外了，只要有可能，他就会在轮到自己做东时溜之大吉。他总是最后一个说"有谁还想再来一杯吗？"的人，那时候任何人都已经因要开车而转喝果汁或什么都不喝了。要是我们和他一起去酒吧，哈尔和我常常开玩笑哄骗他，让他不得不买第一轮酒——比如，哈尔会假装说他有什么东西落在控制室忘带了，折回控制室，回头大声叫嚷他要点的酒。我则会突然折进厕所，也回头喊出我要点什么酒。可是昨晚我们两人都没有心情开玩笑，哈尔呢，没费任何周折就买了第一轮酒。"干杯。"他情绪低落地说。我们喝着酒，有一会儿都一言不发地坐着。"我已经向哈尔大致说了黛碧的事。"奥利说。哈尔阴沉地点点头。"这个臭婊子。"他说。但是我知道，我不能指望从他那里得到任何真正的支持。到了摊牌的时候，他会站在奥利一边。"杰克跟你说过我们的建议吧，墩子？"奥利问。

这时苏茜走进酒吧，她环顾房间，直到发现了我们。"黛碧的事一个字也别说了。"她向我们的桌子走来时，奥利低声提醒。我请她坐下，但她摇摇头。"我没时间了，谢谢。"她说，"我刚才出去混进等巴士的观众里。他们大部分都是从西沃尔斯伯里的一个电器配件厂来的。这个星期五他们得知工厂要在下个月末关门。他们都接到了解雇通知，所有人的饭碗都要丢了。"我们你看看我，我看看你。"好了，很多事情都得到了解释。"我说。"我们的运气真好。"哈尔说。"那狗娘养的工厂为什么不等到明天再通知。"奥利说。

我为那些工人感到难过，但就我来说，这个解释到来的时机再好不过。那天晚上的节目就那样拍砸了,我的情绪如此低落,我很可能会同意奥利和哈尔提出的任何建议。但现在,我不再自我责备。不管怎样,我是个顶呱呱的剧作家——一直是,也将永远是。我要随时为了捍卫自己的原则而战。"杰克大致说了说你的想法,"我对奥利说,"你想让我把普里茜拉写出这个故事,是这样吗?""我们的想法是,"奥利说,"在目前拍的这一季的结尾处让他们和平分手,让普里茜拉从故事里消失,并开始写进一个新的、对爱德华的生活感兴趣的女人,让她在下一部里做女主角。""和平?"我一听就炸了,"他们会因此受到巨大的精神打击,会一蹶不振的。""那当然,肯定会有一定的痛苦,"奥利说,"但是爱德华和普里茜拉是成熟的现代人。他们知道婚姻中出现第三者的结果就是离婚。观众也知道。你总是说情景喜剧有时候也应该涉及生活中一些严肃的事情,墩子。""既然角色应该有连贯性,"我说,"为什么普里茜拉要离开爱德华?"

他们又提出了一些稀奇古怪、五花八门的建议。比如:普里茜拉发现自己是个同性恋,跟她的女友走了;她信仰了一种东方宗教,离家出走,去某个圣所学习坐禅;她在加利福尼亚找到了一份妙不可言的工作;要不就是她爱上了一个英俊的外国男人。我问他们,他们是不是认真想过,这些变故中的任何一种是否(1)可信;或(2)在仅仅一集的篇幅里易于处理。"你可以重写最后两三集,做些铺垫。"奥利承认,但对第一个问题避而不谈。"我有了写最后一集的主意,"哈尔说,"你替我写出来吧。""这是个很棒的主意,墩子。"奥利向我肯定地说。哈尔把身子向我凑过来:"普里茜拉出走后,爱德华登广告招聘保姆,这个貌若天仙的女人来到爱德华家面试,爱德华突然在山穷水尽中见到了柳暗花明。这是这一季的最后一集。这样可以让那些因为他们分手而感到预料落空的观众好受一点,并对下一集要发生的故事产生兴趣。你看怎么样?""我看太拙劣了。"我说。"自然,你的额外工作会得到一笔可观的报酬,"奥利说,"实话告诉你,这件事,你和杰克要多少都可以。"他狡猾的目光从发肿的眼泡下投向我,想看看他的承诺是否激起了我的贪欲。我说我考虑的不是钱,是角色的性格和动机。哈尔问我是否有更好的办法。"让普里茜拉离开这个节目唯一合乎情理的办法就是杀了她。"奥利和哈尔交换着惊讶的目光。"你的意思是,比如,让她被人谋杀?"哈尔结结巴巴地说。我说当然不是,可能是一场车祸或者一场致命的急病,要不就是一次失败的小手术。"墩子,我简直不敢相信我听到的这些话。"奥利说,"我们现在谈的可是情景喜剧,不是肥皂剧。你不能让你的主要角色死去。这是绝对犯忌的事。"我说事情总得有个第一次。"对今晚的这一集戏你也是这么说的,"奥利说,"你瞧都发生了些什么。""那是观众的错,"我反驳道,"你自己也这么说。""观众抱着看喜剧的心情而来,却看到一个家庭正当盛年的母亲死去——就算世界上最好的观众也会看不下去的。"奥利说着,哈尔则一本正经地点头表示赞同。接着,奥利说出了真正让我恼火的话。"我们意识到了这对你是非常困难的,墩子。也许我们可以考虑另外找人来写。""绝对没门。"我说。"这在美国是很正常的事情,像我们这样的节目,他们有整整一个班子来写剧本。""我知道,"我说,"这就是为什么他们的戏让人觉得像是某个委员会写出的一连串插科打诨。我来告诉你美国的另外一件事。在纽约的街道上他们有一个交通标志,上面写着'想也别想在这里停车',那就是我对《邻居》的态度。"我怒视着奥利。"这一天真够受的了,"哈尔紧张地说,"我们都累了。""对,我们以后再谈吧。"奥利说。"别谈另找编剧的事。"我说,"我宁可返航也不会把船交给别人。"这好像是一句不错的退场台词,所以我起身向他俩道了晚安。

我刚才翻开词典查"怒视"这个词的拼法,我快速翻动书页时,瞥见了某页上的头一个单词"多佛尔粉"。词典上解释道:"一种鸦片和吐根制剂,从前被用来止痛和治疗痉挛。其名称来自英国医生托马斯·多佛尔(1660—1742)。"我不知道现在还能不能买到这种药。它也许能治好我的膝盖。

你偶尔能从词典里学到一些知识,这真让人吃惊。这是我从来都不用电脑上的拼写检查功能的原因之一。另一个原因是它的词汇量少得可怜。要是它认不出某个单词,它会向你推荐另一个它认为可能你应该用的单词。有时候这会让你哭笑不得。有一次,我写了"弗洛伊德[①]",打开拼写检查功能,结果电脑问我:"骗子"?我把这事告诉艾米,可是她没笑。

今天早上我打电话给杰克,向他通报我跟奥利和哈尔的谈话。他同情我的立场,可是并不真正支持我。"我认为你应该尽可能多一点弹性,"他说,"哈德兰现在是不顾一切地要把这个戏拍下去。这个节目是他们喜剧的头块牌子。""你站在哪一边,杰克?"我问他。"当然站在你这边,墩子。"当然应该这样。可是在内心深处,杰克相信奥利·西尔弗斯的格言:"为艺术而艺术,为上帝而金钱[②]。"我约好星期四往他的办公室打电话。

[①] "弗洛伊德"(Freud)和"骗子"(fraud)拼写相似。
[②] 这句"格言"的后半部分是对前半部分的滑稽模仿,它的含义是"钱无论如何也该赚"。

昨晚心里烦躁不安。我参加完节目录制回到家时，莎丽已经睡了。我舒服地蜷伏在她勺状的怀里很快就入睡了，可是两点半时突然被膝盖疼惊醒了。我睁着眼睛躺了几个小时，脑子里重放着昨天经历的事情，等待着下一阵疼痛的到来。今天早上我在刮胡子时，还感觉到了一丝轻微的网球员常有的肘痛。如果我再做一次膝盖手术，却发现因为肘痛而不得不放弃打网球，那就太好了，不是吗？天助我也，这是我做理疗的好日子。

星期一，晚上。我问罗兰是否听说过多佛尔粉，他说他一点也想不起来。他是消炎药膏方面的行家，对不管叫默弗莱特、特拉科扎姆还是埃布利弗的软膏（这使我想起一首歌，"埃布利弗每一颗雨滴落下来，就有花儿为它开……"①）都了如指掌，他每次给我做完超声波治疗后都要往我的膝盖上涂这种埃布利弗软膏。（"埃布利弗每一次膝盖疼起来，就有新的软组织长出来……"②）如今做理疗大部分都是自动的。我脱下衣服在病床上躺好后，罗兰将一个带轮子的大盒子推进来，盒子里装着一些电器小玩意，他用电线将我和那些小玩意连接起来，或者将一只碟、一盏灯或者一个激光装置对准我的膝盖。罗兰能如此灵巧地操作那些器械真让我吃惊。只有一个设备是由我自己操作的。这种设备要用电击来刺激我的股四头肌，我得把电压调到我能忍受的最高限度。这种治疗就像自残式的折磨。有趣的是，人们对健康的追求跟痛苦的自残何其相似。我躺在病床上，身上戴着那些电线和电极的镣铐，透过窗户朝外望去，目光落在小庭院对面的健身房上。透过健身房的玻璃墙，我能看到里面正

---

①埃布利弗（Ibuleve），与"我相信"（I believe）读音相近。
②这是作者对上面那首歌的自嘲式滑稽模仿。

在健身器材上运动的那些人,他们因使劲而苦着脸,身上汗光闪闪。而那些机器呢,除去外表的高科技漆衣,有可能是直接从中世纪的城堡主塔里搬来的刑具:拉肢刑架、吊索滑轮、铅砣、踏刑车。

罗兰问我是否听说过变性鳟鱼。没听说过,我说,你告诉我变性鳟鱼是怎么回事吧。罗兰简直就是个资料库。他妻子总给他读报纸上有意思的片断,而他则过耳不忘。显然,因为避孕药片的使用和荷尔蒙替代治疗,大量雌性荷尔蒙进入排水系统。鳟鱼正在饱受变性之苦。有人担心,被污染的河流里所有的鳟鱼全都会变成双性鱼,并停止繁殖。"这让人想到了点什么,是吗?"罗兰说,"毕竟,我们最终喝的是同样的水。接下来的事,你知道的,男人会长出乳房。"我不知道罗兰是否在向我暗示什么。在我的胸部,胸毛之下有很多肥肉。可能哪一天罗兰在给我按摩时摸到过。

那天我没能射精可能是因为我正在变成双性人。内分泌紊乱。

* * *

2月23日,星期二,晚上。我去鲁米治现在最大的药店布茨药店买多佛尔粉,可是药剂师说他从没听说过这种药,他在他的专利药典上也没有找到。我说:"我猜可能是因为里面有鸦片而被禁止使用了。"结果他饶有兴趣地看了我一眼。我趁早离开了药店,以防他打电话给缉毒警察。

我走进了市中心,本来是想买一些克尔凯郭尔的书,可是经历并不让人愉快。水石书店只有企鹅版的《恐惧与战栗》,我买上那本书后继续往前走,来到了迪龙书店。结果迪龙书店也只有那本书,没有别的。我感到我的购物综合征开始出现症状,比如,不可理喻地愤怒和烦躁。据亚历山德拉说,这叫"挫折承受力缺乏症"。恐怕我对店里那个并无恶意的营业员太尖刻了，她竟然以为"克尔凯郭尔"是两个词，并开始在"郭尔"名下的索引卡片里查找。幸运的是，中心图书馆能找到的书要多一些。在那里，我借到了《忧惧的概念》和其他两本吸引了我的书：《非此即彼》和《重复》。《日记》借出去了。

我有老长时间没来图书馆了，所以从它的外表看我几乎认不出来了。那是一幢典型的20世纪60年代民用建筑，野兽派风格，水泥的表面没有经过任何处理，威尔士亲王说它像火葬场。这座大楼坐落在一个低洼的方形空地的中心，一个院子围绕着它，院子里曾经有一个浅浅的水池，池里有一眼很少出水的喷泉。现在，它成了堆放大煞风景的垃圾废料用地。这片晦暗通风的露天空地本是一个公用通道，不过大部分人都绕道而行，特别是在晚上。然而最近，它被改建成了一个遮阳的、装上了玻璃墙的走廊，走廊顶上挂着绿叶饰物，墙上装饰着新古典主义的玻璃纤维雕塑，粉红色的霓虹灯拼成"里亚托桥"①几个大字。走廊的地面则献身给了五花八门的精品店、书摊和似是而非的意大利风格食品批发店。助兴的歌剧唱段和那不勒斯流行歌曲从看不见的扬声器里传出来。我在名叫朱塞佩的咖啡店外（在这个演播室一样的地方外面仍然是室内）的一张桌子前坐了下来，点了一份卡布奇诺——这种咖啡好像是为了供鼻子吸而不是用嘴喝而设计的，因为杯子里大部分是泡沫。

市中心的大部分建筑都做了同样的整容手术，这是吸引游客和来访商人们的一个大胆尝试。由于本地区的传统工业基础正在无可挽回地受到侵蚀，本市的官员们现在看好服务业，并把它当作创造

---

① 又名"商业桥"，是意大利威尼斯最为著名的桥。

就业机会的理想选择。现在，一个巨大的会议中心和一个设施先进的音乐厅与市图书馆隔着一个镶有花纹图案的广场遥遥相望。饭店、酒吧、夜总会和餐馆几乎在一夜之间在附近雨后春笋般地冒了出来。围绕市中心的几条运河也得到了清理，运河边还铺设了小路，供工业考古者探险用。这是撒切尔政府执政后期的样板工程，是20世纪80年代初的经济衰退和90年代初的经济衰退之间昙花一现的繁荣和乐观主义的象征。现在，这些有着不锈钢自动扶梯和玻璃升降电梯、播放着管乐的崭新大楼静静地耸立着，等待招租，里面几乎空无一物，就像一个等待开张的主题公园，或是一个第三世界国家出于意识形态的原因而在丛林中建造的乌托邦城市。它成了当地土著的西洋景，但很少有外国客人光顾。白天，"里亚托桥"的主顾主要是无业青年、逃学的中学生和带着婴儿的母亲，他们很感激能够有这样一个温暖而快活的地方打发冬日下午。此外就是像我这样有特权的王八蛋。

我不记得我几年前听说过"衰退"这个词。这个词是从哪里来的？确切意思到底是什么？这一次词典没有为我提供什么帮助："经济活动或发展中暂时的萧条。"衰退要持续多长时间才可以被称为萧条？从长远来看，甚至20世纪30年代的大萧条也可以被称为"暂时的"。也许因为生活中有太多心理上的萧条[①]，有人觉得我们应该用一个新词来表示经济上的类似情况。衰退，萧条，衰退，萧条。这两个词在我的脑海里反复回响，就像蒸汽机的节奏。当然，它们是有联系的。找不到工作、公司倒闭或住房被收回，人们就会感到沮

[①] 英文中"萧条"（depression）也有忧郁和沮丧之意。

丧。他们失去了希望。盖洛普公司今日公布的一份调查结果显示，若有可能，英国约半数人口宁愿移居国外。今天下午，漫步在这座城市的中心，你会认为他们已经这样做了。

我的弟弟肯70年代早期移民去了澳大利亚，那时移民到澳大利亚比现在容易，他一生从未做过比这更为正确的决定。他的职业是电工。在伦敦，他为一家西区的大商店工作，那时，他从没有挣到足够的钱买辆像样的汽车，也没能给他人口不断增加的家庭买套足够大的房子。现在，他在阿德莱德有了自己承包的生意，在郊区有一幢带两个车库和一个游泳池的牧场风格住宅。在《邻居》走红之前，他比我混得好多了。听着，他一直都比我快乐，甚至在他人不敷出的时候。他生性快乐。有趣的是，有的人有这样的快乐性格，有的人却没有，哪怕他们的基因来自同一处。

我在约定的时间从"里亚托桥"直接去了亚历山德拉那里，结果，在我向她描绘我的见闻时，无意中说出了"有特权的王八蛋"这个短语。"你为什么这样称呼自己？"她问道。"说'王八蛋'是因为我在大中午闲坐着喝咖啡，"我回答道，"说'有特权'是因为我那样做是出于我的自由选择，而不是因为我没有更好的事情可做。""如果我没记错的话，"她说，"你跟我说过你写电视连续剧的时候工作非常辛苦，常常一天工作十二个小时。"我点点头。"那你就不能在别的时间里放松放松吗？""可以，当然可以。"我说，"我那样说的意思是，我的生活和'里亚托桥'那些无望者的生活之间形成的反差让我感触太深了。""你怎么知道他们没有希望呢？"当然，我不知道。"他们看上去失去了希望吗？"我得承认他们看上去并不是那样的。实际上，以旁观者的眼光来看，他们很可能显得比我更快乐，他们在那里互相打趣，共享香烟，脚随音乐打着拍子。"可是因为经济衰退，情况就是那样。"我说，"我有一种想法，我越来越富有，而我周围的人却越来越穷。这让我有负罪感。""你认为自己对经济衰退有什么责任吗？""不，当然不这样认为。""实际上，我想你告诉过我，你的外汇收入很可观，是吗？""是的。""所以你实际上为国家的贸易平衡做出了积极的贡献，不是吗？""我想，你可以这样认为。""那么你觉得谁该对衰退负责？"我思考了片刻。"当然，不是哪一个个人。造成衰退的是综合因素，基本上不是哪一个人所能左右的。但我认为政府应该做出更多努力，减轻衰退的影响。""你投了本届政府的票吗？""没有，我一直都投工党的票。"我说，"不过……"我犹豫着，赌注突然变得非常高了。"可是什么？""可是保守党获胜时我偷偷松了一口气。"

我以前从没有向别人承认过这一点，甚至没有向自己承认过。当我终于发现我缺乏自信心的真实原因时，我心里充满了混合着羞耻和宽慰的复杂情绪。我有了弗洛伊德的患者的那种感觉，他们精神崩溃后承认他们总是想跟他们的妈妈或爸爸发生性行为。"为什么会那样？"亚历山德拉深感震惊地问道。"因为那意味着我不必缴那么高的税了。"我说。"据我所知道的情况来看，"亚历山德拉说，"工党向选民提出过增加所得税的方案，但选民拒绝了，所以现在工党放弃了那个方案。你是这样想的吗？""是的，"我说。"那你为什么会感到有负罪感呢？"亚历山德拉问。"我不知道。"我说。

我想亚历山德拉是在我身上浪费她的才华。她应该去伦敦金融区工作，在那里说服人们相信"贪婪即善"。

今晚我浏览了一遍《忧惧的概念》——我本想着从那些看上去

最可能与我有关的章节开始,结果却大失所望。仅仅目录中的标题就足以让我感到恶心:

第一章:忧惧作为原罪的先决条件以及作为通过返回其本源对其所做的逆向解释

第二章:忧惧作为原罪的发展

第三章:忧惧作为缺乏罪恶意识这一罪恶的后果

第四章:罪恶中的忧惧,或者忧惧作为特定个体身上的罪恶的后果

第五章:忧惧作为借助信仰的救赎经验

我从来都不认为自己是个有宗教信仰的人。我想,我相信上帝。我的意思是,我相信在我们的理解力所不能到达的地方,有什么东西(而不是什么人)可以解释,或者在我们提出质问时应该解释,我们为什么会在这里以及所有事物的来龙去脉。我还有一种信仰,相信我们死亡之后会幸存下来,去寻找那些问题的答案。只是由于我们决不会想到我们能够幸存,所以,意识在人死的时候就像电灯被拉灭了一样,也随之死亡。我得承认,信仰没有多少理由可言,可你就是相信。我尊敬作为伦理思想家的耶稣,而不是宣扬什么"先拿石头打人"和"把另一只脸也转过去让别人打"等说教的耶稣,但我不会称自己为基督徒。是父母把我送进主日学校的——别问我为什么,他们自己除了参加婚礼和葬礼之外,从不去教堂。起初我很高兴去那所学校,因为学校里有个叫韦洛小姐的漂亮女老师,她有一头黄色鬈发,一双蓝眼睛,笑起来有两个可爱的酒窝。她让我们表演《圣经》里的故事——我想那是我最早的表演经验。

后来她走了,换了一个叫特纳夫人的表情严肃的中年女教师,下巴上长了一颗大痣,痣上还长着一些毛。她告诉我们,我们的灵魂都被罪恶染黑了,必须在羔羊之血里清洗。后来我做了一个噩梦,梦见特纳夫人将我浸泡在盛满鲜血的浴缸里。那之后,父母再也没让我去上主日学校。

很长一段时间以后,我十多岁了,加入了一个天主教青年俱乐部,因为莫琳·卡瓦纳是天主教徒,是那个俱乐部的成员。偶尔,我会受到吸引或被拉着去参加星期日晚上的礼拜,在教区礼堂念《玫瑰经》,要不就在礼堂旁边的教堂里做某种他们所谓的祝福式。那是一种很有趣的活动,要唱许多拉丁文赞美诗,教堂内香烟缭绕,祭坛上神父举着一个像足球赛金杯的东西。在这种场合我总是感到尴尬和难堪,总是不知道下一步该做什么,是坐下呢,还是站起来,或者跪着。我从不曾试图成为一名天主教徒,尽管莫琳那时偶尔满怀渴望地向我暗示过。在她的宗教里,好像也有太多关于罪恶的说教。我想跟莫琳做(她也想跟我做)的大部分事情最终都被证明是罪恶的。

所以,《忧惧的概念》各章标题里所有那些关于罪恶的东西都让我感到泄气,它实际上成了一本巩固我的忧惧的书。读起来枯燥得要命,也很难读懂。比如,他这样给忧惧下定义:"自由在其可能性之前的显现。"这到底是什么鬼意思?对你说实话吧,我浮光掠影地翻完了这本书,蜻蜓点水似的这里瞄一眼那里瞅两行,差不多一个字也没看懂。只有结尾几句话还有那么点味道:

> 我得说,学会懂得忧惧是一种冒险,如果他因为未曾懂得忧惧或者因为陷入忧惧中而走向沉沦的话,他就必定要面对这

种冒险。因而那些已经学会正确地处在忧惧中的人就已经学会了最重要的事情。

可是什么是正确地处在忧惧中，它如何跟陷入忧惧中区别开来？我倒真想知道。

今天膝盖疼痛发作了三次，一次是在开车的时候，两次是坐在桌前写作的时候。

* * *

2月24日，星期三，晚上十一点半。博比·穆尔死了，死于癌症。他才五十一岁。媒体一定是早已知道他生病的消息，因为BBC已经准备好了在今晚的《晚间体育》中播出的穆尔悼念节目，包括对博比·查尔顿的采访。采访一定是直播的，要不就是今天录制的，因为他在哭。实际上，我自己也几乎哭了。

我最先知道这个消息是在大约八点跟艾米从莱斯特广场电影院出来的时候。我们刚刚看完今晚早场的《落水狗》。那是一部才华横溢的棒极了的电影。一个黑帮分子折磨一名无助警察的场面是我所见过的最恐怖的镜头。电影里所有的人都死于暴力。我真的相信影片里出现的每一个角色都是被枪打死的——在结局中杀死哈维·基特尔这个角色的警察只是一个画外音。那种肢体残害的酷刑好像并没有让艾米感到不安。最让她伤脑筋的是她想不起来以前在哪里见过影片里的一个演员。她不停地嘟囔着："是《赌馆》吗？不，是《出租车司机》吗？不是。是什么电影呢？"最后我不得不求她闭嘴。在我们从电影院出来时，她得胜地说："现在我想起来了，根本不是电影，是连续剧《迈阿密风云》里的一集。"就在那时，我瞥见了报纸上的告示版，"博比·穆尔去世"。一时间，《落水狗》里的那些死亡就像卡通一样空洞。吃晚饭时我催艾米快一点，以便可以回公寓看电视，艾米决定从加百利餐馆直接回家。"我能看出你想跟你的悲伤单独待在一起。"她用讥讽的语气说。她说得大致不错。

《晚间体育》节目中有大量博比·穆尔运动生涯巅峰时期踢球的镜头剪辑，当然特别强调的是1966年的世界杯决赛以及颁奖的难忘时刻——穆尔首先小心地在衬衣上蹭了蹭手，然后从女王手里接过奖杯，转过身来面向观众，将奖杯高高举到空中，让整个温布利国家足球场也让全英国膜拜。那是多么美妙的一天。加时赛之后，英国以四比二战胜联邦德国。这简直就像男孩爱看的漫画故事一样精彩。世界杯赛初期谁会相信，在遭受南美人和斯拉夫人多年的羞辱之后，我们终于在我们自己发明的体育项目上一举夺冠？那是一个怎样的英雄球队啊。我还能凭记忆说出他们的名字。班克斯、威尔逊、科汉、穆尔（队长）、斯泰尔斯、杰克·查尔顿、鲍尔、赫斯特、亨特、彼得斯和博比·查尔顿。我好像记得那一次博比·查尔顿也哭了，但博比·穆尔没有哭，他一直都是那样一位模范队长，沉着冷静，神态自若。他是一位在把握时机上无懈可击的球员——这弥补了他攻防转换速度缓慢的缺陷。看着那些剪辑，一切都在眼前重现：他如何在最后可能的一刹那伸出他的长腿，将足球从对方球员的脚下铲走而又没有犯规动作；如何带球摆脱防御，转入进攻，一马当先直逼对方球门；又如何快速回防，就像一个骑兵队长领着队伍冲锋陷阵。他看上去像一个古希腊的神，有着光洁匀称的肢体和短短的金色鬈发。那就是博比·穆尔。现在的球场上再也看不到这样的人物。球员变成了一帮拿高薪、长着啤酒肚的小丑，身上贴着广告标语，满场吐口水，粗话连篇，以至于善于读唇语的聋人观众写信给BBC提意见。

（只有曼联队的年轻边锋瑞安·吉格斯是个例外。他是个可爱的球员，看他防守时带球奔跑真让人兴奋，球好像被紧紧地绑在他的脚上，他所到之处对方球员像羊群一样四处溃散。他仍然保有他的天真，但愿你知道我指的是什么。他还没有变得小心谨慎、玩世不恭，他没有因为过于频繁地参加比赛而疲于奔命，他没有为明星的名誉所左右。他踢球仍然是出于对这项运动的喜欢，像个孩子一样。我要告诉你我最喜欢他的是什么：每当他在场上有了精彩的表现，进了球、带球突破三人连防，或是漂亮的带球过人后，他会一路小跑，回到场地中央的圆圈，在球迷欣喜若狂之际，他会皱皱眉头。他显得非常严肃，就像一个小男孩急于向人们显示他已经长大成人了一样，似乎只有用这个办法才能抑制住自己不要横翻跟头，捶打胸膛或者兴奋得尖叫。我很喜欢，喜欢他做了真正出色的事情之后皱眉的样子。）

再回到博比·穆尔和1966年那个光荣的6月里的世界杯决赛。莎丽从来都不大能算得上一个球迷，可甚至连她也为人们的兴奋所吸引，将简放在童车里让她睡了，坐下来跟我和亚当一起看电视——那时亚当还小，并不能真正明白眼前正在进行的一切，但他本能地感觉到了它的重要性。他耐心地坐着，手指塞进嘴里，羊毛围巾压在脸颊上，整个比赛期间一直看着我，而不是看电视屏幕。那是我们买的第一台彩色电视机。英格兰队穿着红色球衣而不是通常的全白色队服。是那种草莓红。我猜想，我们跟联邦德国队抓阄决定谁得到穿白色球衣的权利时，我们输了。可是从此以后我们应该永远穿红色球衣，似乎是它带给了我们好运。我们幸运地被判了第三个进球,这就是进了第四个球后人们狂喜至极、心满意足的原因①。足球飞进球门时,你能听到欢呼声从邻居家开着的窗子里传出。比赛结束时,人们跑进自家后花园或涌上街头,笑得合不拢嘴。有的人在此前的人生中跟某些人除了"早上好"之外从不搭话,但现在他们互相叨起这场比赛。

那是一个充满希望的时代——一个人们有着爱国热情,而不是像傲慢顽固的保守党那样进行着一成不变的爱国主义表演的时代。苏伊士运河的丑闻已被我们甩在身后,现在,我们正以对普通人也意义非凡的事物震惊着世界,体育、流行音乐、时装和电视。英国就是披头士、迷你裙、《本周特写》节目和胜利的英格兰足球队。我不知道女王今天晚上是不是也在看电视,看到自己将世界杯冠军奖杯颁发给博比·穆尔的场面,不知道她是什么感觉。我想,一定是一阵怀旧之情袭上心头。"那是多好的日子,菲利普②,嗯?"那是那样一些美好的日子,她早上醒来可以确信不会在报纸上读到关于皇室成员不当性行为的详细报道:戴安娜门、卡米拉门、斯奎吉③录音带、查尔斯的卫生棉条幻想④、弗吉的吮吸脚趾⑤。这是君主政体的内部紊乱症。我对皇室从来都不太感冒,可是你还是禁不住为可怜的老女王感到伤心。

---

①在1966年的英格兰世界杯决赛的加时赛中,英格兰中锋赫斯特接队友传中头球攻门,球击中横梁下沿弹到门线上,主裁判在征求了边裁的意见后判进球有效。在随后的五十年里,球是否越过门线成了一大悬案。本书中,英国球迷觉得如果第三个进球是运气球,第四个进球则让英格兰队的胜利变得不容置疑。
②女王的丈夫菲利普亲王。
③"斯奎吉"(Squidgey 或 Squidgy)在英语口语中意为"湿软的",亦被译为"软香温玉",是戴安娜王妃的情人在电话中对她的昵称。二人的电话被人窃听,谈话内容被媒体披露。
④指查尔斯在与其情人通电话时声称想做她的卫生棉条。
⑤报纸上披露过安德鲁王子的妻子让其情人吮吸她的脚趾的照片。

这使我想起今天早上去伦敦的路上经历的一件事，它让我奇怪地感到不安。我在鲁米治博览会车站等车时，看见尼扎尔在月台上方。我正要上去跟他打招呼，脸上已经布置好了恰当的微笑表情，这时我发现他是跟一个年轻女人在一起。那不会是他的女儿，因为没有那么年轻，我知道那也不是他的妻子，因为我在他办公桌的银相框里见过他妻子的照片，那是一个外表严肃的主妇，身材肥胖，穿一条花卉图案的裙子，三个孩子坐在左右。而眼前这位年轻女人高挑苗条，穿一件剪裁精致的外套，富于光泽的黑发垂下双肩，她跟照片里的女人没有什么相似之处。尼扎尔站得离她很近，正在神气活现地跟她交谈，并不时地触摸她。他用他那外科医生的手拍拍她的外套衣领，理理她的头发，拽拽她的袖子，其神态既显示出占有欲又显得恭敬，就像明星的化妆师。不管尼扎尔在她耳边说些什么，她都志得意满地微笑着。她得歪着头，因为尼扎尔比她矮了好几厘米，不过她碰巧在我看见他们的时候也看了我一眼。幸运的是，她根本不认识我。我转过身，快速退回候车室坐下来，用一份《卫报》遮住脸，直到列车到站。

现在好像有一种通奸流行病在大行其道：杰克、琼·惠灵顿、皇室成员，现在又是尼扎尔。不过我想知道的是，意外地碰见尼扎尔跟他的情人在一起后，为什么我要感到难堪，甚至负疚？为什么我要逃走？为什么我要藏起来？我不知道。

上星期二以来，莎丽和我一直没有做爱。我总是在跟她不同的时间上床，要不就是抱怨消化不良，或称自己有感冒的预感，如此等等，为的是打消她做爱的念头。我害怕最终证实我再也不能高潮了。我想我可以试试手淫，只是为了检查我有没有器质上的毛病。

※　※　※

2月25日，星期四，上午。写完上面一段后，我脱衣上床，一条毛巾放在伸手可及的地方，我试着用又猛又快的动作让自己射出来。我有很长时间没做过这种事了，实际上将近三十五年了，所以有些手生。浴室橱柜里找不到凡士林，碰巧厨房里的橄榄油也用完了，所以我在阴茎上涂了一些保罗·纽曼沙拉酱，这样做是犯了一个错误。首先，因为从冰箱里拿出来的沙拉酱是冰冷的，刚开始时它产生的是萎缩而不是刺激的效果；其次，调味品里的醋和柠檬汁蜇得包皮疼得要命；最后，随着植物油摩擦变热，我身上开始散发出一股像加百利餐馆的猎人炖鸡[1]的味道。不过，主要问题还是在于我没法唤起适宜的想象。我的脑子里反复出现的不是激发情欲的幻想，而是博比·穆尔胜利地高举朱尔斯·雷米特杯[2]，或者《落水狗》中蒂姆·罗斯倒在血泊中，血迹在衬衣前襟上扩展开来，直到最后，他好像穿上了英格兰足球队的队服。

我想试试最近总在听说的性服务电话热线——可是到哪里去弄电话号码呢？广告黄页没什么用，向查号台查询几乎想也不用想。这时，我想起杂志架上有一本旧的演播信息杂志，果然，我在封底找到了性服务广告栏目。我从里边选择了一个号码，它许诺"快捷的性释放，赤裸裸的淫秽交谈"，还有一个脚注对此做出了解释："由于欧共体的新规，现在我们可以带给你欧陆尺度的体验。"我听了大约十分钟，听到的是一个女孩不停地喘息和呻吟着描绘剥香蕉

---

[1] 一道经典的意大利家常菜，传统上采用猎人当日打猎带回的食材烹制而成。
[2] 即世界杯赛冠军奖杯。

和咽香蕉的过程，我开始怀疑这里是不是在执行欧共体的农业新规。那完全是个骗局，我后来试的另外两个电话号码也是如此。

我突然想到，我只需要步行几分钟就可以去这个国家最大的色情书刊聚集地，尽管现在夜很深了，有些书店可能仍然开着门。重新穿衣服出去是件麻烦事，但我决意要将我的试验进行下去，直到有结果为止。我正要离开公寓时，突然产生了一个念头，决定先在电视监视系统查看一下门廊——结果，你完全可以肯定，上星期的那个侵占者又在那里，他正舒舒服服地蜷伏在睡袋里。我凭他露出睡袋口的尖鼻子、下巴和盖住眼睛的一绺头发认出了他。我呆呆地盯着画面，直到镜头自动关闭、屏幕上映出我淡灰色的影子才离开。我想象着如何下楼并打开楼门。要么，我不得不弄醒他，与他发生一场争执；要么，就当他没在那里，从他身上跨过去——并且不只一次，而是两次这样做，因为不一会儿我还要抱着一包裸女杂志回来。这两种选择对我都没有吸引力。我脱了衣服，回到床上，忍受着挫折承受力缺乏症的煎熬。这个流浪汉似乎把我变成了一个被囚禁在自己家里的道德囚犯。

最终，我还是设法用纯粹身体上的努力让自己射了出来。由此，我知道我的管件基本完好，可是我的阴茎很疼，而且，这对我打网球的手肘也没有任何好处。

* * *

星期四，下午。我坐在尤斯顿火车站的卧铺车候车室，等待五点十分的火车。我本打算坐四点四十的火车，可是错过了。检票员看着我跑下斜坡，在我离他只有十米的时候，他关上了栅栏，那时刚好是四点三十九。车站里贴的告示上写着"为了火车正点运行，也为了旅客的安全"，站台在正点开车时间前一分钟关闭，可是他放我进去对这两方面都没有危险。我除了手提包里装的笔记本电脑，没有别的行李。火车的最后一节车厢离我不到二十米，站务员悠闲自在地站在车厢旁边，望着空荡荡的月台，等着发车的信号。我上车很容易，正如我强烈指出的那样，可是检票口的那个家伙，一个铁面无私、寸步不让的亚裔职员不让我过去。我试着推开他强行过去，可是他把我推了回来。我们实际上扭打了足足一分钟，直到火车终于发车，我转身沮丧地走上斜坡，嘴里发出要去投诉他的空洞威胁。他比我更有理由提出投诉——实际上，他大概可以告我殴打他。

因为刚才涌出许多肾上腺素，我到现在还在微微颤抖，我想我在扭斗中拉伤了背部的一小块肌肉。回想起来——不久我就开始想了，这是很愚蠢的行为，真的。挫折承受力缺乏症将被自信缺乏症所取代，又一个沮丧的浪潮即将伴随低垂的乌云和突降的细雨向帕斯摩尔的灵魂席卷而来。那完全没有必要。毕竟，下一趟火车只需要等半小时，卧铺车的候车室也是等车的好地方，环境高雅。它很像妓院，或者说我想象中的妓院就是如此，只是没有性服务。你爬上楼梯，楼梯通向有侍者服务的饭店和超级公共厕所[①]，在通向超级公共厕所的走廊的半道上，有一个谨慎安装的不易觉察的门，门上装有电铃按钮，旁边的墙上有一个小格栅窗，里面有镶进墙里的喇叭。你按电铃后，会有一个女人的声音问你是否有头等车厢的车票，你说"有"，那门会发出"咔嗒"一声，随后"嗡嗡"地弹开，你就可以进去了。服务台后有一个漂亮的姑娘冲你微笑，你向她出示车票，在来客登记簿上签名，她会为你送来免费的咖啡或茶。房间

[①] 一种带有水池等盥洗设备的节省空间的厕所。

里很安静，设有空调，铺了地毯，有舒适的安乐椅和沿墙摆放的沙发凳子，椅子和凳子的衬垫都是舒服的蓝色调或者灰色调。里面还有报纸、电话和复印机。在楼下，寻常百姓等车只能坐在他们的行李上或地板上（大理石候车大厅里没有椅子），有的人则去光顾某个快餐店——什么"上等面包店""凯西·琼斯饭店""热牛角面包店""必胜客"，等等，这些店铺都集中在一个快餐食品主题公园里，位于——

我全神贯注于上面的那段描写，结果发现自己又错过了五点十分的火车。或者不如说我发现我只有两分钟的时间赶车了，我没法想象自己再次跑下斜坡，冲向同一个检票员，让他又一次冲我关上检票口，就像某种创痛在睡梦中反复出现一样。所以，趁等五点四十的火车的时间，我不妨先将我为什么如此急躁记录下来。

去尤斯顿的路上我顺便去了杰克的事务所，这是位于卡纳比街一家卖劣质T恤衫和纪念品的商店楼上的一套小房子。楼梯上端狭窄的接待室里是一个新来的女孩，她高挑苗条，穿着一件很紧很短的黑色连衣裙，站起来时裙摆仅能勉强盖住屁股。她自我介绍说她叫琳达。她将我领进杰克的办公室后关上房门，杰克说："我知道你在想些什么，但不是，我和她不是那种关系。不过，"他带着他厚脸皮花花公子的笑补上一句，"这并不是说我发誓她将来也不是。你瞧见她的腿了吗？""考虑到你办公室的大小和她的裙子的尺寸，"我说，"我很难不这么想，不是吗？"杰克大笑起来。"哈德兰有什么消息吗？"我问。他止住笑。"墩子，"他坐在转椅上向我倾过身子说，"你将不得不找一个可以令人接受的方式，把普里茜拉写出连续剧。

我的意思是，所有的人都可以接受的方式。我知道你能找到，如果你决定这样做的话。""要是我不能呢？"我说。杰克摊开双手："那他们就要找别的人来写了。"我感到一阵焦虑正向我袭来。"没有我的同意，他们不能那样做，是吗？""我恐怕他们可以。"杰克说着，一边将转椅转过去，打开抽屉。他这样做的过程中避开了我的目光。"我看了原始合同，"他从抽屉里取出一份文件，隔着办公桌递给我，"第十四条是相关条款。"

距连续剧第一季合同的签署日已经过了很长时间，那时我只是一个普通剧作家，没有什么特别的影响。合同第十四条说，如果他们要求我根据原来的人物写续集而我拒绝，他们可以另找编剧来做这项工作，并象征性地付给我一笔原创构思的版税。我不记得我那时对这一条款做过特别的考虑，不过对于当时我同意这一条款，我现在也不感到奇怪。让节目一直播下去并拍摄续集是我那时最大的野心，我不愿意自己写续集的想法也显得荒唐可笑。可是这一条款上提到的不仅仅是一部续集，而是"若干部续集"，是一个无限定量的复数词。我签下合同实际上是放弃了对故事和人物的著作权。我责备杰克没有向我指明这种危险并就有关续集的条款重新谈判。他说他认为哈德兰不管怎样也不会公平地同意让步的。我不同意他的看法。我认为我们本该在第二季拍完准备拍第三季时向他们施加压力，他们那时是如此迫不及待。甚至现在我也不相信他们会把整个节目交给某一个或某几个编剧。那是我的宝贝。那是我的。没有什么别的人能玩得转它。

他们会这么做吗？

这是一个危险的思想链条，充满着新的失去自信的可能性。不管怎样，我最好就此打住，不然会再次错过五点四十的火车。

*　*　*

2月26日，星期五，晚上八点。今天上午，杰克打来电话说他接到奥利·西尔弗斯的通知，"只是概括一下上星期六跟墩子谈话的要点，以避免发生什么误会"。这样他们就开始将第十四条付诸实施了，这意味着我有十二周的时间，去决定是由我自己把普里茜拉写出剧本还是让别人来做。

今天下午跟达德利做芳香治疗。如果把他的双姓都加上去，他的名字就是达德利·尼尔‐哈钦森。他看上去有点像嬉皮士利顿·斯特雷奇①——瘦长的身材，胡须长而浓密，以至于你会以为那些胡须和他的老花镜是连在一起的。他穿着从乐施会商店买来的牛仔裤、帆布鞋、印着少数民族图案的T恤衫和马甲。他把胡须塞进马甲，不然他为你按摩时会弄得你痒痒。他在家里开诊，他的家是机场附近一套三居室的现代化半独立式住宅，装着三层玻璃，以阻隔飞机起降时的噪音。有时候，当你脸朝下趴在按摩床上，你会感到有阴影从头顶上掠过，要是你立刻抬起头来，你会瞥见一架巨大的飞机从屋顶无声地掠过。飞机离你很近，你甚至可以辨认出舷窗后面乘客苍白的脸。最初看到这些让人很是惊恐不安。达德利每周有两次去康乐诊所出诊，可我宁愿来他家治疗，因为我不想让吴小姐知道我在做针灸治疗的同时还在进行芳香治疗。她太敏感，可能会把这看成是我不相信她的医术。要是哪天她突然碰见我跟达德利做完一个疗程后出来，我可以想象出她那深褐色的眼睛里无声的、受伤的、感到耻辱的表情。吴小姐也不知道亚历山德拉。亚历山德拉知道吴

---

①利顿·斯特雷奇（1880—1932），英国批评家、传记作家。大胡须是其个人形象的特征。

小姐，但不知道达德利。我没有告诉她不是因为她可能会感到受到威胁，而是因为她可能会对我失望。她推崇针灸疗法，但我想她不大会瞧得上芳香疗法。

是琼·梅菲尔德让我去做芳香治疗的。她在哈德兰电视台的化妆部工作，在录制《邻居》时，她坐在舞台两侧，随时准备在必要时冲上去整理黛碧的头发，或者在哪位演员的鼻子在灯光下反光时跑上去扑粉。有一天，我在餐厅跟她聊天，她说芳香疗法改变了她的生活，治好了她的周期性偏头疼，多年来偏头疼一直给她的生活带来不幸。她给了我达德利的名片，我想我应该试试。我刚刚因为膝内紊乱放弃了瑜伽，所以在我的治疗日程表上有了一个空当。我曾经两周一次去弗林小姐那里练瑜伽。弗林小姐是个老太太，七十五岁了，但关节灵活，教瑜伽呼吸法。她教的瑜伽不是那种让你头朝下站立数小时，或是把你的身体扭成疙瘩，得去急诊室才能解开的功夫。它的主要活动是呼吸和放松，但你的确必须试着打莲花坐，至少是半莲花坐。我的膝盖有了问题后，弗林小姐认为我继续练习不是什么好主意，所以我结束了我的瑜伽课。对你说实话吧，不管怎样，我从来都不太喜欢瑜伽。我从来都不能"入定"，这是瑜伽的关键环节，它要求你清除脑子里的一切思想，任何事情都不要想。弗林小姐教了我一套练脑程序，根据那套程序，你得首先清除脑子里有关工作的思想，然后清除有关家人和朋友的思想，最后清除有关自己的思想。可是，我从来没有闯过第一关。一旦我默默念出"工作"这个词，有关改稿子、挑演员的麻烦和收视率的想法就会开始在我的脑子里聚集。我会产生比以前任何时候都多的对工作的忧虑。

芳香治疗就比较简单。你只需要躺在那里，让医师用他们所谓的精油为你按摩。这种疗法所本的理论十分简单——也许太简单了。在我第一次去做治疗时达德利向我做了介绍。"要是你受了伤,你本能的反应是什么?你会去揉搓受伤的部位,不是吗?"我问他脑子怎么揉搓。他说:"噢,精油可以进入人的大脑。"芳香治疗家认为,精油被皮肤吸收后进入血脉,所以可以作用于人的大脑。吸入某些特定香味的精油也可以对神经系统产生刺激或抑制作用,这取决于你用何种精油。在芳香治疗中,有刺激性药物,也有抑制性药物,即他们所称的"高调"和"低调"。据达德利的说法,这是一种非常古老的医学,中国和埃及很早以前就在使用这种疗法。可是,跟所有别的事物一样,如今这种疗法也计算机化了。我去见达德利时,我告诉他我的症状,他将它们输入为我个人设计的叫作"唷"(不,这是我编造的,程序的文件名叫ATP)的芳香治疗程序,然后敲击一个键,电脑就显示出一个它建议使用的精油清单——刺柏、茉莉花、薄荷或者诸如此类的东西。接着达德利让我嗅那些精油,用我最喜欢的几种调成鸡尾酒,用一种植物"载体油"作为油基。

跟着达德利接受治疗不像跟吴小姐那样,我跟他讨论性方面的事情不会有什么顾虑,所以当他问到我上次治疗以后我的情况怎样时,我提起了我没射精的事。他说不射精的性交受到东方神秘主义者的高度赞扬。我说我喜欢他们的赞扬。他在苹果电脑上敲了一会儿,出来的结果是香柠檬、依兰和玫瑰精油。"上次你不是用玫瑰精油为我治疗抑郁的吗?"我说,语气中带着一丝怀疑。"这是一种用途广泛的精油。"达德利带着讨好的神情说,"它可用来治疗阳痿、性冷淡,也能治疗抑郁,还有悲伤和更年期。"我问他是否包括男人的更年期,他笑而不答。

* * *

2月27日,星期六。嗨,它管用了,在某种程度上管用。昨晚我们做爱,我射了。我感觉莎丽没有高潮,但她并不真的有情绪,我提议做爱时她看上去吃了一惊。我也不能说地球为我转动了,不过至少我射了。这么说,那种古老的玫瑰精油成功了,在治阳痿方面获得了成功。但在治抑郁、悲伤和男性更年期方面没有。我三点零五分醒来,脑子就像一台正在工作的混凝土搅拌机,忧虑就像锋利的砾石,在恐惧的灰色泥浆中翻滚。接下来的几个小时我在一种浅睡状态中度过,时睡时醒,醒来时依稀觉得一直在做梦,可是梦中的情形无可追忆。那些梦都像水中的银鱼,我抓住了它们的尾巴,可是它们从我手里溜走了,扭扭摆摆着遁入漆黑的水底。而我醒来时就像浮出水面的潜水员,大口大口地喘着粗气,心脏怦怦直跳。最后,我咽了一片安眠药,接着陷入无梦的昏睡。醒来时,床上是空的,已经九点半了。我闷闷不乐,口干舌燥。

莎丽留了一张字条,说她去圣斯伯里超市了,我自己也有一些差事要做,所以步行到市中心。我在邮局烦躁地排队时,听到一个女人的声音在我背后说:"你等不及了吗?"我以为她在对我说话,就转过身去,结果那是一个母亲在对一个小男孩说话。"你不能等到回家再说吗?"她说。那小男孩伤心地摇着头,两条腿紧紧地夹在一起。

稍后。我完全等不及了,急着继续看克尔凯郭尔的书,这次比上次走运。我翻看着《非此即彼》,因为它的题目让我感到好奇。这是一本大部头的书,分为两卷,写得很杂乱,鸡零狗碎地包括一些议论文、故事和书信,等等。是由两个虚构的名为 A 和 B 的人物所写，再由第三个名为维克多·埃利米特斯的人编辑，我猜那都是克尔凯郭尔的别名。特别吸引我的是第一卷里一篇题为《不快乐的人》的短文。读着它，我又产生了初次见到书单上那些克尔凯郭尔书名时的那种感觉，它一针见血地道出了我现在的状况。

据克氏的观点，不快乐的人就是"始终与自我脱节的人，从来不与自我保持一致"。我的第一反应就是：不，你错了，索伦小子[①]——我每时每刻都在想着自己，这就是我的麻烦所在。可是接着我又想，想着自己并不等于与自我保持一致。莎丽与自我保持一致，因为她认为自己的一切天经地义，理所当然。她从不怀疑自己——或者说至少不会长时间怀疑自己。她与她的自我协调一致。而我却像那种低劣卡通片里的人物，色彩和轮廓线互不吻合，二者之间总有缝隙或者重叠，看上去模糊不清。那就是我：急不可耐的丹麦佬，翘起来的蓝色下巴，和下颚的轮廓线不那么吻合。

克尔凯郭尔解释说，不快乐的人之所以从来都不会与自我保持一致，是因为他总是生活在过去或者将来。无论什么时候，他不是在有所期待就是在回忆过去。他不是认为事情在过去更好，就是希望它们将来会更好，但现在总是最糟糕的。那是普通的不快乐。但是"更为严格意义上的"不快乐的人，即使在他们回忆过去或者期待将来时也跟自我错位。克尔凯郭尔举了一个例子，一个人满怀渴望地回首童年的快乐，可事实上这种快乐他自己从来不曾经历过（很可能他说的就是他自己）。同样，"不快乐的希望家"在期待未来时也从没有和自我保持一致。由于多种原因，这一观点对我来说显得有点费解，直到我读到下面一段："期待未来的不快乐的个体有着

[①]克尔凯郭尔的名字。

与回忆过去者同样的痛苦。期待未来的个体总是有着更多令人满意的失望。"

我完全知道他说的"令人满意的失望"是什么意思。做决定总让我忧心忡忡，因为我要竭力提防事情出现坏的结果。我希望出现好的结果，可是如果真的出现了好的结果，我又几乎视而不见，因为我已经悲惨地想象过事情将怎样出现坏的结果；而要是事情以某种不可预见的方式出现了坏的结果（就像哈德兰合同的第十四条一样），那只是进一步证实了我固有的信念：最险恶的命运在等待着我。如果你是个不快乐的希望家，你就不会真正相信事情将来会变好（因为要是你相信，你就不会不快乐）。这就是说，如果事情没有变好，那就证实你自始至终都是正确的。那就是你的失望让你满意的原因。这很妙，不是吗？

我还有一种固执的感觉，觉得过去的事情总是比现在的好——我也曾经快乐过，否则我不会知道我现在不快乐，我在人生之路的某个地方遗失了那种快乐，我搞砸了，我放走了它，我现在只能回忆"它"正在消散的碎片，就像观看1966年的世界杯决赛一样。然而，我有可能是在欺骗自己，有可能我摆脱不了忧伤的真正原因是，我总是一个不快乐的希望家。这同时又自相矛盾地使我成了一个不快乐的怀旧者。

一个人怎么可能二者兼而有之呢？这太容易了！这就是不快乐者的准确定义：

> 这就是说：一方面，他不断期待他应该回忆的东西……另一方面，他又不停地回忆他应该期待的东西……结果，他所期待的东西待在他身后，而他所回忆的东西待在他的前面……他

永远十分接近他的目标，同时又与这个目标有着距离。在他现在拥有某种东西，或者处于某种情况时，他便发现是那个东西或者那种情况让他不快乐，因为那不多不少就是几年前本该使他幸福的东西或情况——如果他那时拥有那个东西或处于那种情况的话；而那时他并不拥有那东西或处于那种情况，所以那时他不快乐。

好了，这家伙摸透了我。最不快乐的人。可是为什么我读到这里时会咧开嘴大笑呢？

* * *

2月28日，星期天，下午。今天我没有去演播室。我想我应该让哈德兰看看，我讨厌他们那样要挟我。莎丽赞成我这样做。我清晨打电话到办公室在录音电话上留了一条语音信息，说我今天不会去了。我没有说明原因，但原因是什么奥利和哈尔猜得出来。除了去年4月我得了肠胃感染，这是唯一一次我不参加的节目录制。不用说，这与其说是对他们的惩罚，不如说是对我自己的惩罚。哈尔太忙，顾不上因我的缺席而心生怨恨，奥利也不是那种会怨恨别人的人。而我，除了怨恨，什么事也做不了。这一天过得很慢，慢得折磨人。我不停地看钟，计算着他们的彩排该排练到了什么阶段。现在是四点过五分，天已经黑了。室外，地上盖着薄薄的一层雪，寒气袭人。报纸上说英国其他地区有暴风雪。美好的星期天里充斥着让人扼腕长叹和捶胸顿足的事情。这个国家似乎正经历着某种巨大的信心危机，国民精神内部紊乱症。上星期发表的一份盖洛普民意测验表明，百分之八十的选民对政府的表现不满意。根据另一份民意调查,超过百分之四十的年轻人认为,英国在下个十年里将变成一个更不宜居的国家。他们的意思大概是,要么工党赢不了下次大选,要么就算赢了,事情也不会有任何改变。英国已经变成了一个由不快乐的希望家组成的国家。

他们也是一些不快乐的怀旧者:我感到从博比·穆尔的死就可以看出我们衰落到了何种程度,似乎有这种感觉的人并不只是我一个。报纸上有大量关于博比·穆尔和1966年世界杯赛的怀旧文章。本周我们在特斯特联赛①中连续三次输给印度,这对鼓舞我们的民族精神没有什么帮助。印度!在我的孩提时代,在特斯特联赛中与印度踢球是乏味得要命的比赛,因为对英国来说,他们注定是不堪一击的对手。

现在是五点半。彩排就要结束了,演员们马上就要去餐厅狼吞虎咽地吃晚餐,然后开始化妆。罗恩·迪金总是吃香肠、鸡蛋和炸薯条。他发誓说他在家里从不吃油炸快餐食品,但他又说香肠、鸡蛋和油炸食品符合波普·戴维斯这个角色。他对这一点十分迷信——有一天厨房里没有香肠了,他便陷入了极度的恐慌中。我不知道他会不会因为我今晚不像通常那样在现场而分心。录制节目时演员们喜欢我在那里,他们觉得那样能让他们放心。现在我这样冷眼旁观,我恐怕我不仅是在惩罚他们,也是在惩罚自己。

我根本没法想别的事情,我越是想它,感觉就越是糟糕。我在竭力抗拒我做了错误决定的结论,可是我能感觉到自己就像被黑洞引力吸引着一样,被头也不回地拖进那个结论。简言之,我能感觉

---

①英联邦国家举行的足球联赛。

到自己正在陷入我的那种"忧虑"之一。忧虑,正如艾米会说的那样,就是我①。如何挨过今晚剩下的时间呢?我两眼定定地看着电脑键盘上标有"帮助"字样的按键。要是它真能帮我就好了。

* * *

3月1日,星期一,早晨。昨晚大约六点四十五分,就在莎丽往桌上摆放餐具准备吃晚饭时,我再也忍受不了了。我冲出房门,高声对莎丽说我要去哪儿,不给她时间骂我傻瓜。我将土豪车倒出车库,在车道上开得左滑右晃,险些撞凹了院门门柱的后侧,一路狂奔进鲁米治市区。赶到演播室时,正好有时间找到座位观看录制。

今天的录制进行得好极了。这次的观众妙不可言——敏锐、有鉴赏力、步调一致。剧本也不赖,尽管这是我自己说的。故事情节是斯普林菲尔德一家决定卖掉房子,以便躲开戴维斯一家,但他们没有把这一决定告诉戴维斯一家,因为他们为此感到内疚,结果戴维斯一家在无意中屡屡破坏他们的计划。斯普林菲尔德一家带有意买房的人看房子时,他们不是正在呕吐就是正在做其他什么粗野的事情。观众们很喜欢这个故事。我猜想他们中有许多人自己也想搬家,但搬不了,因为他们有资不抵债的房子。资不抵债的房子就是那些因为房价下跌,其价值已低于抵押贷款的房子,这种情况很普遍。这是房地产市场的内部紊乱症。如果你自己的房子资不抵债了,那不是一件有趣的事,但你可能会从爱德华和普里茜拉的窘境中发现有趣的一面。要不,从另一个角度来说,观看他们带有滑稽色彩的艰难困苦,可能会让你对自己的资不抵债感到好受一点,特别是

---

①原文为法语。

当你看到本集结尾，斯普林菲尔德一家不得不放弃搬家而决定安于现状的时候。我常常觉得情景喜剧有这样一种治疗学上的社会效益。

演员们能感觉到来自观众的兴奋，他们自己也情绪饱满。今天很少重拍。我们八点半就结束了。每个人都面带笑容。"你好，墩子。"罗恩·迪金打招呼说，"今天排练时我们没见到你。"我咕哝着说有点事脱不开身。哈尔疑惑地看了我一眼，但没说什么。舞台监督伊萨贝尔告诉我，我没来是走运了，排练磕磕绊绊很不顺利。"不过事情总是这样，"她说，"要是排练一帆风顺，你就可以肯定录制将会是一场灾难。"（伊萨贝尔是个不快乐的希望家。）奥利不在那，他打来电话说他那里的路太难走，赶不过来了。考虑到今天的天气，有些演员决定留在鲁米治过夜，所以我们一起去了酒吧。在人们中间普遍弥漫着一种轻松愉快的气氛，每个人都沉浸在工作顺利的愉快感觉中，大家讲着笑话，轮流买酒，喝了一杯又一杯。我感觉到对所有人的强烈爱意。这里就像一个大家庭，在某种意义上，我就是父亲。如果没有我的剧本，他们绝不会在此相聚。

我正要离去时，萨曼莎·汉蒂走进酒吧，她已经安排小马克在附近的旅馆里睡了。她冲我嫣然一笑，我也报之以微笑，她显然没有因为我们上星期的谈话而对我心怀敌意。"噢，你就要走了吗？"她说，"要扫大家的兴吗？""得走了。"我说，"剧本写得怎么样了？""我要跟一个经纪人谈谈我的构思，"她说，"已经跟杰克·恩迪克特约好了下周见面。他是你的经纪人，不是吗？我跟他提到过我认识你，希望你不要介意。""是的，我当然不介意。"我说。但我心里想说的是：你这个无耻的贱人！"当心你穿的衣服。"我说。她显得很不安。"为什么？他对衣服感兴趣吗？""他对好看的年轻女人感兴趣。"我说，"我建议你穿一个宽大松垮的、漂亮的黑色垃圾袋。"她大笑起来。好了，她以后可没法说我没有提醒过她。杰克见了她的胸脯一定会发疯的。她也有一张漂亮的脸蛋，圆圆的，长着雀斑，似有似无的双下巴就像紧绷在罩衫前襟里丰满曲线的余韵。她采纳了我的建议，问奥利她是否可以评审剧本，显然奥利给了她一大堆剧本让她写评估报告。这是一个需要看护的年轻女人，不止一个方面是这样。

我回家时开得很慢，在冰冻的、空旷的公路上小心翼翼地驾驶。我进屋时莎丽已经睡了。她身子平伸仰躺在床上，嘴巴紧闭着。这种姿势告诉我，她是生着我的气上床睡觉的——不是因为我本来决定不去看录制却又改主意，就是因为正好在她准备好晚饭时仓促出门，要不就是因为我不顾危险开车，或者因为以上全部。到底是什么，我无从判断。今天早上我才发现，是因为别的什么原因。显然，在我昨天告诉她我不像平常一样去演播室了以后，她邀请了邻居夫妇晚上过来喝酒。她发誓跟我说过，所以我想她一定是告诉了我，只不过我一丁点也记不起来了。这让她很为难。她不得不再次打电话给韦伯斯特夫妇取消聚会。无疑，这很难堪。那两个傻瓜是托利党的脑残支持者，但每年圣诞前夜都邀请我们参加他们的酒会，我们从来没有回请过他们。（我们很少举办晚会，举办晚会时，我总要对着宾客名单琢磨半天，为选择哪些客人而痛苦不堪，我总想使客人们能够形成完美的搭配和组合，交谈时彼此势均力敌又能碰撞出火花。我从没考虑过邀请韦伯斯特夫妇参加这类聚会，不过当然，不考虑他们既没法保证我不会随着聚会的临近而陷于歇斯底里的边缘，也不能保证我不会在聚会一开始就立刻灌醉自己。）我们欠的人情太多，因此，昨天晚上是还一部分人情的好机会。莎丽说，现在，作为补偿,我们得邀请他们吃饭了。我希望这不过是她对我的威胁。不管怎样,我现在失宠了。昨晚所有的欢欣烟消云散。上午膝盖在找麻烦,而且,我的背部肯定有一块肌肉被拉伤了。

* * *

星期一,下午。刚做完理疗回来。我告诉罗兰我背部的肌肉拉伤了,但没有说是跟那位最轻量级的巴基斯坦裔检票员打架时拉伤的。他以为那又是我打网球时造成的。实际上过去的一个星期我一直没有打网球,部分原因是天气不好,另一部分原因是,在鲁伯特告诉我乔和琼的事之后,我还不想跟以前的那些老搭档们待在一起。罗兰为我做了一种老式背部按摩,还在膝盖上做了激光治疗。这就是他在接受按摩师培训时所学到的全部技能——他干这一行很拿手,也乐在其中。他的双手就是他的眼睛,能触摸到你病痛的核心,并轻柔而有力地减缓你的炎症。达德利比不上他。

罗兰的妻子早餐时给他读了报纸上的一篇新闻,那是在澳大利亚发行的黛安娜王妃的"斯奎吉"录音带的新摘录。我说我很难相信这些谈话碰巧是无意中听到的,罗兰也不相信。原来,他晚上花很多时间用他的索尼牌高频波段袖珍收音机收听警方的讯息。"有时候,我连着听几个小时。"他说,"躺在床上,戴着耳机。昨晚在安吉尔塞德有毒贩被抓获。这件事很让人兴奋。"所以罗兰也得了失眠症。一个瞎子,整夜醒着躺在床上。黑暗中的黑暗,那一定特别可怕。

关于抑郁症,最让人沮丧的事情之一就是,你知道世界上有很多人远比你有理由感到沮丧,并且发现这根本不能让你从沮丧中振作起来,它只会让你鄙视自己,你因此也更为沮丧。抑郁症最纯粹的形式就是你根本不知道你为什么感到沮丧。正如 B 在《非此即彼》中所说的,"一个悲伤或者苦恼的人知道他为什么悲伤或苦恼。而要是你问一个忧郁的人是什么让他感到忧郁,他回答:'我不知道,我没法解释。'那么在他身上就有着无可救药的忧郁。"

我已经开始了解这本怪书的大意。第一部分由 A 的文章组成——包括散记、像《不快乐的人》那样的论文和题为《诱惑者日记》的日记,这些东西应该是由 A 编辑,但由一个叫约翰尼的人撰写的。A 是一个患抑郁症的年轻又有知识的懒汉,只是他把自己的懒惰叫作忧郁,并把它变成了一种迷信。在《日记》中,约翰尼描绘他如何诱惑一位名叫柯德丽亚的天真美少女,只是为了看看自己是否能克服所有障碍把她弄到手,他得手后又温情地抛弃了她:

> 现在结束了,我再也不想见到她……现在,任何抵抗都已不复存在。可是唯有抵抗的存在,才使爱情富有魅力;一旦它消失了,爱情就只不过是明日黄花,一种习惯而已。

不知道我们应该认为《诱惑者日记》是 A 发现的还是他编造的,抑或是一种披上伪装的真实忏悔。不管怎样,这是一篇很有味道的东西,尽管里边没有性描写——我的意思是没有性动作的描写。但有很多关于性情感的描写。比如下面这一段:

> 今天,我的目光第一次停驻在她的身上。据说睡眠能使眼睑变得沉重,以至于自动闭合;也许我对她的瞥视就有类似的效果。她闭着眼睛,但仍然有一种朦胧的力量在她的内心骚动。她的确没有看见我在看她,她是感觉到的,是用她的整个身体

感觉到的。她在黑夜里紧闭着双眼,但她的心里却是明晃晃的大白天。

可能杰克就是这样勾引女人的。

《非此即彼》的第二部分由B写给A的一些奇特的长信组成,B在信里抨击A的生活哲学,敦促他抛下忧郁,让自己振作起来。B好像是个律师或法官,婚姻幸福。实际上,他有点道学家的味道,但是个精明的道学家。我刚才引用的那段关于不可救药的忧郁症的话就出自他的第二封信,题为《个性发展中美学与伦理学的平衡》,可是从整体上说这本书写的是美学与伦理学的对抗。A是唯美主义者,B是伦理主义者,如果我没有用错词的话。(对,是伦理主义者,我查过词典了。)A说:非此即彼,你选择什么无关紧要,因为无论你选择什么你都会后悔。"如果你结婚,你会后悔;如果你不结婚,你也会后悔。不管你结婚还是不结婚,两者都会让你后悔。"如此等等。这就是A如此热衷于诱惑少女的原因(诱惑少女柯德丽亚的事是真实的还是出于想象,我们不得而知,但A显然被这个念头迷住了,这说明老索伦也是如此),因为在他看来,婚姻必定需要选择(这种选择注定要让他后悔),而诱惑则是让别人选择,把自由留给自己。通过占有柯德丽亚,约翰尼向自己证实了她不值得被占有,他有抛弃她再重回忧郁中的自由。"忧郁是我所知道的最忠实的情人,"他说,"那么,我回报它以爱情又有什么奇怪的呢?"

B说你必须选择。做出选择才是合乎道德的。他为婚姻辩护。他抨击忧郁。"忧郁是罪恶,这种罪恶实际上不亚于任何别的罪恶,因为它罪在不愿全心全意、诚心诚意地下定任何决心,而这是所有罪恶之母。"他还用足够的仁慈加上了一句:"我很高兴承认,忧郁在某种意义上不是一个坏的迹象，因为只有最有天赋的造物才会患此疾病。"可是B毫不怀疑合乎道德的生活优于唯美的生活。"生活合乎道德的人能看见自己，了解自己，他用他的意识注满整个躯体，不允许模糊不清的思想在他的身上引起大惊小怪，或试图用鬼花招去迷惑他……他了解他自己。"或她自己。莎丽属于伦理型，而我属于唯美型——但我有一个例外，我相信婚姻，所以这顶帽子对我不是十分合适。那么克尔凯郭尔自己站在哪一边呢？A还是B？要不就是两边都站或者两边都不站？他说过你必须在A或者B的哲学之间做出选择或者不管你选择哪一种都会后悔吗？

读克尔凯郭尔就像在厚厚的云层里飞行。你时不时地会在一个短暂的间歇里看到地上明媚的景色，可是接着你重又回到了灰色迷雾的旋涡中，完完全全迷失了方向。

星期一，晚上。根据我刚才查过的一部百科全书，克尔凯郭尔得出的结论是，审美和伦理只是通向完全启蒙之路的两个阶段，完全的启蒙是"宗教上的"。伦理似乎高于审美，可是其论据最终是建立在不甚真实的基础之上的。在伦理阶段之后，你就要把自己托付给上帝，听任他的摆布了。我不太喜欢这种腔调。可是通过达到这个"飞跃"，人类"终于选择了自己"。这是一个无可逃避、撩人心思的短语：你已经是自己了，又怎么可能选择自己呢？听上去像是胡说八道，不过我对他要表达的意思还是有了一些模糊的了解。

莎丽声称她太忙了，拒绝跟我一起观看今晚的《邻居》，以示她仍在生我的气。观看《邻居》是我们每周一晚间的一项仪式，九点电视开始播放节目时，我们都要坐下来一起观看。此事有些滑稽，不过不管在节目播出之前我对它的内容多么熟悉，哪怕剧本是我自己写的，我也参加了排练，观看了录制，看过完成剪辑的录像带，但跟看它正式播出总是有不同的感觉。不知为什么，想着还有数百万观众在同一时刻跟你一起收看，而他们都是第一次，这感觉就有所不同。节目播出时，要对它进行修改或让它停下来都为时已晚，这使你的体验增添了一种刺激。这有点像第一次在舞台上面对观众表演节目。每到星期一晚上，当节目前的最后一则广告定格，从屏幕上淡出，作为节目标题的连续镜头出现，熟悉的主题曲响起，我便会感到心跳加快。而且，荒唐的是，我发现自己观看的时候在给演员使劲儿，好像他们是在做现场表演，我在心里敦促他们把台词和滑稽表情发挥到恰到好处，尽管在理智上我知道，所有的一切，每一个音节和停顿，每一个细微的声音和动作，以及演播室观众的反应，全都已经固定下来，不可更改。

莎丽几年前就已放弃看我的剧本手稿——或者说是我放弃了拿给她看的念头：两者完全是难分轩轾。她从来都不太喜欢《邻居》的基本构思，也不认为它会走红。当《邻居》风靡全国，一发不可收拾时，她自然高兴，为我高兴，也为通过我们的信箱源源不断、滚滚而来的财富高兴，那架势就好像我们的后花园里突然挖出了石油。可是，跟往常一样，那丝毫也没有动摇她的判断。接着她就开始没命地埋头于自己的工作，根本没有剩余的时间或精力用来读我的剧本，所以我也就不拿我的剧本去打扰她了。实际上这样对我更好，她可以在不知道内容的情况下收看电视上的节目。这样，我也就可以根据她来了解另外一千两百九十九万九千九百九十九名观众看节目时的反应是什么。不过，我要把她的赞美放大大约八倍。如果莎丽发出轻轻的笑声，你就可以打赌，全国观众一定笑出了眼泪，尿湿了裤子。可是今晚，我得闷闷不乐、无声无息地看节目了，独自一人。

* * *

3月2日，星期二，下午。今天去亚历山德拉的诊所。她感冒了，鼻塞，一直不停地、徒劳地擤鼻涕，好像一个正在练习小号的人。"请原谅我这么说，"我说，"像你这样擤鼻子会擤出鼻窦炎的。我曾经有个瑜伽老师，她教过我怎么擤鼻子，一次只擤一个鼻孔。"我将一只手指按在我鼻子的一侧，然后按住另一侧给她示范。亚历山德拉无力地笑了笑，感谢我的指导。这是我还记得的关于瑜伽的仅有的一点知识。怎样擤鼻子。

亚历山德拉问我过去一周过得怎么样。我告诉她《邻居》后面的编排计划都乱了套。她问我我要怎么办。"我不知道，"我说，"我唯一知道的就是，不管我做什么，我都会后悔。如果我把普里茜拉写出剧本，我会后悔；如果我让别人来这样写，我也会后悔。我读过克尔凯郭尔的书。"我加上一句，想着这会给亚历山德拉留下深刻的印象，但她没有反应。也许她没有听见：她正好在我说"克尔凯郭尔"时擤了一下鼻子。

"你对这件事过早下结论了，"她说，"你总认为自己注定要失败。"

"我只是面对事实。"我说，"我的优柔寡断无可救药，就像那个人说的那样。上个周末就是例子。"我告诉她我周末参加录制前的犹豫不决。

"但你最后还是做出了决定，"亚历山德拉说，"你去了演播室。你后悔了吗？"

"后悔了，因为那让我和莎丽有了麻烦。"

"你当时并不知道她已经邀请了那些邻居。"

"是不知道。她跟我说这件事时我应该听她说话的。不过我知道,她不管怎么样都会因为别的原因不让我出门去演播室,比如路不好走——这就是我在她还来不及说服我时冲出大门的原因。要是我给她机会说服我,我最终就会知道韦伯斯特夫妇要来的事。"

"如果那样,你就会留下来是吗?"

"当然。"

"你希望事情那样,是吗?"

我思虑片刻。"不。"我说。

我们俩都笑了,十分绝望地笑了。

我真的绝望了吗?不,没有什么比那更有戏剧性了。它更像 B 所说的怀疑。B 将怀疑和绝望做了区分。他认为绝望优于怀疑,因为绝望里至少包含着选择。"那么选择绝望吧,因为绝望本身就是选择,一个人可以不做选择而怀疑,但是绝望的人不能不做选择而绝望。一个人绝望时,他会再次做出选择,他选择什么呢?他选择自我,不是自我的直接方式,不是这种因事而变的个体,他选择具有永恒合法性的自我。"听上去让人印象深刻,可是选择绝望而又不想结果自己,这可能吗?你可以只是接受绝望,在绝望中生活,以它为荣,并乐在其中吗?

B 说他有一件事与 A 一致:如果你是一位诗人,那么你注定是个悲伤的人,因为"诗人的存在植根于隐晦,这种隐晦源于绝望之无法完成,源于灵魂在绝望中永不停息的战栗和精神之无法获得真正的明澈"。所以你似乎可以绝望地战栗,而又无须真正选择它。这是我的境况吗?诗人的存在也适用于剧作家的存在吗?

菲力普·拉金①完全了解这种绝望。我刚才查找过他的《布林内先生》：

　　可是如果他驻足观看寒风
　　吹乱乌云，躺在发霉的床上
　　告诉自己这就是家，咧嘴一笑，
　　并且颤抖，却没有抖掉忧惧

　　我们的生活状况量出了自己的天性，
　　在他这个年纪已没有什么可以拿出来的
　　只有一个租来的盒子让他确信
　　他没有更好的保证，我不知道。

这首诗里一切都有了："颤抖……忧惧……我不知道。"

让我想到拉金的是今天报纸上的一篇报道，上面说安德鲁·莫信即将出版的传记将披露拉金比在最近出版的《书信集》里更多更严重的丑闻。我没有读过那本《书信集》，也不想读。我也不想读他的新传记。拉金是我最喜欢的现代诗人（实际上，大概也是唯一我能读懂的诗人），我不想毁了读他的诗的乐趣。显然，在一次与金斯利·埃米斯②的电话交谈中，他用"我操牛津救灾委员会"结束了谈话。得承认，有许多比说"我操牛津救灾委员会"更糟糕的事情，比如说，有人会真的那样做，就像索马里的枪手偷盗那些打算用来援助饿得奄奄一息的妇女儿童的援助物资一样。不过，他为什么要

---

①菲利普·拉金（1922—1985），英国诗人。
②金斯利·埃米斯（1922—1995），英国著名小说家。

说那种蠢话呢?我取出捐款支票簿,送了五十英镑给牛津救灾委员会。我是为菲利普·拉金捐的那笔钱。就像莫琳曾经募捐免罪,并将它们记在她死去的祖父名下一样。有一次她向我解释过这件事,全都跟炼狱和临时性惩罚有关——这是你一生中所能听到的最愚蠢的事情。莫琳·卡瓦纳。不知道她怎么样了。也不知道她现在在哪儿。

* * *

3月3日,星期三,晚上。今天我在门廊里碰见了那个非法闯入的家伙。事情是这样发生的。

艾米和我去国家剧院看《罪恶之家》。这是一部关于一群超现实主义者的才华横溢的作品,演出一气呵成,有如一部戏剧史上最有名的作品。我以前从没评论过普里斯特雷[①],可是今晚他就像那个了不起的索福克勒斯[②]一样出色。甚至艾米也被感动了——吃晚饭时她一点也没有试图重新安排他们的演员班底的意思。我们在凯旋餐馆吃晚饭,精心挑选了几样开胃菜——它们总是比主菜好。艾米点了两道,我点了三道。一瓶桑凯勒葡萄酒摆在我们中间。除了戏剧,我们还有很多别的事可谈:我与哈德兰的麻烦,还有艾米跟塞尔达的最新危机。艾米洗衣服时在塞尔达的校服上衣口袋发现了一粒药片,她担心那是迷幻药或者避孕药。她没法断定哪一种情况更糟,但是不敢问女儿,因为害怕塞尔达指责她监视自己。她从她那装得鼓鼓囊囊的大手袋里掏出封在一个航空信封里的药片,将它放在我旁边装杂物的盘子里以便审视它。我说,依我看那好像是一颗

---

① J. B. 普里斯特雷(1894—1984),英国小说家、剧作家。
② 古希腊最伟大的悲剧作家之一。

阿姆普莱克斯口气清新含片,并提出要舔一下尝尝是什么味道。我尝了,果然是的。艾米起初大松一口气。接着她皱起眉头说:"她为什么担心自己的口气难闻?她一定是跟男孩子接吻了。"我说:"你在她这样的年龄没有吗?"她说:"有,可是不像他们现在那样彼此把舌头一直伸进对方的喉咙里去。""那时有,"我说,"那叫作法式热吻。""嗨,如今那样会染上艾滋病。"艾米说。我说我想你不会被传染的,尽管我并不真的知道。

接着我告诉她第十四条条款的事。她说真是岂有此理,我应该辞了杰克,让作家协会对那份合同提出质询。我说换经纪人解决不了问题,而且杰克的律师已经查过合同,合同无懈可击。艾米说:"狗屎①。"我们从各个角度讨论了各种将普里茜拉写出连续剧的方案,随着瓶子里的酒越来越接近瓶底,那些主意也变得越来越荒诞滑稽:普里茜拉有个据认为已经死去的前夫,他要求普里茜拉跟他恢复关系,而普里茜拉跟爱德华结婚时又由于疏忽没有向他提起前夫的事;普里茜拉做了变性手术;普里茜拉遭到外星人的绑架……我仍然认为,对普里茜拉来说,最好的解决办法是让她在目前一部的最后一集里死去,但艾米对奥利和哈尔提出反对意见一点也不觉得奇怪。"不能有死亡,亲爱的,什么都可以,但不能有死亡。"我说这可是相当强烈的反应。"噢,上帝,你听上去就像卡尔。"她说。

这一评语是能让我了解艾米和她的心理医生之间关系的仅有的东西,就像黑暗中的一丝光亮。她对二人之间的关系通常讳莫如深。我所知道的仅仅是她周一到周五每天上午九点半去他的办公室,然后他来到接待室跟她说早上好,然后她走在他前面进了咨询室躺在

---

① 原文为法语。

小床上，然后他在她身后坐下来，然后她说上五十分钟的话。你不能带着一个准备好的话题来，而得说当时脑中想到的内容，无论是什么。有一次我问艾米，要是当时没想到什么值得说的事情怎么办，她说那你就该保持沉默。显然，从理论上说，她可以在整个五十分钟的时间里一言不发，但卡尔仍要照常收费。不过艾米就是艾米，实际上那样的事永远也不会发生。

我们从剧场里出来时大约是十一点，我将艾米送上出租车后步行回家，以便锻炼一下我的老膝关节。罗兰说我每天应该散步至少半小时。我总是喜欢从滑铁卢桥上走过，特别是晚上万家灯火、彩灯齐放的时候：西边是大本钟和议会大厦，东边是圣保罗大教堂的圆顶和雷恩爵士①建的其他教堂锋利的尖顶，加纳利码头屋顶上的红灯在天边闪闪烁烁。从滑铁卢桥看，伦敦仍给人一种伟大都市的感觉。可要是你的目光转向河滨路，看见家家店铺门前裹着棉被、像博物馆的木乃伊一样的流浪汉，这种幻觉就会破灭。

我没有料到的是，此时我自己家门前的那家伙也会跑进我的公寓楼道。我没有料到可能是因为我只是在公寓里的监视器屏幕上看到过他一次，而且那时已是午夜之后很久。他在楼道里背靠墙坐着，腿和下半身在睡袋里，正在抽自己卷的烟卷。我说："嘿，你不能睡在这儿。"他拂开眼前一绺又长又直的红色额发，抬头看我。我得说他约摸十七岁。这很难判断。他的下巴上有一层淡红色的胡须。"我不是在睡觉。"他说。

"我以前见过你在这儿睡觉。"我说，"滚吧。"

"为什么？"他说，"这不妨碍你什么。"他在睡袋里收起膝盖，

---

①雷恩爵士（1632—1723），英国皇家学会会长、天文学家、著名建筑师。

好像是为了避免我从他身上跨过去。

"这是私有财产。"我说。

"私有财产就是盗窃。"他狡猾地咧嘴一笑,好像是在考验我。

"嘿,"我想用讥讽掩饰住自己的惊讶,"好一个马克思主义流浪者。还有什么要说的吗?"

"不是马克思,"他说,"是骄傲一个。"或者说我听到的是这样。

"什么骄傲一个?"我说。

他的眼睛一时好像失去了焦点,他执拗地摇摇头。"我不知道,但不是马克思。我查过词典。"

"出什么事了吗,先生?"

我转过身去。见鬼!两个警察站在那儿,就像是听见了无声的祈祷而现形的一般。可我并不想让他们现在出现,或者说暂时不想,不想他们恰在那时出现。我居然不愿意把这个青年交出去让执法者绳之以法,这真奇怪,我对自己感到惊讶。我并没有想到他们会做出比赶走他更糟糕的事情,但我没有时间去弄清这一点。这是刹那间做出的决定。"没什么事,长官,"我对那个跟我说话的警察说,"我认识这个年轻人。"此时年轻人已经站了起来,正忙着卷起睡袋。

"您住在这里,是吗,先生?"警察说。我向他们出示钥匙,过分热切地展示我的房主身份。此时别在另一位警察胸前的对讲机开始嗞嗞拉拉的响声大作,急促地发出有关里瑟尔街出现夜盗警报的信息,两位警察跟我交谈几句后就离开了。

"谢谢。"年轻人说。

我看着他,此时我已经对自己的决定感到后悔了。("要是逮捕他,你会后悔,要是不逮捕他,你也会后悔,逮捕他或者不逮捕他,你都会后悔……")我很想喝令他滚蛋,可是,我瞟了一眼街道,见到那两个警察还在从另一个街角看着我们。"我想你最好进屋待几分钟。"我说。

他透过耷拉下来的那绺额发怀疑地看着我。"你不是同性恋吧,嗯?"他说。

"天哪,不!"我说。当我们默默地站在电梯里往上升时,我明白了我为什么没有利用那两个警察的出现将他扫地出门。是因为他的一句话,"我查过词典",就是这句话让我一时失去了判断,并偏向了他那一边。又一个词典查阅者。好像我在门廊里遭遇的就是我自己,较为年轻、较为潦倒的自己。

"不赖嘛。"我让他进屋并去开灯时,他赞赏地说。他走到窗前向下看街道。"酷啊,"他说,"几乎听不到汽车的声音。"

"安的是双层玻璃。"我说,"听着,我只是不想让你跟警察闹起来才请你进屋的。我给你倒杯茶,如果你想喝——"

"行。"他说着突然在沙发上坐下来。

"——我会给你倒杯茶,仅此而已,明白吗?然后你就走你的路,我以后不想再在这儿见到你了,永远也不要。可以吗?"他点点头,没有我所希望的那样干脆,然后从衣袋里掏出一小盒烟丝。"要是你不介意,我希望你最好别在这儿抽烟。"我说。

他叹了口气,耸耸肩,将小盒子装回厚夹克口袋里。他的穿戴是伦敦西区年轻流浪汉惯常的行头:厚夹克,蓝色牛仔裤,马丁靴,外加一条邋遢的毛线围巾,围巾很长,一直垂到脚踝骨。"我脱下这个你介意吗?"他说着扭身脱下身上的夹克,并没有等着得到我的许可。"这儿有点热,我不习惯。"没有了那件厚夹克的人工填料,他只剩下一件已经磨旧了的破烂针织紧身毛衣,看上去很瘦弱。"你不常住这儿,是吗?"他问,"一周里别的时间你住在哪儿?"我告诉了他。"噢,对,上北区,不是吗?"他含含糊糊地说,"你要两个住的地方干什么?"

他的好打探让我感到不自在。为了对他的提问来个釜底抽薪,我也开始对他提问。他名叫格雷厄姆——有"e"的格雷厄姆,他提醒我。就好像这个不发音的后缀是什么罕见的东西或者是某种贵族姓氏的标志。他是戴根纳姆①人,有着那种你可以料到的背景:破裂的家庭,没有父亲,母亲是个酒鬼,逃学,十二岁时卷入犯罪,被收容教养,跟养父母一起生活,出走,被送进另一个家庭,又从那个家里出逃,被明晃晃的灯光吸引,来到了上西区——他是这样称呼伦敦西区的。他靠行乞维生,偶尔随意找份工作,在莱斯特广场散发广告传单,在苏荷区的修车铺洗车。我问他为什么不试着找份固定的工作。他严肃地说:"我很看重我的自由。"他身上奇怪地混合着天真与江湖世故,只有一半是受过教育的,但在那一半里,令人惊讶地埋藏着知识的矿藏。他看见了一本克尔凯郭尔的《重复》,那是我今天在查令十字路买的一本二手书,他拾起那本书,皱起眉头看书的背脊。"克尔凯郭尔,"他说,"第一个存在主义者。"我惊讶地大笑起来。"你知道存在主义的什么吗?"我说。"存在先于本质。"他说话的时候就像是在背诵一首童谣的头一句。这本书没有护封了,所以这不可能是他在护封上读到的句子。我想他可能是那种过目不忘的人。他一定是在什么地方看到过这个句子,然后记了下来,虽然对它的含义全然不知。不过,不管他是在什么地方看到的,第一眼就看到这个句子还是很令人吃惊。我问他以前在哪儿见过克尔凯郭尔的名字,他说在图书馆。"我注意到它了,"他说,"因为

---

①埃塞克斯郡工业城市。

那个名字的拼法很有趣,有两个'a',就像漫画里的'啊啊——'。"他曾经花了大把时间泡在莱斯特广场旁边的威斯敏斯特图书馆翻阅百科全书。"要是你进去只是为了暖和,他们一会儿就会赶你出去,"他说,"可要是你在读书,他们就不能赶你走。"

我们聊的时间越长,我就越是难以结束谈话,将他赶回到寒冷的大街上。"今晚你睡在哪里?"我问他。"我不知道,"他说,"我不能睡在楼下吗?""不行。"我语气坚决地说。他叹叹气。"可惜,这是个不赖的门廊。干干净净。还背风。我希望我能找到地方。"

"附近最便宜的旅馆床位一晚多少钱?"我问。

他以猜度的目光很快地瞥了我一眼。"十五镑。"

"我不相信。"

"我可不是在说那种破破烂烂的小客栈。"他带着明确的羞辱语气说,"我说的不是救世军[①]。我宁愿睡在人行道上也不去那种地方,肮脏的老头们整夜又是咳嗽又是放屁,上个厕所还会受到打扰。"

最终,我给了他十五英镑,把他送出了楼门。在门廊里,他冷冷地向我道了谢,然后竖起衣领向特拉法尔加广场的方向走去。我非常怀疑他今晚会去找个房间安身——那笔钱将为他提供两三天的伙食和烟草——但我的良心得救了。是这样的吗?

正要上床睡觉时,我突然想到我得查查词典,试着解开"骄傲一个"之谜。家里有一本词典,里面有名人词条,也有他们的言论。毫无疑问,就是他了,不过我以前从没听说过此人:皮埃尔－约瑟

---

① 英国一慈善机构。

夫·普鲁东①(1809—1865)，法国社会主义者。他在小册子《何为财产》(1840)中宣称"财产就是盗窃"。怎么样？

* * *

英铁离奇故事 167 号
（城际列车乘客 撰）

几个月过去了，尤斯顿火车站下面出租车调配站和中央大厅之间的自动扶梯一直处于瘫痪状态。在那之前，自动扶梯总在断断续续的修理中。每次修理时，都有巨大的胶合板墙将它隔离起来，乘客们，或者"顾客们"——英国铁路如今这样称呼我们——背着行李、抱着婴儿、推着轮椅、带着年老体弱的亲人挣扎着爬消防楼梯时，会听到搁板后面跟这台便秘了一般的机器搏斗的装配工们咣当咣当扔东西的声音和叽叽喳喳的谈笑声。接下来，搁板会被移走，自动扶梯会重新运转几天，然而接着又会重新瘫痪。近来它一直是转了半圈就一动不动地停在那里，看不出有人会做任何努力来修好它。典型的英式听天由命的乘客们已经习惯了将它当作普通的楼梯来使用，可哪怕是作为普通的楼梯，它的台阶也太高了。在另一地点有一架直梯可供使用，然而走到那里你需要行李搬运工的帮忙，可这个出租车停靠点周围又找不到行李搬运工。

最近，在这架瘫痪的机器底部出现了一则打印的告示：

---

① "普鲁东"（Proudhon）在英文中和"骄傲一个"（proud one）读音相近。

好 消 息
尤斯顿火车站将安装新电梯

我们对电梯故障致以歉意。它的寿命过期了（原文如此）。我们已向厂家订货，他们将为我们安装新的电梯。新电梯将于1993年8月前安装完毕并投入使用。

城际铁路公司经理

3月4日，星期四，晚上。今天跟杰克在格劳乔饭店一起吃午餐。我们两人干掉了两瓶博若莱村庄级葡萄酒，喝的时候很高兴，可是后来就后悔了。我坐出租车径自去了尤斯顿火车站，因为还有时间，我就将那部坏电梯底部的告示抄了下来，脚下有些站不稳，身体也东摇西晃，还自顾自地傻笑，引来乘客们好奇的目光。他们正从我身边匆匆经过，猛冲向那些钢筋的障碍训练场。"它的寿命过期了"，我喜欢这句话，这可以作为英国铁路公司走向私有化过程中的一个新口号，可以用它换掉"五湖四海任我行"。

我在火车上睡着了，醒来时感觉就像屎一样，这时火车正在开出鲁米治博览会车站。我本可以在这一站的停车场取了我的土豪车开回家，它的外漆正在弧光灯下闪着珍珠般的白色。可现在我不得不在鲁米治中心火车站等上半个小时，才会有火车返回，所以我在火车站上面的购物区溜达了一会儿。购物区店面的大部分玻璃橱窗上都打出了"折扣"的字样，要不就是露出光秃秃满是灰尘的内墙，一看就知道是正在清仓快要倒闭的店铺。我买了一份晚报。《梅杰重拳出击末日论者》，这是报纸上的标题之一，另一个标题是《九十万白领失业》。内置的扬声器里送出舒心的背景音乐。

我下到地下车站漆黑的月台登车。广播通知列车晚点了。等车的乘客手插在兜里弯腰屈背地坐在木头长椅上,呼出的气在又冷又潮的空气中凝结成白色的水汽,大家都眼巴巴地望着隧道口。那里,一盏红色的信号灯正在闪烁。一个带鼻音的声音对"因操作上的困难而晚点"表示道歉。它的寿命过期了。

杰克星期二见了萨曼莎。"够朋友。"他说,"谢谢你让她认识我。""我没有,"我说,"我只是警告她你道德败坏。"他大笑起来。"别担心,伙计,她不是我喜欢的那种类型,她没有踝骨,你注意到了吗?""不能说我注意到了,"我说,"我从没看到那么低的地方。""腿对我来说很重要。"杰克说,"就拿可爱的琳达来说……"他在接下来的几分钟里滔滔不绝地说着新秘书的腿如何如何,说她在办公室里走进走出时,裹着黑色丝袜的两条腿在那只有手帕大小的裙子下面就像剪刀口一样嘶嘶作响,闪闪发光。"我一定要得到她,"他说,"那只是个时间问题。"这时我们的第二瓶酒已经快要见底了。我问他这样玩弄女人,有没有因心怀负罪感而良心不安的时候。

杰克:当然有。你算说到点子上了。这就是它的魅力所在。禁果分外甜。听着,我要给你讲个故事。(杰克给墩子的杯子添满酒,再添满自己的杯子。)这是去年夏天的事。一个星期天的下午,我坐在花园里看报纸——罗达在厨房里忙着什么,邻居家的孩子们正在他们家花园里的一个充气塑料浅水池里玩耍。那天天气很热,他们家来了几个朋友或亲戚,所以有四个年龄差不多大的孩子,两个男孩，两个女孩，我想大概是四岁到六岁。因为有树篱隔着，我看不见他们，但他们的声音听得很清楚。你知道孩子在水里玩的时候有多兴奋——这让他们比平时更吵闹。树篱那边不时传来欢呼声、尖叫声、拍水声。实际上，我有点被他们惹恼了。去年夏天没有多少暖和的周末可以让你在花园里坐坐，可眼下这个难得的周末就要给毁了。所以我很不乐意地从躺椅上爬起来，走到树篱前，打算请他们小声点。我向树篱走去时，听见其中一个小女孩——显然是对里边的一个小男孩说："你们不能把我们的短裤拉下来。"她的声音很清晰，很优雅，就像年幼的萨曼莎在玩槌球游戏时解释游戏里的规则。"你们不能把我们的短裤拉下来。"唉，我简直要崩溃了。我得把拳头塞进嘴里让自己不要笑出声来。当然，童言无忌，这其中完全没有性的含义。可是对我来说，那句话道出了所有事情的奥妙。这个世界上到处都是可心的女人，你不能把她们的短裤拉下来——除非跟她们结婚，然而结婚后就又索然无味了。不过，要是我们走运，她们会允许我们那样做。当然，在短裤里面，永远都是同一个东西。我是说，同样的一个小洞穴。但因为有那些短裤，它又始终是不一样的。"你们不能把我们的短裤拉下来。"真是一语道破。（杰克喝干了杯中的酒。）

* * *

3月5日，星期五，晚上。下午去康乐诊所做针灸。（给《嫉妒》一歌填上新词唱道："治疗！一切只有治疗！永无尽头，还不算我花掉的钱……"）实际上今晚我比近来任何时候状态都好，但我不敢肯定这是因为针灸的效果还是因为我没有喝酒。吴小姐今天用了一些热的东西，而不是平时用的那些银针。她将一些看起来像香的颗粒的东西放在我有压迫感的部位的皮肤上,然后在上面贴上一张点燃的粘纸,一次只贴一张。那些粘纸像未燃尽的炭块一样又红又热,散发出一缕缕淡淡的香雾。我感到自己就像一支人香。这种疗法的说法是,当那些颗粒燃烧时,热力就会增加并产生一种类似银针的刺激效果,不过她得在它们真的烧疼我时用一把镊子将那些颗粒赶快夹走。我得在刚好感到疼痛时告诉她,不然,香的气味里就会混进我烧焦的皮肉的气味。这很刺激。

吴小姐问起我家里的事。我内疚地发现,自上次来这儿以后,我还没有什么新鲜事可以跟她说。我隐隐约约记得几天前莎丽在电话里跟简说过什么,后来又向我转述了什么消息,但那时我没有听进去,后来我又不好意思问莎丽她到底说了些什么,因为她对我在韦伯斯特夫妇那里令她丢了面子的事仍然耿耿于怀。我恐怕我这段时间是走火入魔了。我读了大量克尔凯郭尔的著作,一直在读,还读了沃尔特·劳里写的克氏传记。写这个日记也要花很多时间。我不知道我还能照这样写多久——看到自己写了这么多,我自己也感到很惊讶。克尔凯郭尔未经编辑的日记全集,显然有一万页的篇幅。我还在查令十字路买了一本简装的克尔凯郭尔日记选集。他早期写的一个关于他如何去找医生的段落让我突然对这本书产生了极大的兴趣。克尔凯郭尔问医生,他的忧郁症是否可以通过意志的力量克服。医生说他对此感到怀疑,而且,甚至尝试也可能是危险的。克尔凯郭尔听任沮丧伴随他的生活:

> 就在那一刻,我做出了选择。对于那种始终伴随着痛苦(这种痛苦要在别人的身上,无疑会使大部分人自杀,要是他们还有足够的精神去领会那种折磨的全部痛苦的话)的令人伤心

的畸形物,我曾经称之为肉中刺,我的局限,我的苦难……

肉中刺!他说的怎么样?

索伦·克尔凯郭尔。仅仅是扉页上的这个名字就很独特,有引人注目的效果。在一个英国人看来,它太奇特了,看上去外国味太浓了——几乎是非人间的名字。[①]那个用一根斜杠串起来的o,就像计算机屏幕上的零符号——可能属于科幻小说家发明的某种综合性语言。姓里的两个a也几乎同样有异国情调。我想,纯粹的英语单词里不会有连续两个a,也没有多少英语外来词里有连续两个a。我总是对那些呆子感到很恼火,他们在报纸上编排小广告时,喜欢以一排没有意义的A开头,以便在版面上占据醒目的位置,比如:"AAAA出售福特福睿斯一辆,车牌登记号D,已行驶五万英里,三千英镑,可少量还价。"这是一种骗术。应该有一条规定来制止这种做法,那时人们就该发挥点创造性了。我正好看着字典的第一页:aa,aardvark, Aarhus……aa是夏威夷语里的一个单词,意思是某种火山岩,而aardvark[②]就是一种昼伏夜出的哺乳动物,它吃白蚁——这个名字来源于一种已经废弃的南非公用语,字典上这样说。"出售土豚灰色福睿斯"[③]将会成为一条抢眼的广告。(我假设所有的土豚到了晚上都是灰色的。)

一旦你开始浏览字典,你就永远也不会知道它会把你带到哪儿。我注意到,Aarhus是丹麦的一个港口的名字,它还可以被拼作

[①]原文为Søren Kierkegaard。
[②]土豚。
[③]原文为Aardvark-grey Escort for sale,以aa开头。此处escort为双关语,英文中还有高级应召女郎之意。

Århus。进一步琢磨你还会发现，在现代丹麦语中，将连续两个 a 写成一个顶上加一个小圆圈的单个 a 是常见的写法。所以要是克尔凯郭尔今天还活着，他会把他的名字写成 Kierkegård。更让人不安的仍然是我发现读他的名字时我的发音一直都不对。我以为它的读音应该跟"索伦·基尔克加德"差不多。可实际上完全不是那么回事。显然，ø 的发音就像法语单词 deux 里 eu 的发音，Kierk 读作 Kirg，g 是硬发音，aa 的发音就像英语里的 awe，d 不发音。所以，这个名字的发音听上去就像"曳伦·基尔克糕"。我想我还是摆脱不了英语的发音方式。

顶上带个小圆圈的 a 让我想起了什么，可就是要了我的命我也想不起来到底是什么。挫折。有一天它会让我想起来的，在某个我没有试着想它的时候。

我一直在读《重复》，此书还有一个副标题，《实验心理学论文》。一本离奇古怪的书。唉，他所有的书都是离奇古怪的。每一本都有所不同，但同样的主题和挥之不去的思想却反复出现：求偶，诱惑，优柔寡断，负罪感，沮丧，绝望。《重复》又有一个假托的作者，康斯坦丁·康斯坦提亚，他是书中那位没有名字的年轻人的朋友和知己，而那个他有点像《非此即彼》中的 A。那个年轻人爱上了一个姑娘，而她也回报了他的感情，他们订了婚。可是这种情况并没有给他带来幸福，与此相反，小伙子立刻陷入了沮丧的深渊（康斯坦提亚将它称为"忧郁"，就像克尔凯郭尔在《日记》中的做法一样）。触发这种反应的是一首诗的片断（那位年轻人自己也有成为一名诗人的抱负），他发现自己在一遍又一遍地重复那些诗句：

> 安乐椅里飞来一个梦
> 它来自青春时代
> 对你，女人中的太阳的
> 渴念

那位年轻的不快乐者属于古典型病例。他不是生活在现在，享受婚约带给他的快乐，而是在回忆将来；这就是说，他想象自己站在幻想破灭的老年的制高点，回顾青春时代的爱情，就像诗中的主人公一样，接着，他似乎看不到结婚有任何意义。"他恋爱了，深深地、真诚地恋爱了，这是显而易见的——可是同时，在他刚订婚的某一天，他就需要通过努力来振作自己的爱情。实际上，他开始嫌弃这整个关系。在他还没有开始的时候，他就已经迈出了可怕的一步，以至于跨越了整个生命。"这是一种极其愚蠢然而又似乎完全有道理的骗走自己幸福的方式。康斯坦提亚总结道："他渴望得到那个姑娘，他不得不强迫自己，限制自己整天围着她打转，可是他的思想已经走完了他们的整个婚姻，他刚一开始就变成了一个老人……他将变得不快乐是毫无疑问的，那位姑娘也同样会毫无疑问地变得不快乐。"他决定了，为了姑娘自己的幸福，他必须毁弃婚约。可是他怎样才能既毁了婚约又不让她感到自己遭到了遗弃呢？

康斯坦提亚建议他假装自己有了情妇——在一间公寓里安排一位商店女营业员并假装去跟她约会——这样，他的未婚妻就会蔑视他并自己撕毁婚约。年轻人接受了他的建议，可是到了最后一刻，他又失去了实施这一计划的勇气，并径自从哥本哈根消失了。过了一段时间，他给康斯坦提亚写信，分析他对那位姑娘的所作所为和感情。当然，他仍然迷恋她。他又变成了一个不快乐的回忆者。"现在我在做什么呢？我完全是从头开始，从错误的一端开始。我避开外部能让我想起整件事情的每一样东西，可是我的心灵，无论是白天还是黑夜，无论是在睡梦中还是醒着，都时时充满着它。"他将自己看作约伯。（我在《圣经》里查到了约伯。我以前从没真正读过《约伯书》。它有着惊人的可读性——实际上可以说是美妙无比。）和约伯一样，这位年轻人哀叹自己悲惨的处境（"我的生活陷入绝境，我憎恶存在，它没有滋味，缺少味道和感觉"），可约伯将他的处境归咎于上帝，而那位年轻人却不信上帝，所以他没法确信那是谁的过错："我怎样才能对他们称之为现实的事情产生兴趣？我为什么要对它产生兴趣？那不是一种自愿的关怀吗？要是我被迫参与，那么导师在哪儿？"年轻人渴望出现一种突如其来的变故和新的发现，就像《约伯书》结尾处出现的"暴风雨"——那时上帝的确在勒索约伯，他实际上是在说："你能做到我所做到的吗？如果不能，你就闭上你的嘴。"约伯服从了，结果上帝奖励给他两倍于他从前所拥有的羊、骆驼和母驴。"约伯得到了神的保佑，他所拥有的一切都增加了一倍。"年轻人说，"这就是人们所称的重复。"后来，他从报上得知那个姑娘跟别的什么人结了婚，他给康斯坦提亚写信说，这则消息将他从对她的迷恋中解放了出来："我又重新变成了我自己……我天性中的性格冲突解除了，我又成了统一的我……那么，这不也是重复吗？我不也是重新双倍地得到了我曾经拥有的一切吗？我一定要双倍地感觉到这种回归的意义，从这一意义上说，我不是完完全全重新获得了自我吗？"他在最后一封信结束时，狂喜地感谢那位姑娘，并欣喜若狂地将自己奉献给精神生活：

……第一杯酒献给她，是她将一颗坠入绝望深渊的灵魂拯救出来。万福，女性的高尚仁慈！万岁，高飞的思想，献身理想的道德危险！你好，战斗的危险！你好，凯旋之庄严的狂喜！你好，无限之旋涡中的舞蹈！你好，地狱里突如其来的将我遮盖的浪潮！你好，将我猛地掀上星空的突如其来的浪潮！

要是你了解克尔凯郭尔的生活——现在我略有所知，就不需要有人来告诉你那个故事与他自己的经历非常接近。他跟蕾齐娜订婚不久就开始怀疑，因为他自己性情的缘故，他们在一起是否会幸福。于是他撕毁了婚约，尽管他仍然爱着那位姑娘。她也仍然爱着他，并和她的父亲一样请求他不要毁了两人的婚约。克尔凯郭尔离开家乡去柏林生活了一段时间，在那里，他写下了《非此即彼》，那是针对他对蕾齐娜的所为而做出的长篇的、委婉的道歉和解释。后来他说那本书是为她写的，而《诱惑者日记》是特意为了"帮助她从他的贼船上跳下去"，也就是说，通过让她认为能创造出约翰尼这个角色的人，其本人也一定是个自私的、混账的冷血动物，来使她斩断情丝，跟他一刀两断。可以说，克尔凯郭尔之写《诱惑者日记》，就像《重复》中的年轻人之假装养情妇一样。实际上，完成《非此即彼》后，克尔凯郭尔立刻开始写《重复》，用一个十分接近自己经历的故事重温了相同的话题。不过，当他回到哥本哈根发现蕾齐娜已经跟别人订了婚的时候，他喜不自胜了吗？他像《重复》中的年轻人那样觉得自己获得解放和统一了吗？见鬼去吧！他彻底垮了。这一次，《日记》中的一段导语显然描述了他那时的心情：

> 对一个男人而言，发生在他身上的最可怕的事情莫过于本来重要的东西在他自己的眼里变得荒唐可笑，也就是——比如

说——发现他所有的多情善感从根本上就是一堆垃圾。

显然，在他的内心深处，他希望自己撕毁婚约的决定能在没有本人任何作用的情况下被神秘地扭转，希望自己最终可以和蕾齐娜结婚。甚至，在他坐船去德国的时候，在前往柏林的路上，他还在日记中写道："尽管这样会鲁莽地破坏我心灵的宁静，但我还是无法摆脱回到她身边的模糊的想法。"这就是反复出现在他心里的一个想法：他将两次得到蕾齐娜。他将像约伯一样受到上帝的祝福并双倍地得到一切。实际上他在写《重复》的过程中听到了她重新订婚的消息，于是抛弃了故事原有的结局，书中的主人公想到给心上人带来的折磨便痛苦不堪，最后因无法忍受这种痛苦而自杀。

这样看来，所有那些高深华丽的关于女性的高尚仁慈、无限之旋涡之类的玩意儿，都是他想从蕾齐娜的移情别恋给他带来的绝望中恢复过来的一种尝试，也是他努力试图将这一结果视为一种胜利并为自己的行为所进行的辩解，而不是在揭露自己的愚蠢。他没有达到目的。在他一生剩下的日子里，他永远没法不去爱她或者不去想她，也没法不去写她（直接或间接地）；他在遗嘱中将自己所有的东西都留给了她（他去世时已没有多少东西留下来了，但他的想法是值得注意的，用在这里也很能说明问题）。多傻的傻瓜！可这是一个多么可爱的、充满人性的傻瓜。

《重复》是典型的克尔凯郭尔式逗弄的、让人难以忘怀的标题。我们一般认为重复在本质上就是令人厌烦的，是一种只要有可能就会设法避免的东西，就像在做某种"单调重复的工作"时那样。可是在这本书里，它却被视为某种极其珍贵的、称心合意的东西。它的含义之一是某种东西的失而复得（比如约伯的财产、那位年轻人对自己的信任）。另一个含义是享受你所拥有的一切，跟"活在当下"是一样的意思，并"有着受到祝福的这一刻的确定性"。它意味着从被诅咒的不快乐的希望和不快乐的回忆中解放出来。"希望是一个从指间滑脱的迷人女郎，回忆是一个漂亮的老妇，眼下已没有用处，而重复则是令你永不厌烦的心爱的妻子。"

我突然想到，你可以把上面那个比喻倒过来说：不是重复是心爱的妻子，而是心爱的妻子（或心爱的丈夫）就是重复。要尊重婚姻真正的价值，你就不得不放弃一种肤浅的看法，不再将重复视为令人厌烦和消极的东西，相反，你要将它视为一种自由解放和积极的东西——这就是幸福的秘诀，一点没错。这也是为什么《非此即彼》中的B开始为婚姻辩护，并以此攻击A的唯美主义生活哲学（以及与之相伴的忧郁症）并催他结婚的原因。（这很让人兴奋：这些年来我从不曾这么努力地思考问题——如果说我还思考过什么问题的话。）

以性生活为例吧。婚姻中的性生活就是一种重复的行为。重复的因素要超过你偶尔可能有的任何变化。不管你试验多少姿势，不管你使用多少做爱技巧，多少情趣用品，多少游戏，多少视觉上的辅助设施，你的性爱伙伴是同一个人的这一事实决定了每一个动作从根本上说（或者是从存在主义的角度说？）都没有不同之处。如果可以用我们的经验（我是说我和莎丽的经验）来判断的话，大部分夫妻实际上都有某种固定的做爱方式，这种方式对他们两人都是合适的，并且被一遍又一遍地重复。在一桩历时长久的婚姻中有多少性活动呢？成千上万。其中有一些比另一些更让他们满足，但有谁能清楚地记得它们？没有，他们已在记忆中湮没，彼此混合。这就是杰克那样的花花公子认为婚姻中的性爱从根本上令人厌烦的原因。他们坚持性爱的多样性，一段时间之后，获得变化的意义开始变得比性行为本身更为重要。对他们来说，性爱的本质存在于期望、密谋、计划、渴望、追求、秘密、欺骗和约会之中。你不会跟你的配偶约会。没有必要。性爱唾手可得，只要你想，你就可以去享受：要是你的配偶因为什么原因觉得自己不想要——因为累了或感冒了，或者想晚点睡，想看电视节目——那么，这也没什么大不了的，因为你们有的是机会。婚姻中的性生活（特别是中年夫妇在妻子绝经后的性生活，那时你已经不需要什么避孕措施）最奇妙的地方在于，你不必总是想着它。我怀疑杰克哪怕在给顾客打电话和签合同的时候也在想着它，很可能他唯一没有想着做爱的时候就是正在做爱的时候（因为性高潮是某种让你忘却一切的时刻，在那一刻，你的脑子里是完全空白的）。不过我敢打赌，他一结束就会立刻想着再来一次。

适用于性生活的所有说法都适用于婚姻中的任何其他事情：工作、娱乐、用餐，一切的一切。所有这一切都是重复。你们一起生活的时间越长，你们的变化就越少，你们日常生活中的重复也就越多。你们知道彼此的心情、想法、习惯：谁睡在床的哪一边，谁早上先起床，早餐时谁喝咖啡谁喝茶，谁看报时喜欢先看新闻版，谁又喜欢先看评论版，如此等等。你们彼此需要的谈话越来越少。在外人看来，你们好像毫无乐趣、彼此疏远。毫无疑问，你在餐馆里总是可以判断出哪些男女是夫妻，因为他们正在默默地吃饭。可这就意味着他们因为有对方的陪伴而不快乐吗？完全不是。他们只不过表现得像在家里一样，像所有别的时候一样。这并不是说他们彼此无话可说，而是他们没有必要说。幸福的有夫之妇和有妇之夫意味着你不必表演婚姻,你只是生活在其中,就像鱼生活在海里一样。显然,克尔凯郭尔直觉地领悟到了这一点,尽管他自己从来没有结过婚,并放过了体验婚姻的最好机会。

刚才莎丽来书房对我说要跟我分居。她说她在今天晚上早些时候吃晚饭时告诉过我,可是我没听她说话。这次我在听,可仍然没听进去。

第 二 部 分

** 布赖特·萨顿 **

供述人：迈克尔·布赖特·萨顿

年龄：超过二十一岁

职业：网球教练

住址：鲁米治市厄普顿路 41 号，邮编 R27 9LP

本供述共五页，系尽我所能所知和所信的情况而作，一切属实，每页都经过本人签名。在被用作证词时，如果我有意陈述了我明知虚假或不相信其真实性的情况，我将承担法律责任。

日期：1993 年 3 月 21 日

我第一次注意到帕斯摩尔先生在我面前举止古怪是在两个星期前。我给他的妻子做网球教练已经有几个月了，但我对他本人知道得很少，属于在俱乐部碰见会打招呼问好的那种交情，如此而已。我从没教过他打网球。帕斯摩尔夫人告诉我，他有慢性关节疼痛，做过外科手术，但没什么用，这对他打网球很不利。我偶尔见到他戴着僵硬的支架打网球，考虑到这种情况，我认为他打得还是很不错的。但我也可以想象他为自己不能在球场上自如活动而感到沮丧，我认为很可能这就是他脑子里产生那个疯狂想法的原因。如果你热心体育运动，那就没有什么比长期的病痛更糟糕的事了。我知道——我自己有过这种经历——软组织方面的病，肌腱炎，这些我全都有过。那真的会让你沮丧透顶。整个世界都好像是灰色的，一切东西都好像在跟你作对。一旦你的个人生活出现什么危机，你就会推波助澜。帕斯摩尔先生看上去不是那种擅长体育运动的人，但我看得出运动对他很重要。帕斯摩尔夫人告诉我，在他的腿有病以前，他们夫妻二人经常一起打网球，可现在她不喜欢跟他一起打了，因为如果她赢了他，他就会受不了；可要是她不努力赢他，他又会抱怨。实际上，我认为即使现在他全好了，她也能打败他。她最近进步很快。整个冬天我每周都给她上两次训练课。

帕斯摩尔先生第一次在我面前有奇怪的表现是在两个星期以前，在俱乐部的更衣室里。不过那时我几乎没有注意到这一点，只是回想起来才明白其中的奥妙。当时我正在脱下网球服，打算去淋浴，碰巧抬起头看见了帕斯摩尔先生。他正盯着我看，衣服穿得严严实实。他一发现我在看他，就马上把目光移开了，并开始摆弄他衣橱上的钥匙。很显然他是在看我的下体，要不是我发现这一点，我根本不会留意。我并不是说我以前从没碰见过这样的事，可是帕斯摩尔先生这样做却让我吃了一惊。实际上我曾怀疑那是不是我的想象，因为一切结束得如此之快。不管怎样，我不久就把这件事全忘了。

几天以后的一个晚上，我正在一个室内网球场给帕斯摩尔夫人上课，帕斯摩尔先生突然出现了，他坐在球场一端，隔着围网看着我们。我猜想他和帕斯摩尔夫人约好了在俱乐部见面，但现在距离约定的时间还早。我冲他笑了笑，但他没有搭理我。帕斯摩尔夫人似乎因为他坐在那里而感到不安。她开始出错，球击得不好。终于，她走向帕斯摩尔先生，隔着围网跟他说了些什么。我看出她在要求他走开，但他只是摇头，脸上带着一种轻蔑的笑。接着，她走到我跟前说她感到抱歉，但她不得不结束今天的训练。她看上去既愤怒又烦躁。她坚持要付给我整堂课的费用，尽管她才上了半小时课。她走出网球场，看也没看帕斯摩尔先生一眼。他则仍然坐在板凳上，身体缩在大衣里，手插进衣服口袋。我走出球场从他身边经过时感到有点窘迫。我猜想他们发生了什么口角，但丝毫没有想到这会跟我有什么关系。

几天后，电话骚扰开始了。每次电话铃一响，我就拿起话筒问："您好，您找谁？"可是从来没有人回答，过一会儿，就会听见"咔嗒"的挂电话声。电话没有固定的时间，什么时候都有可能打来，有时候是半夜。我向英国电话公司报告了这件事，可他们答复对此无能为力。他们建议我晚上拔掉床头电话的电线，我这样做了，把录音电话放在楼下。第二天早上，录音电话里录下了两个电话，但没有留言。一天晚上大约九点钟的时候，我接到一个电话，一个调门很高的假声说："你好，我可以跟莎丽说话吗？我是她母亲。"我说她一定是打错了电话。她好像没有听见我的话，再次说要跟莎丽说话，并说有急事找她。我说我这儿没有叫莎丽的人。我跟帕斯摩尔夫人没有什么联系，尽管我们的确很熟，互相以名字相称。虽然电话里的声音听上去很奇怪，但我压根儿没想到那会是假扮的声音。

几天后的一个半夜，我被一阵嘈杂声吵醒了。你知道发生这种事时你是什么感觉：到你完全醒来时，嘈杂声已经消失了，你根本不知道声音是从哪里传出来的，也不知道这一切是不是在做梦。我穿上跑步服——因为我总是裸睡——下楼察看，没有任何人试图破门而入的迹象。我听到外面街道上有汽车发动的声音，等我赶到大门口，只看见一辆白色小汽车拐过街道尽头，在街角消失不见了。嗯，那车在路灯下看起来是白色，可能它本来是灰色。我没有足够好的视力看清那辆车是什么牌子。第二天早上，我发现有人进过我的后花园。他们从旁边的路进来时撞翻了斜靠在工具棚上的几块玻璃——我正在建一个温室，建了一半了。三块玻璃被打碎了。我听到的嘈杂声一定就是打碎玻璃的声音。

两天后的一个早上，我起床后发现我的梯子斜靠在卧室窗下的墙上。梯子本来是在车库和花园栅栏之间的空地上的，有人把它从那里搬到了这里。还是没有任何有人企图破门而入的迹象，但这引起了我的警觉，这也是我第一次向你们警察局报告的事故。康斯坦布尔·罗伯茨警官来过，他建议我装一个防盗报警系统。我上一次去警察局是因为我的钥匙丢了，还录了证词。我白天通常把钥匙装在网球袋里，因为装在跑步服口袋里太沉了，可是上星期五钥匙不见了。直到那时，我才真正开始担心有人试图闯进我家行窃。我认为我知道那人是谁——是俱乐部的一名成员——我最好别说出他的名字。你知道，我家里有几只奖杯，那人曾经问起过它们，还问它们值多少钱。第二天我找了个锁匠把锁换了。

那天晚上——大约三点钟，我被奈杰尔推醒了，他推着我的胳膊在我耳边悄声说："我觉得屋里有人。"他吓得直发抖。我打开床头灯，发现帕斯摩尔先生站在床前的小地毯上，一手握着手电筒，一手拿着一把大剪刀。我很不喜欢那把剪刀的样子——它看上去那么大，那么危险，像裁缝用的大裁衣剪。就像我说的那样，我总是光着身子睡觉，奈杰尔也是，我们手边也没有任何东西可以用来自卫。我竭力保持镇静。我问帕斯摩尔先生他认为自己在干什么。他没有回答。他盯着奈杰尔，完全惊呆了。奈杰尔的位置离门比较近，他跳下床跑到楼下打电话报了警。帕斯摩尔先生有点儿茫然，他朝四下里看了看，说："我好像搞错了。"我说："我想是的。"他说："我在找我妻子。"我说："好吧，她不在这儿。她从没来过这儿。"突然之间，一切都得到了合理的解释，我明白了事情的原委，我是指他脑子里一直在想些什么。我禁不住大笑起来，一部分是因为松了一口气，一部分是因为他手拿剪刀站在那里就像一个十足的傻帽。我说："你拿着那东西是要干什么，阉了我吗？"他说："我要剪了你的马尾辫。"

我不想告他。我说的完全是实话，我宁愿不去法庭作证，不然的话本地报纸一定会大肆报道的。那会毁了我的工作——我恐怕俱乐部的某些成员对这种事有偏见。我并不因为自己是同性恋而不好意思，但我得谨慎一点。我住得离俱乐部很远，那儿的人对我的私生活一无所知。我想帕斯摩尔先生不会再来找我的麻烦了，他还提出要赔偿我那些被打碎的玻璃。

** 艾米 **

好了,最可怕的事情发生了。劳伦斯的妻子要跟他分居。他昨天晚上打电话告诉了我这件事。我一接电话就知道那一定是大祸临头①了,因为我跟他说过,除非有特别重要的事情,否则别打电话到我家里来。我得上楼去用卧室里的分机接,因为塞尔达总是想知道是谁打来的、说了些什么,在楼下接电话不可能逃过她的耳朵。我们已经形成了习惯,劳伦斯总在午餐时间打电话到我办公室,要不就是当他在他的公寓时我打给他。我知道你认为我应该在跟劳伦斯的关系上对塞尔达坦率些,可是——不,我知道你很少说这件事,卡尔,可是我看得出来。唉,当然,要是你坚持这样说,我会听你的,可是我想你在潜意识里是不赞成我这样做的。我的意思是,要是连我都能压抑住什么东西,我想你也能做到,不是吗?或者说,你能肯定你完完全全、百分之百有超人的理智吗?对不起,对不起,我脑子里太乱了,我昨天晚上差不多整夜没合眼。不,他对此毫无所知。他彻底垮了。显然,她星期五晚上径自走进他的书房,宣布要跟他分居。就是这样。她说她完全没法继续跟他生活下去,他就

---

① 原文为法语。

像一具僵尸，这是她的原话，一具僵尸。好吧，我得承认，他常常有点爱走神，可是据我的经验，作家常常是这样。我以为到现在她已经习惯他了，可是显然没有。她说他们之间没有交流，他们也不再有任何共同的东西，既然孩子们都已长大成人，也离开家独立生活了，他们还继续住在一起已经没有意义。

罗伦佐花了整整一个周末的时间劝她打消念头，可是毫无效果。嗯，我想他先是试着说服她，说他们的婚姻没有什么问题，就跟所有其他人的婚姻一样，关于重复和克尔凯郭尔之类的，我不能完全听懂他的意思，他的思维差不多全乱了，我的小可怜。是的，最近他不知怎么的迷上了克尔凯郭尔。不管怎样，在这些都没奏效后他改变了策略，他说他要改过自新重新做人，他会在吃饭时跟她说话，关心她的工作，周末休息时跟她一起出去，等等，等等。可她说这已经太晚了。

莎丽。她叫莎丽。我只见过她几次，大部分是在哈德兰举办的晚会上，她总是小心谨慎、沉默寡言，这给我留下很深的印象。她周围所有的人都喝得酩酊大醉，而她却喜欢一杯酒喝到晚会结束。这可能证实了她已有的一种想法：我们这些搞电视的是一帮一文不值的流浪汉。她长得不错，但看起来更多是一副别碰我的姿态。高颧骨，有力的下巴。有点像派翠西亚·霍吉①，但身材更健美，经受过较多的风吹日晒。噢，我总是忘了你从不去剧院也不看电视。那你下班后到底都干些什么？噢，我应该可以猜到。你读过克尔凯郭尔吗？好像不太合我的口味。这么说吧，也不太合劳伦斯的。我想不通他在克尔凯郭尔身上发现了些什么。没有，劳伦斯问她是不是

---

①派翠西亚·霍吉（1946— ），英国女演员。

有什么别的原因,她说没有。我问他有没有想过莎丽可能在怀疑他和我之间有什么,我是指比实际情况更多的事情——但正如你所知道的,我们的关系完完全全是清白的,但他说她一点也没有怀疑过。嗯,她知道我们是好朋友,但我想她完全不知道我们工作之余的见面多频繁,我怀疑是不是有什么人传过闲话或者给她写过匿名信,但劳伦斯说她没有提到我的名字,也没有指责他有类似的行为。噢,天哪,真是一场噩梦①!

我本来以为这是显而易见的事情。劳伦斯是我最亲密的朋友,不管怎样是我最亲密的男性朋友。我不愿意看到他垂头丧气的样子。我知道你在冷笑。无论如何,我不介意承认我感到心烦意乱部分是出于自私的原因。我们的关系让我感到很幸福。它适合我,亲密却不……我不知道该怎么说,好吧,亲密却与性无关。噢,不对,我说的不是性关系,或者说不仅仅是性关系,我是指拥有、要求或者什么。毕竟,我们的关系绝不是没有性的性质的。劳伦斯对待我的方式总有一种……一种献殷勤的成分。是的,献殷勤。可是他婚姻幸福——或者曾经是幸福的,我们两人都明白这一点,这一事实消除了我们关系中所有潜在的紧张。我们可以享受对方的陪伴,而不用费心思量我们是否想和对方上床或者期待对方这么想,如果你明白我在说什么。我喜欢穿得漂漂亮亮的跟劳伦斯一起出去——打扮漂亮跟同性朋友一起出去就完全不同——但不必考虑之后还得为他脱下来。如果你是个单身女人,跟男人出去时要么得无休止地坚持各付各的账,要么就会有一种不安的感觉,觉得你欠下了什么与色情有关的债,而这种债随时可能会要你偿还。

---

①原文为法语。

不，我一点儿也不知道他跟莎丽的性生活怎么样。我们从来没有讨论过。是的，我把我和索尔的经历全都告诉他了，但他从没对我说过他和莎丽的事。我没问过。羞耻感[①]阻止了我。羞耻感。毕竟他们还是夫妻，那样问他会是一种冒犯……噢，好吧，也许是我不想听，万一她是那种能像剥豆子一样一次又一次来高潮的女人，能像印度的《爱经》里写的那样拿着大顶干那事儿呢？那种姿势真的那么有意思吗？《爱经》里真的有那种倒立式吗？噢，天哪，你知道我说的是什么。我从来没有假装过自己并不感到性欲不满。我的意思是，我来这儿还有别的原因吗？可我从来没有嫉妒过莎丽。让她尽管享受劳伦斯那部分的生活吧，还有劳伦斯用于那种生活的那部分身体。我以前只是不想知道罢了。噢，我在用过去时态吗？是的，是过去时，不是吗？嗯，我当然不认为我们的关系结束了，可是我想恐怕会有变化。是什么样的变化，我无法预料。当然了，除非他们重归于好。我向劳伦斯建议说，他们应该去找个婚姻顾问，他只是哼哼唧唧地说："他们只会告诉我，我需要接受心理治疗，可是我已经一直在治疗了。"我问他怎么知道他们会说些什么，他说："凭以往经验。"这好像不是莎丽第一次对他们的婚姻感到严重不满。有一次她离家出走了整个周末，他不知道她去了哪里。正当他打算报警时，她回来了。她连着好几天一句话也没说，因为当她在马尔文山脉[②]四处游荡时天上正下着瓢泼大雨，她得了咽炎。嗓子恢复后，她坚持要求一起去婚姻指导中心。劳伦斯就是从那时起开始接受心理治疗的。这些他以前从没告诉过我。我想他没什么必须告诉我的理由。可现在突然知道这事了，我有点心烦意乱。我想一个人

---

① 原文为法语。
② 位于英国西部伍斯特郡的风景区。

绝不会把自己的任何事都告诉别人。当然,除了他的心理医生……

好吧,昨天晚上我见了劳伦斯,在他的公寓里。我上班时他打电话给我,说他要到城里来,但不想出去吃饭,所以我知道今晚将有一次漫长的、难熬的促膝长谈①。下班后去他那里的途中,我在福特纳姆商店停了下来,挑了一些法式咸派和沙拉。劳伦斯没吃多少,但喝了很多酒。他非常抑郁。我的意思是,他以前也抑郁过,但现在,他有了真正令他感到抑郁的事情。是的,我想他完全意识到了这有多讽刺。

帕斯摩尔家的事情没有什么好转。莎丽搬到了客厅。她早上很早就去上班,晚上很晚才回来,这样就不必跟劳伦斯说话。她说会在周末跟他谈谈,因为她无法同时既解决他的问题又完成自己的工作。我觉得她用"他的问题"而不是"他们的问题",是一个不祥之兆,你不这样认为吗?听着,我了解她在劳伦斯现在这种心情下跟他谈谈是种什么样的感觉。昨晚跟他谈了四个小时之后,我彻底垮了。我感到自己就像一块海绵,一次又一次反复被浸透又被挤干,最后完全失去了弹性。四个小时后,我说我得回家了,他要求我留下来过夜。他说不是为了性,他只是想抱着我。他从上周五之后就再没睡过半点好觉,看上去的确眼窝深陷,可怜的宝贝儿。他说:"我想,如果能抱着你,也许我可以睡个好觉。"

唉,这当然是不可能的。我的意思是,先不说我是不是愿意被他抱着,以及这样做会不会有往别处发展的危险,我几乎不可能事先不打招呼就在外面待一整夜。塞尔达会急死的。要是我打电话

---

① 原文为法语。

给她现编一个理由，她立刻就会看穿，我撒谎时她总是知道，这是她的一个最让人烦心的特点。不巧的是，今天早上我又成了"坏奶"①。是的。早餐时我们吵得很厉害，吵的内容是麦片。当然，不只是麦片。我上次去购物时超市里没有她常吃的那种牌子，所以我买了另一种，今天早上之前那一盒吃完了，所以我把新买的摆在了桌上，她连碰都不愿意碰，因为里面含有添加糖。只有极少的一点儿，还是红糖，对健康有益的那种。我这样对她说了，可她还是一点儿也不肯吃。一直以来她早餐除了咖啡就只吃这个，所以她空着肚子去了学校，留下我在家里内疚得要死，当然，这完全就是她所希望的。她出门前最后丢下一句一针见血的话——说我是在想方设法让她吃糖，因为她瘦，我胖。她用的词是"胖得让人恶心"，你认为那是真的吗？不，我指的不是她说我胖得让人恶心，我一点也不认为自己胖，尽管我也乐意瘦个几磅。我在潜意识里嫉妒塞尔达的身材，这可能吗？噢，一有这样的问题你总是又把皮球踢回来。我不知道。可能有一点吧。但我真心不知道那该死的早餐麦片里有什么糖。

我讲到哪儿了？噢对，劳伦斯。好吧，我不得不对他说不，尽管我心里为此感到难过，他看上去如此哀怨，他在哀求我，就像一只大雨中想进屋的狗。我问他，你就不能吃点安眠药吗。他说他不想吃，因为安眠药会让他一觉醒来陷入抑郁，而要是他比现在再多任何一丝抑郁，他担心他会结果了自己。他说这话时笑了笑，以示他在开玩笑，但我却感到担心。星期一，他真的去看了他的心理治

---

①弗洛伊德精神分析学说中的术语。据弗氏的观点，婴儿对母亲的反应分为两种："好奶"象征积极和肯定，"坏奶"象征消极和否定。塞尔达对母亲有敌意，故将母亲视为"坏奶"。因为卡尔是精神分析疗法医生，所以艾米跟他说这种"行话"。

疗医生，但好像她也没怎么能帮到他。那可能是劳伦斯的问题，因为当我问他她说了些什么时，他什么也想不起来。我也不能肯定我昨晚对他说的话他听进去了多少。他唯一想做的就是将他要说的话一股脑儿倒出来，而不是听取任何建设性的建议。我差点想告诉他，亲爱的，你应该试试精神分析疗法，我就一直在进行，一周五天，把想到的事情一股脑儿说出来，而得不到任何建设性的建议。只是开个小小的玩笑，卡尔。没错，我当然知道开玩笑是经过伪装的攻击行为……

唉，事情变得越来越糟了。莎丽搬出去住了，劳伦斯一个人待在家里。那是一栋独门独院、有五间卧室的房子，在鲁米治市郊一个高级住宅区里。我从没去过那儿，但他让我看过一些照片。就是房地产商们所说的那种现代风格的房子。我没法说那是什么风格。也许可以说是有高尔夫球场交错其间的法式乡间农舍吧。不合我的口味，但又舒适又结实。离马路很远，有长长的车道通到那里，周围绿树成荫。有一次他对我说："那里简直太静了，静到我能听见头发生长的声音，要是我有头发的话。"是的，他是秃顶。我以前没提过吗？他拿自己的秃顶开玩笑，但我觉得他为此感到烦恼。不管怎样，我不喜欢想到他将一个人孤孤单单待在那座房子里，就像拨浪鼓里的小珠子。

我觉得上星期他是屋漏偏逢连阴雨。莎丽对他说她已经准备好跟他谈谈了，但他们的讨论必须有时间限制，一次不能超过两小时，每天只谈一次。这个规定在我看来是十分明智的，但劳伦斯不能接受。他说学院最近让她去教一门经济管理课，她在试着将他们的婚姻危机当成一桩经济纠纷来处理，还规定了日程和休会期。他答应了她的条件，但到了该摊牌的时候，两个小时到了，他又不愿意停下来。最后她说，要是他总是惹她心烦，她就搬出去住，直到他恢复理智。他却非常傻里傻气地说："好啊，搬呗，看我在乎不在乎。"或是诸如此类的话。结果她真的搬了出去。她没有告诉他搬到了哪里，之后也一直没有。

劳伦斯相信莎丽有了别的男人，所以她有意挑起争吵，好跟那个男人在一起。他也认为他知道那个男人是谁：体育俱乐部里的网球教练。这听上去不像是莎丽的为人，可这种事你永远也说不准。你还记得我告诉过你，索尔要求跟我离婚时赌咒发誓说他没有别的女人，可是后来我发现他已经和贾妮睡了好几个月了。劳伦斯说莎丽几个月前开始上网球课，没过多久又决定染头发。不，这不像是发生了什么事情，可他对此深信不疑。以他现在这种情绪，要说服他相信什么是不可能的。他这个星期没有来伦敦，他说他很忙。我想他指的是他正忙着跟踪网球教练。听到这里我很不安，可又禁不住心怀负罪感地松了一口气，因为今晚我不必再提供四个小时心理咨询了。

我们聊劳伦斯的时间越来越多了，不是吗？你就不能说点什么让我摆脱这个话题吗？试试自由联想吧，怎么样？我以前一直很喜欢自由联想，但后来好像再也没有做过了。

好吧。妈妈。我的妈妈。在海格特①的厨房里。午后的阳光透过有霜的厨房窗玻璃照进来，在餐桌上、她的胳膊和手上投下斑驳的光影。她穿着那种老式的印花围裙，从背后围过来，带子系在前面。我们正在一起切菜，准备做蔬菜炖肉或者蔬菜汤。我大概十三岁，

---

① 伦敦北郊一区名。

要不就是十四岁。刚开始来月经。她正在告诉我一些关于生活的真相,讲到怀孕是件多么容易的事,讲到我应该多么小心提防老少男人。她讲这些时正在切胡萝卜,就好像她想砍掉他们的鸡鸡……我不知道我为什么会想到这些。也许是因为我在为塞尔达担心。我当然也跟她讲过生活的真相,但我应该向她确认她已经采取了避孕措施吗?她会把这看成是在鼓励她乱交吗?你认为不是?那是什么呢?噢,卡尔,你就做一次好事吧,给我一个解释。不不,别——我知道了,这实际上是关于我和劳伦斯的,不是吗?噢,上帝……

嗯,莎丽给自己找了一个律师。是的。劳伦斯收到了那位律师的一封信,问他是否要委托他自己的律师来讨论分居的安排。信中还附了莎丽的一项提议,她说他们得达成一项协议,在不同的时间去体育俱乐部,以避免偶遇的尴尬。显然劳伦斯去那里监视她和网球教练上课了。她说这让她没法打球。我想也是这样。当然,这只会使他更加相信她跟网球教练有什么事要瞒着他。劳伦斯让他的律师告诉莎丽的律师,如果她想跟他分居,她得靠自己的工资养活自己,她还可以拿回两人积蓄中她贡献的那部分,当然这部分跟劳伦斯最近几年挣的比起来并不太多。我想,他们这就已经开始为财产争执了,还各自请了律师,这可不是什么好征兆,我和索尔之间变得真的不可收拾的时候也是这样的。噢,天那,所有这些让我有种恐怖的似曾相识感……

嗯,事情变得越来越糟糕。劳伦斯收到了禁令,禁止他去莎丽工作的学院。我想现在那里已经被称为大学了,伏特大学或者瓦特大学——反正跟电有关。她的律师回信说,她认为她有权得到二人积蓄的一半，因为多年以来在他试图成为一名剧作家时她一直用她的教书所得支持他。劳伦斯火冒三丈地冲到学校，在她的办公室外面伏击了她，还当众跟她大吵大闹。她对他说他已经失去了理智。好吧，我想可能确实如此。可怜的宝贝儿。于是莎丽就申请了对他的禁令，要是他再去那里，他就会被逮捕。实际上，他甚至被禁止走进那地方方圆一英里的范围。这使他特别恼火，因为这意味着他没法试着在她下班后跟踪她，查出她住的地方。他一直在监视网球教练的家，可是至今运气不佳。他说，抓住他们只是时间问题。我想他说的是当场捉奸。天知道他要是真的抓到了会想干些什么。要是打起来，很难说劳伦斯会是网球教练的对手……

嗨，莎丽最终好像并没有什么风流韵事，无论如何，跟网球教练没有。显然他是个同性恋。对，嗯，我得承认在他告诉我这件事情时，想要不笑出来简直太难了。我不知道他到底是如何发现的，他在电话里对这个问题闪烁其词，但他对这一点非常肯定。听上去他的情绪也非常低落，可怜的宝贝儿。在那之前他一直怀疑那个网球教练，所以他的愤怒和怨恨都有目标。你要是不知道那个人是谁，你就没法恨他。不管怎样，我怀疑他最终开始认为莎丽在为什么要跟他分居这件事上说了实话——她确实就是没法忍受继续跟他一起生活了。这伤透了他的自尊。我记得我发现贾妮后，在怒不可遏的同时又暗地里松了一口气，因为这意味着我不必把婚姻的失败归咎于自己，或者说不必完全归咎于自己。

对劳伦斯来说，又一个令人绝望的进展是孩子们现在已经知道了他们夫妇关系的破裂。我想对他来说这是最后一道心理防线。只要孩子们还不知道，他和莎丽就总有重归于好的可能，他们的关系不会有什么严重的损害,不会尴尬,也不会丢面子。莎丽搬出家里时他跟她说的最后一件事——他告诉我他在车道上追上她,猛敲车窗,迫使她摇下窗玻璃——说的最后一件事是:"别告诉简和亚当。"他们当然早晚得知道。莎丽很可能立刻就告诉了他们,只不过劳伦斯才刚刚发现他们已经知道了而已。他们俩都给他打来了电话,小心翼翼地避免站在任何一方,但似乎并没有特别不安,甚至连很惊讶都谈不上——这令他尤为意外。依我看莎丽显然已经跟他们密谈过了,让他们对将要发生的事情有所准备。我想劳伦斯也开始明白过来了。"我觉得我好像一直生活在梦里,"他说,"刚刚才醒过来,然而醒来之后要面对的却是一场真正的噩梦。"可怜的罗伦佐。说到梦,我昨天晚上做了一个非常诡异的梦……

好了,它发生了,我知道会发生的,我能够预见:劳伦斯想跟我睡觉。不仅仅是抱住我。是要跟我性交。做双背野兽。① 这是索尔的一种说法,别装出一副你从来没有听说过的样子,卡尔。出自莎士比亚的什么地方。我记不得是哪一出戏了,但我肯定是莎士比亚。唔,这并不比大部分可用的其他说法更古怪,比如说"睡觉"吧。我以前认识一个女孩,叫缪丽尔,她说她跟她的上司睡过觉,但她指的是午休时间和他在埃平森林②他的捷豹车的后座上做爱。我想他们可没多少时间睡觉。

劳伦斯在昨天的晚餐上提到了这件事。他带我去了茹尔斯饭店而不是我们通常去的那家意大利餐厅,我想我那时就应该有预感。

---

① "做双背野兽"(making the beast with two backs)出自莎士比亚《奥赛罗》第一幕第一场伊阿古台词,指性交。
② 伦敦东北与埃塞克斯之间的古老森林。

他鼓励我试试那儿的龙虾。幸好我们去得早,饭店一半是空的,否则那些企图偷听我们谈话的人一定会从椅子上跌下来的。他说他没有试图要求跟我做爱的唯一原因是他信奉婚姻忠诚。我立刻①打断他的话,说我完全理解并因此尊敬他。他说我这样想真是宽宏大量,因为他觉得从某种意义上而言他一直在剥削我,享受我的陪伴却不承担任何义务。既然现在莎丽已经遗弃了他,我们就不再有束缚自己的理由。我说我一点也不觉得受到了剥削,因此也就谈不上束缚自己。当然了,我说得没有这么直截了当。我试图向他说明,我之所以珍惜我们的关系完全是因为它与性无关,因此也就没有紧张,没有焦虑,没有妒忌。他显得非常沮丧,说:"你是在说你不爱我吗?"我说:"亲爱的,我还没有允许自己以那种方式爱你。"他说:"那么,现在你可以了。"我说:"试想,假如我让自己那样做,结果你和莎丽又重归于好,然后怎么办?"他很忧郁地说他无法想象还会发生那样的事情。他们的关系持续恶化。她现在谈到了离婚,因为劳伦斯拒绝讨论自愿分居的财产安排,他这样真是太傻了。他的律师告诉他,要是作离婚处理,莎丽将获得他们共同资产的一半,以及共同收入的三分之一作为生活费。劳伦斯则认为她什么也不应该得到,因为她抛弃了他。两人就这样你一封我一封地互寄律师函。而现在,他要跟我睡觉。

所以我该怎么做?噢,我知道你不会给我答案。只不过是个反问句而已——有一点除外:反问句本身就已经暗含答案了,不是吗?可这个问题我没有答案。我对劳伦斯说我要考虑考虑,我也的确考虑了,昨晚以来我几乎没想过什么别的事情,但我不知道该怎么做,

---

①原文为法语。

真的不知道。我很喜欢劳伦斯,我很乐意帮他度过这场危机。我意识到他只是想寻找安慰,所以我希望我就像电影里的那种母亲式的、有着金子般的心的女人,毫不迟疑地向那些好男人慷慨地献出自己的身体——可我不是。幸好劳伦斯仍然保持了极好的绅士风度。从茹尔斯饭店出来后我们回他的公寓,挤进剧院散场后出来的人群里继续交谈,但他再没有说过那些蠢话,也没有试图重提。不过,他送我出门时发生了一件怪事。他平常总是坐电梯送我到楼下并把我送上回家的出租车。当我们打开临街的楼门时,门廊里有一个那种你如今到处都能见到的年轻流浪汉,睡在睡袋里。我们实际上得从他身上跨过去才能走到街上。好吧,我的目光并没有在他身上停留,这是最安全的做法,可是劳伦斯跟他打起了招呼,就好像他在那里并没有什么不合适似的,就好像那个男人——或者不如说那个男孩——是他的熟人。站在人行道上等出租车时,我悄声问劳伦斯:"他是谁?"他回答:"格雷厄姆。"就好像他是他的邻居什么的。后来来了一辆出租车,我没有机会再问他更多了。我想我昨天晚上梦到了这件事……

嗯,上次我用了索尔的一个说法,"双背野兽",还把它用在劳伦斯身上,我想这件事里边有某种含义——你这是在指责我吗?指责我害怕跟劳伦斯做爱的原因是我跟索尔做爱简直是灾难?可这是胆怯,还是与生俱来的见识呢?

我知道,你认为我离婚后再也没有跟任何人有过性生活是不合情理的,不不,我知道你没有说得那么明确——你什么时候说过意思明确的话呢?可我从你的话里听得出你的意思。就比如说,你提到我跟劳伦斯的关系时把它说成某种名义上的[①]婚姻。嗯,我实际上能肯定说这话的是你,不是我。不管怎样,我记得清清楚楚,你曾向我暗示我在利用跟劳伦斯的关系,把它作为一种逃避性生活的借口,我说我们的关系如此亲密,以至于跟别的任何人性交都会显得像是背信弃义。的确是这样。

当然,塞尔达也跟这件事有关。如果我决定跟劳伦斯上床,她会发现吗?我能瞒过她吗?我应该瞒着她吗?知道这件事会促使她投进某个满脸粉刺的好色小子的怀抱吗?你提醒过我,说我还没有接受这样的事实:塞尔达早晚会跟人发生关系。还说只要她还不到年龄,我就有责任作为家长维护她的贞操,但她终有一天会成为一个青年并决定跟某人发生性关系,而我也没什么办法阻止,与其如此还不如接受。可你又说如果我自己没有令人满足的性关系,就没法去接受。所以,也许劳伦斯的婚姻危机对我来说是天上掉下来的机会,让我重新变成一个你所认为的完整的女人的机会,你会这样说吗?

在我的意识最深处,还有另外一个考虑。结婚的可能性。如果劳伦斯和莎丽离婚,再和我结婚差不多就是顺理成章的事。不,我不这样认为,否则那天晚上他试图勾引我的时候就会提到这件事。实际上,那可能就是他带我去茹尔斯饭店的原因,因为我们常去的那家意大利餐厅的老板娘总是唱婚姻生活的赞歌,暗示罗伦佐是时候明媒正娶了——那老板娘不知道他是有妇之夫。我想在暗地里,或者在潜意识中,他仍然渴望跟莎丽重新和好。虽然他抱怨起她的所作所为时一副愤愤不平的样子,但我想要是她同意再给他们的婚

---

① 原文为法语。

姻一次机会,他就会摇尾乞怜地回到她的身边。这一点我确信无疑。可是如果她来真格的,如果她说到做到,那么我完全可以肯定他会再次结婚。我比他本人还懂他的心思。他是那种热爱婚姻的人。那么如果他要跟谁结婚,除了我还能是谁?

我一直在试着想象那会是一种怎样的情景。刚开始时塞尔达可能会有所抵触,但我想她最终是会接受他的。有一个成年男人在家里对她有好处,对我们俩都有好处。一幅带着淡淡玫瑰色的朦胧画面不断在我的脑海中浮现:我们一家三口在厨房里,劳伦斯在餐桌上指导塞尔达做功课,我则在铸铁炉灶前慈祥地微笑。但我们没有那种高级的铸铁炉灶,所以我想这暗示了我想搬家。不管莎丽在离婚财产分割中拿走些什么,劳伦斯仍然会富得不得了。你知道一个人一旦开始做白日梦会是什么样子,你朦朦胧胧地想着再次结婚的可能性,还没等你回过神来,你已经在为多尔多涅①的夏日别墅挑选窗帘了。但我也想过,如果劳伦斯哪一天真的向我求婚了,我们还是先弄清楚我们是不是,你懂的,在身体方面和谐为好。你不这样认为吗?你不会这样做吗?

不管怎样,我肯定那不会是种糟糕透顶的体验。劳伦斯非常可爱,也很温柔。索尔在床上总是那么专横跋扈,要我这样,要我那样,一会儿要我快一点,一会儿要我慢一点,就好像在导演一部色情电影。跟劳伦斯一起就不会是那样。他可不会想让我去做任何古怪的事——至少我认为他不会。是的,卡尔,我知道这是个一厢情愿的想法……

---

① 法国南部的旅游胜地。

那么,你看过《公趣报》上的那个故事吗?最新一期,昨天的。不,我想你没看过。可所有我认识的人都迫不及待地去读了。一边读一边还要假装对它嗤之以鼻,这是当然的。《公趣报》有一个叫《镜外》的媒体八卦栏目。"镜外"是"镜头之外"的简称。他们不知怎么搞到了劳伦斯和那个网球教练的故事。是的,好像劳伦斯真的在一天半夜破门而入,闯进了对方家中,企图给他个措手不及,将他和莎丽捉奸在床,结果发现和他在床上的是另一个男人。你能想象吗?不,我也一无所知,直到亲眼见到那期小报。昨天上午哈丽叶带着最新一期报纸来上班,翻到《镜外》那一版,放在我面前的办公桌上,一句话也没说。读完我简直死了。接着我打电话给劳伦斯,可他的经纪人已经告诉他了。他说故事准确无误,除了里面写道劳伦斯手里拿着撬棍,但实际上他拿的是一把剪刀。问得有理。显然他是打算剪掉那个网球教练的马尾辫。报纸还是不知道那部分细节的好。不用说,整篇文章里都是毫不留情的挖苦。"墩子·帕斯摩尔,哈德兰电视台情景喜剧《邻居》那位毛囊不太方便[①]的编剧,最近发现自己处在一个比他自己创造的任何情景都更有趣的情景中……"就是这样的语气。还有一幅漫画,把他画得像……叫什么来着,就是跟维纳斯结了婚然后将她和战神玛尔斯在床上抓了个正着的那个神——伏尔甘,就是他。漫画的风格是模仿一幅古老的油画,好像是模仿提香[②],要不就是丁托列托[③]或者什么人,画底下有文字说明。可怜的罗伦佐在画里又肥又秃,穿着一件古罗马的束腰短袖长外衣,网球教练和他的朋友一丝不挂,在床上缠在一起。三

[①]此处是对"身体不太方便"(physically challenged)的滑稽模仿。
[②]提香(1490—1576),文艺复兴时期意大利著名画家。
[③]丁托列托(1518—1594),文艺复兴时期著名的威尼斯画家。

个人看上去都尴尬极了。实际上，要是这件事跟你没关系的话，你会觉得这幅画非常机智。劳伦斯不知道他们是怎么搞到这个故事的。网球教练没有控告他，因为不想让自己的私生活曝光，所以显然不会是消息来源。幸运的是，他的名字没有在文章里出现。不过警察介入了这件事，所以很可能是某个警察把故事卖给了《公趣报》。劳伦斯完全被毁了。他感到整个世界都在嘲笑他。他不敢在格劳乔饭店露面，不敢去他的网球俱乐部，不敢去任何有人认识他的地方。看来那幅漫画深深地刺痛了他。他开始在辞书里查找维纳斯、玛尔斯和伏尔甘的故事，结果发现伏尔甘瘸了一条腿。他似乎觉得这是那幅漫画最阴损的一招，不过我个人认为那仅仅是个巧合。是的，劳伦斯的一只膝盖有问题，我以前没告诉过你吗？他常常感到一边的膝关节钻心地疼，没有明显的原因。他做过外科手术，可照样还是疼。我肯定那是心病引起的。我曾经问他是否还记得小时候有过什么膝盖方面的损伤，他说没有。这让我想起来，有一天我回忆起自己还是个小姑娘的时候遭遇过的一次事故……

嗯，我对劳伦斯说我会的。当然是指跟他睡觉。是的。因为《公趣报》那篇文章使他陷入了抑郁的深渊，所以我感到我必须做些什么，好让他振作起来。不，这当然不是我唯一的动机。是的，我可能已经拿定了主意。呃，差不多拿定了。《公趣报》事件只是打破了平衡。所以我请了两天的假，我们打算去度一个长周末假期。下下个周末。星期四晚上出发，星期一下午回来，所以星期五和星期一的治疗就来不了了。是的，我知道我一样还是得付钱，卡尔，我记得开始治疗前你那段小小的声明。你要是觉察到我的话中藏着敌意，我敢说你是对的。考虑到我三年以来几乎没缺席过任何一次治疗,我有理由认为你这次或许会免去我的费用。毕竟这次可以说是紧急情况了——拯救劳伦斯的心智。我希望他能替我付这两次的费用,如果我提出来的话。但你可能并不赞成我这样做,是吗?

我不知道。都是劳伦斯在着手安排。我说只要是去国外,什么地方都行,最好是暖和的地方。我想我们得去远一点的地方。当然,我家就免谈了,他那里我觉得也不太合适。不管怎样,作为第一次来说不太合适。公寓很小,有时候你觉得整个伦敦西区的污秽和不堪都在挤压着墙和窗户,试图钻进屋里来。饭店的气味、交通噪音、游客和流浪汉……是的,我的确问过他那个年轻流浪汉的事。他好像是从几星期前开始在他的门廊宿营的。他曾试图赶他走,最后却成了请他进屋喝茶,这非常劳伦斯。败招。然后他又给了他一些钱,让他去找间旅馆过夜。大大的败招。那青年可想而知没过多久就回来了,希望能得到更多慷慨施舍。劳伦斯声称他再没给过他钱,但他肯定已放弃将他赶走的念头。我告诉他让他去找警察赶他走,可他不愿意。"他在这里也没碍什么事。"他说,"还可以吓跑夜里的盗贼。"我想这也有点儿道理。那幢楼里的公寓大部分时候都是空着的。不过我怀疑劳伦斯让他待在那儿的原因是他太孤独。劳伦斯,他太孤独。我想他喜欢在他进进出出时有人可以打声招呼,这个人还不读《公趣报》。顺便说一句,昨天夜里我梦到了那幅漫画。我是维纳斯,索尔是玛尔斯,而劳伦斯是伏尔甘。这事你怎么看?

好了,恐怕我们是要去特纳里夫岛①了。劳伦斯去了一家旅行社,说他想去国外,一个温暖但又不用长距离飞行的地方。于是他

---

①位于大西洋,是西班牙属加那利群岛中面积最大的岛屿。下文的大加那利岛也属于该群岛。

们建议了特纳里夫。现在我真希望是由我自己来安排这次旅行。劳伦斯真的不适合做这种事。他们去度假时总是莎丽订票。加那利群岛听上去不错,我是指那个名字。可是我从来没有听任何真正到过那里的人说过关于那里的一句好话。你呢?我是问你有没有去过。不,我想也是不可能。哈丽叶去过大加那利岛,她说那地方糟透了,不过她昨天为了不让我失望,试图否认她说过的话。也许特纳里夫会好一点。得了,毕竟只是几天而已,况且至少天气是暖和的。

我已经跟塞尔达说了我要出差——说劳伦斯要将《邻居》的一集设定在加那利群岛,这一集是关于一条龙服务的度假套餐的,我们得去那里物色一些当地人做演员。这的确是个难以让人相信的借口。不过加那利群岛的说法倒不是那么令人难以置信,因为剧组的确偶尔要去外景地拍摄。实际上,劳伦斯对度假套餐的想法很入迷。想想吧,斯普林菲尔德一家假期第一天在旅馆里醒来,正为能躲开戴维斯一家两个星期而高兴不已,却发现他们就在隔壁的阳台上吃早餐。要是《邻居》有下一部,他可能真的会写这样一集。但我必须去那里物色演员这一说法——特别是现在就得去——也太离谱了,要是你对我们这一行知道点儿什么的话。塞尔达没怎么怀疑就买了账,但她的态度令人生疑。我没法不觉得她知道这次出差并不仅仅是因为工作,可我得说,这一次她的表现很讨人喜欢。她一直在该穿什么衣服上给我出主意,这对我很有帮助。这就像是一种奇怪的角色反串,像是她在帮我准备出门前的行装。我已经安排塞尔达跟她的朋友赛琳娜一起过周末,这让她心情很好。赛琳娜的妈妈是个明事理的女人,所以我不用担心她们会耍什么花招。总而言之,我非常渴望这次旅行。我可以在阳光下享受几天甜蜜生活①。

* * *

唉，开门见山地说吧，这个让人恶心的周末真是一场灾难。首先，那根本就谈不上是什么度假。你去过特纳里夫吗？没有，你说过的，我记得。好吧，让我在西伯利亚的盐矿和美洲海滩的四星级宾馆之间做选择，我会毫不犹豫地选择西伯利亚。美洲海滩是我们住的度假区的名字。劳伦斯从旅行社的小册子上挑选了这个地方，因为它靠近机场，而我们的飞机到达的时间又是深夜。好了，这似乎是可以理解的，可是结果却发现，那是你所能想象到的最让人恶心的地方。说是海滩，可是那里没有海滩，没有我所理解的海滩。只有一长条黑泥滩。特纳里夫所有的海滩都是黑色的，看上去就像相片的底片。整个岛根本就是一块巨大的焦炭，而海滩就是由焦炭粉堆成的。你知道的，它是个火山岛。岛的中央真的有一个巨大的火山。不幸的是，那不是活火山，要不然，它可能会突然喷发，将整个美洲海滩夷为平地。如果是那样，那地方可能还值得一游，就像庞贝古城。别致的混凝土废墟里夹杂着被炭化的形状各异的游客，有的穿着湿漉漉的T恤衫在行走，有的正在往喉咙里灌桑格利亚酒。

显然，仅仅在几年以前，这里还是一个裸露着岩石的贫瘠海滩，后来，一些开发商决定在这里建一个旅游度假区，现在它就成了大西洋海岸的布莱克普尔②。度假区内有一条俗丽的、名叫滨海大道的主街，总是堵车，街道两旁排列着你所见过的最为粗俗的酒吧、咖啡馆和迪厅，夜以继日地传出震耳欲聋的音乐、发出炫目的灯光和

①原文为意大利语。
②英国中部港市。

油腻腻的烹调气味。除了那些，就只剩下一片又一片的高层宾馆和分时度假公寓①。这是一个混凝土的噩梦，几乎没有树木和花草。

我们没有马上意识到那个地方有多么可怕，因为我们到那里的时候是深夜，而出机场后我们乘坐的出租车在我看来又形迹可疑地绕了一大圈，但仔细一想，可能是那个司机想将滨海大道的全貌在我们到达的头一夜就充分展现给我们。一路上，我们除了评论空气多么温暖湿润之外很少说话，也没有什么别的好谈，因为一路上什么也看不见。后来到了美洲海滩的边缘，我们所见到的东西又激不起我们评论的欲望：荒凉的建筑工地、纹丝不动的起重机、空荡荡的亮着"待售"标志的高层公寓楼，公寓楼里只有很少几扇窗子透出灯光，然后是一条两旁宾馆林立的公路干线。一切的一切都是钢筋水泥制成的，笼罩在电压不足的路灯发出的昏黄暗淡的灯光里，一切的一切都好像是在一星期前草草修建起来的。我能感觉到劳伦斯颓坐在汽车后座角落里的身体越来越往下坍陷。我们俩都知道，我们来的是一个地狱一样的鬼地方，可我们没有勇气承认这一点。飞机落地的那一刻起，我们就被一种可怕的强制力压倒了：对到这里来是要做什么的清醒意识，对这次旅行只许成功不许失败的担忧——这些使我们忧心忡忡，生怕不小心说出什么关于这里的丧气话。

至少，我安慰自己说，我们住的宾馆肯定会不错。四星级，劳伦斯向我保证过。可是四星级在特纳里夫跟在英国可不是一回事。特纳里夫的四星级也就是比一般旅行团住的宾馆略好那么一点点而已。我不敢想象特纳里夫的一星级宾馆是什么样子。我们走进门廊，

---

①指不相识的买主们在中介公司的撮合下合买后分别在不同的时段轮流使用的公寓。

见到天花板上的日光灯照着乙烯塑料砖铺就的地板,裹了一层塑料膜的沙发,以及满是灰尘的橡胶植物,我的心就开始下沉——它本来就已经沉到了膝盖附近了。劳伦斯登记完后我们默默地跟着行李搬运工走进了电梯。我们房间的墙面光秃秃地毫无修饰,干净是够干净的,可是散发着很浓的消毒水气味。有两张单人床。劳伦斯绝望地看着它们对行李搬运工说,他预订的是大床房。搬运工说这家宾馆所有的房间都是两张单人床。劳伦斯的肩膀又往下垂了几度。搬运工走后,劳伦斯可怜兮兮地表示歉意,发誓回去以后要报复那家旅行社。我鼓起勇气说没关系,并打开阳台滑门走进小阳台。阳台下面有一个游泳池——形状很不规则,就像罗夏墨迹测验[①]纸上的一块墨迹图案——周围有些人工岩石和棕榈树。水底亮着灯,在夜色中闪着亮眼的蓝色。到现在为止,只有这个游泳池算是跟浪漫沾得上边儿的东西,可池水散发出的那种公共浴池的刺鼻氯味,以及远处一家迪厅传出的没完没了、震耳欲聋的贝斯重低音,又破坏了这一效果。我关上阳台门,挡住噪音和难闻的气味,打开了空调。劳伦斯正在将两张床拖到一起,床腿在铺上瓷砖的地板上摩擦,发出刺耳的噪音。床挪动后我才发现房间并不完全像我最初看到的那么干净,因为床头柜的后面和下面都是灰尘。后来因为发现床头灯的电线不够长,够不到新的位置,我们又将两张床拖回了原处。我在心里松了一口气,因为这样一来,建议我们各自直接睡觉就容易多了。时间已经很晚了,我已经筋疲力尽,像一袋球芽甘蓝一样毫不性感,也没有性欲。我想劳伦斯的感觉应该和我差不多,因为他马上就同意了。我们非常正派地洗了澡,一个接着一个洗的,然后

[①]一种心理测试方法,可以根据被测试者对一套墨迹图案的反应对其进行人格分析。

纯洁地亲了亲对方,各上各的床睡觉。立刻,透过薄薄的床单,我感觉到我的床垫上裹了一层塑料膜。你能相信吗?我以为只有婴儿和大小便失禁的老人才需要裹了塑料膜的床垫。不是的——度假套餐也是。我能看出你等不及了,卡尔——你想知道我们最后到底干了没,不是吗?嗯,你必须有点耐心。是我在讲故事,所以我要用我自己的方式讲。噢,是吗?时间已经到了?好吧,那就等明天吧。

好了,你以为发生了什么事情?你永远也猜不到。莎丽搬回了他们在鲁米治的家,宣布她打算住在那里,同屋分居。没错,是叫这个名字,"同屋分居",这是一个法律承认的术语。就是指走离婚程序的同时共享原有的房子,但不在一起生活。也不睡在一起。劳伦斯昨天回到家后——他在伦敦的公寓里住了一晚上——发现莎丽拿着一份打印好的建议书在等他,建议他们如何共享那套房子,谁住哪一间卧室,谁什么时候使用厨房,谁哪一天用洗衣机。莎丽非常明确地表态她不会帮劳伦斯洗衣服。她已经占用了带独立浴室的主卧,还给卧室的门换了新的锁。他发现他所有的西服、衬衣和其他物品都被非常小心地移走了,并整齐地放在客房里。他暴跳如雷,可他的律师说他对此无能为力。莎丽很会选择时机。上个周末,她问可不可以回家取一些衣服,他说可以,随时可以,因为他要出门,而她自己当然有家里的钥匙。可是她不是回去取走衣服,而是趁他不在家、没法阻止她的时候搬了回去。不,她不知道他跟我一起去了特纳里夫。实际上,也绝对不能让她知道。

对了,我讲到哪儿了?噢,第一天晚上什么也没发生,就像我之前说的,我们分开睡了,睡到很晚才起床——是那种供大小便失禁人士使用的床。因为我们俩都太累了。我们叫了客房早餐。但不是那么鼓舞人心：罐装的橙汁，软塌塌、吃起来一股纸板味的牛角面包，塑料小盒装的橘子酱和其他果酱——讲白了就是换个形式继续吃飞机餐。我们试着去阳台上吃，可是被太阳赶了回来，当时外面的阳光已经很灼人了。阳台朝东，又没有遮阳篷和遮阳伞，我们只好拉上阳台的百叶窗，在房间里吃。劳伦斯重新拿出前一天在伦敦买的《标准晚报》来看。他主动提出和我分享，可我觉得在这样的环境里一边吃早餐一边读报完全就不是那么回事[①]。我拿这事打趣，他迷惑不解地皱起眉头说："可我总在早餐时间读报。"就好像那是什么宇宙的基本定律。让人惊奇的是，一旦你必须跟某些人分享空间，你就会立刻以完全不同的眼光来看他们，还会被一些从来没有料想到的事情激怒。这让我想起我结婚后头几个月的事。我记得我被索尔上完后的厕所吓呆了——马桶里留下了他的一条条粪迹，就好像从来没有人向他解释过马桶刷是做什么用的似的。当然了，好几年之后我才有勇气向他提起这件事。实际上，在特纳里夫共用一个厕所差不多也是一场噩梦。这种事还是不提为妙。

我们决定了，第一天上午的懒散时光就去——噢，没错，你肯定会问我的，不是吗？好吧，浴室里没有窗，现代的宾馆里通常都是这样。排气扇好像也没在工作，至少没听见它发出什么声音，所以我必须保证自己早餐后先用浴室。有了前面那些关于厕所的讨论做铺垫，下面我要跟你说的就不会那么吃惊了。该怎么说呢，我在费力地上大号时，拉出来的尽是些非常小、非常硬、非常干的东西。你确定你想听我讲下去吗？好吧，事实是，特纳里夫的厕所根本就对付不了它们。我拉了水箱的链子，它们在水里快乐地跳起舞来，

[①]原文为法语。

就好像一些褐色的小橡皮球，拒绝被冲走。我不停地拉水箱链子，它们就不停地重新浮到水面。说的就是压抑重返①。我简直要发疯了，不处理掉它们我没法离开浴室。我是说，要是你在上厕所时发现马桶里还留着别人的大便，那可不太令人愉快，就更加不用提什么浪漫了，你不这样认为吗？我没法让自己去向劳伦斯道歉或者解释，也没法拿它开玩笑。你得跟一个人结婚至少五年才能达到这种程度。我真正需要的是一大桶水，猛冲下去，可当时浴室里唯一的容器是一个镂空的塑料纸篓。最后，我终于用马桶刷将那些小团粒一个一个地捅进了马桶下面的 U 形弯管。可这真不是什么我愿意复述的经历。

好了，我刚才说到，我们决定去游泳池边度过我们第一天上午的闲散时光。可当我们下楼到了那里时，所有的躺椅和遮阳伞都有主了。人们懒洋洋地躺着晒太阳，也不怕得皮肤癌。劳伦斯的皮肤很白，身上的毛又多得出奇，防晒霜涂在他身上就像被吸墨纸吸干了一样，有害的射线可以长驱直入。我要晒黑很容易，可是我最近在女性杂志上读到了太多关于阳光对皮肤的影响的文章，简直令人毛骨悚然，所以我一丁点儿都不敢被晒到。唯一的阴凉处是靠墙的一小块邋遢的草地，离游泳池很远。我们垫着毛巾，在那里很不舒服地坐了一会儿之后，我开始对那些用个人物品占着躺椅去吃早餐的人产生了怨恨。我向劳伦斯建议去征用两把没有人的躺椅，但他不去。男人在这种事上就是如此胆小。所以我自己去了。有两把躺椅并排摆在一棵棕榈树下，上面放着叠好的毛巾，我将毛巾从其中一边移到另一边，然后舒舒服服地躺了下来。大约二十分钟后，一

---

① "压抑重返"（return of the repressed）是弗洛伊德精神分析学说中的又一理论。

个女人来了，大眼瞪着我，可我假装自己睡着了，结果，一会儿之后，她拾起两条毛巾走了。劳伦斯十分忸怩地走过来，躺在了另外一把躺椅上。

这一小小的胜利让我有了一阵子好心情，可是好心情马上就慢慢消失了。我游泳游得不太好，劳伦斯得小心他的膝盖，而游泳池也只是从阳台上看去还不错，实际上游起来很不舒服，因为游泳池的形状不太对，里面挤满了吵吵嚷嚷的孩子，水里满是氯的臭味。我在什么地方读过一篇文章，说不是氯本身而是它跟尿液发生化学反应后才会发出这种气味，所以那些熊孩子肯定一直在拼命往池里撒尿，再不停地去卖可乐的自动售货机那里加油。我们在水里泡了一下就上来了，除了看书便没什么别的事可干。而那些躺椅又并不真的是为看书而设计的，尽是些没法调整的廉价躺椅。铁管支架的末端向上弯曲，可是不足以将你的头撑到一个可以舒服看书的高度。所以你得躺着，把书竖直举在空中，大约五分钟之后，你就会感到胳膊好像要掉下来似的。我带来了A. S. 拜厄特①的《占有》，罗伦佐带了一本克尔凯郭尔，我想书名是《恐惧与战栗》，听上去好像不太适合在这种场合读。宾馆里的其他客人，你可以从他们所读的东西来判断他们是些什么类型的人：丹尼尔·斯蒂尔②和杰弗里·阿彻尔③，早上刚送来的小报。在我看来大部分人都像是从卢顿④来的汽车工人，但我没有说出来，因为劳伦斯对大都市势利眼深恶痛绝。

我们俩都没从家里带泳巾，想着四星级的宾馆应该会提供，可

---

① A. S. 拜厄特（1936— ），英国小说家。
② 丹尼尔·斯蒂尔（1947— ），美国畅销小说作家、编剧。
③ 杰弗里·阿彻尔（1940— ），英国小说家。
④ 英国贝德福德郡最大的镇，位于伦敦西北约三十英里。

是这家宾馆就没有，房间里只给每人留了一条小小的浴巾，所以我们决定散步去买点东西。我们还需要遮阳帽，以及人字拖，因为当时游泳池周围的水泥地已经烫得要命了。我们重新穿上衣服，走进正午的大太阳下，阳光像激光束一样照射着人行道，在公寓楼的墙面上跳跃。根据宾馆里的市区交通图，我们离海只有几个街区而已，所以我们认为可以朝海的方向一直走，找一家卖海滩用品的商店。然而既没什么海滩也没什么商店，只有死胡同尽头的一堵矮墙，矮墙下有一个狭窄地带，在那里，看起来像是矿渣一样的东西在海水的冲刷下翻腾着。我们转身回到主路，那里有一个小小的购物中心。不知出于什么原因它被建在了地下，就像一个阴沉的隧道，里面的店铺卖各种粗制滥造的纪念品和游客必需品。看起来，想买任何没有印"特纳里夫"字样或者小岛形状的东西都是不可能的。一种力量阻止了我买那里的沙滩毛巾，买回去肯定也是一回到家里就扔了。所以我们沿着主路前往镇中心，看看能不能找到一个有更多选择的地方。结果我们走了远不止一英里，沿路几乎完全没有任何能够遮阴的地方。一开始，一路上单调乏味，接着就变得越来越糟。滨海大道上有一片糟糕透顶的地方叫维罗妮卡斯，那里密密麻麻到处是酒吧、夜店和餐厅，供应着"海鲜饭薯条"[①]和"焗豆烤吐司"[②]。大部分这种地方都有迪斯科音乐的吼叫声，从扬声器里传到街道上，以此招徕顾客，要么就是在挂在墙上的电视机里以最大音量播放过时的英国情境喜剧。这似乎就是美洲海滩作为度假区的空虚无聊的全部缩影了。来这里的都是英国人，他们远离家乡两千多英里，坐

[①] 炸鱼薯条是英国最有名的料理，而海鲜饭是一道西班牙名菜。"海鲜饭薯条"是将两者胡乱组合在一起的结果。
[②] 同前，焗豆和烤吐司分别是英式和西班牙式早餐中最重要的元素。

在大海中央的一座死火山上,喝着饮料,只为了看老掉牙的《粥》《只有傻瓜和马》和《啊,妈妈贵姓》①。"你见过比这更无聊的事吗?"我对劳伦斯说。这时,我们刚好走到一家正在播放《邻居》的咖啡馆前面。我恐怕这里的收视率不大高。实际上只有四个人,一对看上去像揭了壳的巨蟹的中年夫妇,还有两个留着朋克发型、绷着脸的年轻女人。毫无疑问,劳伦斯必然要进去。我还从来不知道有哪个编剧在自己的作品在电视上播放时会把眼睛从电视屏幕上移开。劳伦斯为自己点了啤酒,给我点了金汤力②,坐在那里入神地看着电视,脸上带着深情的微笑,就像一个溺爱孩子的家长在看儿子学步时的家庭录影。我的意思是,没有谁比我对劳伦斯的作品更着迷,可是我还没有迷到坐在酒吧里看《邻居》过时的老剧集的地步。我似乎只有一件事可做,于是我也那样做了。我一仰脖子喝光了金汤力,然后又要了一杯,酒精加倍。劳伦斯又要了一杯啤酒,我们俩一起吃了一个微波炉加热的比萨,接着喝咖啡的时候又一人要了一杯白兰地。劳伦斯建议我们回宾馆睡午觉。在回去的出租车上,他把手搭在我的肩膀上,所以我猜到了他心里在想着什么样的午觉。噢,已经到时间了吗?那就明天见吧。是的,我当然听说过谢赫拉扎德,她怎么了?……

嗯,幸亏我已经喝得半醉了,不然一定会非常难堪。我是说,喝了酒,一个人不是笑就是哭。我是笑。我们准备睡午觉时,一见到劳伦斯开始戴护膝我就咯咯咯地笑了。他的护膝是一种海绵状的弹性布料材质的,就像那种用来做潜水紧身衣的材料。颜色鲜红,

---

① 三部皆为 20 世纪 70 至 80 年代的英国喜剧。
② 一种英国的鸡尾酒。

上面有一个洞,他的膝盖可以从洞里露出来。他光着身子戴上这东西显得尤其好笑。他好像对我的反应感到吃惊。显然,他和莎丽做爱时总是戴着它。当他又绑上一个有弹性的肘关节绷带时,我几乎要笑得歇斯底里了。他解释说他最近的网球肘痛复发了,他不想抱什么侥幸心理。我不知道他是不是还要戴上什么其他的,比如一副护腿板,或者是骑自行车时戴的头盔。实际上那不是个坏主意,因为那张床很窄,前戏时他有掉到地板上的危险。前戏时他需要大量舔吸和用鼻子挨挨擦擦。我只是闭上眼睛任他啃。尽管感到很痒痒,但十分愉快,我想我应该呻吟才对,可我却一直咯咯咯地笑个不停。接着,他因为膝盖的缘故仰躺在床上,好像是想让我叉开腿骑在他身上,由我来掌握整个过程中可以说最需要技巧的部分。我认识一个女演员,她曾告诉我她总是反复做同样一个梦,梦见自己站在舞台上,却不知道是在演哪一部戏,她得根据其他演员说什么做什么来猜测自己的台词和动作。我觉得自己就像是在类似的情形下给莎丽当替角。我不知道她怎么处理她的角色,但我觉得差不多就是妓女和矫形手术护士的混合了。然而,我勇敢地完成了我的角色,我在他身上快速上下颠动,直到他开始哼哼我才滚下身来。可原来他哼哼是因为他射不了。"也许你午餐时喝得有点多了,亲爱的。"我说。"也许吧。"他情绪低落地说,"你喜欢吗?"我当然得回答感觉棒极了。尽管说实话,那还不如在长长的一天结束时好好冲个热水澡,或者是真正顶级的比利时巧克力加新鲜研磨的哥伦比亚咖啡带给我的快乐多。真的。

嗯,那之后我们睡了差不多一个小时,接着我们洗了澡,在阳台上喝茶——阳台现在在阴面了——和看各自的书,一直看到晚餐前下楼喝一杯的时间。我们彼此没有多交谈,因为我们脑子里想的每一件事都是不敢说出口的东西，都是这个地方多么可怕，这次旅行就这样变成了一场灾难，而我们还要在这里待上三天，等等。无论如何，我自己是这样想的。我们的宾馆是半膳宿式的。登记入住时他们给了我们一些餐券，去餐厅时得把餐券交给他们。餐厅如同一个巨型的军营，里面有大约四百人在拼命地往嘴里塞食物，就好像有人在给他们计时，像电视游戏节目里一样。开胃头盘①和甜点你得自己去取，主菜会有人端到餐桌前。主菜可以选择猎人炖鸡或者炸鱼排。品质大概是 BBC 食堂的标准，吃得下去，但是无趣极了。我们要了一瓶红酒，可是大部分都让我喝了，因为劳伦斯要为后面的节目做好准备。这谈不上是一个很放松的夜晚。我们出去散步，重新走到了海边，看海浪翻卷着那些湿矿渣。此后除了上床睡觉之外，似乎再也没什么可干的了。所以要么如此，要么再去一次镇中心。而维罗妮卡斯的夜晚是什么样子，不用动脑也可以想象得到。于是我们再次做爱，结果也是同样：他勃起了，可是无论我怎样上下急速运动，他都不能——怎么说来着——不能射精。尽管我说没关系，实际上我也的确很高兴，我从来都不喜欢事后那东西慢慢渗流到睡衣上的感觉，可他为此心烦意乱得要命。他说："我一定是出什么问题了。"我说："不是你的问题，是这个恶心的宾馆和这个糟糕的地方，它足以让任何人阳痿。"

这是我们到了那里之后我第一次表达我的真实感受。他的反应就像是有人在他的脸上掴了一巴掌。"对不起，"他表情僵硬地说，"我尽力了。""你当然尽力了，亲爱的。"我说，"我不是在抱怨你，都怪愚蠢的旅行社。可是我们为什么不换个好一点儿的地方？""我

---

①原文为法语。

们不能换,"他说,"我已经预付了房费。"他似乎认为有某种契约强制我们在这里住满四夜。我费了好一阵口舌才让他明白我们完全付得起那笔钱——至少他付得起。剩下两天的房费就白扔算了。结果,就好像他父母的灵魂突然冒了出来,想要阻止这种可耻的浪费似的,他说:"不管怎样,美洲海滩度假区就只有一个五星级宾馆,全订满了。旅行社已经问过了。""我想也不会有空房间的,"我说,"任何在美洲海滩订了五星级宾馆的人都会把自己锁在房间里,决不会出门。可我想特纳里夫别的地方应该还有五星级宾馆吧?""我们怎么去那里?"劳伦斯说。"租辆车,亲爱的。"我说,心里想着这就像是在跟一个小孩说话。

好了,安排完了之后,第二天一吃完晚餐我们就立刻离开了那个地狱般的地方。劳伦斯想悄悄溜出宾馆,不告诉他们,可我们得去结账,付一些额外的钱,所以我可以心满意足地告诉前台服务员我们为什么要走,不过这并不意味着他们会在乎。我们从租车公司租了一辆带空调的小轿车,一路沿着海岸开往首府圣克鲁兹。你一辈子都不会见到那么荒凉单调的景色,就像热浪冲击下的月球表面。但圣克鲁兹是个不错的小镇,稍稍有点儿不整洁,但文明。那里有一家真正一流的宾馆,绿树成荫的美丽花园里有一个游泳池,还有一个体面的餐厅。罗伯特·马克斯韦尔[①]实际上就是在那里享用了他的最后一餐,后来他就从游艇上跳海了。如果他住的是美洲海滩,关于他为什么要跳海的问题就不会有那么多猜测了。

好吧,我们在圣克鲁兹度过了一个非常愉快的周末。宾馆给了我们一套天花板很高的巨大套房。浴室里镶了大理石,还有一扇敞

---

①罗伯特·马克斯韦尔(1923—1991),英国著名出版家,《镜报》集团董事长。

开的窗户。硕大的双人床,我们可以抱在一起像婴儿一样睡觉。我们在床上没干什么别的事情。我对劳伦斯说,既然现在一切都如此美好,那就别冒再次突降大祸①的危险了,亲爱的。他似乎很愉快地同意了。可是实话实说吧,我已经做出决定,不会和劳伦斯结婚,哪怕他求我也不。我也不希望再跟他有性关系,实际上,我不想跟任何人再有。我得出一个结论,在我的有生之年,没有性生活我也一样能过下去。非常感谢你。我意识到我曾经是一个多么愚蠢的傻瓜,反反复复地分析我跟索尔的关系,想弄明白哪里出了问题,为什么我不能让他满足,而明明重要的是我应该让自己满足。甚至过了这么久之后,委身于另一个男人也并不能让我满足。我希望劳伦斯和我能回到过去那种纯洁的关系,那种朋友般的关系,可要是不能,那就太糟了②。

所以,真的,这次旅行最终成了一场巨大的灾难,一个糟糕透顶的周末。不过我确实认为,现在我看问题比以往任何时候都要更透彻了,这是一个收获。我明白了我没有任何毛病,我可以接受这样的我,没有必要做任何改变。我不需要性,不需要男人。我也不需要你,卡尔,再也不需要了。是的,精神分析治疗到此结束。你告诉过我,如果我好了我自己会知道的。现在我知道了。这是我们的最后一次治疗,卡尔。是的。我是在和你说珍重再见了。我痊愈了。

---

① 原文为法语。
② 原文为法语。

** 露易丝 **

斯黛拉吗？……我是露易丝……嗨！……噢，不错。你呢？……噢。我觉得电话里你听起来有些沮丧……哎，你瞧，对不起，没有及时给你回电话，可你不会相信，我真的很忙……开会开会开会……是的，还是那同一部电影，只是现在它叫《急转弯》。你知道人们是怎么说好莱坞的，所有的事情不是花五分钟就是花五年，看样子这个宝贝儿是打算折磨人整整五年了。话说回来，你为什么心情不爽？……嗯哼……嗯哼……我猜也差不多……听着，亲爱的，你现在不会因为我这样说感谢我，可说实话没有他你会更好……我的确从来都不喜欢他，但我是对的呢还是对的呢？我难道没有说过吗，永远别相信脖子上挂金十字架的男人？……他一直在利用你，亲爱的……你这边一帮他付完髓管手术费和表演课的钱，他那边就甩了你……嘿，你现在当然会这样想，但你会好起来的，相信我，我是过来人。等一下，我要接另一个电话。别挂断……

嗨。是尼克，从纽约打来的，只是问声好……是的，只是去几天而已。他有一个客户的戏要在百老汇以外的地方上演。听我说，斯黛拉，你想知道昨天发生在我身上的一件真正不可思议的事情吗？这样你就不用再去想你自己的那些麻烦了。……好的，把鞋脱了踢一边去，放松点仔细听……

时间大约在昨天晚上六点钟。我刚从环球艺术家开完会回来，冲了个澡，换好了衣服，正在想是自己弄点什么吃还是打电话叫寿司外卖，这时电话铃响了，我听到一个操着英国腔的人说："您好，露易丝，我是劳伦斯·帕斯摩尔。"劳伦斯·帕斯摩尔？完全是一个陌生的名字，我也听不出是谁的声音。所以我用一种中性的语气说："噢，有事吗？"那家伙局促地咯咯一笑："我想这就是音乐DJ们常说的往事涌现。""我们认识吗？"我说。对方好像痛苦地沉默了一阵子，接着他说："还记得《邻居》吗？四年前？"我想起来了。他是英国版《邻居》的创作者。是的，在那边叫《邻居》。我在麦克斯传媒公司工作时他们买了他的版权，他从英国过来做样片制作顾问，我被指定接待他。可是"劳伦斯"那个名字我一点儿也想不起来了。"我说，你有另外一个名字吧？"我问他。"墩子。"他说。"墩子·帕斯摩尔，当然记得。"我说。他的形象立刻在我的脑子里变得清晰起来：五十多岁，秃顶，身材矮胖。他是个不错的男人。有点儿害羞，但是还不错。"实话告诉你，我从来都不喜欢这个外号，"他说，"可好像没了它还真不行。""嘿，"我说，"你能打来电话真好。什么风把你吹来洛杉矶了？""好吧，实际上，我来这里并不是为了什么公事。"他说。英国佬总把"实际上"挂在嘴边，你注意到了吗？"度假？"我说，想着他可能是路过这里，要去夏威夷或者什么别的地方。"算是度假吧，"他接着又说，"我想知道今晚你有没有空一起吃饭。"

嘿，一百次里有九十九次都是根本不可能的事。尼克和我上星期每天晚上都出去吃饭。每天晚上。巧的是，尼克出门了，我又没有什么安排。我想，管它呢，为什么不去？我知道这次约会里没有什么潜台词……因为曾经有一次,以前他在这里的时候,我挖空心思勾引他,结果被他拒绝了……嗯……唉,我那时刚跟杰德分手,有一点寂寞。他也是。可是他拒绝了我,理由再好不过了——他爱他的妻子……是的,有这种男人,斯黛拉,不管怎样英国有……于是,当我答应他一起晚餐时,他简直高兴得要发疯了。他说他住在比弗利威尔夏饭店。我心里想着,能自掏腰包住比弗利威尔夏饭店的任何人都可以跟我约会。正当我怀疑自己有没有足够的本事让莫尔顿饭店的领班临时给我们安排餐席时,他说:"我想去威尼斯海滩的那家海鲜饭店,我们以前去过的。"好吧,我可不记得他指的是哪一家饭店,他也不记得饭店的名字了,但他说如果他看到那个饭店,就可以认出来。所以我慷慨地提出由我开车带他去那里。威尼斯海滩不是我最喜欢的地方,可我寻思这样也不错,如此一来就不会被人看见我和一个无名的英国电视编剧在莫尔顿饭店露面了——我是说,那家伙可不是什么汤姆·斯托帕[①]或者克里斯托夫·汉普顿[②]之类的人物。

所以我穿了件不那么正式的衣服,在约好的时间开车去比弗利山庄接墩子·帕斯摩尔。他正在门前徘徊,所以我没有从车里出来,只是按按喇叭挥挥手。大约过了十分钟他才注意到我。他还是我所记得的那个样子,也许又胖了一些,一张土豆形状的大脸,一绺胎毛一样细的头发垂在夹克领上。迷人的微笑。可是我想不通为什么我竟然会想跟这种人上床。他钻进车里,我说:"欢迎回到洛杉矶。"在他突然靠近我的脸颊想行贴面礼时,我向他伸出了手,一时间我们显得有点慌乱,但我们一笑置之。他用几乎是指责的语气说:"你

[①] 汤姆·斯托帕(1937—),英国剧作家,代表作《莎翁情史》。
[②] 克里斯托夫·汉普顿(1946—),英国导演、编剧。

换车了。"我笑着说："我想是的。你走后我至少换了五辆车……"不，那是辆梅赛德斯。我用之前那辆宝马换了一辆带红色真皮内饰的梅赛德斯。看上去棒极了。等一下，又有一个电话……

我操我操我操……对不起，我在自言自语。是环球艺术家俱乐部的卢·伦威克。我们的明星不愿意签合同，除非电影由他的朋友来导演，而他朋友的上一部电影简直就是一坨屎。这些人真够混蛋的。别管了，我不会就此罢休的。我这么做合情合理。是的，我签了那本书的改编权……讲到哪里了？噢，对，没错，我把车开到了威尼斯海滩，我们在海边转过来转过去，穿行在那些散步的人、冲浪的人、滑旱冰的人、扔飞碟的人和遛狗的人中间，寻找那家饭店。终于，他认为他找到了，可是店名不对。那甚至根本不是什么海鲜饭店，而是一家泰国餐馆。我们去店里打听，他们说他们才开业一年，所以我们认为这很可能就是那家饭店。实际上它的外表也隐隐约约勾起了我的一些回忆。

墩子想到室外用餐，可是外面有点凉，我穿的也不太够……噢，一件无袖上衣，还有去年在你店里买的那条黑色纯棉裙子。有金色纽扣的？就是那条。墩子说我们上回在威尼斯海滩吃饭时那里的日落美极了。但你记得吧，昨天是阴天，所以没有特别的理由要在外面用餐，可他多多少少坚持要去外面。侍者问我们要不要喝点什么，墩子看了看我，然后说："威士忌酸酒，好吗？"我笑笑说我已经不再喝鸡尾酒了，矿泉水就行。他看上去不可思议地不安。"那葡萄酒你总会喝了吧？"他急切地说。我说那就一杯吧。他点了一瓶那帕谷霞多丽，这给了我一种印象，对于一个在比弗利威尔夏饭店过夜的家伙来说，这有点儿抠门。但我什么也没有说。

去威尼斯海滩的路上我一直都在喋喋不休地说着《急转弯》，因为我脑子里装的全是它。而且我猜我听起来像是在炫耀,是想让他知道我现在也是个真正的电影制片人了,不再只是给电视剧搞搞行政而已。于是,点完菜后我想,现在该轮到他了。"那么你呢?最近怎么样?"我说。这一问不打紧,就像灾难片中有人不经意打开了船上的一个舱门,顿时百万吨海水一下子将他们冲倒在地一样。他叹了口气,差不多像是呻吟,然后向我倒起了一肚子苦水。他说他的妻子想跟他离婚,电视公司想把他的节目拿走,他有无药可治的慢性膝盖疼。好像是他的妻子不告而别,两个星期之后又回来了,要根据叫什么"同屋分居"的特别协议跟他合住那套房子。不仅要分卧室住,还要轮流用厨房和洗衣机。显然英国的离婚法庭在洗衣服这件事上特别严格。没错。他说要是她有意识地洗了他的袜子,就会不利于她提出离婚诉讼。但实际上并没这种可能。他们即便在楼梯上碰到也不说话。他们互相递字条,就像朝鲜和韩国。没有。他怀疑她有什么人,可她说没有,她只是再也不想跟他一起生活下去了。孩子也都长大了……她是大学教授之类的。他说当她告诉他这些时,他简直要崩溃了……差不多三十年了——你相信吗?我以前可不知道,除了养老院里的那些人,这世上还有能跟同一个人一起生活三十年的人。好像最最让他感到愤怒的是,这三十年间他从来没有出过一次轨。"这并不是说我没被人勾引过。"他说,"好吧,你是知道的,露易丝。"然后,他用他那淡蓝色布满血丝的眼睛长时间深情地望着我。

告诉你吧,我当时全身都起了鸡皮疙瘩,但那不是因为太平洋吹来的海风。我顿时明白了这次约会的全部含义。我意识到,很多年前就是在这家饭店里,我试图勾引他……是的!当时的情景全都涌进了我的脑海里,就像一部老式黑白电影里的闪回片断。我们吃了一顿美味的晚餐，喝了一瓶葡萄酒，我又趁着上菜的空隙溜进女厕所吸了几鼻子……是的，那段时间我在嗑药……我总是在包里藏一些——哥伦比亚最受欢迎的经济作物……可是墩子对这种东西不感兴趣。在派对上如果有人要给他白面儿他还以为是让他吃馒头。他以为嗑药高了真的关药膏什么事儿。单单是吸大麻的想法都能吓坏他。所以我从没让他知道我在吸猛的。我想他甚至都没往那方面猜，虽然他说那些英式俏皮话时我笑得有点不正常。不管怎样，当时就是那么回事，我吸嗨了，还很饥渴，又有一个不错的干净英国男人坐在对面。他显然也对我有意，可是太正派，太胆怯，不会首先开口。所以我就自己开口了。显然我说的是我要把他带回家操出他的脑浆……是的。现在他一字不差地对我重复了那句话。就跟刻在他脑子里似的。你明白我的意思了吗？这整个约会就是多年以前的昨日重现。威尼斯海滩的饭店，户外餐桌，那帕谷霞多丽……这就是他看到我换了汽车、海鲜饭店变成了泰国餐厅、我也不再喝威士忌酸酒时会那么不安的原因。这也是他坚持在室外用餐的原因。他是在尽可能地在每一个细节上再现四年前那个夜晚的环境……每个细节，除了一点——没错！既然现在他的妻子抛弃了他，他就想接受我睡他的提议。他特意从英国大老远飞来就是为了那个目的。他好像从来没有想过，我的环境同时也在改变，更别说我的心情了。我猜想在他的脑海中，我永远坐在那张海边的餐桌旁，满怀渴望地凝望着大海，等待他从他的婚姻誓约中解放出来，再次出现，一把将我搂进怀里。等一下，又有一个电话……

来了。没有呼叫等待我们怎么活呢？是葛洛丽亚·富恩的经纪人。她拒绝演《急转弯》。那有什么新鲜的，我想他可能甚至连剧本都没给她看过。行吧，去他妈的……噢，对，就像我刚才说的那样，想到这家伙飞了六千英里就是为了来告诉我他改主意了——对我四年前的求欢——我就兴奋不已。就像你对某人说,把盐递给我,四年以后他拿着盐罐子来了。好吧,我想我还是尽早让他明白为好,所以在他准备为我加满酒杯时,我用手罩着酒杯说,我在慢慢戒酒,因为要备孕。要是成功怀孕了我就得完全戒酒了……没错,我想我最好还是要个孩子。岁月不饶人。尼克很热衷。嘿,谢谢,斯黛拉。我还要打算找你买些时髦的孕妇服呢……不管怎样,这番话让墩子·帕斯摩尔住了手,可他仍然没有明白我的意思。我想有那么一刻他还以为我是在说怀他的孩子……嗯,你就笑吧,可我告诉你,那家伙简直了。所以我又向他解释说我有尼克,他在我面前好像要崩溃了。我寻思着他的眼泪就快掉进他的柠檬草虾汤里了。尽管我完全知道他怎么了,可我还是问道:"你怎么了?"结果他给我来了一段克尔凯郭尔……是的,哲学家克尔凯郭尔。不是斯堪的纳维亚自助餐克尔凯郭尔。咳咳。他说:"对一个男人来说,发生在他身上的最可怕的事情就是本来重要的东西在他自己的眼里变得荒唐可笑。"是的。就是这样。我后来把这句话记下来了。

然后,正如你能想象的那样,那个夜晚已经无可挽回了。我吃光了所有的菜,他喝光了所有的酒,一直也都是我在说话。我不由得感到有些对不起那家伙,于是我告诉了他百忧解这么个东西。信不信由你,他从没听说过百忧解。他摇了摇头,说他从来没有服用过镇静剂。"有一次我吃了安定片,感觉糟透了。"他说。安定片!我是说那家伙吃的还是石器时代的药。我向他解释说百忧解不是镇静剂,也不是一般的抗抑郁药物,它完全是一种新的神药。我玩命忽悠他试试……当然是了,亲爱的,你难道不吃吗?好莱坞不是人人都吃吗?……嗯,尼克和我很相信它。当然。我们用图钉在厨房的墙上钉了一张表格,告诉我们什么时候吃小绿胶囊,什么时候吃小红胶囊……好吧,它改变了我的生活……不,我不抑郁,你不必等到抑郁了才吃它。它对你的自信心有神奇的效果。就像我吧,没有百忧解我是绝对不会有勇气从麦克斯传媒辞职的……噢,是的,我读了那篇《时代》周刊上的文章,可是我从来没遇到过任何类似的情况……你应该试试的,真的,斯黛拉……嗯,我得承认,只有一个副作用:它使人很难高潮。可是既然你眼下没有男人,宝贝,你有什么可损失的?不,当然不,斯黛拉,可是百忧解会让你渡过难关的……好吧,那算了,宝贝,对付不幸,人们各有各的办法……噢,我开车送他回比弗利威尔夏饭店,他在车里睡着了,要么是因为喝醉了,要么是时差,要么是幻想破灭,要么是这一切的综合效果。总之他在车里睡着了。门卫拉开车门,我在墩子的脸颊上亲了一下,将他推出了车,看着他歪歪斜斜地走进了酒店大堂。我觉得他有点儿可怜,可我还能做什么呢?……我不知道,我想他大概会回伦敦吧……你真的想吗?……唔,我不知道,我可以问问他,如果你想……你确定这是个好主意吗,斯黛拉?……那好,既然你这样说的话。你明白他完全不是沃伦·比蒂①的英国替代品,是吧?……噢,他挺干净的,这点你不用担心。我现在就打电话告诉他,这里有一位美丽迷人无牵无挂的闺蜜迫不及待要见他……待会儿再打给你。

---

①沃伦·比蒂(1937—),美国著名演员。

** 奥利 **

噢,你好,乔治,《时事新闻》怎么样?很好。很好。噢,还活着,差不多吧。谢谢,我需要一杯。那我就不客气了,巴斯生啤吧。好的,给我来一品脱。谢了。是的,一个倒霉的上午。我的秘书请了病假,我的传真机坏了,BBC抢走了一部我看中的加拿大肥皂剧,某个混账律师起诉了我们,因为《快车道巡警》有一集里出现了一个和他同名的骗子律师。你看那部剧了吗?不是,上上个星期。啊,谢谢你,格雷西。还要一包薯片,要熏火腿味的。不,不,乔治,薯片的钱让我来付。那好吧,既然你坚持。谢谢,格雷西。干杯,乔治。啊。我需要这个。什么?噢,我想我们可以用几千英镑收买了他,长期来看这不太贵。我们找个地方坐下来好吗?那边,角落里。我喜欢背靠着墙,这样不太容易被人偷听到。对,这并不是说他们就不想方设法偷听了。哈哈。就是这儿了。吃点薯片吧。看我能不能撕开这该死的包装袋。应该发明一个专门用来开这种塑料包装袋的工具,就像那种可以装在兜里的雪茄剪。我等不及要去申请专利了,可以妥妥赚一笔。啊呀!你明白我的意思了吧?要么就是完全撕不开,要么就是一下子从中间爆开,全撒腿上了。不管怎样,吃吧。有一天我在一家小酒馆里见到一个家伙,我对天发誓他拿的是一包沃顿牌的薯片，折腾了十个回合也没打开。他试着用撕的办法，结果撕劈了一个手指甲，想咬开它，又差一点扯断了牙，最后万般无奈之下他拿出了打火机来烧。我不是在跟你开玩笑。我想他是想烧掉包装袋的一角，可那包装袋一点就着，火苗"嗖"一下蹿了上来，烧焦了那家伙的眉毛，还弄得满屋子都是薯片燃烧后发出的恶臭味。是真的。要是搬上电视，我们可不敢提那是沃顿牌的薯片，他们绝对会气得想吃了我们的。我想他们也有理由这样做。可是如果在通过一个剧本之前得查看全国所有他妈的律师的名字，那还能办成什么事啊。唔，这啤酒不错。

对，完全是一个糟糕透顶的上午。最惨的是，我跟墩子·帕斯摩尔见了面。他是这个世界上少有的废物。嗯，眼下他就给我带来了各种麻烦。我猜你知道黛碧·拉德克利夫的事吧？噢，我还以为戴维·特里斯会把大致情况告诉你的。好吧，但你别说出去。她想离开《邻居》剧组。是的。绝对的，这下可闹大了。目前这一季拍完之后她的合同就到期了，给她什么价她都不续签，那头愚蠢的母牛。我不知道，她说她想回到舞台上去。她会吗？唉，这我就没法知道了。只要有可能我从不去剧院。受不了。那感觉就像用皮带把你绑在椅子上，放在电视机前，电视机还只有一个频道。而且你还不能说话，不能吃东西，不能喝酒，不能去上厕所，甚至不能把腿跷起来，因为没有空间。而要享受此等特权，你还得先付二十英镑。不管怎样，她是水泼不入，所以我们只好把她的角色写出连续剧。《邻居》直到现在依然是一片好评，你知道的。那是绝对的。至少还会再拍一季，很可能是两季或者三季。所以我们要求墩子改写目前这一季的最后一两集，把普里茜拉——你知道，也就是黛碧的角色——写出剧本，让位给后面几季里爱德华生活中的一个新女人，明白吗？我们给墩子出了一些主意，可他一个都不买账。他说唯一的办法就是干脆让她死掉。车祸，手术事故之类的。是啊，真让人不敢相信，不是吗？那会让整个英国都他妈的哭得死去活来的。黛碧的离开得给观众留下美好的感觉，得合情合理。我是说，没有人会假装这很容易。可要是我在二十七年的电视生涯里学到了一点儿什么，那就是：办法总是有的。管他是什么样的难题，是剧本的、演员的、外景地的，还是预算的，总会有办法解决——只要你足够努力去想办法。问题是大部分人都太他妈的懒，懒得去费劲。他们只是把这叫作完整性。墩子说他宁愿看着这个剧就此演完，也不愿意在角色的完整性上做出妥协。你听说过这样的屁话吗？我们现在谈的是情景喜剧，不是他妈的易卜生。我恐怕他是在做成为什么伟大剧作家的白日梦，最近他想写的是一个——噢，对，幸运的是我们发现，按照合同，如果墩子拒绝写下一季的话，我们可以另外雇一个编剧来取代他。是的。当然，我们不想这样做。我们宁愿让墩子自己来做这个工作。噢，去他妈的什么道德权利，乔治！问题在于这活儿让他来干，他会比任何人干得都要好，只要他肯想办法。好吧，眼下局面陷入了僵持。他还有五个星期的时间提出将黛碧写出节目的可行方案，不然我们就要另找编剧。不知道，我没抱多大希望。这些天他跟丢了魂似的，个人生活陷入了一个大泥坑。你知道他的妻子离开他了吗？对。一天夜里他打电话给我的时候我才第一次知道，当时我在家里，已经很晚了。他好像有点喝醉了。你知道，喘着粗气，说话时一个字一个字停顿老长时间。他说他有了把黛碧写出节目的主意。"假如，"他说，"假如普里茜拉跟爱德华来了个不辞而别呢？假如她在最后一集直接告诉他，她不想再和他一起生活了呢？没有别的男人。她只是不再爱他了。她甚至再也不喜欢他了。她说和他一起生活跟和一具僵尸一起生活没什么两样。所以她决定离开他。"我对他说："别瞎扯淡了，墩子。得有比这更站得住脚的动机。没有人会相信的。"他说："是这样吗？"然后就挂断了电话。接下来我听到的事情就是他妻子离家出走了。你看了《公趣报》上的那篇小文章了吗？那么，一切都明白了，不是吗？没有别的男人。那家伙是个同性恋。好像他妻子抛弃他仅仅是因为——就像他说的那样——因为不想再和他一起生活了。他受到了很大的打击。当然了，谁都会的。你要再来一杯吗？同样的？是什么来着？俱乐部红酒？噢，圣埃美隆，对的。你觉得一分价钱一分货，是吗？不，不，你就要圣埃美隆吧，乔治。我对葡萄酒一窍不通，也从来不假装在行。小杯还是大杯？我自己再来半品脱啤酒就行了，下午还有工作要做。噢，好的。我还要来个馅饼，你呢？鸡肉蘑菇馅的？好。

来了。一大杯圣埃美隆。馅饼好了他们会叫号的。我们是十九号。有一天我在一个小酒馆吃饭，他们给你扑克牌，不是这种跟衣帽寄存处差不多的号码。吧台的女招待叫号时会喊"红心皇后"或者"黑桃十"，等等。这主意很聪明，我想。我总是弄丢这些小东西，也爱忘了自己的号码。噢对，你的馅饼是二十五号。噢，谢谢。这是我所有的零钱了，我得欠你十便士了，行吗？干杯。是的，嗯，他约好今天上午跟我见面。我还以为他想出了一个将黛碧写出节目的绝妙主意，可是没这份运气。原来他是想在纯戏剧上试试身手。是的，你不会相信的，乔治。他想写一部关于一个叫什么基基戈尔德的怪人的连续剧。噢，你这么念吗？那么，你听说过他啰？对，是的，一个丹麦哲学家。你还知道他别的什么吗？好吧，墩子告诉我之前我甚至连这些都不知道。我惊呆了，因为，第一，他居然对这种题材感兴趣；第二，他居然以为我们也会感兴趣。我对他说，说得很慢很慢:"你想为哈德兰电视台写一部关于一个丹麦哲学家的电视剧?"我的意思是,哪怕他说的是关于丹麦面包的电视剧,听上去也不会比这更蠢。他只是点了点头。我努力克制自己不当着他的面笑出来。以前我跟喜剧作家一起就受够了这种事。他们总爱想入非非。一会儿想在拍摄时取消演播室观众,一会儿想写写社会问题。某一周的剧本里墩子还写到了堕胎。你说这都什么跟什么,在情景喜剧里演堕胎?!你不得不要么迁就他们,要么告诉他们滚你妈的蛋。我仍然对墩子抱有一线希望,希望他在处理《邻居》的结尾时能动一点脑子,所以我迁就他。我说:"好吧,墩子,讲给我听听,故事是什么?"

好吧,根本就没有故事。那个名字叫什么克尔凯郭尔的家伙,是哥本哈根一个富商的儿子。那是什么时候来着?维多利亚时代,维多利亚早期。那富商是个阴郁又满腹负罪感的老家伙,照着自己的样子养育他的孩子们。一家人都是严格的新教徒。克尔凯郭尔年轻时有点离经叛道。"人们认为他可能逛过一次窑子。"墩子说。"就一次吗?"我说。"他为此事感到十分内疚。"墩子说,"这很可能是他唯一的一次性经验。后来他和一个叫蕾齐娜的姑娘订了婚,然而又撕毁了婚约。""为什么?"我说。"他认为他们不可能幸福,"他说,"他深受抑郁的折磨,跟他父亲一样。""我看不出这如何能写出一部喜剧来,墩子。"我说。"是的。"他脸上不带一丝笑容地说,"这是个悲伤的故事。他毁了婚约之后,没有人理解他为什么要这么做。他离开丹麦,去柏林住了一段时间,写了一本叫《非此即彼》的书。他回到哥本哈根,暗暗希望能与蕾齐娜重归于好,可是发现她已经和别人订了婚。"他停下来,充满感情地看着我,似乎这是人类历史上最大的悲剧。"我明白了。"过了一会儿我说,"那他接下来干什么了？""他写了很多书，"墩子说，"他本来取得了做牧师的资格，可是他不同意把宗教作为一种职业。幸运的是他从父亲那里继承了一笔可观的财产。""听上去好像这是他唯一的一点运气了。"我说。噢，她喊十九了吗，乔治？这里，亲爱的，十九号。一个牛肉腰子馅的，一个鸡肉蘑菇馅的，没别的了。真好。谢谢。还挺快的嘛。当然是微波炉加热的。咬第一口时你得小心，这种馅饼会烫掉你的舌头。里面比外边看起来要烫多了。唔，不错。你的怎么样？挺好。继续说。墩子·帕斯摩尔，对。我问他克尔凯郭尔在世时是不是很有名。"不，"墩子说，"他的书被视为古怪晦涩。他走在时代前面。他是存在主义的奠基人。他反抗黑格尔无所不包的理想主义。""这听起来不像商业电视台黄金时段会播出的东西，墩子。"我说。"那些书我只要瞟上一眼，"他说，"就知道它们是在强调克尔凯郭尔对蕾齐娜的爱。他一直都没能忘记她，甚至在她结婚以后也忘不了。""后来怎么样了？"我说，"他们有一腿了吗？"他好像对我的这个念头非常吃惊。"不不不，"他说，"他时不时在哥本哈根遇到她——那时的哥本哈根还是个很小的地方——但他们再也没有说过话。有一次两人在教堂碰了个正着，他以为她会说点什么，可是她没有，他也没有。这可是个绝妙的镜头，"他说，"让人激动万分，不需要一句台词。此时无声胜有声。只要一组特写镜头。当然，还有音乐。"显然那是他们解除婚约后走得最近的一次。当克尔凯郭尔请求那位丈夫允许他写信给她时，对方拒绝了。"但他一直爱着她。"墩子说，"他在遗嘱里把自己的一切都留给了她，不过他死的时候已经不剩多少东西了。"我问墩子他是怎么死的。"肺部感染。"他说，"可是在我看来，他实际上是死于心碎。他已经失去了活下去的意愿。没有人理解他的痛苦。在他弥留之际，他舅舅说只要他把胸挺起来,身上的病就没有什么不能治好的。他死的时候只有四十八岁。"我问他那个怪家伙除了写书还做些什么。回答是,不做些什么,除了驾着马车去乡间旅行。"冲突呢,墩子?悬念呢?"我说。他好像吃了一惊。"这不是惊悚电影。"他说。"可是你得在你的主角的生活中安排一点刺激的情节。"我说。"那么,"他说,"有一次一家讽刺杂志开始攻击他。这令他非常痛苦。他们拿他的裤子开玩笑。""他的裤子?"我说。告诉你吧,乔治,听他说这些话时我得拼命控制住不让自己笑出来。"是的,他们登了一幅关于他的漫画,把他的裤子画得一只裤腿长一只裤腿短。"哎呀,他一说"漫画"我就想起了《公趣报》上的那幅漫画,一切都得到了解释。对,你得把两件事联系在一起看。墩子这家伙跟那个叫克尔凯郭尔的产生了某种奇怪的共鸣。一切都跟他的婚姻问题有关。不过我没有说出来。我只概括了一下他给我讲的故事。"好了,墩子,让我来看看我是不是都听对了。"我说,"在19世纪,一个丹麦的哲学家,跟一个叫蕾齐娜的妞儿订了婚,后来又为了没人能够理解的原因撕毁了婚约,结果她和另一个人结了婚,他们彼此再也没有说过话,他又活了二十多年,写了一堆没人能够看懂的书,然后他死了,一百年后他被尊为存在主义之父。你真的认为这些可以写成一部电视剧吗?"他想了一下,接着说:"也许作为独幕剧会好一些。""好得多。"我说,"但这显然不归我管了。你得去和亚力克·乌斯纳姆谈。"我认为这是一个妙招,把他打发走,让他拿克尔凯郭尔去烦亚力克。不,亚力克当然也不会买账的,拜托!不过要是我让他去吊吊墩子的胃口,他会这么做的。让他写个处理意见,跟四台的人谈谈,装装样子。要是能在克尔凯郭尔这件事上把他哄开心了,也许他就会想办法在黛碧的事情上合作一下。没有,他没有剧本编辑。拍第一季时我们有一位,可在那之后我们觉得没什么必要。墩子直接把剧本交给我和哈尔,我们再一起对剧本做处理。我不认为他还会再去找个剧本编辑。可这是个办法,乔治,的确是个办法。再来一杯?哎,我真的不能再喝了,可这馅饼真让人口渴,肯定是盐放多了。噢,还是再来一品脱吧。谢谢。

✳✳ 萨曼莎 ✳✳

海蒂，亲爱的，你怎么样？噢老天，不用问，是吗？苦了你了。你的下巴肿得像个南瓜。我猜你见到我一定吃了一惊，我给你打过电话，你的同屋说你在这里。我这不是刚好路过吗，心想虽然现在不是探访的合适时间，但我还是进来看看你吧。我想他们不会真的介意，对吗？你一个字也不能说？噢亲爱的，真可惜。我很想跟你好好聊一聊。好吧，你只要点点头或者摇头，或者用你的眼睛告诉我你的反应就行了，亲爱的，像个优秀的电视演员一样。我给你买了些葡萄，我把它们放在哪儿——这里？都洗过了，你吃吧。不吃？你什么东西都不能吃？这些倒霉的智齿。顶得很疼？有两颗？怪不得你看上去那么可怜。唔……味道还真不错。没有核。我来给你剥一颗吧，你不能……？噢，那好吧。疼得很厉害吗？我想他们往你血管里灌满了止疼药。你必须在药效快要过去时马上再向他们要。医院在这方面吝啬得要死，他们会以为疼痛减轻了。嗨，我得自己一个人聊下去了，不是吗？幸运的是，我有一大堆话要跟你说。事实上我刚刚度过了一个极不寻常的周末，渴望将一切向一个跟我的工作没有关系的人说出来。我在哈德兰有了一份新工作，你瞧，一份像样的工作。剧本编辑。从上星期开始上班。工作基本上是阅读编剧们交来的稿子，写出评论和意见，总的来说就是编剧与制片人或导演之间的缓冲器。这是通向独立写作或制作节目的第一个台阶。你知道我一直在做《邻居》剧组里那个小家伙马克·哈林顿的陪护吗？好了，现在我跟编剧墩子·帕斯摩尔一起工作。嗯，你可以做鬼脸，海蒂，可是一千三百万观众的眼光不会错的，他们看电视时不会错的。是墩子本人邀请我做的。我在做陪护时认识了他——在排练厅、餐厅或别的什么地方我总能见到他。他总是让人感到非常愉快，不过他相当害羞。我认为他完全是个草食动物。我总是说男人分为两种，草食动物和肉食动物。这可以根据他看你的方式来判断。因为我有这样的胸，总有很多人看我。我知道你在中学时常说你羡慕得要死，海蒂，可是坦率地说，我愿意拿任何东西来换你这样的身材。实话如此。平胸穿衣服好看太多了。这并不是说你完全是平胸，亲爱的，可是你知道我说的是什么意思。不管怎样，有的男人只是用欣赏的眼光看你，就好像你是一座雕像什么的，那些男人就是草食动物，仅仅是想随便看看；另一些男人看你的时候就好像他们要剥了你的衣服一口咬住你，这些是肉食动物。杰克·恩迪克特就是肉食动物。他是我的经纪人。碰巧，他也是墩子的经纪人。奥利·西尔弗斯，《邻居》的制片人——他是又一个肉食动物。有一天我跟墩子谈起我在创作上的野心，他建议我去要求奥利给我一些剧本审读，然后写写评估报告，你知道，就是那些主动投来的稿子，全是废话连篇。所以我去见了他，穿的是我的奶油色亚麻西服，没穿衬衣。在整个面谈中，我看得出他一直在试着往我前胸的下面看，想看清我西服里面穿的是什么，如果穿了的话。我带着一大堆稿子从他办公室里出来。我看得出你不赞成我这样做，海蒂，可恐怕在这方面我是个彻底的后女权主义者。我认为女人们在性骚扰的问题上小题大做是个巨大的错误。这就像是单方面裁军。在男人的世界里，我们得利用我们拥有的一切手段和武器。我认为你不必把头摇得这么厉害，亲爱的，你缝的线可能会松开的。据我所知，公务员系统可能有所不同。不管怎样，就像我说的那样，我认为墩子毫无疑问是个草食动物。如果我们在餐厅或者酒吧坐同一张桌子，他总是用一种老父亲般的口吻跟我聊天，从没有越线或做出什么过分的举动。实际上，他的年龄足以做我的父亲。身材偏胖，就像那个名字所包含的意思一样。秃顶。鸡蛋形的脑袋。他总让我想起小时候看的《爱丽斯漫游奇境记》中的矮胖子。我跟他套近乎完全是出于个人的目的，我不介意承认这一点。天哪，我不能再吃你的葡萄了。那就再吃一个吧。

嗯，就像我说的那样，墩子对我的女性魅力似乎有绝对的免疫力。实际上，他的不感兴趣让我有些不满，可接下来他的态度突然发生了变化。这是在他的婚姻破裂之后——噢，我忘了告诉你，他的妻子一两个月前离开了他，有很多谣言——有人说她出柜了，是个女性同性恋，有人说她搬到印度教的一个圣所去住了，有人说她被发现跟她的网球教练上床了。后来我发现，那都是些离谱的捕风捉影。有几个星期我们很少见到他。可是有一天，剧组正在伦敦皮姆利科排练，那是哈德兰电视台租用的一个肮脏的地方，他突然出现在排练厅里。没有任何预兆。我记得他推开弹簧门闯进来，站在门槛上环顾四周，直到发现了我，然后径自向我走来，扑通一声在我身旁坐下，几乎没有费心向导演哈尔·里普金或哪位演员打个招呼。黛波拉·拉德克利夫向他微笑，可是他目不斜视地从她身边走过，令她不大高兴。我能从眼角看到她对我们怒目而视。墩子看起来完全垮了。眼里布满血丝。胡子也没刮。衣服皱巴巴的。原来他刚从洛杉矶飞回来，直接从希思罗机场来了排练厅。我说他这样做表明他非常尽职尽责，他盯着我，好像不明白我说的是什么意思，于是我说："我是说，你一定精疲力竭了，可是还来参加排练。"他说："噢，去他妈的排练。"紧接着第二句话就是要我晚上出去跟他一起吃饭。好吧，我本来要跟詹姆斯一起去看电影，可是我没让那件事阻止我。我是说，如果一个著名的，嗯，就电视领域来说著名的编剧，要找一个像我这样的无名小卒出去吃饭，你就去。要是你不想整个人生继续做个无名小卒，你就去。这就是处世之道，亲爱的，相信我。可巧了，詹姆斯以为我上个周末去托基看我奶奶了，要是你见到他可要记住这个，好吗？

这样，墩子带我去了苏荷区的那家叫加百利的意大利餐馆。我以前从没去过那儿，他显然是常客。他们张开双臂像迎接久别重逢的儿子一样迎接他——所有的人，除了那位老板娘，不知道出于什么原因她恶狠狠地瞪了我一眼。墩子成了饭店里注意力的中心，直到那女人走过来将一些面包棒放在桌上，说，"那么，这是你的女儿喽，帕斯摩尔先生？"墩子被问得满脸通红，他说不是，接着那女人说道："那艾米女士怎么样了？"墩子的脸更红了，他说他不知道，他有一段时间没见到她了，最后这个多事的老贱人发出了一种志得意满的笑，消失在厨房里。这时墩子看上去就像从墙上掉下来的矮胖子。他嘟囔着说他有时候跟艾米·波蒂厄斯在那里吃饭，她是《邻居》的选角导演。我见过她几次。是个矮胖的女人，深褐色头发，我得说她有四十多岁了，总是化浓妆，身上满是香水味儿。我用开玩笑的口气说他显然没有带年轻姑娘去那里的习惯，他郁郁寡欢地说是的，没带过，并问我想不想喝杯酒。我要了金巴利酒加苏打水，他只要了矿泉水。我告诉他我想写的一个肥皂剧的构思，他点点头，并说听上去很有意思，可是他好像并没有真的在听我说话。

什么，亲爱的，你不明白什么？你比画一下吧。噢！不是汤，亲爱的，是肥皂剧①，你知道，就像《东区人》，只是我脑子里想的更像是《西区人》。我问他是不是去洛杉矶出差了，他说"一部分算是"，可是没有解释另外一部分是什么。他们为我们端来了一桌非常体面的饭菜，我们要了一瓶意大利基安蒂葡萄酒，这种酒应该算是非常有特色，可是他几乎一点也没有喝。他说是因为他的时差还没倒过来，他担心自己会睡过去。在吃餐后甜点时他十分笨拙地将话题引向了性。"你一点也不会懂的，"他说，"我们年轻时性生活有多么压抑。好姑娘根本就不做那样的事。好小伙子也不能，大部分情况下都是这样。这个国家满是二十五岁的处男处女，男孩还不少。我想你一定觉得这很难让人相信。我想你会毫不犹豫地跟一个你喜欢的人做爱，是吗？"所以我说——什么？噢，对，我会再把声音压低一点。这些床挨得太近了，不是吗？她为什么来住院？比画给我看。阑尾？不是。子宫切除？真的？表演得很好，亲爱的。要知道，这里有很好的室内游戏题材。

于是我说，这要看我是不是真的喜欢那个人，他深情地望着我说："你真的喜欢我吗，萨曼莎？"嘿，这么快我们就到了那个阶段，这真让我有点儿吃惊。这就像你乘上一辆高尔夫GTi，看上去好像是一辆四平八稳的家用轿车，可它却在三秒钟之内就跑到了六十英里的时速。所以我发出我那银铃般的笑声，说那听上去像是一个诱导性提问。他显得非常泄气，说："你不喜欢，是吗？"我说正好相反，我非常喜欢他，可我认为这个时候他精疲力竭也没倒过来时差，不知道自己在做些什么说些什么，所以我不想乘人之危。嗯，有一会

---

① 英语中"汤"（soup）和"肥皂"（soap）的拼写和读音都相近。

儿他陷入了沉思，皱起了眉头。我心想，你把事情搞砸了，萨曼莎。可是让我大松一口气的是，矮胖子的脸上绽开了笑容，他说："你说得太对了。来点甜点吧？他们这儿的提拉米苏做得好极了。"他给自己倒了满满一杯葡萄酒，一大口喝了下去，好像要把很久没喝的损失补回来，接着又要了第二瓶。在晚餐剩下来的时间里他开始谈足球，我没法说那是我喜欢的话题，但幸运的是晚餐就快结束了。他在饭馆外面把我送上出租车，给了司机十英镑做车费，像个叔叔一样地吻了吻我的脸颊。啊，送茶的车来了。你可以用杯子喝茶吗？噢好。我是想说，要是你不能喝，我就替你喝了。那要我把你的饼干拿来吗？浪费可惜了。唔，奶油泡芙，我最喜欢了。你不能吃真是太可惜了。

　　我讲到哪儿了？噢对，几天以后，我接到一个口信，要我去哈德兰电视台伦敦办公室见奥利·西尔弗斯。我花了一个早上的时间为穿什么和不穿什么痛苦不已，可是实际上原来这一切都毫无必要，因为他直接给了我这份工作。哈尔·里普金跟他在一起。他俩一人坐在沙发的一头，轮番向我发连珠炮。"你可能已经注意到帕斯摩尔先生最近的行为很奇怪。"奥利说。"他的婚姻触礁了。"哈尔说。"他受到了很大的打击。"奥利说。"我们为他担心。"哈尔说。"我们也为这个节目担心。"奥利说。"我们很想再拍一部。"哈尔说。"可是出了点麻烦。"奥利说。我不能告诉你是什么麻烦，亲爱的，因为他们让我发誓保密。我知道你和媒体记者没有交往，不过还是不能说。我甚至不该告诉你有了麻烦。都是要守口如瓶的事情。基本上是这样的，他们想要墩子改写目前这一季最后几集的剧本，为下一季的故事发展做好铺垫。你也可以说是为情景喜剧安排一个新的情景。"可是墩子似乎不能把精力集中在这个问题上。"哈尔说。"所以我们认为他需要一个剧本编辑。"奥利说。"差不多是个看护人兼编导艺术助理。"哈尔说。"一个能让他埋头苦干、屁股不离椅子的人。"奥利说。"我们请墩子考虑这个问题。"哈尔说。"他提出让你来做剧本编辑。"奥利说。他们一直不给我说一句话的机会——我只是像温布尔登网球场的观众一样把头轮番转过来转过去地看他们。但现在他们停了下来,好像在等我做出反应。我说我被抬举了。"当然是。"奥利说。"我们本来希望找个更有经验的人。"哈尔说。"不过你为我写的那些评估报告见解很精辟。"奥利说。"现在你一定对这部剧里里外外都很了解了,你总是看排练。"哈尔说。我说:"是的。我猜想这就是帕斯摩尔先生推荐我做这项工作的原因。"奥利向我投来肉食动物的一瞥,说:"是的,我希望是这样。"当然,他不知道,就在几天前墩子带我出去吃过饭,还向我求过爱。

自然,我设想这一新的发展是墩子企图勾引我的又一举动,只是更加微妙。所以我对他在我开始上班后做的第一件事一点儿也没感到吃惊:他邀请我跟他一起出去度周末。我从我的新办公室的新办公桌上打电话给他。与其说是新办公室,倒不如说是我跟另外两个姑娘合用的办公室——我们都是剧本编辑——由于某种原因剧本编辑差不多总是女人。就像接生婆一样。我说:"你好,我是萨曼莎,我想你知道我是你的剧本编辑了吧。"他说:"是的,我很高兴你接受了这份工作。"我没有告诉他我知道他向奥利提出要求让我做这份工作的事。我说:"我们什么时候见面?"他说:"下周末跟我一起去哥本哈根。"我说:"去干什么?"他说:"我要做些研究。"我说:"哥本哈根跟《邻居》有什么关系?"他说:"没有关系,我在写一部关于克尔凯郭尔的电影,奥利没跟你说吗?"我回答说没有,奥利没有说得那么清楚,但我当然很乐意尽我所能在各方面帮助他。

他说他会去订飞机票和旅馆房间，之后再打电话告诉我详细情况。我注意到他说"房间"时用的是复数，在心里对此表示赞同。我的意思是，我明白我在让自己卷入什么样的事件，可是一个姑娘有她的自尊。你不必这样看着我，海蒂。

他一放下电话，我就打电话给奥利，告诉他墩子似乎认为我是被派去帮他写关于克尔凯郭尔的电影，而不是《邻居》的。你肯定知道克尔凯郭尔是谁，不是吗，亲爱的？或者不如说已故的克尔凯郭尔？你当然知道，你在牛津大学读过哲学、政治和经济学课程。对不起。我不得不承认在这个周末以前他对我来说仅仅是个名字，可是现在，我知道了他的很多事情，比我想知道的还要多。看不大出那些东西可以作为电视电影的题材，你得承认。顺便说一句，你不会认为我把他的名字念错了吧？在丹麦语里就是这么读的，克尔凯"糕"，后面的音节跟说"哦买糕"①时的发音一样，这也是奥利在我告诉他墩子想带我去哥本哈根和为什么要去后他说的第一句话。我听见他在电话里又是叹息又是嘟囔着自言自语，然后是咔嚓一声打着打火机点雪茄的声音，接着他说："听着，萨曼莎，我的宝贝，同意跟他去吧，迁就迁就他，就去做克尔凯郭尔的事吧，装装样子。不过要不失时机地提醒他关于《邻居》的事，好吗？"我说，好的。

你去过哥本哈根吗？上个周末以前我也没去过。很不错，就是有点无聊。非常干净，非常安静——跟伦敦比起来那里几乎看不见车。显然他们的购物步行街在欧洲完全是第一流的。从某种意义上来说，这座城市概括了丹麦人的性格。他们的环保意识和节能意识简直可怕。我们住在一家豪华宾馆，可是暖气温度低得几乎让人难

---

① "哦买糕"是"噢，我的上帝"（Oh my God）的谐音。

受。房间里还有一张卡片，要你协助保护地球资源，减少不必要的衣物洗涤次数。那张卡片一面是红色，另一面是绿色。要是你将绿色的一面朝上，他们就每三天才为你换一次床单，也不会为你换毛巾，除非你把它们丢在浴室的地板上。这一切都非常明智，非常有责任感，可是，还是有那么一点儿扫兴。我是说，我在家里跟隔壁的女人一样有环保意识，比如说我总是买用可降解的塑料瓶装的洗发水，可是住在豪华宾馆的乐趣之一就是每天晚上都可以睡在松软的新床单上，每次淋浴都可以用新换的毛巾。我恐怕我整个周末都把卡片红色的一面朝上放着，要是在走廊里碰到客房女服务员我就避开她的目光。

我们星期五晚上从希思罗机场起飞——是俱乐部舱，只不过就是最好的罢了，亲爱的。有一顿用真正的刀叉吃的热饭，在两个小时里你能喝多少就可以喝多少。我喝了很多香槟，可能也说了不少话，至少坐在前排的那个女人不停地转过头来瞪着我，但墩子好像乐坏了。不过，等我们到了宾馆，我开始感到很疲劳，我问他介不介意我直接去睡觉。他好像有点失望，但接着很有绅士风度地说，不，一点也不介意，这是个好主意，他也要去睡了，我们得为明天早上的工作早点休息。所以我们当着行李搬运工的面，彬彬有礼地在我房间外面的走廊里告别。我倒在床上昏睡过去。

第二天是个晴天，阳光明媚，是步行参观哥本哈根的好天气。墩子以前也从没去过那里。他想找找对这个地方的感觉，也想物色可能的外景地。城里不乏保存良好的18世纪和19世纪早期建筑，麻烦的是那些现代交通标志和街道设施。有一个景色如画的叫新港的码头，里面停泊着一些真正的古船，可是俯瞰码头的那些古建筑却被改成了时髦的饭店和旅游宾馆。"我们最终很可能要在完全不同的地方拍那部电影，"墩子说，"在波罗的海或者黑海旁边的什么地方。"我们在俯瞰新港的一家餐馆吃了斯堪的纳维亚自助餐当作午餐，然后去了有克尔凯郭尔展厅的城市博物馆。

事先，墩子对去博物馆参观感到很兴奋，可是结果发现那家博物馆有点名不副实，至少我这样想。展厅是个小小的房间，大概三十英尺长十五英尺宽，有几件简单的家具，半打玻璃盒子展示一些跟克尔凯郭尔有关的小物件——他的烟斗、放大镜、几张图画和几本旧书。这种东西你在古玩店里都不会多看第二眼，可墩子注视着它们就好像它们是圣物。他对克尔凯郭尔的未婚妻蕾齐娜的肖像画特别感兴趣。据墩子说，他跟她订婚大约一年后撕毁了婚约，可是此后便后悔不已。肖像画是一幅小小的油画，上面的年轻女人穿了一件胸口裁得很低的绿色长裙，肩上披着一条墨绿色的披巾。他凝视着肖像画大约有五分钟，眼睛都没眨一下。"她看上去像你。"最后他说。"你这样想吗？"我说。她的眼睛是深褐色，头发也是深褐色，所以我想他是指她的那对大乳房。实际上，说句公道话，那嘴和下巴不能说完全不像我。她看上去也十分有趣——嘴唇上好像带着一丝微笑，眼睛似乎扑闪了一下，比克尔凯郭尔要有意思得多，和放在同一个玻璃柜里的画像比一比就知道了：一个骨瘦如柴、弯腰驼背、长着长鼻子的老朽，戴着一顶高筒窄边礼帽，腋下夹着一把收起来的雨伞，就像夹了一杆枪。墩子说这是他四十多岁时有人为一份报纸画的漫画，并指给我看另外一幅画，那是克尔凯郭尔年轻时他的一个朋友为他画的，在那幅画里他看上去相当英俊。可是不知为什么它不像那幅漫画那样让你相信。驼背是因为他有脊椎弯曲病。他一度喜欢站在高腿桌旁写作，那张高腿桌现在就摆在展厅里。墩子自己也在桌子旁站了片刻，并在他随身带着的采访本上记着什么。这时一个德国小姑娘由父母带着走了进来,她看见趴在桌子上写字的墩子,便问他爸爸:"这是克尔凯郭尔先生吗?"① 我笑起来,因为你很难想象出什么人比墩子更不像克尔凯郭尔了。墩子听见我笑,转过头来。"笑什么?"他问。听了我的解释,他愉快地脸红了。他已经完全为克尔凯郭尔走火入魔,特别是对他跟那个叫蕾齐娜的姑娘的关系。房间里还有一样家具,在那张桌子的对面,是一个大约五英尺高的柜子之类的东西。墩子通过博物馆小册子上的简介发现,克尔凯郭尔专门用它来盛装对蕾齐娜的回忆。显然她曾经恳求他不要撕毁婚约,说只要能允许她和他共度余生,哪怕不得不住在一个小橱柜里她也乐意。这头傻母牛。"这就是柜子里面一块隔板都没有的原因,"墩子说,"这样她刚好可以在里面容身。"他在小册子上读到这里的时候,我敢发誓他的眼睛里噙满了泪水。

当天晚上我们在宾馆的餐厅吃饭:饭菜很简单,但是配料很棒,大部分都是鱼,烹调手艺也棒极了。我点了烤多宝鱼。你听得不耐烦了吗,亲爱的?噢,好,只是我以为你的眼睛有一会儿闭上了。在整个吃饭过程中我不停地试图将话题转向《邻居》,可他总是又拽回到克尔凯郭尔和蕾齐娜上面来。我真的开始彻底厌烦这个话题了。我也很想晚饭后去看看哥本哈根的夜生活。我是说,这个城市名声在外,人们说它是个极为开放的城市,有大量的色情用品商店、录像厅、现场性表演和诸如此类的东西。到那时为止我连那些东西的影子都还没见到,可我猜想在什么地方一定会有。我自己也想做点小小的研究,为了我的《西区人》节目。可是当我做出一些这方面的暗示时,墩子似乎领会得慢得出奇,好像他根本就不想理解我的

---

① 原文为德语。

意思。所以我想,他大概计划好了只有我们俩参加的现场性表演,可是没有。大约十点一刻时他打了个哈欠,说这一天真够受的,也许是该上床睡觉的时候了。嗯,我感到极为惊讶——而且,我得承认,有点生气。我的意思是,并不是说我主动看上了他,可是我以为他会让我再看到一点他看上我的证据。我无法相信他大老远把我带到哥本哈根来就是为了谈克尔凯郭尔。

第二天是星期天,墩子坚持我们去教堂,因为那是克尔凯郭尔必去的地方。显然他对宗教很虔诚,虔诚得有些古怪。所以我们去参加了沉闷得让人难以置信的路德教弥撒,当然都是丹麦语,这使它比学校小教堂里的弥撒更加无聊,你一定不会相信。午饭后我们去看克尔凯郭尔的墓地。他葬在离市中心大约两英里的一个教会墓地里。他的名字在丹麦语里的意思实际上就是"教会墓地",所以正像墩子所说的那样,我们要去教会墓地看"教会墓地"。这大概是那天下午唯一的一句笑话。那是一个非常漂亮的地方,里面有花圃和两旁种了树木的林荫道。据导游手册介绍,天气好的时候,哥本哈根人把它当成一个公园,在里面野餐,做什么的都有。可是我们到的那天下午,天正在下雨。我们费了很多周折才找到克尔凯郭尔的墓,找到后又有点失望,就像那家博物馆的展厅一样。那是用铁栏杆围起来的一小块地方,中央有一块克尔凯郭尔父亲的墓碑,另有两小块墓碑靠两边立着,一块上面刻着克尔凯郭尔夫人的名字,另一块刻着包括索伦在内的孩子们的名字。索伦是克尔凯郭尔的名字,Søren,里面有一个被串起来的滑稽的丹麦语字母 o。不过这你很可能已经知道了,不是吗?对不起,亲爱的。我们在雨中默立了几分钟,向他们表示敬意。墩子摘下了他的帽子,雨水顺着他的秃脑瓜流到他的脸上,从他的鼻尖和下巴尖滴落下去。我们没有带伞,不久我就开始感到全身湿漉漉的,很不舒服,可是墩子坚持要去找蕾齐娜的墓。他在哪里读到过,说她也葬在同一个墓地里。墓地入口处附近有一块告示牌,上面有所有墓的索引,可是墩子忘了蕾齐娜的夫姓,所以他得一栏一栏地找,直到他找到蕾齐娜·施莱格尔为止。"就是她!"他叫道。他冲去找那个位置——58D或者什么的,可就是找不到。位置标示得不太清楚,周围也没有谁可以问一问,因为那是星期天,又下着瓢泼大雨。我越来越受不了穿着湿透的衣服和鞋子在泥地里咯吱咯吱地走来走去,树上滴下来的雨水不停地流进我的后脖颈。我说我想回宾馆,他很生气地说,好吧,你走吧,然后给了我一些钱坐出租车。我就坐出租车走了。我洗了一个时间很长的热水澡,用了两条干净毛巾,并把它们都扔在了地板上。我喝了客房服务送来的茶,又喝了一小瓶房间迷你吧里的樱桃白兰地,然后才感觉情绪好了一点。大约两小时后墩子回来了,淋得像只落汤鸡。他一副垂头丧气的样子,因为没能找到蕾齐娜的墓,而第二天我们也没有时间再回去找人打听了。我们明天得赶早班飞机。

当晚的情形跟头一天晚上一模一样:我们在宾馆餐厅吃饭,接着墩子建议我们早点休息——回各自的房间休息。这让我无法相信。我开始怀疑是不是我什么地方有问题,比如口臭,可我准备睡觉前检查了,口气又甜又清新。接着我脱下所有的衣服,看着镜子里的自己,也看不出什么地方有问题。实际上,我暗自想道,如果我是个男人,绝不可能不对自己下手的。你明白我的意思吗?说实话,因为昨晚的挫折,我开始感到欲火难捺,半点睡意也没有,所以我决定在宾馆内线电视的录像频道里看成人电影。我又喝了房间迷你吧里的半瓶香槟,穿着睡衣坐在电视机前开始看起来。嘿,亲爱的,太让我吃惊了!我不知道你在英国的旅馆里有没有看过这种电影。没有？嗯，你没什么可遗憾的，相信我。我做陪护工作时住在鲁米治邮电宾馆，有时候就会看这种电影，只是为了好玩。我的职责之一就是保证不让哈林顿那小家伙看这种电影。宾馆的服务员曾经把他房间里的电视机用一根木条挡起来，这让他讨厌死了。实际上，在英国，那种电影不比你在电视联播里看到的许多节目更露骨，的确还不如那些节目。唯一不同的就是所谓的成人电影里全都是性交镜头，看上去廉价得让你不敢相信，表演也拙劣得让你不敢相信，故事情节也愚蠢得让你不敢相信。它们都特别短，从头到尾都是笨拙的跳切，这是因为它们被卖给宾馆时那些真正赤裸裸的镜头都被和谐了。好吧，我本来还指望丹麦的东西会大胆一点呢，不过我也没有准备好观看劲爆重口味的片儿，可看到的恰好就是那种。我打开电视时电影已经放了一半，两个男人和一个姑娘光着身子躺在床上。（此处有删节。）你知道，那是一种时髦的方式。我简直不相信我的——

什么？噢，对不起，可我没在跟你说话。嘿，要是你的听力那么好，我也没办法。要是你不想偷听别人的私密谈话，你为什么不戴上耳机听收音机呢？

哼！真不要脸。我是说，我为她切除子宫以及所有事情感到难过，可是她没必要那么生气。我说话的声音没那么大。有吗？噢，好的，海蒂，我把椅子向床挪近点，在你的耳边悄悄说，这样好些了吗？这样，电影里那三个人疯了一样。（此处有删节。）大约十分钟后，他们都达到了最最猛烈的高潮——那可不，都高潮了，海蒂，真的。至少两个男人是的，精液喷得到处都是。那姑娘还把它抹在脸上，就好像它是什么润肤露。你不舒服吗，亲爱的？你的脸色看上去有点苍白。时间？现在……天哪，三点半了。我得马上走了，讲完故事就走。嗯，电影以同样的风格继续进行。接下来的镜头里出现了两个赤裸的姑娘,一个是黑人,一个是白人,可她们不是真正的同性恋,因为前一个镜头里的两个男人正在从窗外偷看她们。他们走进来,结果又开始了一场群交。嗯,我不介意告诉你,这时候我已经兴奋了,欲火从头到脚燃遍全身。我一生中从没有感到如此冲动过。我已经把持不住自己了。这时候让我和谁都可以,更别说隔壁那个人不错又干净、还带我来哥本哈根的英国编剧了,我想,他专门带我来这里就是为了这个目的。我得出结论,只可能是害羞让他缩了回去。我要打电话叫醒他,告诉他我在宾馆电视上看到的那部让人惊讶的电影,并邀请他来跟我一起看。我寻思着,只要让电影放它几分钟,又有我穿着睡衣里面一丝不挂地坐在身边,要不了多久就会赶走他的羞涩。也许我得解释一下,那时我已经大口大口地灌掉了半瓶香槟,感到又冲动又不顾一切。过了好一会儿他才接电话,于是我说希望我没有吵醒他。他说,没有,他正在看电视,接电话前刚刚把音量调小。只是电视的音量调得没有那么小,我听出了背景上叮叮当当的迪斯科音乐和微弱的呻吟和哼哼声。那种电影里没有多少对话。我想,拍那种电影也不会有多少剧本编辑要做的工作。我咯咯一笑,说:"我想你一定是和我在看同一部电影。"他嘟囔了一句什么,听上去很尴尬。我说:"要是我们一起看,不是更有趣吗?你为什么不来我的房间?"电话里一阵沉默,接着他说:"我想这不会是个好主意。"我说:"为什么不?"他说:"我就是这样想的。"然后,我们就这样你来我往了好一会儿,我不耐烦了,说:"看在上帝的分上,你是怎么啦?上星期在那个意大利餐馆你明明说你想要我,可是现在我真的送上门来,你又缩了回去。要是不想跟我睡,你带我来这儿干嘛?"电话里又是一阵沉默,然后他说:"你说得很对,我就是为了那个原因带你来的。可是到了这里之后,我发现我不能这样做。"我问他为什么不能。他说:"因为克尔凯郭尔。"我想,还有比这更荒唐的事吗?我说:"那我们不告诉他。"他说:"不,我是认真的。也许星期五晚上,要是你当时没那么累……""你是说,没那么醉。"我说。"嗯,管它是什么,"他说,"当我在哥本哈根游览,特别是我们去那个博物馆展厅的时候,我好像感觉到了他的存在,就像一个精灵或者一个好天使一样,对我说着'别占那年轻姑娘的便宜'。他对年轻姑娘挺那什么的,你瞧瞧。""可是我渴望被人占便宜。"我说,"来占我的便宜吧,你喜欢什么姿势都行。你看电视屏幕,就现在。你喜欢那样干吗?我要跟你一起那样干。"我还是别告诉你电影里在干些什么了,亲爱的。你可能会吓死的。"你不知道你在说些什么,"他说,"你早上会后悔的。""不,我不会后悔的。"我说,"不管怎样,你要是那么纯洁,为什么还要看这种龌龊的电影?克尔凯郭尔会同意吗?""很可能不会,"他说,"可是这样不会伤害任何人。""墩子,"我拿出我最有挑逗性的声音说,"我想要你。我需要你。现在就要。来吧。要我吧。"他好像哼哼了一声,说:"我不能去。我刚才从浴室里拿了一条毛巾。"过了一两秒钟我才明白过来是怎么回事。我说:"那么,我希望你把那条毛巾扔到地板上,免得下一个房客拿去用。"说完气愤地摔下电话。我关掉电视,吞了一片安眠药,灌了一小瓶苏格兰威士忌,昏睡过去。第二天早上醒来,我觉得这件事很好玩,可是墩子没法面对我了。他给我留了一张字条,跟飞机票一起放在前台,字条上说他要再去墓地找蕾齐娜的墓,然后坐晚班飞机回伦敦。好了,你觉得这个故事怎么样?噢,我忘了你不能说话。没关系,反正我得赶紧走了。噢,亲爱的,我把你的葡萄都吃了。听着,明天我还要来的,再给你带一些来。不要?你认为你那时就出院了?真的吗?好吧,那我从家里打电话给你。再见,亲爱的。我们聊得真开心。

** 莎丽 **

在我们开始之前,马普尔医生,我希望我们为这次会面订一个议程,以免造成误会。我同意来见你,是因为我想让墩子接受我们的婚姻已经结束这一事实。我愿意尽一已之力,帮助他接受现实。我对和解谈判不感兴趣。这一点希望你明确。这就是我在信中说我只同意单独来见你的原因。我和他的问题已经不是婚姻咨询可以解决的了,远远不是。确信无疑。是的,我们试过婚姻咨询——墩子没有告诉你吗?大约四五年前。我记不起她的名字了。在一家名叫"有缘"的婚姻咨询机构。我们一起去了几个星期后,她建议墩子去心理医生那里看看他的抑郁。这一点我想他已经告诉过你了?是的,是威尔逊医生。嗯,他上他那里治疗了差不多六个月,有一段时间好像好了一些。我们的关系也有所改善,不用再费神去婚姻咨询了。可是还不到一年,他就变得比以前任何时候都要更糟。我得出的结论是,他不会有任何改变了。所以我最好是顾好自己的生活,这样就可以少受他的坏情绪影响。我开始埋头工作。天晓得这世上有那么多事情等着去做。上课,研究,搞行政——各种委员会、工作组,还要设计教学大纲,诸如此类的事情。我的同事们抱怨如今高等院校的案牍工作太繁重,可我很擅长这些,也乐在其中。我必须面对现实,学术上,我永远也不会有什么震惊世界的研究成果了,因为起步太晚,但行政那些我却很在行。我的研究范围是心理语言学和幼儿语言习得。我零星发表过一些文章。噢,真的吗?好吧,他对这一行一窍不通,所以动不动就觉得厉害极了。他并不算是个多有学识的人,墩子。我是说,他对语言的感觉非常灵敏,却不理解它的抽象意义。他只是凭直觉。

所以我开始埋头工作。我那时还没有考虑离婚。我接受的是很传统的教育,我父亲是个英国国教教区牧师。对我来说,离婚总是跟某种耻辱联系在一起。从某种意义上说,离婚就是承认失败,而我不喜欢在任何我打定主意要做的事情上失败。我知道在别人看来我们的婚姻一定是非常成功的,朋友、亲戚,甚至我们的孩子也这样认为。它持续了那么长时间,没有任何明显的不快,由于墩子的成功,我们的生活水平也大不同以往。我们有一座霍利维尔的大房子,一套伦敦的公寓,两辆车,度假也都是住高档酒店,如此等等。孩子们都念完了大学,开始了幸福的成年生活。我想大部分认识我们的人都嫉妒我们。要承认表象是一种幻觉是很难堪的——这几个星期以来一直都很难堪。我想我在痛苦和愤怒前退缩了,恐怕这和离婚脱不开干系。我们在朋友中看到过不少这样的例子。我想,如果我把时间精力全部投在工作上,回家后就能忍受墩子的抑郁了。有时我还会把工作带回家做,作为一种额外的保护。工作是一堵可以让我躲在后面的墙。我想只要我们还有一些共同的爱好——比如网球和高尔夫,也有正常的性生活——那么我们的婚姻就能够得以维持。是的,我曾经读过一篇文章,令我印象深刻。文章说,五十多岁时破裂的婚姻几乎总是和某一方对性生活失去兴趣有关。所以在这方面我很努力。嗯,要是他不先提出来,我就先提出来。运动过后总是做爱的好时机,我们俩都因为做了热身而状态良好。我以为运动、性生活和舒适的生活方式足以让我们度过艰难的五十多岁——这是那篇文章的说法。我想起来了,那篇文章就叫《艰难的五十多岁》。

好吧,是我错了。有了那些并不够。当然,墩子的膝盖帮了倒忙。它在体育方面分开了我们——他再也不能跟我比赛了——在性生活方面它也让人扫兴。做过手术后,他几个星期、几个月不敢冒险,而在那之前,他似乎总是比关心寻找快乐更关心保护他的膝盖。后来,手术不成功成了显而易见的事实,他又开始陷入比以前任何时候更深的忧郁。过去一年他变得无法相处,他把自己包裹起来,听不进任何别的人对他说的话。唉,我想他一定听他的经纪人、制片商等人的话,不然他的创作就没法进行下去。可是他不听我对他说的话。你根本不知道那多让人生气,你跟别人说话,不停地说了几分钟,对方也在点头,发出一些交谈性的声音,可是后来你发现你说的话他们一个字也没有听进去。你感到自己是那样一个笨蛋。这就像你上课时一边讲课一边在黑板上板书,接着你转过身来,发现学生都已悄悄离开教室。原来你一直在自言自语,你也不知道这样持续了多长时间。我遭受的最沉重打击,是我告诉他简打来电话告诉我们她怀孕了——简是我们的女儿,而且她和她的同居男友打算结婚,可他只是哼哼了一句"噢是吗?很好",就接着去读他那恶心的克尔凯郭尔了。还有,你几乎不会相信,甚至在我忍无可忍告诉他我受够了要跟他分居时,他最先也没有听进去我在说些什么。

噢,我恐怕我没法认真看待那个什么克尔凯郭尔。我对你说过,墩子不是个知识分子。只是一时兴起,为了在人前显摆。也许是为了给我看。也许为了让自己感觉良好。用来将他小小的抑郁夸大为存在主义的 angst。没有，我自己一点也没读过克尔凯郭尔的东西，但我大概知道他的一些情况。我父亲曾经在布道时偶尔引用他。我们现在不再去了，小时候当然要去，每个星期天，早上和晚上都去。我想这就是我觉得墩子迷恋克尔凯郭尔十分荒谬的原因。墩子的成长环境完全是世俗的，他对宗教完全是一无所知，而我却接受了彻头彻尾的宗教教育，终于熬出头了。我可以告诉你，那真是痛苦啊。有好多年我一直瞒着父亲我不再信教的事。当我向他和盘托出时，我觉得他的心都碎了。也许我等了太久才告诉他我的真实感受，就像我等了太久才告诉墩子我对婚姻的态度一样。

唉，我可以说这事与你无关，不是吗？没有，没有任何别的人。我猜墩子一直在向你倾吐他那些偏执的幻想吧。你知道他怀疑我的网球教练吗？太荒唐了。可怜的人，那之后我再也没敢直视过他，更不用说上课了。我真的不知道墩子为什么会嫉妒到发狂。嗯，是的我想过，那是因为他不能接受这一事实：我们婚姻的问题出在他自己身上。他认为那一定是别人的错，要么是我，要么是某个幻想出来的我的情人。要是他能冷静地面对事实，一切都会好得多得多。我全部的要求就是友好地分居，以及在财产方面达成合理的协议。可后来这事升级成了一场战争，我们找了律师，发了禁令，还在同一栋房子里分居，如此等等，这一切全都是他的错。现在他仍然可以避免许多不必要的痛苦和花销，只要他同意离婚，达成公平的协议，就这么简单。不，他不在家住了。我想他是搬去伦敦的公寓了。我不知道，最近几个星期我没见过他。账单不停地寄到家里来，煤气费、电费，等等。我转寄给他，可他没有付。所以我不得不自己付一部分，免得那些公司断电断气。让我付这些挺不公平的。我离家后第二天，他很精明地把我们共同的银行账户里大部分钱都取走了，而所有的存款账户都在他一个人名下，所以我得把我的薪水全部拿出来才够开销，还包括要付给律师的钱。我得辛辛苦苦才能勉强做到收支相抵。

不，尽管他有这样的行为，我不恨他。我为他感到遗憾。可我再也没法为他做什么了。他必须找到自我拯救的办法。我得考虑自己的需要。我不是个石头心肠的女人。墩子非说我是，可我不是。我也不容易啊，所有那些请律师之类的事情。可是既然已经鼓起勇气走了这一步，我就得一直走下去。这是我走上自己独立人生的最后一次机会了。我想，现在不做，等到以后就太老了。是的，我比墩子小几岁。

那是很早很早以前的事了。我们是两种不同的人，真的。我在利兹的一所高中做实习老师，他跟一个剧组去学校巡演。剧组只有五个年轻人，可能都是些没有得到演员协会资格证书的演员，小本起家，成立了一家公司，坐一辆老旧的大篷车周游全国，车后面拖了个装满道具的拖车。他们为中学演出一些简编版的莎士比亚戏剧，为小学生演出童话改编的戏剧。说实话，他们的表演不是很好，但他们的热情弥补了演技的不足。等他们在学校的礼堂里演完，孩子们也都放学回了家，我们就邀请他们去教师休息室喝茶吃饼干。我认为他们都是些爱流浪和冒险的人。相比之下，我自己生活体面，既没经过风雨，也没见过世面。我在皇家霍洛威学院学英文，那是伦敦大学的女子学院，孤零零地坐落在萨里郡的市郊富人聚居区。我父母坚持，如果我不打算住在家里，就得去读女子学院。我考牛津和剑桥都失败了，只有皇家霍洛威学院和利兹大学可以选择。那时我一心只想离开家，所以选择了皇家霍洛威，但为了省钱，又回到了利兹读教育学研究生证书课程①。我选择了教小学——没有多少毕业生选择去教小学。因为我不喜欢费神去管教公立综合学校里的那些流氓无赖——这种学校正在逐渐取代我以前上的那种文法学校。那时候我穿的是淡色的两件套上衣、长及小腿中部的百褶裙和好走路的鞋子，几乎不化任何妆。那些年轻演员穿着邋里邋遢有洞的黑色毛衣，留着油腻腻的长发，抽很多烟。他们有三个小伙子，两个姑娘。墩子告诉我，为了省钱，他们大部分时间都一起在大篷车里过夜。有一天晚上，他把车停在一个山顶上，手闸没有刹好。结果车子慢慢从山上滑下来，最后撞到了警察局的墙上。他讲这个故事的时候语气滑稽极了，逗得我哈哈大笑。我想，这是他身上最先吸引我的地方——他能让我自然、快乐地大笑。在我的家里，大笑一般都得礼貌地收敛几分，或者——在我们这些孩子当中——充满了嘲讽和挖苦。跟墩子在一起，我总是在还没意识到自己在笑时就大笑起来。要是我简单地概括一下过去这些年我们的婚姻出了什么问题——我为什么从中一无所获，任何幸福、任何热爱生活的感觉都没有——我得说，是因为他不再让我笑了。想到他每星期都用他的电视节目让几百万人开怀大笑，太讽刺了，真的，不是吗？可我没法笑，恐怕如此。我觉得那一点儿也不好笑。

不管怎样，第一天，他厚着脸皮向我要电话号码，我就那么鲁莽地告诉了他。他和他的朋友在利兹地区演出期间，我们又见了几次面，晚上，在小酒馆。小酒馆！遇到墩子之前我差不多从没去过小酒馆。我没有邀请他去我家。我知道我父母不会欣赏他的，尽管他们绝不会承认不欣赏他的原因——因为他不修边幅，教育程度不

---

①完成该课程并实习满一年且通过考核，可获得正式的教师资格证书，有资格在中小学执教。

高，还有一口考克尼口音①。我想你知道他十六岁就辍学了吧？嗯，是的，他只参加了一两门O级考试②。中学入学考试后他上了文法学校，可从来都不适应，总是班上最差的学生。我不知道，我想是综合原因造成的：他自己脾气暴躁，老师教得不好，再加上缺乏家庭的支持。他的父母是工人阶级——很体面，可是没有什么教育意识。不管怎样，墩子尽可能早地离开了学校，去了一个剧院经理的办公室做勤杂工，这就是他对舞台产生兴趣的原因。他服完兵役后上了一所戏剧学校，努力想成为一名演员。我遇到他就是在那个时候。那个草台戏班全部剧目里所有的喜剧角色都归他演，他还负责将童话改编成剧本。然后，他及时地发现了他的创作比表演更好。剧组离开约克郡后我们还保持着联系。那年夏天我去了爱丁堡，他们正在那儿的联欢节上表演节目——当然是创新派的节目，我就在一旁散发广告传单和节目单，我没有告诉父母我在那里干什么。后来，我完全违背父母的意愿，在伦敦申请了我的第一份教学工作，因为我知道墩子住在那里。他们的大篷车剧组破产了，于是他临时做起了办公室职员，勉强维生，业余时间为脱口秀演员写笑话。我们的关系开始固定下来。最后，在一个周末，我不得不带他回家见我的家人。我就知道那将是极不愉快的见面，果不其然。

我父亲在当时已经越来越不景气的利兹内城区干了几十年了。那里有一座巨大的深红色砖块砌成的新哥特式教堂。我记得它从来都没有满座的时候。教堂建在一座山顶，是由当地富有的工厂主和商人们出资修建的，他们原来就住在环绕教堂的那些大石头砌成的别墅里，教堂俯瞰着山脚下他们的工厂、仓库以及工人们的连排房

---

①考克尼口音是伦敦工人阶级中常见的口音。
②英国中学毕业生（一般是十六岁）参加的普通程度考试，相当于中国的中考。

屋形成的街道。我父亲接管教区时，还有少量有工作的中产阶级的业主住在那里，可最大的那些房子基本上都已在20世纪50年代被改建成了公寓楼，或是住进了不断扩大的亚裔家庭。我父亲是个热心善良的人，他阅读《卫报》——那时它还叫《曼彻斯特卫报》，努力使那座教堂满足内城区的需要。可是内城区的居民除了婚礼、洗礼和葬礼之外，似乎对教堂从来都没有太大的兴趣。我母亲忠实地支持他的工作，省吃俭用，用我父亲不怎么够用的薪俸以体面的中产阶级方式养大他们的孩子。我们兄弟姐妹四个，两个男孩，两个女孩。我排行第二。我们上的都是当地的文法男校或女校，可是我们在某种文化温室中长大，与同辈人的生活是相隔离的。我们家没有电视，一部分是因为父亲反对看电视，同时也是因为我们买不起电视。因此，去电影院就成了一种极为难得的享受，以至于那种紧张的经历曾让我感到很不安，而且作为孩子的我对电影里的景象十分害怕。我们也有一台留声机，可是只有一些古典音乐唱片。我们全都学过演奏乐器，尽管谁都没有真正的天赋。有时候，全家人会坐在一起磕磕巴巴地演奏一首室内乐，发出的噪音扰得邻居家的狗叫个不停。我们都滴酒不沾——一样的，既是为了原则也是为了节约。我们都喜欢辩论。家里的主要娱乐就是在交谈中驳倒对方，特别是在吃饭的时候。

墩子对这一点感到很惶惑。他无论如何都没法习惯跟家人在一起吃饭。除了星期天、重要的日子或假日里的午餐，他很少跟父母和兄弟坐在同一张桌子旁。他住在家里的时候，他、他父亲和他兄弟会在不同的时间分别吃饭，跟帕斯摩尔夫人也不在一起。晚上他们下班或者放学回来，帕斯摩尔夫人就会问他们想吃什么，然后把饭菜做好，给他们端到餐桌上伺候他们，就好像她在经营小酒馆。

他们呢，就把一份报纸或者一本书斜靠在盐罐子上，一边看一边吃。我第一次去他们家看到这些时，简直不敢相信。

他同样发现我们家的生活不可思议，"就像《福尔赛世家》①里那样古旧"，他有一次对我说，一天两三次跟家人坐在一起；餐前餐后都要举止斯文；吃完饭要把餐巾放回自己专门的餐巾环里，这样就省得去洗了；使用的餐具也很讲究，不管刀叉多旧多没有光泽，喝汤要用汤勺，吃鱼要用吃鱼的刀叉；等等等等。我们吃得特别差，偶尔有点好吃的东西又总是不够，但该有的就餐礼仪总是不会少的。他第一次去我们家的那个周末完全不知所措：他用吃甜点的勺子喝汤，又用喝汤的勺子吃甜点，还有其他许多不合礼仪②的举止，令我弟弟妹妹不时窃笑。不过让他真正感到惊讶的还是餐桌交谈中短兵相接的唇枪舌剑。那并不是什么真正的辩论。父亲以为他在鼓励我们独立思考，可实际上我们被允许谈论的话题有严格的限制。比如说，你不可以辩论上帝的存在、基督教的真理、婚姻的稳定持久性等问题。我们几个孩子不久就适应了这些限制，家庭辩论变得更像是一种得分游戏，目标是在大家面前驳倒你的某个兄弟姐妹。比如说，要是你用错了一个词，或者搞错了某个事实，所有的人都会气势汹汹地对你群起而攻之。墩子一点也应付不了这些。当然，很久之后，他把它们写进了《邻居》。斯普林菲尔德一家和戴维斯一家从根本上就是根据我家和他家写出来的，只在细节上做了必要的修改③。斯普林菲尔德一家完全是个教区牧师家庭，可他们格调高、好

---

①英国小说家高尔斯华绥(1867—1933)的长篇小说，描写了福尔赛家族从19世纪80年代到20世纪20年代的发展史。
②原文为法语。
③原文为法语。

争辩,下意识里势利、傲慢,这些都可以追溯到墩子对我家的第一印象。而戴维斯一家则是个较为吵吵嚷嚷的家庭,差不多是他自己家的煽情版加上一点他叔叔伯特和姑姑莫利家的事。我想这就是我从来都对这节目提不起兴趣的原因。它激起了我太多痛苦的回忆。因为两个完全格格不入的家庭互相摩擦、折磨,我们的婚礼也特别令人厌恶。

我为什么要嫁给他?我以为我爱上了他。嗯,也许我那时确实爱上了他。什么是爱情?只不过是让你以为自己陷入了其中。我渴望反抗父母,可又不知道该怎么做。嫁给墩子是我宣告独立的一种方式。对于性,那时我们俩都急不可耐——我说的只是青春期正常的胃口,可我还没有反叛到考虑在婚姻之外得到满足。再说了,那些日子墩子的确有不可否认的魅力。他很自信,他相信自己的天赋,也让我对他信心十足。不过最重要的是,跟他在一起很有乐趣。他曾让我开怀大笑。

第 三 部 分

5月25日,星期二。窗外的梧桐树有了叶子,可是无精打采,尽是些贫血的树叶,也看不见花。不像在霍利维尔,我书房外面的栗子树上开满了蜡烛一样挺拔的奶油色花朵。这里的树枝上也没有蹦来蹦去的松鼠,但也没什么可吃惊的。考虑到伦敦市中心的空气污染,这些树只要能在这里成活,我就该感激不尽了——我的确感激不尽。在布鲁尔街和摄政街之间有一条狭窄又没什么特色的捷径,叫空气街。我每次看到街名都要微微一笑。是微笑而不是大笑,因为那里总是塞车,堵在那里的汽车向空气中排放出致癌的废气。只要有可能,你就不会想把嘴巴张开。空气街。我不知道这个名字从何而来,不过要是你在附近出售瓶装空气,一定可以发财。

由于已经长住这里,我发现这间公寓容易让人产生幽闭恐惧症。我怀念霍利维尔的清新空气,怀念在院子里玩捉迷藏的松鼠,怀念郊外街道白天的寂静。在那里,每年这个时候最大的噪音就是远处割草机的嘎嘎声,或者是打网球的砰砰声。可是我再也无法忍受跟莎丽住在一栋房子的那种紧张了:在楼梯或门厅里相遇时,她铁青着脸一言不发;交换指责对方的简短字条("要是你必须泡脏衣服,请在轮到我用杂物间之前把它们拿走""上一次我买了洗碗机用的洗涤液,下一次是不是该你买了");在她为邻居或者小贩开门时躲起来,免得不得不当着别人的面和对方说话;刚拿起话筒要打电话又突然像扔一块烫手砖头一样扔掉,因为她正在打电话,可又忍不住按下监听按钮偷听……谁也想不到"同屋分居"的游戏还有一丝施虐狂的倾向——或者一种不正常的幽默感。我向杰克描述了这种感觉,他说:"要知道,这是个很棒的情景喜剧题材。"那之后我再也没跟他说过话。

重新开始写日记,觉得下笔有些不顺。已经有好长一段时间没写了。在莎丽那天晚上扔下炸弹之后(等等,准确地说的话应该是什么?一颗炸弹?你怎么能扔下一颗炸弹又不炸飞自己呢?要不就是一颗手榴弹,一颗迫击炮弹,或者一颗从老式双翼飞机打开的座舱里抛下来的那种古老的空投炸弹?词典也帮不了什么忙。)[①]——自从莎丽在那个星期五晚上冲进我的书房,宣布要跟我分居之后,有好几个星期我心里太乱,没法写任何东西,甚至连日记也没法写。嫉妒、愤怒、自哀自怜让我神经错乱。(这下有个不错的成语了:"神经错乱"。就好像你有满脑子的消极情绪,你把头摇得跟身体松开了,你割断了两者之间的联系,其中一部分再也不能表达另一部分的疼痛。)我心里唯一想着的事就是如何报复莎丽:让她取不到钱;试着跟踪和曝光她的情人——我确信无疑有这么个人;我自己也跟别人来点风流韵事。为什么我会以为最后一条会让她感到不安呢——奇了怪了。在任何情况下,即便我获得成功,我也不能让莎丽知道,因为那样她就可以以我通奸为由请求迅速离婚。我那时的动机就像一团乱麻,如果我试图解开它,我得说,那是在努力弥补自己没有追求过别的女人的缺憾。

莎丽单方面的独立宣言最令人痛苦之处显然是她对我的弃绝

[①] "扔炸弹"在英文中可做成语,意为做出出人意料的举动。

以及当中隐含的判决：我们一起生活的三十年——或者三十年中的绝大部分——都毫无价值、毫无意义，至少对她来说是那样。她离家出走后，我取出多年没有看过的全部家庭影集，放在起居室的地板上。我坐在它们中间，一页一页地翻看，眼泪不停地从脸上流下来。不能承受的照片之痛啊！莎丽和孩子们在不同的地方冲镜头咧嘴笑着：从户外的折叠躺椅上，从童车上，秋千上，沙垒的城堡上，充气塑料小水池里，游泳池里，自行车的车座上，小马的马鞍上，海峡渡轮的甲板上和法国假日小屋的院子里。孩子们一年一年渐渐长高长壮实了，莎丽的脸在慢慢变瘦，头发也慢慢变得灰白，但始终显得健康又幸福。是的，幸福。镜头一定不会撒谎吗？我啜泣着抹去眼泪，擤擤鼻子，目不转睛地盯着柯达相纸上色彩鲜艳的照片，想看出莎丽脸上是否有不满足的迹象。可是照片上她的眼睛太小了，我无法看见她眼里的东西，而只有眼睛无法掩藏一个人的想法。什么"幸福婚姻"，也许那整个就是一场幻觉，是镜头前装出来的微笑。

一旦你开始怀疑你的婚姻，你就开始怀疑你对现实的理解。我以为我了解莎丽——我突然发现自己并不了解她。所以，也许我也并不了解自己。也许我不了解任何事情。这一结论令我头晕目眩，于是我避开了它，躲进愤怒中寻求庇护。我开始妖魔化莎丽。我们婚姻的破裂全是她的错。她抱怨我以自我为中心、情绪忧郁、心不在焉，等等等等（我对简怀孕的消息漫不经心的确是一个尴尬的小失误）——不管这些是不是真的，也不足以成为她离开我的理由。一定还有别的原因，换言之，有另一个男人。我们的熟人圈子里有许多通奸的例子可以支持这一假设。孩子们离开家之后，我们的生活方式也很容易让莎丽维持跟另外一个人的关系。我一周两天在伦敦，而她在学校里的工作和生活对我来说就是一本合上的书。尤其让我愤怒的是我自己没有利用过这种条件。不过，"愤怒"不是个十分贴切的词。不如说懊悔，或者如艾米用法语念出来那样——这是一种带有咬牙切齿、强压怨气、"你会后悔的"之类性质的愤恨。这种情感牢牢地抓住了我。在我的工作中，特别是最近几年，要是我没有决定对莎丽保持忠诚，我本可以轻易得到所有那些女人。想到这里我就懊悔不迭：女演员、制片助理、公关小姐和秘书——她们全都容易对一个成功作家的名望产生兴趣。艾米有一天告诉我，弗洛伊德说过，所有的作家都受三种野心的驱使：名声、金钱和女人的爱（我猜想也可能是男人的爱，要根据情况来看。尽管我认为弗洛伊德并不太重视女作家或同性恋作家）。我承认我有前两种野心，但本着自己的原则小心翼翼地避开了第三种野心。可我得到的是什么？拉完磨，性功能衰退了，就被赶到野地里啃荒草去了。

最后一个想法让我陷入了恐慌。我还剩下多少年可以补偿以往错失的机会呢？我回想起几个星期前写的日记："你在最后一次做爱时并不知道那就是你的最后一次；到你发现那就是最后一次时，你很可能已经记不起当时的感觉。"我竭力回忆我和莎丽最后一次做爱的时间，想不起来。我将日记往前翻，发现那一段记在2月27日，星期六。除了莎丽对我主动提出来感到有些吃惊，没精打采地照办之外，没有什么别的细节。读那些日记加剧了我对她的怀疑。我飞快地继续往前翻到我在网球场跟那些男人的谈话："你得留神你老婆，墩子……别的事上也很棒，我听说……他的家伙一定大得惊人……"那个谜的谜底像一道闪电一样照亮了我的大脑。布赖特·萨顿，当然是他！网球课，新的运动服，突然染头发的决定……这下全都说得通了。我的脑子变成了一座色情电影院，快速闪过莎丽赤身裸体地跟教练躺在俱乐部急救室病床上的香艳画面，莎丽在巨大的快感中向后扬起脖子。

我发现我在布赖特·萨顿的事情上搞错了。可是我自己的性需求变成了压倒一切的急务，为了报复，为了补偿，为了得到安慰——越快越好。自然我首先想到的是艾米。几年来，我们的关系里看外看都像是在搞婚外恋——秘密规律地会面，考虑周全的饭店晚餐，偷偷摸摸的电话，彼此推心置腹，一切都有——除了性交。我克制住自己不要跨越对莎丽不忠的雷池，尽管她不配得到这种忠诚。现在，使我裹足不前的道德原因已经不复存在了。所以那时候，紧接着她扔下炸弹之后，我开始说服自己。我没有考虑到的是：第一，我是否真的想要艾米；第二，她是否想要我。我们在特纳里夫发现，这两个问题的答案都是"否"。

* * *

5月26日，星期三。上午收到了简和亚当的信。我不想拆开它们——仅仅是认出信封上的字迹就让我反胃——可是我无法开始做任何事情，直到最后还是拆开了那两封信。两封信都很简短，问了问我的情况，邀请我去他们家里坐坐。我怀疑这是某种善意的共谋：两封信碰巧在同一天收到，这也太明显了。

我在莎丽离家出走还没回来之前分别去看了他们。我和亚当有天在伦敦一起吃了午饭，然后我去斯沃尼奇跟简和古斯一起度了个周末。两个会面都不愉快。跟亚当吃午饭时我挑选了一家我从没去过的饭店，这样可以不被别人认出来。结果那家餐馆客满，餐馆里的餐桌又靠得太近，所以我和亚当即使想畅快地交谈也没有条件，我们得用隐晦的密语来交流。要是真有人在偷听，他也很可能以为我们是在谈论一次不成功的晚餐聚会,而不是持续三十年的婚姻的破裂。跟在斯沃尼奇的周末比起来,那次午餐还算好的。古斯时不时就得体地留下我和简单独在一起,以便我们多少能敞开心扉谈谈心,但其实我们俩都不想如此。因为我们以前从来没有这样谈过心,也不知道该怎么谈。简跟我的关系一直都仅限于她常常对我进行一种诙谐的指责,她总是攻击我有害环境的那些消费,比如瓶装矿泉水、彩色回形别针、硬木书橱,或者是《邻居》中涉及性别歧视的笑话。可那都是我们玩的游戏,部分原因是为了娱乐大家。亲密交谈似乎不是我们惯常的做法。

星期天下午,简和我一起沿着新月形的沙滩遛他们的狗,一边走一边有一搭没一搭地交换着对海湾的天气、潮汐以及风帆冲浪者的看法。显然,孩子的预产期是十月。我问她怀孕的感觉怎么样,她说谢天谢地,她已经过了早上恶心呕吐的阶段。然而这个话题也失败了,可能是因为它在我们两人的脑子里都跟我与莎丽最后的争吵联系在了一起,令人不快。随后,在回家的路上,在我们快要走到家门口时简突然说:"你为什么就不给妈妈她想要的呢?那样你的生活还是很宽裕的,不是吗?"我说这是个原则问题。莎丽仅仅因为觉得难以跟我生活在一起就遗弃我,却还指望我来供养她过已经习惯的生活方式,这一点我无法接受。简说:"你的意思是,你付钱给她让她忍受你的坏脾气?"我说:"不,当然不。"可在某种意义上我想简是对的,尽管我不会完全那样看。简是个厉害的姑娘。她说:"我认为你从《邻居》赚那么多钱对你俩的影响都不好。你好像比以前过苦日子的时候更忧心忡忡,而妈妈则嫉妒你。"我以前从没想过莎丽可能会嫉妒我的成功。

尽管简和亚当都努力做到不偏不倚,可我暗暗觉得他们俩都站在了莎丽"那边",所以那两次会面后,我再也不去找他们寻求陪伴了。不去找他们还有一个原因,我正在策划带艾米去特纳里夫,我怕被他们发现再告诉莎丽。

毫无疑问,选择去特纳里夫是一场灾难,可是整个计划的确在开始之前就已经注定了要失败。尽管我一直和艾米秘密来往——事实上,我从没企图得到比朋友间的亲吻和拥抱更为亲密的接触——我却赋予了她某种魅力,某种因为禁忌、因为自我克制而产生的魅力。一旦我让她脱光了衣服躺在床上,她就只不过是个胖乎乎的小女人,满腿是毛。这一点我以前没有注意到,因为她总是穿长筒袜或者连裤袜。她的身体也明显缺乏肌肉弹性。我不禁将她身体上的劣势跟莎丽比较起来,暗忖我的策略中好像有什么东西大错特错了。在这个烂到家的旅游度假区,在这个狗屎一样的宾馆房间,我到底和这个女人在干什么?我是想报复离家出走的妻子,可眼前的这位跟她相比简直差远了。特纳里夫成为一场情欲的灾难几乎不是什么让人吃惊的事情。我一回来——实际上,甚至在回来之前——就开始在脑子里的库存清单中搜索认识的女性,想找到一位可能的性伙伴——要比艾米更年轻、更有魅力。我找到了露易丝。

几天之后我又起飞了,前往洛杉矶。又一次惨败。实际上是双重的惨败,要是算上跟斯黛拉毫无结果的盲约①的话——那是露易丝在毁了我的希望之后为我安排的。对露易丝我寄予厚望。我知道,的确,这么多年过去了,露易丝仍然未婚且单身的可能性小到极点。可即便如此我还是预订了去洛杉矶的机票(不定期客机票,商

---

①指未曾谋面的男女经第三方介绍的见面。

务舱；花了老大一笔钱，但我想以良好的状态到达洛杉矶），将那种想法压抑下去，仅仅是因为我不能忍受失败的想法。这就像克尔凯郭尔撕毁婚约一年后回到哥本哈根一样，他天真地想象蕾齐娜仍然没有跟别人订婚并仍在为他伤心，结果却发现她跟施莱格尔订了婚。露易丝对我的吸引力恰恰在于，她是我过去本能够占有、却因为愚蠢和固执而亲口拒绝了的女人。这就是重复的魅力。让露易丝再次提出委身于我、让这样的占有变得双倍甜美，正是这一念头驱使我飞了这么好几千英里。

另一方面，在我看来，和斯黛拉顶多也只有可能一夜情而已。在和露易丝去完威尼斯海滩，乘最早有票的航班回伦敦之前，我有一天一夜的时间要打发。所以，露易丝那天上午打电话给我说她有一个朋友迫不及待要见我时，我同意了。我在比弗利威尔夏饭店的大堂里跟她见面，带她去贵得出奇的宾馆餐厅吃饭。斯黛拉乍一看魅力十足，金发碧眼，身材苗条，全身修饰得像抛过光一样。她的牙齿、喷发啫喱水、指甲油和时装首饰闪闪烁烁，让我眩目。可是她的笑似乎比自然的微笑延续得稍微长了那么一点，用粉饼化过妆的脸部皮肤也绷得很紧，这让人想到她一定做过拉皮手术。在我们喝餐前鸡尾酒时她没有拐弯抹角："露易丝告诉我我们有很多共同点：我们都受到背叛，我们都想找人上床，是吗？"我不自在地笑了笑，问她做什么营生。原来她在洛迪奥大道有一家精品店，露易丝常到她那儿买东西。让我大吃一惊的是，我们就座后她问我有没有做过HIV病毒检查。我说没有，也没这个必要，因为我一直忠于我妻子。"露易丝也是这样对我说的，"斯黛拉说，"那你妻子呢？她对你忠实吗？"我说我现在知道她对我是忠实的，并问她想吃点什么。"我要凯撒沙拉和菲力牛排①,一分熟。你不介意我问你这些问题吧,墩子?""噢,不。"我礼貌地说。"只是以我的经验,对这种事最好还是一开始就防着一点。那样我们俩都会放松一些。你妻子离家出走以后你怎么办?你跟别人上过床吗?""只有一次,"我说,"是一个交往了很长时间的老朋友。""你肯定戴套了吧?""噢是的,当然。"我撒谎了。实际上是艾米用了子宫帽。我想斯黛拉可以判断出我在撒谎。"那你有吗?"侍者为我们端来凯撒沙拉时她问。"呃,我身上没有。"我说。"我是说,你房间里。""噢,迷你吧里可能有一些,"我打趣说,"那里边好像应有尽有。""没关系,我包里有几个。"斯黛拉说的时候一点也没有笑。当她吃着菲力牛排谈到乳胶手套和牙科橡皮障时,我感到恐慌起来。如果她如此关心安全性行为,我暗暗想道,那她一定有关心的理由。我平生第一次装出一副急性膝盖内部紊乱症发作的样子,在座位上扭动着身体。不是我自夸,那种疼痛难忍的表情我装得非常逼真。邻桌的客人们非常关心。餐厅领班向侍者们使了个眼色,两个侍者将我抬出餐室送进大堂。我向斯黛拉道了歉,然后找借口一个人回到了床上。斯黛拉要我第二天给她打电话,可是第二天我已经坐上了从洛杉矶机场飞往希思罗的头班飞机。

大概是在飞越北极某块冰盖的时候,萨曼莎出现在我的脑海里,她就像一个带来性爱希望的幻影。我以前为什么没有想到她呢?她年轻、迷人,并且已经在想尽办法接近我了。而且,她的身上洋溢着健康与卫生的气息,还特别漂亮。你无法想象萨曼莎会去冒险跟

---

① 原文为法语。

人发生不安全性行为。是的，显然她就是我证明自己仍然是个男人的最好机会。我快等不及飞机在希思罗机场降落了。顾不上发红的双眼、拉碴的胡子和皱巴巴的衣服，我跳进一辆出租车，径直向演播室奔去，我知道我可以在那里找到正在看彩排的萨曼莎。

我第一次笨拙地企图勾引她的计划遭到失败并不令人意外，特别是有加百利的老板娘竭尽全力地搅局。不过，几天以后，当奥利建议任命一个剧本编辑跟我一起工作时，我看到了机会，并坚持就要萨曼莎。她十分理解我帮了她一个什么样的忙，显然也准备好了用古老的娱乐行业特有的方式报答我。我的一个致命错误——我是指从追求女性的角度而言的致命错误——是将上演勾引大戏的地点选在了哥本哈根，还试图一箭双雕：在一个远离所有我们可能被认出来的地方、但又没有远到不方便程度的豪华旅馆，把对克尔凯郭尔的一项小小的研究和一次长期渴求而不得的交媾结合起来。我早该知道这两项任务没法混在一起。我早该仔细考虑到在哥本哈根种种行为的后果：我要在克尔凯郭尔一个半世纪前走过的人行道上漫步；要实地参观"Nytorv""Nørregade""Borgerdydskole"这些以前对我来说只不过是书本上名字的街道、广场和建筑物；要在那家博物馆里仔细观看他那些让人睹物思人的家常纪念物：他的烟斗、钱包、放大镜和蕾齐娜为他做的盒子、《海盗报》上毫不留情的漫画，还有蕾齐娜的肖像。画像中她丰满美丽，丰盈的嘴唇欲启未启地微笑着，显然是画于克尔凯郭尔撕毁婚约之前那些快乐的日子里。接着，我还站在克尔凯郭尔用过的那张书桌前写了字！我产生了一种最为奇异的感觉，感觉到他仿佛就在展厅里，在我的背后徘徊。

结果，我奇怪而又难堪地发现自己在追求此行的性爱目标上表现得十分勉强，当美丽的萨曼莎不害臊地将她华贵的身体的全部快乐主动奉献给我时，我也没有利用这个机会。某种东西让我退缩了——不是对阳痿的恐惧，也不是对膝部伤痛加重的担心。是良心吧。是克尔凯郭尔。两者已经合而为一了。我想克尔凯郭尔就是那个急不可待、一直奋力挣扎着要冲出我的身体的人。在哥本哈根，他终于冲了出来。

克尔凯郭尔在他的《日记》的什么地方说过，当他发现蕾齐娜与施莱格尔订了婚，意识到他已无可挽回地失去她时，"我的感觉是这样的：要么让自己陷入无边的放荡，要么完全陷入宗教。"我在莎丽出走后，疯狂愚蠢地追寻性爱，不顾一切地先后试图跟艾米、露易丝、斯黛拉和萨曼莎上床，这就是我陷入无边放荡的尝试。可是当这种尝试失败后，宗教并没有成为行得通的替代物。我缓解紧张的唯一方式是手淫，还有写作。实际上，这曾经也是很长一段时间里克尔凯郭尔唯一能做的事情——写作。（也许他也手淫，如果是这样，我并不会完全感到吃惊。）只有他晚期的著作，就是那些以本名发表的作品，才可以被描绘为"纯粹宗教的"。坦率地说，我觉得它们有些乏味。书名本身就乏味：大部分都叫《箴言》。那些所谓的假托他人之名所写的作品，特别是他在跟蕾齐娜毁婚后立刻写下的那些——用了维克多·埃瑞米图斯、康斯坦丁·康斯坦提亚、约翰尼·德塞伦提奥以及其他一些古怪的化名——却很不一样，也有意思得多：那是某种与他的经验达成妥协、并接受自己的选择带来的后果的努力，所用的手法虽然也有虚构，但他拐弯抹角地间接对素材进行了处理，给它们戴上了面具。我想，是同样的动机促使我写了那些独白。戏剧独白诗，我想是这个名字，因为这些独白是讲给某个人听的，那位听者的台词也隐含在独白中。我还能记得五年级英文课文中的很多独白。那时我们必须背诵勃朗宁的一首诗。《我的前公爵夫人》中这样写道：

> 我的前公爵夫人，画在墙上，
> 看上去她似乎还活着。
> 而今，我把它称作奇迹
> ……

伯爵是个嫉妒心强烈的丈夫，结果就是他谋杀了自己的夫人。当然，我从没想过要谋杀莎丽，但有时候我差点要动手打她。

在某种程度上，那是亚历山德拉的主意，不过她并不明白的是，她的建议打开了一个泄洪的闸门，我一写起来便一发不可收拾，她也不知道我会以什么样的形式来写。从哥本哈根回来大约一个星期之后，我带着沉重的绝望心情去找她。我已经放弃了放荡，可仍然感到绝望，就像眼下的经济形势。我从丹麦回来那天（坐的是最后一班飞机——我花了好几个小时才找到蕾齐娜的墓，平放的墓碑十分可怜地被野草覆盖着，可毕竟克尔凯郭尔的那些作品才是她真正的纪念碑），政府宣布经济衰退已经正式结束，可是没有人感到有任何不同。产量可能上升了百分之零点二，可是仍然有数以百万计的人失业，许多人被资不抵债的房子套牢。

我继续躲在公寓里。我不想出去，以防被人认出来。我生活在碰到熟人的恐惧中。（当然，格雷厄姆是个例外。当我感到孤独难耐时，就邀请他进屋喝杯茶或者热可可，再聊聊天。大约晚上九点后，他总是在那儿，有时候白天也在那儿，差不多已经变成了一个固定房客。）我确信我所有的熟人朋友无时无刻不在惦记着我，他们一定都在对着《公趣报》上的漫画大笑或者窃笑。我去鲁米治找亚历山德拉时坐的是普通车厢,还戴了太阳镜,希望检票员们认不出我。我肯定他们也读过《公趣报》。

我问亚历山德拉关于百忧解的事。她显得很吃惊。"我以为你是反对药物治疗的。"她说。"据说它是一种全新的药,"我说,"不含添加剂。无副作用。在美国,甚至不抑郁的人也吃,因为它让他们感觉良好。"当然,亚历山德拉对百忧解了如指掌,她从技术角度向我解释了它如何产生效力,以及关于神经递质、血什么素再领会抑制剂的种种。我不太能听懂。我说我的再领会本来就已经有点慢了,几乎用不着抑制了。可显然那个词完全不是那个意思①。亚历山德拉对百忧解有些怀疑。"这种药并不是真的没有副作用,"她说,"甚至支持这种药的人也承认它会抑制患者获得性高潮的能力。""那么,既然我已经在受这种副作用的折磨了,"我说,"不如还是吃吃这药吧。"亚历山德拉咧开嘴大笑起来,我以前从没说过什么能让她的嘴咧得这么开的笑话。她匆忙恢复了常态。"还有更严重的副作用有待证实。"她说,"患者服药后会产生幻觉,企图自残。甚至还有个谋杀犯声称他是在百忧解的作用下杀的人。""我朋友可从没有提到这样的事,"我说,"她对我说这种药使人感觉无比美妙。"亚历山德拉用她那双温柔的褐色大眼睛默默地看了我一会儿。"如果你真的想用百忧解,我这就给你开药。"她说,"可你一定要明白这种药将会引起什么。现在我在谈论的不是副作用,而是它的作用。这种新型的血清素再摄取抑制剂会改变人们的个性。它作用于大脑,就像整形手术作用于人的身体一样。百忧解可能会使你恢复自信,可那将

---

① 指前文中墩子没有听明白的"血清素再摄取抑制剂",其中"摄取"(uptake)亦有"理解、领会"之意。

不再是同一个自我。"我考虑了片刻。"你还有什么别的建议吗？"我说。

亚历山德拉的建议是，关于我自己，但凡我认为别人会说些什么、想些什么——不管是私下里的想法还是与人交谈时所说的话——都将它们准确地记录下来。当然，我知道她用的是什么策略。她相信，使我感到沮丧的并不真的是别人的看法，而只是我所担心的别人的看法。一旦我能将注意力集中于"别人对我的看法到底如何？"的问题，并让自己做出明确的回答，我就不会把缺乏自信先投射到别人身上，再让它反弹回自己身上。相反地，我将会迫使自己承认别人并不真的厌恶和蔑视自己，而是尊敬、同情，甚至喜欢我。不过，她的建议并没有完全见效。

因为我是编剧，不能只一味概述别人对我的看法，我得让他们用自己的声音说出他们的想法。他们说的也并不是十分讨人喜欢的话。"你一直都对自己很苛刻。"亚历山德拉终于看了我写的东西之后说道。写那些东西花了我几个星期时间，我一不小心写了厚厚一大沓。昨天我去鲁米治听她的裁决。"写得很有意思，观察很敏锐。"她翻动着那几沓 A4 纸，没有涂口红的苍白嘴唇上露出一丝回忆往事时的微笑："但你一直都对自己太苛刻了。"我耸耸肩膀回答说我试着用别人的眼光看自己真实的样子。"可是里边很多东西一定是你编的。"没有那么多，我说。

当然，我不得不借助一点想象。比如说，我就从没有见过布赖特·萨顿在警察局的供述，得靠我自己想象出一份来。他们给了我一份供述的样本带回家，我由此知道了格式。猜想布赖特·萨顿对事件始末的说法也并不难。尽管艾米总是对她在卡尔那里的治疗守口如瓶，可我知道，自从莎丽向我扔了炸弹之后，她一定每天都在向他公布她和我之间关系的进展，我也有大量的机会研究她思考问题和说话的方式。她在独白中跟卡尔说的大部分事情都是她或早或晚跟我说过的，比如她回忆她母亲在厨房里一边剁胡萝卜一边跟她讲生活的真相，再比如她梦到《公趣报》上那幅把我画成伏尔甘、把索尔画成玛尔斯的漫画。写她在美洲海滩度假区的宾馆遇到污物处理问题的那一段，是从她在浴室里无休止地转动马桶水箱把手的声音来推断的。也许，结尾有点太简洁了，可是我控制不了自己。艾米的确是带着一种生气勃勃、自信满满的情绪回到英国的，说是要给卡尔放个长假[①]，不过我最近听说她又重新开始治疗了。实际上，这些天我没怎么见到艾米。有一两次我们又在一起吃饭，可是再也无法恢复到以前那种友好的气氛了。特纳里夫不愉快的回忆成了隔在我们之间一块搬不动的大石头。

露易丝是不是那么详细地向斯黛拉叙述过我们的重聚，我不得而知，不过不管她向她说了些什么，一定都是在电话里说的。露易丝可能已经戒了抽烟、喝酒、嗑药（除了百忧解），可她的手机瘾可真够大的。那天我们在威尼斯海滩的餐馆吃饭时，她一直将她的日本产小手机放在盘子旁边，不停地打断我伤心欲绝的倾诉，不是接电话就是打电话跟人谈她的电影的事。写奥利不难。我跟他一起泡在酒吧里肯定不下一百次。写萨曼莎时我的确做了一些处理。她曾经提到过——在什么情况下提到的我已经忘了——她有一个朋友因为阻生智齿受尽了罪，但她去医院看她的事完全是我虚构的。我非常喜欢那种构思：听众是一位无法说话、被困在床上的病人，当萨

[①]原文为法语。

曼莎大声再现我们那个本该成为一个肮脏的周末的哥本哈根之旅时,那位无助的朋友无法堵住她的话匣子。她是个聪明小妞,萨曼莎,可是体贴不是她的强项。

最难写的是莎丽那部分。那部分我没有给亚历山德拉看,因为她可能会觉得我擅自把她写进去是冒犯了她。我知道她邀请过莎丽来找她做心理咨询,因为她问过我是不是反对她这样做(我说不反对)。我相信莎丽同意了,不过亚历山德拉从没告诉过我莎丽说了些什么。所以我猜想她说的话是让人沮丧的。以莎丽的眼光再现这场争吵几乎使我产生了一种形而下的痛苦。这也是为什么刚开始是莎丽与亚历山德拉的单向交谈,写着写着就变成了她回忆我们恋爱经历的意识流。可是再现那些充满希望、好兆头和欢笑的日子也是痛苦的。在她离家出走前那个充满争吵、辩护、反责的地狱般的漫长周末,莎丽对我说了一句最让我寒心的话,就是在那时我才知道,真正知道,从内心深处知道,我已经失去了她。她说的是:"你再也不能让我笑了。"

* * *

5月27日,星期四,上午十点。写昨天的日记花去了我整整一天的时间。我一刻不停地写,只用了五分钟匆匆下楼去咖啡馆买了一个明虾鳄梨三明治,在桌上一边写一边吃。落下了很多事情要赶着写完。

我大约是七点钟写完的,感到很累,又饿又渴。我的膝盖也没少给我 gyp[①]:长时间一种姿势坐着对膝盖可不好。("gyp" 本意是

[①] 原文"give me gyp",意为"折磨我""让我受苦"。

什么?我想知道。字典上说"很可能是 gee up① 的缩写",这听上去好像不太适合我。它更有可能和埃及有关系,像"gyppy tummy"②一样,这是大英帝国时代的一个军中俚语。)我出去松了松筋骨,补充点能量。这是一个晴朗温暖的傍晚。许多年轻人聚集在莱斯特广场地铁站周围。他们每天这个时候都是这样,不论什么季节。他们从地铁里冒出来,像喷涌而出的地下泉水溢上了人行道。一个个穿着又轻又薄的休闲衣服,站在赛马场四周,好像在热切地期待着什么。他们在期待什么呢?要是你问他们,我想他们大部分人都没法回答你。有的期待冒险,有的期待邂逅,有的期待改变平淡生活的奇迹。当然,也有一些人在等待约会。我看到了他们见到恋人向自己走来时脸上绽开的笑容。他们彼此拥抱,无视从身边经过的那个穿皮夹克、双手插在衣兜里的秃头胖男人,然后搂着对方的腰离去,走向餐馆或者电影院或者播着震耳欲聋的摇滚乐的酒吧。我跟莎丽谈恋爱时曾经在这里跟她见面。现在,我买了一份《标准晚报》,在丽瑟尔大街的一家中餐馆里边吃边看。

独自一人吃饭的麻烦,不,独自一人吃饭的麻烦之一是,你总是很容易就点得太多、吃得太快。我腆着肚子打着饱嗝从饭馆回来时,才刚八点半,天还亮着。可是格雷厄姆已经在门廊里安歇下来了。我邀请他进屋看 AC 米兰对马赛的欧洲冠军联赛决赛后半场。马赛一比零赢了。比赛算得上精彩,不过,没有英国俱乐部参加的比赛很难激起多少热情。我还记得由乔治·百思德打边锋的曼联赢得冠军杯的那场比赛。人们欣喜若狂。我问格雷厄姆是否记得,他

---

① 意为催马快走,可翻译成"驾"。
② 英语俚语"埃及肚",指旅行者常患的肠胃不适。

当然不记得，那时他甚至还没有出生。

格雷厄姆能继续占据这个门廊是他的运气。伯尔先生，那位拥有这幢公寓楼 5 号套间并偶尔来此居住的瑞士商人，反对他睡在那儿，并打算叫警察来将他赶走。我请求伯尔先生允许他继续待在那里，理由是有他在那里门廊就非常干净，过路的人不敢把垃圾扔进来，醉鬼们也不敢把那里作为夜间公厕，而这样的事他们以前可没少干。这番鬼话对痴迷卫生的瑞士人显然很奏效。伯尔先生不得不承认，自从格雷厄姆住在那里之后，门廊里的气味好闻多了，于是收回了他叫警察的威胁。

而格雷厄姆本人看上去也总是很干净，身上一点异味也没有，这一点也起了不少作用。在很长一段时间里我对此迷惑不解，直到有一天，我冒险问他是如何做到的。他狡黠地笑了笑，说要告诉我一个秘密。第二天，他将我带到特拉法尔加广场附近某个地方，那儿的整面墙上只有一个带电子锁的门。我一定从门前走过不下几十次，却从来没有注意到它。格雷厄姆在键板上敲下一串数字，电子锁便嗡嗡叫着打开了。门里是一个由许多房间组成的地下迷宫，提供食品、游戏、淋浴，还有投币式洗衣机。这差不多是那些无家可归的年轻人的一个避难所，甚至还提供睡衣，以便你在只有一套衣服的情况下，穿着睡衣等候自己的衣服洗净烘干。这有点让我想起尤斯顿火车站的卧铺车休息室。过了几天，我捐了一笔钱给管理那个地下室的慈善机构。知道有慈善机构在管理，我对格雷厄姆睡在我的公寓门廊一事少了些负疚感。富人住城堡，穷人睡门口……

实际上，我完全没有感到内疚的理由。是格雷厄姆自己选择了流浪街头。众所周知，生活的道路千万条，可那很可能是他曾有过的最好的、毫无疑问也是最自由独立的生活。"我是自己命运的主宰。"有一天，他严肃地对我说。那是他在什么地方读到并记下来的句子，只是不知道出自谁之口。我查了查我的引语词典，它来自W.E. 亨利的一首诗。

> 门有多窄跟我无关，
> 古书上有多少种惩罚也没有关系，
> 我是自己命运的主宰，
> 我是我灵魂的舵手。

我希望我是。

十一点一刻。杰克刚才来过电话。我听任他在录音电话上留言，没有拿起听筒接电话，也没有给他回电话。他试图引诱我去格劳乔饭馆吃午饭。他开始焦躁不安了，因为我们离最后的期限越来越近，过了那个期限，哈德兰电视台就要行使他们的权利另外聘请编剧了。得了，由他们去吧。这些天以来，我对索伦和蕾齐娜比对普里茜拉和爱德华更有兴趣，可我知道，不管我在《邻居》上花多少工夫，奥利·西尔弗斯都无意做克尔凯郭尔的节目，那样我何必还要劳神费力呢？

格雷厄姆发现我是个电视剧编剧时十分欣赏，可当我提到节目的名字时，他说："噢，那个啊。"用的是显而易见的轻蔑语气。我认为他这样有些不知羞耻，特别是在他大口大口地喝着我的茶，往肚子里塞着我从咖啡馆买来的胡萝卜蛋糕的时候。"我认为，要是你喜欢那种东西，"他说，"还不赖。"他本人显然不喜欢这个节目，我坚持让他解释为什么。"嗯，那不真实，不是吗？"他说，"我的意思是，每个星期都有一家要大吵一场，可是在节目的结尾又总能弄顺溜，每个人又成了和蔼可亲的好人样子。没有一点变化。没有谁真正受到伤害。没有人伤别人的感情。也没有哪个孩子离家出走。""爱丽丝出走过一次。"我指出。"是的，大概十分钟。"他说。他指的是银幕上的十分钟，但我没有辩解。我明白他的意思。

下午两点一刻。我去小酒馆吃午饭，回来时录音电话里有萨曼莎的留言：她有办法解决黛碧和普里茜拉的麻烦了，想跟我讨论讨论。她说她三点钟会回办公室——言下之意好像是她要吃一顿相当悠闲的午餐——但给我时间在她的录音电话上留言。我要求她把她的主意写在纸上寄给我。如今我只靠录音电话和信件跟外界交流，这使我可以控制所有要讨论的日程，同时避免那个可怕的问题："你怎么样？"有时候，我要是感到特别孤独就拨给电话银行，在事先录好的女声的指导下，摁摁键盘上的数字，查询不同户头上的余额。她的声音很好听，也从来不问你怎么样。不过要是你摁错了，她会说："对不起，好像出了一点问题。"你说得太对了，亲爱的，我对她说。

"只有在写作时我才感到愉快。继而我会忘记生活中所有的烦恼，所有的痛苦。我被包裹在思想里，我感到快乐。"——克尔凯郭尔日记，1847年。在我写那些独白时，我也感到——准确地说不是快乐——而是忙碌、专注、兴致盎然。就像是在写一个剧本。我有工作要完成，我在完成的过程中获得了某种满足。既然我已经完成了这项工作，日记也多多少少赶了出来，我开始感到焦躁，紧张，不自在，无法去做任何事情。我没有目标、没有计划，除了尽我所能让莎丽难以从我这儿弄到钱。而现在，我的心思再也不真正放在这上面了。我明天得去鲁米治找我的律师。要不我可以指示他认输，尽快离婚，莎丽想要什么就给她什么。可是，那样就能让我好受些吗？并不。这不过是又一个非此即彼的境况。不管我做什么，我都注定要后悔。如果离婚，你要后悔；如果不离婚，你要后悔。离婚或者不离婚，你都要后悔。

也许我仍在希望我和莎丽能重归于好，希望能回到原来的生活，希望所有的事情都跟从前一样。也许，尽管我发了那么多脾气，留了那么多眼泪，策划了那么多报复的阴谋——或者说正是因为有了这些——我也没有对我们的婚姻绝望。B 对 A 说，"为了真正绝望，一个人必须真正想要绝望；可是如果一个人真正决定要绝望，那么他就真正在绝望之外；如果一个人真正选择了绝望，那么他就已经真正选择了绝望所选择的东西，即自己在自己永恒的合法性中。"我想你可以说，我拒绝亚历山德拉给我开百忧解是选择了自我，可那时我并没有觉得这是存在主义者的自我肯定行为，倒更像一个被逮住的罪犯在手铐前伸出手腕。

五点半。我突然想到，明天去鲁米治时也许可以试试顺带做点治疗。我打了两个电话。罗兰的日程已经预定满了，但达德利可以在下午见我。我没打给吴小姐。从莎丽扔下炸弹的那个星期五以来，我再也没有找过吴小姐。我不想去。这跟吴小姐没有关系。意念联想①：针灸治疗和生活崩溃。

---

①联想主义心理学中的术语。

九点半。今晚在一家印度餐馆吃饭，大约九点回到家中，一路上都在用带有印度香料味的响屁给大都市被污染的空气调味。格雷厄姆说有个男人来按过我的门铃。从他的描述来看我猜是杰克。"你的朋友，是吗？"格雷厄姆问。"差不多吧。"我说。"他问我最近见过你没有。他形容你时话可不大中听。"我自然要问他说了些什么。"又胖，又秃，还驼背。"最后一个特征让我有点吃惊。我从不认为自己特别驼背。那一定是沮丧造成的效果。你的感觉是什么，外表就是什么。我并不认为造成克尔凯郭尔脊椎弯曲的仅仅是小时候的一场事故。"你是怎么跟他说的？"我问。"我什么也没跟他说。"格雷厄姆说。"好，"我说，"你干得好。"

* * *

5月28日，星期五，下午七点四十五分。刚从鲁米治回来。下火车后开车回来的，只是为了遛遛车：这些天我把车停在国王十字火车站附近能上锁的车库里，几乎一直没用过。并不是说今天在一号高速公路上有多么愉快。路上突然出现了大量丘疹一样的隔离墩，就跟得了猩红热似的。九号和十一号交叉路口之间有汽车逆行导致塞车，被堵的汽车排起了五英里的长龙。显然，是一辆拖着旅行拖车的小汽车撞上了一辆卡车。结果，我与丹尼斯·肖特豪斯的约会迟到了。肖特豪斯专门为我的事务律师多布森·麦基特里克做离婚和家庭事务方面的诉讼。与莎丽发生纠纷之前，我从没跟他打过交道。他又高又瘦，头发灰白，满是皱纹的脸上长了个大鼻子，坐在那张整洁得不可思议的硕大办公桌后面很少动一动。就像有些医生为了防止感染而把自己弄得干净得邪乎一样，肖特豪斯似乎把自己的办公桌也当成了某种防疫隔离带①，将客户们的不幸隔离在安全距离之外。桌上有一个来件文件盒和一个待发文件盒，两个都是空的。除此之外，还有一个一尘不染的桌垫和一只数码钟。数码钟角度微妙地朝向客户的座位，像出租车的里程表一样。你可以据此计算出他为你提供建议要花你多少钱。

他接到了莎丽的律师们的一封信，威胁说要以非理智行为为由提起离婚诉讼。"正如你知道的那样，通奸和非理智行为是立即宣判离婚的仅有的两条理由。"他说。我问他什么构成非理智行为。"这个问题问得很好。"他将两手的指尖对到一起，身体在桌后往前倾了倾，开始了一堂长长的学术演讲。可恐怕我的思想开了小差，当我突然意识到时，他已经停止了讲话，用期待的眼神看着我。"对不起，请重复一下，好吗？"我说。他脸上的微笑变得有点勉强。"重复多少？"他说。"就最后几句。"我说。可我其实一点也不知道他已经说了多久了。"我刚才问，要是帕斯摩尔夫人一定要那样做的话，她有可能提出什么样的非理智行为来控告你？"我思考了一会儿。"她跟我说话时我没有听，这算吗？"我说。"可能算，"他说，"这得由法官来决定。"肖特豪斯给我的印象是，如果由他本人来断案，我不会有多大的胜算。"你对你妻子有过身体上的攻击吗？"他说。"天哪，没有。"我说。"那有没有酗酒、辱骂、因嫉妒暴怒、诬告或者类似的情形呢？""只在她遗弃我之后才有。"我说。"这我没听你说过。"他说。他有一刻没有说话，然后总结道："我想帕斯摩尔夫人是不会冒险提出非理智行为控诉的。她没有资格得到法律援助，一旦败诉了可能会损失惨重，最后还得回过头来按你提的条件离婚。

---

① 原文为法语。

她那样威胁你是想给你施加压力,逼你合作。我想你不必担心。"肖特豪斯的脸上挤出笑容,显然对自己的一番分析十分满意。"你的意思是不会判离婚?"我说。"噢,当然会,最终会判离婚的。理由是婚姻破裂,无可挽回。问题在于,你想跟她耗多久。""还要看我愿意付你多少钱把官司拖下去吧?"我说。"说得太对了。"他瞟了一眼桌上的数码钟。我告诉他继续拖下去。

接着我去找达德利。在他家门外停车时,我十分伤感地想起从前来此就诊的那些日子。那时候除了一般的、形容不清的不适,再没有什么更严重的事情让我抱怨了。我按门铃时,一架宽体客机轰鸣着从头顶飞过,吓得我捂住了耳朵。达德利告诉我那是新开通的飞往纽约的航班。"对你干的那一行挺有帮助的,是吧?"他评论道,"你再也不必从希思罗走了。"达德利总是过分夸大电视剧编剧生活中光鲜的一面。我只好告诉他我现在住在伦敦,以及住在伦敦的原因。"你大概不会有对付婚姻破裂的精油吧,是不是?"我说。"我可以给你一些消除紧张的东西。"他提议。我问他是否可以为我的膝盖想想办法,在一号高速公路上疼得够呛。他敲着计算机键盘说我可以试试薰衣草,据说它对治疗各种疼啊痛啊以及消除紧张都效果不错。他从他那装了各种精油的黄铜镶边的大箱子里取出了一只小药瓶,请我闻闻看。

我想达德利以前没有给我用过薰衣草,因为它唤醒了我最生动鲜活的记忆——对莫琳·卡瓦纳,我的第一个女朋友的记忆。自从我开始写日记,她便时不时地在我的意识里进进出出,像一个影子依稀闪动在远处森林的边缘,在树林间飞翔,在婆娑的树影中时隐时现。薰衣草的气味使她完全现了身——薰衣草和克尔凯郭尔。几个星期前我提到过现代丹麦语中代表双写 a 的符号——头上有一个小圆圈的 a。这个符号曾让我想起什么,可当时我没有抓住那个一闪而过的念头。好了,是莫琳的笔迹。她写 i 的时候就习惯那样写,在上面画一个小圆圈,而不是点一个点。那些圆圈就像从她一行行又大又圆的字上冒出的小气泡。虽然那时我们每天都在有轨电车站见面,可我们经常给对方写信,因为我们都喜欢写密信带来的刺激。我写给她的常常是一些充满激情的情书,她则回给我一些羞涩的留言,里面尽是些让人失望的无聊琐事:"I did homework after tea, then I helped Mum with her ironing. Did you listen in to Tony Hancock? We were in fits."① 她用的就是伍尔沃斯超市的那种有薰衣草香味的紫色信纸。从达德利精油瓶子里飘出的那缕香味让我回忆起了这一切——不单单回忆起莫琳的笔迹,还回忆起她每一个特别之处。莫琳。我的第一个恋人。第一个滋养了我的女人。

我回到家时,信箱里有一封萨曼莎的来信,信里是她将黛碧的角色写出《邻居》的构思:在最后一集里,一辆卡车撞上了正在骑自行车的普里茜拉,令她当场死亡。但她变成了只有爱德华才看得见的鬼魂重返剧中,还敦促爱德华另找伴侣。不是很有新意,但值得考虑。你得承认,她是个聪明的姑娘。换个心情,我可能会沿着这样的思路去修改剧本,可眼下我满脑子想着的只有莫琳。我感到自己被一种无法抗拒的强烈冲动攫住了。我要写她。

---

① "我喝完茶之后写作业,接着帮妈妈熨衣服。你听托尼·汉考克的节目了吗?我们笑个不停。"

* 莫　琳 *
一份回忆录

我第一次意识到莫琳·卡瓦纳的存在是在我十五岁的时候。不过差不多过了一年我才想办法跟她搭上话，弄清她的名字。周一到周五的每天早上，我得转两次车去学校，这是一件让我厌烦的事情。我每次从家里出来等电车时都能见到她。我上的是兰贝斯麦钱特学校，一所政府直接拨款的文法学校，由一位好心肠又很有上进心的校长管理着。通过中学入学考试后，我不幸被这所学校录取。我说不幸是因为我现在相信，如果我去了一所名气小点、少些自命不凡的学校，我会快乐一些，因而也会多学点东西。我不乏天赋，可是没有社会和文化方面的后援使我能从兰贝斯麦钱特学校用意良好的教育中获益。这是一所古老的学校，历史和传统给了它根深蒂固的骄傲。学校接收自费学生，也接收中学入学考试中的尖子生，并仿照英国传统公学，设立了"寄宿舍"（尽管并没有寄宿生），建了小教堂，还有一首拉丁文校歌以及大量神秘的仪式和特权。学校里的建筑都是落满肮脏煤烟的新哥特式红砖房子，墙是雉堞状的，小教堂和大礼堂有镶彩色玻璃的窗子。老师们都穿长袍。我从来都没有适应那里的环境，学习成绩一直很差，上学期间大部分时候都落在全班最后几名。父母不能在作业上帮助我,放任我偷工减料敷衍了事。晚上大部分时间我都用来听收音机里的喜剧节目(我必听的是《那人又来了》《深陷泥沼》《从这儿拿》《愚人秀》[①],而不是《伊尼特》[②]和《大卫·科波菲尔》),要不就跟本地现代中学的伙伴们一起踢足球或是玩板球。兰贝斯麦钱特学校鼓励体育运动——他们甚至给代表学校参加比赛的人颁发"运动员帽"——可是冬季的比赛是我讨厌的橄榄球,而板球比赛总是伴随着令我感到乏味的排场。在学校里我享受的唯一成就是在一年一度的戏剧表演里当喜剧演员。不然的话,我势必要被视为又蠢又笨。我变成了班级小丑,多年来一直是老师嘲讽的对象。我经常吃老师的教鞭。我巴望着一考完普通级考试就马上离开学校,我不指望自己能通过考试。

莫琳上的是格林尼治圣心修女院办的学校,这也是中学入学考试优等生所得到的优待。我和她家都住在哈崎福,她从那里上学跟我一样麻烦,不过是与我相反的方向。哈崎福刚好位于泰晤士平原与萨里山脉的头几个山头相接的地方,我想,在19世纪末初建时,它是伦敦郊外一个称心的地方,可是到我们出生时,它几乎已经成了衰朽的市中心的一部分。莫琳家位于一座山的山顶,住在一栋被一分为二变成两套住宅的维多利亚式大别墅的下半部分,也就是地下室和第一层。我家住在阿尔伯特街一套联排式房子里,阿尔伯特街是山脚下的主街分出来的众多小胡同之一,有轨电车就在那条主街上行驶。我爸爸是一名有轨电车司机。

那是一份很辛苦的工作。他每天得在操纵装置前坚持八小时甚至更久,驾驶室的一侧是敞开的,开这种车得有几分牛马力气才能

[①]以上作品都是收音机里的喜剧节目。
[②]古罗马诗人维吉尔(公元前70—公元前19)的长篇史诗。

操控刹车。在冬天，他下班后又冷又憔悴地回到家里，蹲在起居室的炭火炉旁几乎说不出话，直到烤得身子缓过劲儿来。我在伦敦别的地方偶尔见过一种车型较为现代的有轨电车，流线型的车身，全封闭式，可我爸总是开那种战前生产的破烂型号：车两头都是敞开的，从一个车站摇摇晃晃地爬向另一个车站时，它时而发出尖锐刺耳的声音，时而嘎啦嘎啦地响个不停，时而哼哼唧唧呻吟不止。那种红色的双层有轨电车只有一个前灯，像一只视力模糊的眼睛在雾中发光，车铃发出叮叮当当的声音，黄铜配件和座位被无数的手和屁股磨得光溜溜的，车的上面一层弥漫着香烟烟雾和呕吐物的臭味。所有这一切，还有车上裹着头巾、脸色灰暗的司机和唧啾不停、带着连指手套的女售票员，都跟我青少年时代的回忆密不可分。

我每天都在哈崎福的五马路搭上学的第一辆电车。我通常不在车站里等车，而是习惯在车站前面街角的一家花店外，从那里，电车一出现在主街远处的弯道上，像一艘西班牙大帆船一样在轨道上摇晃着驶来时，我马上就能发现它。站在那儿，将视角移动大约三十度，我也能看到比彻尔路又长又直的斜坡。莫琳总是在同一个时间——八点差五分——出现在斜坡顶端，三分钟后，她就走到了斜坡低处。她从我身边走过，穿过马路到对面，再向前走几米远，然后在那里等待跟我的方向相反的电车。她还在远处时我放心大胆地看她，她走近时我便偷偷地看她，而表面上我是在眺望我的电车。她从我身边走过之后，我会漫不经心地走到我的车站，她在马路对面背对着我眺望她的车时，我就会看着她。有时候，在她刚好走到街角时，我会假装对电车还没有来感到不耐烦而冒险转过头，向她投去一瞥，就好像不小心看到了她似的。她通常都是眼帘低垂，但有一次她直视着我，我们的目光碰在了一起。她一时满脸绯红，飞快地垂下眼帘,看着人行道的路面走了过去。我想那之后我足足有五分钟没有呼吸。

就这样过了几个月。也许是一年。我不知道她是谁,不知道有关她的任何事情,只知道我爱上了她。她很美。我想一个不太善于表达或者不怎么稀罕的观者可能会将她描绘为"漂亮"或者"好看"而不是美丽,可能会认为她的脖子有点短,或者腰有点粗,没有资格得到最高的赞誉,可是在我看来她是美丽的。哪怕她穿着校服——布丁碗一样的帽子,宽大的粗布风雨衣,背带百褶裙,全都是海军蓝那种灰暗沉闷的色调——也是美丽的。她把帽子戴成一种俏皮的角度,也可能是被她红褐色头发天然的弹性往后顶歪的,帽檐围着一张心形的、让人心跳的脸。她长着一双深褐色的大眼睛,小巧、匀称的鼻子,大方的嘴,带酒窝的下巴。你怎么能用语言描绘美丽呢?这是毫无希望的,写出来的东西就像一张被弄乱的拼合肖像画①。她的头发很长,像波浪一样,被拢到耳后,在脖子后面用一个发卡卡着,垂在后半腰形成一挂长发的瀑布。她的风雨衣前面敞开着没扣扣子,袖子卷起来,露出里面白衬衣的袖口,以及袖口后面打结的带子。后来我发现,她和她的中学同学花了大把时间设计校服上这种小装饰,试着从修女们那些清规戒律下蒙混过关。她用来装书的是一种购物袋,这使她看上去有了一种成熟女人的感觉,相形之下我的皮革大书包就显得太孩子气了。

昨晚睡着前和早上醒来后,我想到以上关于她的那些事。如果她在比彻尔路坡顶出现晚了——这样的情况很少发生,我宁愿放过我该坐的电车,承担上学迟到的后果(两记教鞭),也不愿意丢了每

---

①警察为了找出犯罪嫌疑人,会向目击者出示无数各不相同的人物各部位的图片,经目击者——指认后,将它们拼装成嫌犯的肖像画。

天一次饱眼福的机会。这是一种最为纯洁、最为无私的罗曼蒂克的忠诚。这是但丁与贝雅特丽齐①在郊外桥边的相遇。没有人知道我的秘密,肉体的折磨也无法让我放弃那样做。那时我正在经历青春期年轻人的荷尔蒙风暴,无法控制也无以名状的身体变化和情绪激动淹没了我,啃噬着我——勃起、梦遗、体毛疯长以及其他一切。兰贝斯麦钱特学校没有性教育,我的爸爸妈妈呢,因为可敬的工人阶级根深蒂固的清教思想,也从来都对这方面的问题避而不谈。当然,学校的运动场上也流传着一些惯常的猥亵笑话和牛皮大话,学校厕所的墙上还有图画演示,可是要想从那些"行家里手"那里得到基本的知识,又不因暴露无知而丢脸,这就很难了。一天午饭时,我跟一个我信任的男孩擅自离校,去了本地的一家薯条店。走回学校的路上他告诉了我一些生活的真相——"你的阴茎变硬后,你把它捅进女孩的缝里,然后射在里面"——他所描述的这种动作尽管引人遐想,却又丑恶又肮脏,我不愿意把它跟我的天使联系在一起。我的天使每天都从比彻尔路的坡顶降临,接受我无声的膜拜。

我当然渴望跟她说话,我挖空心思地想着可以跟她搭上话的办法。我对自己说,最简单的办法就是某天早上当她从我前面走过时对她笑笑,向她问好。毕竟,我们并不算完全陌生——对一个你每天在街上见到的人这样做是完全正常的事情,尽管你不知道对方的名字。可能发生的最坏的事情是她不理睬我,径直走过去,对我的问候无动于衷。啊,这种最坏的情况细想起来让人不寒而栗。第二天早晨我怎么办?之后所有的早晨我怎么办?只要我不上前跟她搭话,她就没法拒绝我,我的爱情就是安全的,哪怕是单相思。我花

---

①但丁曾经的恋人,《神曲》中的重要人物。但丁对贝雅特丽齐的精神之爱被传为佳话,二人曾在佛罗伦萨郊外的桥边相遇。

了许多时间幻想一些更有戏剧性、更不可抗拒的方法接近她——比如,在她正要被电车车轮轧过时把她从死神手中拯救出来,或者在某个流氓企图抢劫或者强奸她时保护她。可她过马路时总是谨慎得令人佩服,也表现得很有常识,而早上八点哈崎福的街道上又极少有流氓(毕竟在1951年,"行凶抢劫"这个词还不为人所知,甚至在晚上,无人陪伴的女性走在灯火通明的伦敦街道也感到安全)。

最终让我们俩走到一起的事件要比这些想象出来的方案少一些英雄色彩,可那时我觉得差不多是一个奇迹,就好像有一位富于同情心的神灵,知道我渴望结识那个姑娘又不好开口,他等得终于失去了耐心,将她一下子弹向空中,扔到我脚下的地上。那天她在比彻尔路出现的时间晚了,我看见她匆匆忙忙地往坡下赶,时不时地突然跑起来——是女孩那种十分惹人喜爱的姿势,主要是膝盖以下的小腿在活动,脚后跟呈一个角度往后甩动,但由于书包的沉重拖累,跑一段她就会慢下脚步,以轻快的步子走一会儿再跑。这种忙乱慌张的样子使她显得甚至比平时更美。她的帽子从头上滑了下去,被脖子上的橡皮筋勒住,浓密的长发在身后甩来甩去,生机勃勃的步子使她的胸脯在白衬衣和百褶裙下令人激动地跳动着。我尽可能地壮起胆子,直视她的时间比平时长些;可是最后,为了避免她觉得我举止无礼,又不得不移开目光,开始那套假装往主街上察看电车是否出现的程序——实际上,这一次,电车已经离我很近了。

我突然听到一声喊叫,紧接着她扑倒在我的脚下,书在人行道上撒了一地。原来在她又开始奔跑时,脚尖踢到了一块不平的铺路石,被绊了一下,摔倒在地,书包也顺势掉在地上。我还没来得及伸手扶她,她就立刻站了起来,不过我得以帮她把书拾起来,跟她说上了话。"你没事吧?""唔,"她吮着擦伤的指关节咕哝道,"笨

269

蛋。"最后的尊号显然是说她自己的，或者可能是说那块铺路石的，不是说我的。她满脸通红。我的电车开过去了，拐过街角时车轮碾在带凹槽的轨道上，发出尖而长的刺耳声音。"那是你的车。"她说。"没关系。"我回答，心里因为她那句话的含义而欣喜若狂。那句话说明，在过去的几个月中，她也在观察我的行动，像我观察她一样认真。我仔细整理从文件夹里掉出来的几张书写纸，发现纸上的字又大又圆，i上面是一个小圆圈而不是一个点儿。我将那些纸递给她。"谢谢。"她将纸塞进书包轻声说，接着匆匆离去，脚稍微有些跛。

她刚好赶上平时坐的那趟电车——电车片刻后从我面前驶过，我看见她出现在楼梯口，爬上电车上层的车厢。我自己的电车走了，我没有赶上，可我不在乎。我终于跟她说话了！我还差点碰到她。我抱怨自己没有快一点帮她从地上爬起来——可是没关系：联系已经建立了，我们说过话了，我帮过她的忙，帮她捡起了书和纸。从今以后，她每天早上从我身边走过时我就可以对她微笑，跟她打招呼了。在我展望这一令人兴奋的前景时，街沟里一个发光的东西映入了我的眼帘：一支圆珠笔的笔夹在闪光，显然是刚才从她的书包里掉出来的。我狂喜地扑向它，将它藏在衣服内侧的口袋里，挨着我的心脏。

圆珠笔当时还是一种稀罕物，而且贵得出奇，所以我知道那支圆珠笔失而复得一定会让她高兴。那天晚上我将它放在枕头底下，跟它睡在一起（笔漏油了，在床单和枕套上留下了蓝色的墨渍，我因此被母亲痛骂了一顿，还被父亲揪了耳朵）。第二天早上我比平时提前五分钟来到花店前面我通常占据的地方，以确保不错过笔的主人。她本人出现在比彻尔路的时间也的确提前了一点，只见她慢慢走下斜坡，每向前走一步都很小心，带着一种有意识的谨慎，低头看着路面——我能肯定,那不仅仅是为了避免再次摔跤,还因为她知道我在看她,在等她。她从坡顶向我走来的分分秒秒都那么扣人心弦,令人紧张不已,就像《第三人》①结尾那个妙不可言的镜头,哈利·莱姆的女友沿着静悄悄的公墓里的小路向霍利·马丁斯走去。只不过她是目不斜视地从他身边走过的,而眼前这位姑娘却不能这样做,因为我有一个绝妙的借口可以拦住她,跟她搭话。

她向我走来时,假装对一只在合作社面包店上空盘旋俯冲的鸥椋鸟发生了兴趣,但在离我只有几米远时,她瞥了我一眼,给了我一个表示认出了我的羞涩微笑。"呃,我想你昨天把这个落在这儿了。"我脱口而出道,一边飞快从衣袋里掏出圆珠笔递给她。她的脸因为高兴而容光焕发。"噢,太谢谢你了。"她停下脚步接过笔,"我还以为再也找不到了呢。我昨天下午来这儿找过,可是没找到。""是啊,瞧,我捡着了。"我说。我们俩都干笑起来。她笑的时候,鼻尖像兔鼻一样往上抽搐、皱缩。"嗯,再次感谢。"她说完继续往前走。"要是我知道你住在哪里,我就会给你送去的。"我不顾一切地想留住她。"没事。"她转过身来,一边倒退着往前走一边说,"只要找回来就行了。我都不敢告诉妈妈我把它弄丢了。"她再次奖励给我一个美妙的皱鼻子微笑,然后转过身去,消失在街角。我仍然不知道她的名字。

不过,没过多久我就知道了她的名字。在她那次有如神助似的摔倒在我脚下后,每天早上她从我面前走过时我都向她微笑,向她问好,她也会红着脸报以微笑,向我问好。不久,我就在问候之外

---

① 1949 年上映的英国电影,改编自格雷厄姆·格林的小说。

加了一些精心排练过的关于天气的评论，或者关于圆珠笔功能的询问，或者对电车晚点的抱怨，这些问题都能引来她的回答。有一天，她在花店外面的街角停下来，我们交谈了一小会儿。我问她叫什么名字。"莫琳。""我叫劳伦斯。""把我翻过来。"她说。见到我茫然的表情，她咯咯地笑了。"你不知道圣·劳伦斯的故事吗？"我摇摇头。"他是被放在烤架上慢慢烤死殉难的，"她说，"他说，'把我翻过来，这边烤好了。'""那是什么时候？"我同情地皱着眉头问道。"我不知道准确时间，"她说，"我想是在罗马时期。"

她讲这个怪诞又有点让人恶心的逸事时，看她的表情，似乎故事里丝毫没有让人不安的东西。这个故事是我得到的第一个提示，它说明莫琳是罗马天主教徒，这一点在她第二天告诉我她学校的名字时得到了证实。我曾经注意到她的校服夹克翻领上用红线和金线绣的心形图案，但没有意识到它的宗教含义。"它代表耶稣的圣心。"她在称呼圣名时微微低下了头。在她口中无比虔诚的烤架和心脏与厨房和动物内脏有着不和谐的联系，这让我感到有些不自在，使我想起幼年时特纳夫人要用羔羊血洗我的威胁，但那没有吓退我追求莫琳做女朋友的决心。

我以前从来没有交过女朋友，并不确切知道应该如何开始，但我知道谈恋爱的男女常常一起去电影院，因为我跟他们在本地的奥德翁影院一起排过队，还观察到他们在电影院后排座位上卿卿我我。有一天，莫琳在花店外停下来时，我鼓起勇气问她这个周末是不是可以跟我一起去看电影。她听完脸红了，立刻现出兴奋而又担忧的表情。"我不知道。我得问妈妈和爸爸。"她说。

第二天早上，她出现在比彻尔路坡顶，身边陪着一个身材魁梧的男人。那人至少六英尺高，在我看来似乎和我家的房子一样宽。

我知道那一定是莫琳的父亲,她曾经告诉我,他是本地一家建筑公司的工头。我警惕地看着他向我走来。我并不怎么害怕挨一顿揍,可是害怕当众受到羞辱。显然,莫琳也害怕,因为我能看到她拖着脚步,耷拉着脑袋绷着脸。他们走得更近一些的时候,我调整目光向主街远处望去,闪光的电车轨道无限地变小直到不见,这时我还抱着一线希望,希望卡瓦纳先生仅仅是为了护送莫琳而来,要是我不试图跟他女儿打招呼,他就不会注意到我。可是我没有这么幸运。一个穿着海军蓝工装夹克的庞大身躯赫然耸立在我的面前。

"你就是那个一直纠缠我女儿的小恶棍吗?"他带着浓重的爱尔兰口音喝问道。

"呃?"我支吾道。我瞥了一眼莫琳,可她避开了我的目光。她红着脸,好像一直在哭。"爸爸!"她哀怨地咕哝着。花店门外,正在整理桶里鲜花的穿工装裤的年轻助手停下手里的活,预备欣赏一出好戏。

卡瓦纳先生伸出一只长着老茧、像警棍一样硬的食指捅了一下我的前胸。"我女儿是个正派姑娘。我不能让她在街角跟野小子说话,懂吗?"

我点点头。

"那你就记着点。去上学吧。"后一句话是对莫琳说的,莫琳用绝望而抱歉的眼神瞥了我一眼,没精打采地走开了。卡瓦纳先生的注意力好像被我的校服夹克吸引住了,那是一件俗丽的深红色衣服,缀着银纽扣,很令我讨厌。他紧盯着我胸前口袋上精致的盾形纹章和上面的拉丁文格言,问:"你上的是什么学校?"我告诉了他。他好像很惊讶,却不太愿意表现出来。"我提醒你,给我规矩点,要不我就到你们校长那儿告你去。"他说。他转回身向坡上走去。我仍然呆立在原地,目光顺着主街向远处眺望,直到电车进入视野,我的脉搏才恢复正常。

当然,这一事件只会将我和莫琳拉得更近。我们变成了一对命运多舛的恋人,以更进一步的接触来对抗她父亲的禁令。我们继续在每天早上互相聊几句,不过我现在已经谨慎地把自己的位置换到了恰好绕过街角的地方,如果有任何人从比彻尔路的坡顶观察五马路,我都位于他的视线死角。莫琳找了一个适当的时机劝说她妈妈允许我在一个星期六的下午去他们家,那时她爸爸要加班,所以不会在家,这样她妈妈就可以亲眼看到我并不是他们想象的那种街头傻帽,那次她问是否可以跟我一起去看电影时,他们就是这么想的。"穿上你的校服夹克。"莫琳精明地建议。结果,让我自己的父母感到震惊,也让我的伙伴感到愤怒的是,我错过了一场查尔顿队的主场比赛,穿上了我平时从来不在周末穿的校服夹克,爬上长长的山坡去了莫琳家。在又大又黑又杂乱无章的地下室厨房里,卡瓦纳夫人给了我一杯茶和一片家里做的苏打面包,一边评估着我,一边让一个婴儿趴在肩上,拍着婴儿的后背使他打出嗝来。她是个四十多岁的漂亮女人,生养孩子使她变得粗胖起来。她有和她女儿一样的长发,但颜色开始变得灰白,在脑后缩成一个不太整齐的发髻。她说话时跟她丈夫一样带爱尔兰腔,不过莫琳和她的兄弟姐妹都跟我一样是伦敦南部口音。莫琳是最大的孩子,也是父母的掌上明珠。她获得圣心修女院奖学金使他们感到特别骄傲,而我是文法学校学生这一事实显然也令我得分不少。对我不利的因素是我是个男生,又不是罗马天主教徒,因而会对莫琳的道德品质产生天然的威胁。"你看上去还是个正派小伙,"卡瓦纳夫人说,"可莫琳的父亲认为她还太小,不能跟男孩子们一起逛荡。我也是这么想的。她还有家庭作业要做。""不是每天晚上都去,妈妈。"莫琳抗议说。"你已经有星期日青年俱乐部了,"卡瓦纳夫人说,"在你这个年纪有那些社交活动已经足够了。"

我问我是否可以加入那个青年俱乐部。

"那是个教区俱乐部,"卡瓦纳夫人说,"参加的人得是天主教徒。"

"不,不是的,妈妈。"莫琳说,"杰罗姆神父说只要对天主教会有兴趣,不是天主教徒也可以参加。"莫琳看着我,脸又红了。

"我很感兴趣。"我立刻说道。

"是吗?"卡瓦纳夫人疑惑地看着我,可是她知道自己已经无计可施了。"好吧,既然杰罗姆神父说没问题,我想那就没问题。"

不用说,我对罗马天主教并没有真正的兴趣,或者说,我对任何宗教都不真正感兴趣。我父母不去教堂,守安息日也仅限于星期天不许我和兄弟上街玩耍。兰贝斯麦钱特学校名义上是英国天主教学校,可是早上集合时的祈祷和唱赞美诗,以及偶尔在小教堂里举行的宗教仪式,与其说是道德精神或神学理念的表达,好像还不如说是庆祝学校自身传统的无休无止的一部分仪式。有那么一些人,比如莫琳和她的家人,每个星期天上午都要自愿忍受那种让人厌烦的礼拜仪式,而不是在家睡个美美的懒觉,我觉得这真不可思议。无论如何,我准备出于礼貌假意对她的宗教抱有兴趣,如果这是我为继续与莫琳交往所要付出的代价的话。

接下来的一个星期天晚上,在莫琳的安排下,我来到了本地罗马天主教堂门外。这是一座低矮而敦实的红砖建筑,外面有一座大于人类自然形体的圣母玛利亚雕像。雕像的双臂伸开,方形座基上镌刻的铭文写道:"我乃始胎无玷。"教堂里边正在举行礼拜仪式,我悄悄走进门廊,听着不熟悉的赞美诗和声音低沉单调的祈祷,一股浓烈的香味刺激着我的鼻子,让我直想打喷嚏,我猜想那一定是熏香。突然响起了尖厉、喧闹的铃声,我从门口往里窥视,目光顺着座位间的过道向圣坛望去。那场面壮观极了,几十支又高又细的蜡烛在闪耀着,灯火辉煌。神父穿着一件有金色和白色刺绣的厚重长袍,手捧一个在烛光的照耀下熠熠生辉的东西。那是一个装在玻璃盒子里的白色圆盘,像破云而出的旭日一样金光四射。神父托着盒子的底座,底座用他披在肩上的绣花披巾包着,就好像那底座太烫手或有辐射似的。教堂里的信众多得惊人,所有的人都低头跪在那里。莫琳后来在适当的时候向我解释说,那个白色的圆盘是圣体,他们相信那是耶稣真正的血和肉。可是在我看来,整个仪式与其说是基督教的,还不如说是异教。赞美诗听上去也让人莫名其妙。他们唱的不是我在学校里惯常听到的充满生气的赞美诗(《去朝圣》是我最喜欢的一首),而是一些节奏缓慢、像挽歌一样的圣歌。因为歌词是拉丁文,所以我听不懂。拉丁文从来都不是我最好的一门课。不过,我得承认,这种仪式里有一种气氛是你在学校小教堂里无法体验到的。

天主教最先让我喜欢的一点是,在那里没有什么伪善和自命不凡。信众从教堂里蜂拥而出时,互相打招呼、开玩笑、聊天、递香烟的神情,就跟从电影院甚至小酒馆里出来时一样。莫琳在母亲的陪伴下出来了,她们头上包着头巾。卡瓦纳夫人开始跟一个戴帽子的女人交谈。莫琳瞥见了我,向我走过来,面带微笑。"这么说,你找到这地方了?"她向我打招呼说。"要是你爸爸看见我俩在说话怎么办?"我紧张地说。"噢,他从来不参加祝福式。"她说着,一边解开头巾，摇头甩散头发。"感谢天主。"我没有领悟到这句话包含的自相矛盾。不管怎样，我的注意力完全被她的头发吸引住了。我以前从来没有见过她解开头发，现在，一头富有光泽的鬈发呈扇形披散在肩上。她看上去比任何时候都美。她意识到我在盯着她看，脸红了。她说她必须把我介绍给杰罗姆神父。卡瓦纳夫人好像已经走了。

杰罗姆神父是管理教堂的两个神父里年轻的那位，不过确切地说，他也并不年轻了。他看上去不像我们学校小教堂里的神父和我见过的别的任何教士。他甚至不像他自己在圣坛上时的样子——刚刚结束的礼拜仪式就是他主持的。他是一个头发灰白、骨瘦如柴的都柏林人，指头被尼古丁熏黑了，刮脸时刮破了下巴，他贴在伤口上止血的东西好像是一片厕纸。他穿着一件长长的黑色袍子，长得拖到他的旧鞋子上，长袍上有一些很深的口袋，他用这些口袋来装卷烟用的物品。他点燃了一支自己卷好的香烟，那香烟焰火一样又是冒烟又是吐火。"那么，你想加入我们的青年俱乐部是吗，年轻人？"他说着，从长袍上掸去燃烧着的烟丝。"是的，先生。"我说。"那么你最好先学会称呼我为神父，而不是先生。""是的，先生——我是说，神父。"我结结巴巴地说。杰罗姆神父咧嘴一笑，露出不平整的牙齿上让人惊惶的豁口。他问了我一些问题，比如我住在哪里，在哪儿上学之类。兰贝斯麦钱特学校的名字又起到了它通常所起的作用。我成了始胎无玷教区青年俱乐部的一名试用期会员。

莫琳首先要做的事情之一就是向我解释她的教堂的名字。我以为它跟玛丽亚处女之身生下耶稣的事情有关，可是不是，它显然指的是玛丽亚"没有受到原罪的玷污"而怀孕。我发现罗马天主教教义的语言非常奇怪，特别是他们在祈祷时使用的语言，比如"处女""怀孕""子宫",这些词在普通的谈话中会被认为近乎下流,在我家肯定就是这样。那天莫琳对我说她要去参加新年弥撒,因为那是割礼宴会,我简直不敢相信自己的耳朵。"什么宴会?""割礼。""谁的割礼?""当然是我们的主。当他还是个婴儿的时候,圣母和圣约瑟带他去寺院里做了割礼,就像犹太人的洗礼一样。"我疑惑地大笑起来。"你知道割礼是什么吗?"莫琳脸红了,鼻子往上皱缩着咯咯地笑起来。"当然。""那你说,是什么意思?""我不会说的。""其实你不知道。""不,我知道。""我敢打赌你不知道。"我坚持心存邪念地追问,直到她脱口而出它的意思是"剪下小鸡鸡头上的一点皮",那时候我自己的小鸡鸡在法兰绒裤子里像接力棒一样挺了起来。当时我们刚参加完青年俱乐部星期日的社交,正在步行往家走,幸亏我穿了一件风衣。

青年俱乐部每周在教堂隔壁的幼儿园聚会两次:星期三有体育活动,主要是打乒乓球,星期天就是"社交"。社交包括跟随留声机的音乐跳舞以及分享三明治、橘子汁或茶这两项活动。食物和饮料是由在一份勤务名册上登记过的姑娘们准备的,小伙子们则必须在聚会开始时将幼儿园的桌子摆在教室墙边,聚会结束时再把它们成排摆好。我们使用的两个教室平时是由一面可折叠的隔墙隔开的。教室的地板是未抛光的破木板,墙上贴满了孩子气的画和幼教图表,教室里的电灯又暗淡又朴素。留声机是单喇叭的便携式留声机,唱片是一些带刮痕的七十八转唱片。可是对我这样一个刚从童年的茧壳里钻出来的青年来说,青年俱乐部是一个令人兴奋和大开眼界的快乐去处。

教区里的一位风韵犹存的女士每到比赛日的晚上就来免费给我们上跳舞课(莫琳的父母很少让她出来),我跳舞就是跟她学的。我发现自己在这方面有惊人的天赋。"紧紧抓住你的舞伴！"盖诺夫人总是这样训导。这是一条我很乐意遵从的师训，特别是星期天莫琳做我的舞伴的时候。不用说，我大部分时间都是跟她跳，可是俱乐部的规定是禁止只跟一个人跳舞，而我因为舞步灵巧，在轮到女士邀舞的时候总是受欢迎的对象。我们跳的当然是交谊舞——快步、狐步和华尔兹，为了换点花样，还加进了一些老式舞曲。我们跳的主要是维克多·西尔维斯特那些节奏整齐的舞曲，还有纳特·金·科尔、弗兰基·莱恩、盖伊·米切尔和那个年代其他当红歌星的热门歌曲做调剂。皮·维·亨特的《十二街玩笑》是最受欢迎的曲子，可是摇摆舞是不被允许的——杰罗姆神父明禁止这种舞蹈。而现在被当作舞蹈的那种不要舞伴的扭摆、躲闪、摇晃动作，那时还在孕育中，正等待着在20世纪60年代呱呱坠地。现在，当我冒险走进一家年轻人光顾的迪斯科舞厅或夜总会时，里面的色情氛围——黯淡、过分渲染的灯光，像性高潮一样抽动的音乐，紧绷、诱惑的衣着——和人们真正跳舞时触觉上的贫乏，二者之间的反差让我感到吃惊。我猜想他们在跳完舞后会有足够的身体接触，所以在舞池里不稀罕这些。可是，对那时的我们来说，情况正好相反。跳舞实际上意味着你被允许在公开场合抱一个姑娘——哪怕是在教会的青年俱乐部。也许是一个你在邀请她跳舞之前从没见过的姑娘，你会感觉到她的大腿隔着她沙沙作响的衬裙在摩擦你的大腿，感觉到她温暖的胸脯贴在你的胸前，你吸入她耳后的香水味儿或者刚洗过的正在撩拨你脸颊的头发上散发的洗发水味儿。当然，你得假装这些并不是你跳舞的目的。你得一边带着舞伴在舞池里旋转，一边聊聊天气、音乐或其他什么东西，可实际上感官接触的特权是极其重要的。想象一下，在一个鸡尾酒会上，所有的客人都在手淫，而表面上却在忙着啜饮葡萄酒,谈论着最近出版的新书和最新上演的戏剧,那样你就可以对20世纪50年代青春期的少男少女跳舞的情形略知一二了。

得承认,杰罗姆神父尽了最大努力扑灭色欲之火。他坚持聚会要以连续朗诵十遍"万福玛利亚"这种冗长乏味的程序作为开始,这是某种他称之为"神圣玫瑰之谜"的东西——谁能从这种低沉唠叨的话语中得到什么对我来说的确是一个谜。朗诵过后他会在那里徘徊,注视着跳舞的男女,确保一切都是体面又见得了阳光的。在俱乐部规章中的确有一个条款——它以"第五条部规"为人们所知,也成为俱乐部成员中一些轻微的下流幽默的主题。它规定:在跳舞的舞伴之间,任何时候都必须能看见光线。但这条规定并没有被严格执行或遵守。不管怎样,杰罗姆神父通常在最后一曲华尔兹开始很早以前就离开了(有传言说他是去喝威士忌或者跟教堂里的同事玩扑克牌去了)。他走后,我们就会关掉一些灯,胆大点儿的人开始跳贴面舞,或者至少跳贴胸舞。到了那个时候,我自然总是要确保莫琳做我的舞伴。她的舞跳得不是特别好,我看见她跟别的舞伴跳舞时,有时候的确显得很笨拙,但我对此一点也不在意。我们一起跳舞时,她总能积极地回应我有力的领舞。乐曲结束时,我让她一圈又一圈地旋转,转得她的裙子飞扬起来,她高兴地大笑着。她有两套参加星期天晚上社交活动的装束:一是塔夫绸裙子配以不同的衬衣,一是带粉色玫瑰花图案的白色连衣裙,这件衣服将她的胸部束得很紧,就她的年龄来说,她胸部的形状和大小都发育得很早。

我不久就被俱乐部的其他成员接受了,特别是在加入俱乐部的足球队之后。足球队每个星期天下午跟伦敦南部其他几个教区球队比赛。那些球队有着跟我们一样古怪的名字,所以你可以在记分牌上看到诸如"始胎无玷队2，宝血队1"，或者"永恒救主队3，四十殉教者队0"此类的东西。我踢右前锋，结果我们获得了那个赛季联赛的冠军。我是最佳射手，踢进了二十六个球。对方球队的领队查到我不是天主教徒，提起了正式申诉，说不应该允许我参加联赛。有一会儿似乎到手的奖杯就要被夺走了，但在我们威胁说要退出联赛后，我们被获准保留奖杯。

我们在地面起伏不平的公园里比赛，往返坐电车或公共汽车，在阴暗潮湿的小房子里换衣服，运气好时房子里有厕所和冷水洗脸池，但绝不会有浴缸或淋浴设备。回家时泥土在膝盖上结成了硬块，坐在家里的浴缸中，我会慢慢将腿伸直，想象膝盖是两个正在海里沉没的火山岛。膝盖消失在水里后，我想起了莫琳，她此时一定正在洗头发，准备参加星期日晚上的社交。这时，我充血的阴茎就会像一条邪恶的海蛇一样，从阴暗、冒着蒸汽的水中暴跳而出。她曾经告诉我，她通常在洗澡时洗头发，因为头发太长，很难弯腰在洗脸池里洗。我想象她坐在浴缸泛着泡沫的温水中，用一只釉罐从水龙头接满水，往头上浇下去，她长长的鬈发被冲得粘在乳房间的乳沟上，就像我见过的一幅美人鱼油画一样。

莫琳和俱乐部的其他姑娘常常星期天下午来赛场为我们加油。如果我踢进了一个球，我会一边在边线上寻找她的身影，一边小跑着退向中场的圆圈，脸上带着一种从查尔顿竞技队的中锋查理·沃恩那里模仿来的谦虚、自持的神情，并接受她充满爱意的微笑。有一次进球我记得特别清楚，我来了一个精彩的飞身头球，我想那是跟布里克利教区"永恒救主圣母玛利亚"队的比赛，布里克利教区是我们的邻居，所以这是一场地方德比。实际上，那次进球纯属侥幸，因为我从来都不是什么了不起的头球行家。比赛临近结束时比分是二比二平，我接到我方守门员的大脚传球，接着带球过了两个对方球员，将球传给了右边锋。他的名字叫詹金斯——我们叫他詹克西，一个身材矮小、未老先衰、佝偻着背的男孩，他不仅在赛前和赛后要抽伍德宾牌香烟，就连中场休息时也要抽，据说他在比赛暂停时还向一位观众讨烟抽。尽管他其貌不扬，可是跑起步来却惊人的快，特别是俯冲下坡时，就像那次比赛中。他带球飞快地冲向右侧的角旗，像一贯如此的那样，没有抬头看人就将球横传过来，这样做是为了在对方左后卫还没有发现他的意图并向他铲来时将球传出去。我追进禁区，这时足球刚好飞到我面前，大约到我腰部的高度。我腾空一跃，非常幸运，额头正中心"啪"一声顶到了足球。守门员还没来得及动一动，球就像火箭一样飞进了球网。球门有球网这一事实（我们用的场地没有几个有这么讲究的东西）使进球更加令人满意。对方球员一个个目瞪口呆地看着我。队友们抓着我的脚把我拎起来，拍打我的后背。莫琳和始胎无玷的其他姑娘在边线上欢呼雀跃，兴奋得发狂。我不记得此后的人生中我经历过比这更为欣喜若狂的时刻。就是在那天晚上，在俱乐部社交结束后送莫琳回家时，我第一次抚摸了莫琳的乳房，隔着她的衬衣。

那差不多是我第一次跟她说话之后一年的事了。我们身体上的亲密在缓慢地发展，前进的步幅非常微小，这有若干原因：我的经验不足，莫琳的天真无邪，她父母充满怀疑的监视。卡瓦纳夫妇极为严厉，甚至用那个时代的标准来看也是如此。他们无法阻止我们在青年俱乐部见面，也很难拒绝我护送她从俱乐部回家，可是他们禁止我们俩单独外出看电影或者去任何别的地方。星期六晚上他们要去佩卡姆的一家爱尔兰俱乐部，要求莫琳在家照看弟弟妹妹，可是不许她在父母外出时让我去她家,也不让她来我家找我。当然,我们仍然每天早上在电车站见面(只是电车站现在已变成了公共汽车站:伦敦的双层有轨电车逐步淘汰了,铁轨被拆除,路面上铺了沥青碎石——我爸爸得到了一份仓库办公室的工作,他对此没有什么可抱怨的),我们各自早早从家里出发,以便有更多的时间聊天。我常常把情书交给莫琳让她在去学校的路上看——她对我说绝对不要把信寄给她,因为她的父母早晚一定会截住某一封。我要求她把她的信寄给我,因为接到私人信件显得像个大人,特别是装在散发着薰衣草香味的紫色信封里的信件,这让我弟弟因为好奇心无法满足而发狂。不过这样也存在一点危险,我父母可能会打探信的内容,其实任何一封信的内容都无关痛痒。那些信是用带薰衣草香味的紫色信纸写的,字写得很大,字母 i 上面带一个小圆圈。仔细想来,我认为她是从圆珠笔广告上得到这个灵感的。她曾因这样写字在学校受到批评。除了每天早上在电车站的短暂会面,我们就只能在青年俱乐部的活动中见面了。这些活动包括社交、比赛日晚上、足球赛,夏天偶尔还到肯特郡和萨里郡周围的绿地去逛逛。

也许正是这些限制帮助我们对彼此忠诚了很长时间。我们从来都没时间对彼此的陪伴感到厌倦,而且,在挑战莫琳父母的禁令中,我们感到自己正在上演一出浪漫至极的戏剧。纳特·金·科尔在《太年轻》中完全唱出了我们的感觉,他唱那首歌时,音节就像滚烫的糖果在他嘴里滚动,伴奏音乐是甜美的弦乐和凄婉的钢琴和弦。

> 他们想对我们说我们太年轻,
> 太年轻,不能真正懂得爱情。
> 他们说爱情只是两个字,

一个我们只是听说过
却不解其意的词。
可是我们的年龄足以让我们知道,
尽管岁月流逝,爱情不会变老……

这是我们最喜欢的一首曲子。有人把这首歌放上留声机转盘时,我总是要确保莫琳作我的舞伴。

我们单独待在一起的时间,差不多只有星期天晚上社交结束后我送莫琳回家的时候。最先,因为笨拙,也因为不知道在这样新奇的境况里如何表现,我常常只是把双手插进衣袋,没精打采地往前走,与莫琳保持一米远的距离。可是在一个寒冷的晚上,令我极度高兴的是,她好像为了取暖而向我靠近,然后将手臂滑进了我的臂弯。一种占有的骄傲在我心里膨胀开来。现在,她毫无疑问是我的女朋友了。她挽着我的胳膊像笼中的金丝雀一样叽叽喳喳说个不停——聊青年俱乐部的人,聊她的同学和老师,聊她的家庭,包括她在爱尔兰甚至在美国的庞大亲戚网络。不管什么时候见面,莫琳总是有满脑子的新闻、闲话和逸事。她讲的都是一些琐碎的小事,可是它们让我着迷。至于我自己的学校,只要我不在学校我就竭力不去想它,而我的家庭也好像没有莫琳的有意思,所以交谈时我大部分时间都是心满意足地当她的听众。不过偶尔她也会问起我的父母和我以前的生活,她很爱听我跟她讲我那时是如何每天早上在哈崎福五马路的街角等她,那么长时间都不敢跟她说话的事。

在她从青年俱乐部回家的路上挽了我的胳膊之后,几乎过了好几个星期我才斗胆在她家门外跟她道晚安时吻了她。这是一个笨拙的吻,一半吻在嘴上,一半吻在脸颊上。这一吻让她吃了一惊,但她热烈地回应了我。突然，她逃开了，嘴里喃喃地说着"晚安"，跑上通向她家大门的台阶。第二天早上在电车站见到她时，她的眼睛里有一种迷离的光晕，笑容里有一种未曾有过的温柔，所以我知道，那一吻对她的重要性跟对我一样。

我得跟学习跳舞一样学习亲吻。在我们家，男性占主导地位，任何一种身体接触都差不多被视为禁忌。而在莫琳家，她告诉我，所有的孩子，甚至男孩，亲吻父母道晚安是习以为常的事情。当然，那跟吻我是很不一样的，不过这就解释了莫琳何以能如此自然地扬起脸凑近我，在我的怀抱里感到如此惬意、放松。噢，初次的拥抱多么销魂！青春期的亲吻是什么感觉？我想它能够给你一种直观的感觉，让你知道性是什么。姑娘的唇和嘴就像她身体里神秘之处的肌肤：粉红，湿润，柔嫩。我们所称的法式热吻，彼此将舌头伸进对方的嘴里，就是一种模拟性交。不过我和莫琳过了很长时间才走到那么远。在好几个月的时间里，似乎简单的亲吻已经足以令人如痴如醉，胳膊紧紧地搂住对方，嘴唇对着嘴唇，双眼微闭，每一次都要屏住呼吸好几分钟。

我们常常在莫琳家地下室附近一个阴暗的地方亲吻，为了不被人看见，不得不忍受附近垃圾桶里散发出来的臭味。不管什么天气，我们都得忍受。如果下雨，我们拥抱时莫琳会把雨伞举在我们俩的头顶。在寒冷的天气里，我会解开我的粗呢绒外套（一件让我自豪的周末新衣服），掀开她风雨衣的前襟，两件衣服对接形成一个帐篷一样的空间，这样我可以把她拉得更近。有一天晚上，我发现那件玫瑰图案的连衣裙背后掉了一粒扣子，我将手从豁口里伸进去，抚摸她肩胛骨之间裸露的肌肤。她颤抖起来，紧贴住我的嘴唇的双唇微微张大了一点。几个星期后，我将手伸进她衬衣的前襟，隔着她光滑的绸缎衬裙抚摸了她的肚子。事情就这样发展着。一寸一寸地，我逐渐扩大着我对她身体的探索，那完全是处女的领地，不管从"处女"这个词哪方面的意义来说都是如此。莫琳在我的怀抱里温柔顺从，渴望被爱，喜欢被抚摸，但是完全没有性方面的自我意识。我们拥抱时她一定常常能透过我们的衣服感觉到我勃起的阴茎，可她从没有说起过它，也没有迹象表明她因此而感到窘迫。也许她以为成熟的小鸡鸡会像骨头一样永远硬下去。比较而言，勃起反而给我造成更多困扰。当我们要告别时（在那一带逗留的时间超过十分钟或一刻钟是危险的，因为卡瓦纳先生知道俱乐部社交什么时候结束，有时候会走到门廊顺着马路张望，这时我们俩就在他的脚下打着哆嗦，一半是害怕，一半是好笑），我会等着莫琳跑上台阶进了屋，才僵硬着身子，微微哈着腰离去，就像踩高跷一样。

我想莫琳也一定体验到了自己性唤起的征兆，可我怀疑她是否能清楚认识到那是性欲使然。她有着天真纯洁的头脑，不是那种假装正经的纯洁。她对下流笑话显得迷惑不解，真真正正的迷惑不解。她谈到过她长大以后要结婚生孩子，可好像并没有把这些跟性联系在一起。无论如何，她喜欢被亲吻和拥抱。她在我怀里时像小猫一样满足地发出呜呜呜的叫声。我相信，如今这种感官享受和天真无邪很难同时存在，因为现在的青少年可以接触如此多与性有关的信息和图像。不用说那些在高街任何音像店和报刊亭都能买到的软色情[①]录像和杂志，单是那些普通十五岁以下儿童不宜的电影里的场景和语言，就一定会让四十年前的一半观众射在裤子里，还会让制片人和发行商进监狱。难怪现在的小孩刚能硬就想干了。我怀疑他们

[①] 露骨程度较轻的黄色作品。

现在甚至根本不会费心去亲吻，直接就扒光跳上床了。

我不像莫琳一样心地单纯，可我知道的东西也不比她多多少。尽管我沉溺于跟她做爱的朦胧幻想，特别是在入睡前，结果频频梦遗，可我没有引诱她的意图。要是我试着这样做，肯定会把事情彻底搞砸的。除了抚摸她裸露的乳房之外，我没有更大胆的目标了。可当我得手的时候，那的确就是一种诱惑。

我本来已经做到了亲吻时把手伸进她的衬衣，隔着乳罩握住她的一只乳房，指头轻轻触摸着乳罩上的针脚，就像在读盲文。偏偏这时候，她的罗马天主教良心闯了进来。回想起来，这事以前没有发生真让我感到吃惊。事情的导火线是他们学校的"retreat"[①]——在我看来，这是一个很有趣的名字，虽然莫琳说它由三天的布道、祈祷和几段强制性静默组成，但用这个词军事方面的含义来说明它对我们的关系产生的直接影响再合适不过了：一次敦克尔刻闪电大撤退。那次静修由一个来访的神父主持（莫琳将他描绘成一个像油画中上帝一样身材高大、蓄灰色胡须的人，有着一双好像能看透你灵魂的锐利眼睛），一位严肃地一直点头的女修道院院长陪着他，向五年级的女生们做了题为《神圣的纯洁》的布道，威胁那些傻姑娘说亵渎了"圣灵的殿堂"——他这样称呼她们的身体——就会有可怕的后果。"如果在座的哪位姑娘，"他咆哮道——莫琳声称他说这话时专门看着她——"不管是穿着还是举止，让男孩在思想、语言或行为上犯了不洁之罪，她的罪孽也会跟他一样重，甚至更重，因为对于我们人类，男性对放荡情欲的控制力要比女性小。"这之后，姑娘们得去向他忏悔，他从那些姑娘嘴里挖出了一些诸如她们允许

[①]含有"撤退"和"（宗教）静修"之意。

男孩接触她们圣灵的殿堂的放纵行为。有一点在我看来似乎太明显不过了，那神父是个肮脏的老家伙，他从打探那些不设防的青春期少女对性的感觉和经历中寻找刺激，还把她们弄哭。他当然也把莫琳弄哭了。我也哭了，当她对我说再也不许我碰她"那里"的时候。

如果说罗马天主教的种种因素中，有一种最有决定性意义的因素让我继续留在新教教会里，或者继续做一个无神论者（因为我无法完全确定我真正信仰什么），那就是忏悔。莫琳一次又一次地努力使我对她的信仰产生兴趣，不用她告诉我我就知道，她最殷切的希望就是做我的皈依介绍人。我觉得偶尔在星期天晚上的祝福式上露露面是谨慎之举，这样可以让她高兴，也可以保住我的青年俱乐部会员资格，但我在试过一两次弥撒之后就避开了。大部分时候是神父背对着我们嘟囔一些无法听清的拉丁文（拉丁文这门功课让我的中学生活变得特别悲惨，直到我被允许放弃并以艺术课取而代之），看起来其他会众对它的厌烦程度也跟我一样，因为仪式进行时许多人都在念《玫瑰经》——不过，天知道，《玫瑰经》甚至更让人厌倦，而它不幸又是祝福式的正式组成部分。难怪天主教徒在仪式结束后兴高采烈地冲出教堂，一边交谈一边大笑着打开香烟盒：这是里边几乎难以忍受的无聊之后的彻底解脱。唯一的例外是圣诞节的午夜弥撒。唱圣诞颂歌和夜不归宿的兴奋让人感到快活，而天主教的其他方面似乎纯粹是古怪的迷信，比如教堂里真实得惊人的耶稣受难油画和雕塑，烛光摇曳（蜡烛是教友们的奉献）的平台，星期五戒荤食，四旬斋里放弃甜食，丢了东西向圣安东尼祈祷，要求"免罪"并把它作为来世的一种保险单，等等。但忏悔不能跟它们同日而语。

有一天，我们俩因为什么原因单独待在教堂里——莫琳还点燃了一支蜡烛，我认为她可能有某种"意图"，也许是为了我的皈依。我发现教堂一侧有一些衣橱一样的忏悔室，便窥探了其中的一间。忏悔室的一边是一个写有忏悔神父名字的小门，另一边是一块布帘。我拉开布帘，见到了一个带衬布的跪垫和一小方金属网。金属网就像餐桌上用来罩菜的罩子被压扁后的状态，而你要透过这块金属网悄声向神父吐露你的罪恶。仅仅是想一想都让我浑身起鸡皮疙瘩。考虑到我下半辈子如此依赖心理治疗，而在青春时期却认为没什么比跟一个成年人分享你最秘密可耻的思想更让人厌恶，这很有反讽意味，真的。

莫琳努力消除我的偏见。宗教指导是她在学校里最好的一门功课。她考上了女修道院学校并努力坚持了下来——靠的是认真学习，而不是天资聪颖。需要死记硬背的宗教指导很适合她这方面的才能。"在听你讲话的不是神父，是上帝。""那么，祈祷的时候，为什么不直接跟上帝讲话呢？""因为必须有圣礼。"我没有什么神学知识，于是怀疑地哼了哼。"不管怎样，"莫琳继续说道，"神父并不知道你是谁，里面漆黑一片。""假使他能听出你的声音呢？"我说。莫琳承认她就是出于这个原因才避免去找杰罗姆神父忏悔，但又坚持说就算神父真的辨认出了你的声音，他也不准泄露出去，不管在什么情况下他都不能向任何人透露你忏悔的内容，因为有忏悔保密誓约。"哪怕你犯了谋杀罪？"即便是那样，她还是向我保证——尽管这保证是带条件的："那他不会赦免你，除非你答应去自首。"我问她什么是赦免。因为发音错误，我将"赦免"说成了"洗礼"①，逗得莫琳咯咯地笑起来，接着她开始发表一篇冗长无聊的关于宽恕、仁慈、补

---

① 二者在英文中发音相近。

赎、炼狱和暂罚的演讲,我听得云里雾里的,就好像在听她背诵合约桥牌的规则。在我们开始交往不久,有一次我问她忏悔过自己的哪些罪,她不愿意告诉我,这我不感到奇怪。不过她的确告诉过我她在学校静修中的忏悔,还告诉我神父说我一直摸她是一种罪过,说我一定不能再这样做了,说为了避免"犯罪机会",我送她回家时不能再走到那个地方,也不能再拥抱了,但也许握握手或者交换一个纯洁的亲吻还是可以的。

事情的转折让我绝望,我想尽办法来扭转这种局面。我抗议,我争辩,我又哄又骗;我晓之以理,我动之以情,我费尽心思。当然,最后我赢了。男孩在这种斗争中总能取胜,如果姑娘承受不起失去他的风险的话。莫琳承受不起。她把心交给我,无疑因为我是第一个要求得到她的人。不过在我人生中的那一阶段我还是长得不错的。我还没有得到墩子这个绰号,我也还有头发——实际上,是相当漂亮的金发,我把头发向后梳成波浪形,用发胶使它变硬定型。我还是青年俱乐部里最好的舞者和足球队的明星。这些东西比考试成绩和前途事业对年轻姑娘们更为重要。那一年我们俩都参加了普通级考试。莫琳的五门课均以低分通过,能让她升入六年级;我除了英国文学和艺术全都不及格,于是离开了学校,按照《标准晚报》上的广告去应聘伦敦西区一家大剧院的经理办公室工作。说实话,我只是一个受到夸赞的办公室男孩,我的工作就是往邮件上贴邮票,将邮件送到邮局,为演职员们买三明治,如此等等。然而,这一行业光彩背后的某种东西感染了我。我们的办公室在沙夫茨伯里大街一家剧院的楼上,一些著名的男女演员去老板的私人办公室时要从我们这里经过。当我接过他们的外套或为他们端上咖啡时,他们会对我微笑或说上点什么。我很快就学会了演艺界的语言,它热病一样的兴奋和升降沉浮都会在我的身上产生反应。我想，莫琳看出了我正在这种老于世故的环境里迅速成熟，并有离她远去的危险。我有时会得到一些表演的赠票，可是想让卡瓦纳夫妇允许莫琳跟我去看演出是没有希望的。我们不再每天早上在电车站见面了，因为我现在从哈崎福站乘南部铁路的电气火车到查令十字车站。如此一来，我们星期天的会面和青年俱乐部社交后一起步行回家的时间就变得弥足珍贵。她无法长久拒绝我亲吻她。我将她哄到地下室台阶的阴影里，一步一步地慢慢恢复到了以前的那种亲密状态。

我不知道她跟上帝或者她的良心达成了什么样的契约——我想，谨慎起见还是不要问她了。我知道她每月去忏悔一次，每个星期都去领圣餐，也知道要是她偏离了这种日常生活的轨道，她的父母就会起疑心，我还知道，除非你保证不会再犯，否则你的罪就不会得到赦免，因为有一次她向我解释过这些，还说在有罪的情况下咽下圣饼又是一项罪，比原先的罪更为严重。在严重的罪和轻微的罪之间有某种区别，她可能把它当成钻空子的机会。严重的罪被称作大罪。我记不得轻微的罪被称作什么了，但即便它们没有得到赦免，你仍然可以去领圣餐。不过我很害怕那可怜的姑娘会把抚摸乳房看成大罪，还会相信如果突然死去来不及忏悔，她就有极大的危险直接下地狱。

那一时期，她的神色和表情有了微妙的变化，不过我很可能是唯一注意到这种变化的人。她少了一些通常有的生机勃勃，眼神里流露出某种空洞，微笑中也透着一丝倦态。甚至她的面色也受到了不良影响，皮肤失去了光泽，嘴周围偶尔会冒出一个小脓包。不过最为重要的是，她给了我比以前更多的自由，就好像已经破罐子破摔，放弃了做个好姑娘的一切希望，或者用她的话说，她放弃了蒙受天恩的一切希望，所以继续保卫她的端庄便失去了意义。在九月里一个温暖的夜晚，当我解开她的衬衣纽扣，像夜贼撬锁一样无限谨慎和灵巧地解开她胸罩上的钩扣时，我没有遇到抵抗，她也没有提出抗议。她只是在黑暗中站在那儿，站在垃圾桶旁，温顺而又很轻微地颤抖着，就像一只待宰的羔羊。她没有穿衬裙。我屏住呼吸，从一只罩杯里轻轻地放下她的一只乳房——我想是左边的那只。它像一只熟透的苹果一样滚落进我的手掌。上帝啊！在那之前或之后，我再也没有体验过这样的感觉，第一次抚摸莫琳青春的乳房时的感觉——如此酥软，如此光滑，如此柔嫩，如此坚挺，如此有弹性，如此神秘地摆脱了地球引力。我将乳房抬高一厘米，让我半握成碗状的手掌承载着它，然后重新轻轻放低我的手，直到它刚好跟我手掌的形状吻合而不是由我的手掌托着它。这样，她的乳房就会一直垂在那里，骄傲而又挺拔，就好像是一种跟地球本身飘浮在太空一样神奇的现象。我重新托起那只乳房，它像个裸体的小天使，懒洋洋地躺在我的掌上，任我轻轻地揉捏。我不知道我们在那里站了多久。我们没有说话，也几乎没有喘息，直到她低声说"我得走了"。她将手伸到背后扣好胸罩的钩扣，然后消失在台阶顶端。

从那天晚上以后，我们分别前的亲吻便无一例外地伴以我在她的衣服里面抚摸她的乳房。那是我们仪式的高潮，就像神父在祝福式上高高举起闪闪发光的圣骸容器。我对她乳房的形状了如指掌，可以蒙住眼睛做出它们的石膏模型。它们几乎是完美的半圆，顶端有着突出的小乳头，乳头在我的触摸下会变硬，就像在轻轻地勃起一样。我多么渴望抚摸它们时也能看看它们，吮吸它们，用鼻子摩擦它们，我多么渴望将我的头埋进它们之间温暖的谷地！我也开始在她的下半身设计我的港湾，放肆地试图将手伸进她的衬裤。很显然，所有这一切都无法站在地下室那片潮湿的地方上体面地完成。我必须设法跟她在室内的什么地方单独待在一起。我绞尽脑汁地策划着，就在这时，我遭到了突如其来、意料之外的挫折。有天晚上我送她回家，在离她家还有一段距离时，她在一个路灯柱下停住了，一边热切地看着我，一边在手指间绞弄着一绺头发，她告诉我，亲吻和跟它一起进行的一切全要停下来。这全都是因为青年俱乐部的圣诞话剧演出。

圣诞话剧的主意是比德·哈林顿出的，此人是俱乐部委员会的主席。我以前从没听说过有叫比德的人，第一次见到他时，我天真至极地问他他的名字是不是和《玫瑰经》念珠[①]是一样的拼法。他显然以为我在嘲笑他，很冷淡地告诉我比德是古代不列颠一位圣人的名字，他是个僧侣，以"尊者比德"为世人所知。比德·哈林顿本人在这个教区似乎也享有同样高的声望，特别是在教区的成年信众中。他比我和莫琳大一两岁，是本地的天主教文法学校圣阿洛伊修斯学校才华横溢的高才生。那时他是学生代表，在上高中三年级，已经考上了牛津大学，来年将去那里学习英文，或者像他自己为了卖弄学问而说的那样，念英文。他个子很高，有一张瘦削、白净的脸，戴一副厚重的牛角镜框眼镜，粗粝的黑发好像分缝不当，总是戳向空中或者耷拉下来盖住眼睛，把脸衬托得更为苍白。尽管在智力方面有所成就，但比德·哈林顿缺乏青年俱乐部里最为看重的才艺：他既不跳舞，也不会踢足球，或者说他根本不会任何体育活动。他在学校里总是以近视为借口避开任何体育比赛，还直接宣称他对

[①] "珠子"（bead）在英文中和"比德"（Bede）同音。

跳舞不感兴趣。我相信他实际上对跳舞提供的接触女孩身体的机会很感兴趣,可他也知道,因为他瘦长、不协调的四肢和那双特大号的脚,他很可能跳得不咋样,也害怕学习跳舞时会显得滑稽可笑。比德·哈林顿干任何事情都必须出类拔萃,所以他通过使自己被选为青年俱乐部委员会的主席并管理这儿所有的人而收获了名声。他还编了一份俱乐部通讯,那是一份模糊不清的油印小报,主要由他本人撰写。他不顾俱乐部其他成员的不情愿,给俱乐部偶尔举办的活动强加上智力性质,比如辩论赛和智力竞赛,在这些活动里他就可以尽显他的杰出才能。星期天晚上社交时,人们可以看到他跟杰罗姆神父深谈,或者皱着眉头查看俱乐部的活动经费账目,要不就独自坐在椅子上往后翘起来,双手插在衣兜里,伸展着长腿,带着一种淡淡的、充满优越感的微笑观察拖着脚步旋转的人群,那神情就像一位校长在迁就他看管的孩子们稚气十足地玩乐。不过在我看来,他的眼光里有一种热切的渴望,当莫琳在我的怀里随音乐摇摆时,有时候这种眼光会特别贪婪地停留在莫琳的身上。

圣诞话剧是比德·哈林顿为自己加分的典型行为。不仅剧本是他自己写的,他还负责导演、表演、舞台设计、为话剧挑选音乐和录音。他包揽了跟演出相关的一切事务,除了缝制演出服装之外——这项工作被他委托给了他那位敬慕儿子的母亲和运气不佳的姐妹们。话剧将在圣诞节前一周的三个晚上在幼儿园演出,然后再去本地一家由修女们管理的养老院第二次演出,第二次只演出一个晚上,时间是 1 月 6 日主显节——也就是"第十二夜"[①],他在第一次试演时这样卖弄学问地告诉我们。

[①] 西方传统圣诞节假期的最后一夜为第十二夜,即主显节。莎士比亚的话剧《第十二夜》也曾在"第十二夜"首演。

事情发生在11月上旬一个星期三晚上的俱乐部活动中。我跟莫琳一起去俱乐部，像护花使者一样看护着她。之前的星期天晚上，比德·哈林顿趁我跟别人跳舞时把她带到一边，让她答应扮演童贞女玛利亚。她很可能觉得受到了抬举，因此兴奋异常。由于我不能说服她收回承诺，我想那最好就跟她一起参加。比德显得很吃惊，也不大高兴在试演时看到我。"我不认为这儿有你什么事。"他说，"而且，说实话，我不确定让非天主教徒参加教区圣诞话剧演出是否合适。我得问问杰罗姆神父。"

结果比德把约瑟①的角色留给自己就不足为奇了。我敢说他还要兼演大天使加百列②，要是可行，还要演所有的东方三王。莫琳很快就确认了玛利亚的角色。我快速翻动油印的剧本，为自己寻找一个合适的角色。"希律王③怎么样？"我说，"演他的人肯定不必是天主教徒吧？"

"要是你愿意，可以试试。"比德勉强答道。

我试演的场景是，东方三王去朝拜救世主之前，希律王曾伪善地要求他们回来后向他禀报在哪里找到了刚降生的救世主，假称自己也要前往表示敬意。他意识到他们不会那样做，于是残忍地下令屠杀伯利恒地区所有两岁以下的男婴。正如我早先提到的那样，在学校，演戏大概是我唯一擅长的事情。我的试演棒极了。这么说吧，我演得比希律还要希律。我试演完时，其他候补演员都情不自禁地鼓起掌来，比德很难拒绝给我这个角色。莫琳用充满爱意的目光看着我：我不仅是俱乐部最好的舞者和足球队的一流射手，显然也是

---

① 《圣经》中玛利亚的丈夫。
② 加百列为大天使之一，是他向玛利亚预报耶稣的降生。
③ 《圣经》中血统不纯的犹太君主，是一位有名的暴君。

个明星演员。说实话,她自己不大适合做演员。在舞台脚灯的灯光下,与观众交流时她的声音太小,肢体语言也过于羞怯。(当然,脚灯的说法是个比喻:我们没有脚灯。我们唯一能称得上舞台灯光的东西是一组有着彩色灯泡的台灯。)不过她的角色要求主要是看上去温柔顺从,显示出宁静的美,这一点,她不需要多少语言和动作就能做到。

我十分喜欢最初几个星期的排练。我特别喜欢取笑比德·哈林顿并暗中破坏他的权威。我对他的导演提出异议,向他提出改进剧本的建议,不停地临时想出新的动作,总搬出一些戏剧学的东西让他相形见绌,随口甩出一些我在工作中学到的他不熟悉的术语,比如"舞台设计""生硬""抢戏"。我说,话剧的名字《子宫果实》(典出《万福玛利亚》)让我想起我的汗衫商标"鲜果布衣"[①],引起一阵哄堂大笑,迫使他将剧名改为《圣诞故事》。我故意夸张地扮丑搞怪,以各种不同的滑稽语调读希律的台词,模仿托尼·汉考克、《呆子秀》里的青蝇和杰罗姆神父的声音,让其他演员笑破了肚子。不用说,比德对这种滑稽玩笑的反应不那么有风度,几乎威胁说要开除我。不过我让步了,还道了歉。我不想被开除出这场演出。不仅仅因为它很有意思,还因为我不能忍受失去许多跟莫琳见面并送她回家的额外机会,这些是卡瓦纳夫妇无法禁止的。我当然也不想将莫琳毫无保护地留在比德·哈林顿这位导师的权力范围里。我已经注意到,他在饰演约瑟一角时,在前往伯利恒的旅途中和逃到埃及期间,从不放过每一个搂住玛利亚肩膀搀扶她的机会。我总是脸上带着一丝淡淡的、嘲讽的微笑,目不转睛地盯着他表演。我相信

[①] 一个十分廉价的汗衫品牌,与"子宫果实"谐音。

这将使他无法从那些身体接触中得到任何快感；而这之后，我自己在送莫琳回家的路上享受这种感官快乐时就愈发惬意。

接着，比德出水痘了——这个年龄出水痘是相当晚的，他请了两个星期病假。他传来口信说我们应该在一个叫彼得·马雷罗的男孩的指导下继续排练，他演的是牧羊人。彼得也是足球队的队长，是我的好朋友。他在表演方面随时愿意听从我的判断，其他演员也是如此。于是，我实际上变成了代理导演。我认为我让演出得到了巨大改进，可是比德带着满脸痘痕回来看了结果后却没有那么高兴。

我删掉了剧中 T.S. 艾略特那首冗长的《东方三王之旅》全文，比德是借三王中的一人之口引述出来的，我还为希律王写了两个新的大场景，是根据我在主日学校上《圣经》故事课和在中学里学习《圣经》时的记忆写的。一个场景写了希律王可怕地死去和被蛆虫吃掉——它有望成为一个精彩的大吉诺尔[①]场景，可以用亨氏罐装番茄意面做道具。另一个场景用某种预叙未来事件的手法，表现希律王在莎乐美的要求下将施洗者约翰斩首的情节[②]。原则上我已经劝说了一个叫乔西的姑娘穿着透明紧身衣跳七纱舞；那姑娘在伍尔沃斯超市工作，染了一头金发，口红涂得鲜红，因为时髦或者俗不可耐而出名——看你用什么观点去评判了。不幸的是，我将《新约》中三个不同的希律搞混了[③]，所以比德未容我进行多少争辩，就删除了这个他所称的"赘疣"。即使如此，我也有把握说，我们圣诞话剧里的

[①]一种强调暴力、恐怖、施虐狂的短剧，19世纪流行于巴黎的大吉诺尔木偶剧场。
[②]据《圣经·马太福音》第十四章第八节，莎乐美善舞，希律王看后许诺满足她的任何要求，莎乐美便提出要曾经指责她母亲乱伦的施洗者约翰的人头。
[③]《圣经·新约》中有多个名叫希律的人物。

希律王，比威克菲尔德全集①以来任何版本中的希律王都更加个性鲜明。

话剧的事，杰罗姆神父差不多是放手让我们自行安排。时间进入12月很久了，这会儿他要求从头到尾看一遍排练。也许莎乐美的七纱舞还是删除的好，因为依杰罗姆神父的口味，就算没有这部分内容也有失虔敬。公平地说，比德·哈林顿努力避免将它写成通常那种充斥着虚伪的戏剧性场面的连续剧，于是写进了一些较为时髦的东西，或者用几十年后我们学会的新词：较为有"相对性"的东西。比如说，在天使报信后，玛利亚忍受着拿撒勒邻居们对她的那种类似现代英国未婚妈妈们遭遇的偏见，而在伯利恒的旅店难以找到房间又拐弯抹角地跟当代住房短缺联系了起来。杰罗姆神父坚持要删去所有这种非《圣经》的素材。可是真正使他感到不安的是整出话剧的精神。它太世俗化了。"这与其说是圣诞话剧，倒不如说是一出圣诞童话剧。"他说话时不快地咧嘴一笑，露出虎牙，"比如说，希律王这个角色就使圣家族完全黯然失色。"比德用责备的眼神看着我，可是杰罗姆神父接着往下说时，他的长脸甚至拉得更长了。"这不是劳伦斯的错。他只是个演员，他尽了自己的努力。有问题的是你们其余的人。你们连一半的精神气质都没有表现出来。请你们考虑一下这出话剧写的是什么。语言使人物有血有肉。上帝本人以一个无助婴儿的形式从天堂降临人间。想想玛利亚被选作圣母意味着什么——"讲到这里他搜寻的目光落在莫琳身上，莫琳满脸通红，眼帘低垂。"想想这对圣约瑟意味着什么，他要负责圣母和她襁褓中圣子的安全。想想这对那些牧羊人意味着什么，那些贫苦无助的人

---

① 威克菲尔德为约克郡一城市，中世纪晚期在该城上演的三十二出系列神秘剧史称"威克菲尔德全集"。

们,生活只稍好于他们看管的牲畜。那时,主的使者出现在他们面前,对他们说:'我传给你们大喜的信息,是关乎万民的。因今天在大卫的城里,为你们生了救主,就是主基督。'① 你们必须变成那些人。仅仅扮演你们的角色是不够的。你们必须以祷告开始每次的排练。"

杰罗姆神父以这种语调继续说了好一段时间。这段训话在某种程度上简直堪比斯坦尼斯拉夫斯基②的著名演说。神父彻底改变了我们排练的气氛,从那天开始,他便定期参加排练。演员们以一种全新的严肃认真态度和献身精神来处理他们的角色。杰罗姆神父已经使他们相信,他们必须从他们自己的精神生活中汲取灵感,如果没有精神生活,那就最好设法获得精神生活。考虑到我跟莫琳的关系,这对我来说当然是个坏消息。在他发表完那场公开的说教之后,我注意到神父把莫琳带到一边,开始了热切的交谈。她坐在他身边,那姿势让人不祥地联想到悔罪:她双眼低垂,双手握在一起放在膝盖上,一边聆听着一边默默点头。自然而然,那晚在我们回家的路上,她在家门口的那条街拦住我说:"不早了,劳伦斯。我最好还是直接进门。我们说晚安吧。""可这儿不是亲吻的好地方。"我说。她沉默了一会儿,绞起一绺头发又散开。"我想我们不能再亲吻了,"她说,"不能再像我们平时那样了。在我演圣母期间不能。"

也许杰罗姆神父观察到了莫琳和我很亲密。可能他怀疑我正在圣灵神殿③方面将她引入歧途。我不清楚,可那晚他肯定在唤醒她的良心方面达到了目的。他对她说,对任何一个年轻姑娘而言,饰演圣母都是莫大的荣幸。他提醒她说,她自己的名字在爱尔兰语里就

---

① 参见《圣经·路加福音》第二章第十节。
② 斯坦尼斯拉夫斯基(1863—1938),俄国著名表演理论家和艺术家。
③ 委婉语,指基督徒的身体。

是"玛利亚"。他说她被选中演这个角色,该令她父母多么高兴多么骄傲,而她又要如何在思想、语言和行为方面努力才能不辜负这一切。当莫琳咕咕哝哝地转述他的大意时,我试图对那些话一笑置之,以抵消它的效果,但没有成功。接着我以理服人,一边还抓住她的手,热切地注视着她的眼睛,但仍然是徒劳。然后我假装生气。"那么,晚安了。"我将双手插进风衣口袋。"你可以吻我一下。"莫琳伤心地说。她扬起的脸在路灯下泛着蓝光。"只有一次?按照第五条部规?"我讥讽道。"别这样。"她说。她的嘴唇在颤抖,眼里噙满了泪水。"噢,快长大吧,莫琳。"我说着转身走了。

我度过了一个悲惨又烦躁不安的夜晚。第二天早上我上班迟到了,因为我没有乘我通常乘坐的列车,而是站在哈崎福五马路的街角等莫琳。甚至在一百多码之外,我也能看到她在认出我后因为不自在而变得生硬的身影。她当然也度过了一个悲惨的夜晚——看看那苍白的脸色,深陷的眼窝。差不多还没等我道歉的话说出口,我们就和好了。她迈着轻快活泼的步子,面带微笑上学去了。

我相信,跟以前一样,我可以逐渐使她打消顾虑。可我错了。对莫琳来说,那已经不再仅仅是个人良心的问题。她相信,在演圣母期间继续和我亲热是一种对圣灵的亵渎,将会导致上帝的震怒。这种震怒不仅会降临到她本人头上,也会殃及这出话剧本身和所有与它有关的人身上。她仍然爱着我,拒绝我的拥抱的确给她带来了极大的痛苦,不过她决定要在排练和表演期间继续保持纯洁。的确,杰罗姆神父介入之后,她去忏悔了(是向教区神父老马拉齐忏悔的),然后领了圣餐,并为这一决心立下了誓言。

如果我理智一些或成熟一点,就会审时度势,等待时机。可是我还年轻,又自大又自私。眼看着就要纯洁地过圣诞和新年了,我不喜欢。在我看来，这段时间人应该更纵情享受感官之欢，而不是反过来节制。1月6日好像遥遥无期。我提出了一个妥协办法：第一轮演出结束之前我们不亲热，但在圣诞前夜和新年前夜之间把规定放松一点，包括这两天在内。莫琳摇摇头。"不行。"她低声说，"请你别讨价还价了。""那你说什么时候？"我蛮横地坚持道，"我们最后一次演出后多久恢复正常？""我不知道。"她说，"我没法肯定那是不是正常。""你是想告诉我我们永远也不会那样了？"我逼问道。她的眼泪夺眶而出，我叹口气，道了歉。有一会儿我们讲和了，可我又忍不住重新开始拿那个问题来缠她。

在那段时间里，话剧正处在最后几次排练的关键时期，所以我们被迫总是彼此相伴。但因为所有的人都心急气躁，神经紧张，所以我想演员里没有谁注意到我跟莫琳正在经历一个困难时期，只有乔西是个例外。乔西在剧中演一个小角色：旅店老板的妻子。我很早就意识到乔西对我有意，在舞会上她总是在轮到女士邀舞时邀请我，我也意识到她嫉妒莫琳在《圣诞故事》中扮演引人注目的角色。除了希律王之外，剧中唯一一个冷漠无情的角色是由乔西饰演的，因为这一因素，还因为我们都对剧中的宗教狂热抱着一种冷漠态度，所以我们走得比较近。这种宗教狂热压倒了一切，剥夺了大部分快乐。每当其他演员排练前在杰罗姆神父或比德·哈林顿的带领下表情庄严地背诵《玫瑰经》时，我就会捕捉到她的目光，试着逗她笑。我吹捧她在排练中的表演，指导她念台词，星期天晚上的社交上也比以往更频繁地邀她与我跳舞。

当然，莫琳看到了所有这一切。她眼中无言的痛苦偶尔也使我产生一阵自责，可是没有改变我残忍的计划。我计划通过挑起她的嫉妒向她的道德施加压力。也许我在潜意识里希望我们的关系从此了断。我在试着捣毁我身上和她身上的某种东西。在我自己心里，我将其称之为幼稚、愚蠢、无知，或许我也可以称之为天真无邪。莫琳第一次将我带进教区青年俱乐部时，那里的世界似乎迷人得不得了，可现在看起来……这么说吧，好像太狭隘，特别是将它跟我在工作中接触到的世界相比较的时候。那些关于男女演员乱搞、潜规则和剧场性派对的办公室八卦让我大开眼界，我对成年人的性生活形成了一种既斑斓又刺激的概念，而莫琳这种修道院学校的女生，却连让我摸她的奶子（在办公室他们就是如此粗俗地称呼的）都顾虑重重，相较之下，她的行为简直荒唐可笑。我渴望失去处男之身，但显然不可能是跟莫琳——除非等到跟她结婚之后，而这种可能性就跟飞往月球一样遥远。不管怎样，我在自己家里见过低收入者的婚姻生活是什么情形，那对我一点吸引力也没有。我希望得到的是一种较为自由、较为舒适的生活方式，不过我对这种生活从何而来一无所知。

危机出现在圣诞节前最后一场演出的那晚。剧场座无虚席。这出话剧在教区里家喻户晓，甚至还有一篇关于它的评论出现在本地的报纸上，虽然短小，但评价是肯定的。评论没有署名，要是它没有特别称赞我本人的表演，我会怀疑是比德·哈林顿本人写的。我认为我和莫琳在后台的意志较量最终使我们的表演带上了特别强烈的感情色彩。我演的希律王比排练早期更沉默，其残忍却更为逼真了。当我下令屠杀男婴时，我感觉到观众中出现了恐惧的战栗，仿佛所有人一起打了个哆嗦。而莫琳演的童贞女玛利亚身上则有着一种悲剧气质，甚至在天使报喜那场戏中也是如此——"似乎，"那篇不署名的评论写道，"她预先看到了多年之后穿透她心脏的悲伤七剑①。"（我突然想到，评论有可能是杰罗姆神父写的。）

　　准确地说，连续三晚的演出结束之后，我们没有举办演员聚会，但办了个类似的庆祝活动。在我们脱下演出服装、洗去脸上的妆容、拆除布景收起来为主显节的最后一次演出做准备之后，彼得·马雷罗的女朋友、我们的舞台监督安妮准备了一些热可可、巧克力饼干和薯片。杰罗姆神父为我们祝福，祝贺我们演出成功，然后离开了。我们精疲力竭，可都兴高采烈，谁都不愿因回家而打破这种集体的愉快气氛。就连莫琳也很快乐。她的父母和弟弟妹妹看了两场演出，我们谢幕时，她听到了她父亲在剧场后排喊"好"。我曾劝阻我父母来看演出，可是妈妈第一天晚上还是来了，她宣称"好极了，只是有点吵"（她指的是音乐，特别是为《逃往埃及》伴奏的《瓦尔基里的骑行》②）。我弟弟也陪妈妈来了，他第二天早上见到我时，用一种近乎尊敬的眼光看我。比德·哈林顿被胜利冲昏了头脑，满脑子宏伟计划，要再为即将到来的复活节写一出激情剧。我好像记得他打算写成无韵诗，里面的角色有耶稣殉难时用到的各种工具——十字架、钉子、荆冠，等等，各个物件都有自己的台词。他宽宏大量地给了我鞭子的角色，连试演的程序都免了。我说我要考虑考虑。

　　大家的交谈转到各种各样过圣诞节的计划，我选择这个时候宣布我老板送了我四张他制作的《林中童子》的赠票，演出时间是节礼日，地点在威尔士亲王大厦。我实际上是打算拿这些票带家人去看的，可不知为什么鬼使神差地有了一个主意，想给同伴留下一个出手随意、慷慨大方的印象，同时也想考验一下莫琳。我问彼得和安妮愿不愿意跟莫琳和我一起去。他们立刻接受了，可是如我事先

---

①隐喻圣母的七项苦难。
②又译为"女武神的骑行"。

料想的那样,莫琳说她父母不会让她去的。"什么?圣诞节也不让去?"我说。她看着我,用目光恳求我别当众羞辱她。"你知道他们是什么样的人。"她说。"可惜了。"我说。我意识到乔西正竖着耳朵听我们说话。"其他人有兴趣吗?""噢,我要去,我太喜欢看圣诞童话剧了。"乔西立刻说道。紧接着她又说:"你不介意吧,是吗,莫琳?""是的,我不介意。"莫琳轻声说。她脸上带着受伤的表情。我还不如拔出希律王佩在腰上的短剑,刺进她的心脏。

有一刻谈话陷入了尴尬的沉默。我为了掩饰,回忆起演出时简易舞台上背景幕布下坠,差点造成一场灾难的经历,房间里马上又响起大家重述整场演出的欢声笑语。莫琳没有加入大家的交谈,我环顾四周寻找她时,发现她已经不见了。她没有跟任何人道晚安就走了。我独自一人回家,闷闷不乐地踢着前面一只空烟草罐。我对自己不大满意,可不知为什么却责怪莫琳"糟蹋了圣诞节"。我没有跟她一起参加我原本打算去的午夜弥撒。家里的圣诞节在通常的那种幽闭恐惧症式的麻木中过去了。我对父母假称只有一张票,在查令十字车站跟乔西、彼得和安妮见了面,完成了节礼日的圣诞童话剧之旅。乔西打扮得像个妓女,身上浸透了廉价香水。她在演出间歇大胆地点橙汁金酒①,害得我差点破了产。她对节目中的那些黄色笑话粗声大笑,让彼得和安妮非常尴尬。之后,我送乔西回家,她家住的是公租房。她不声不响地将我领到公用楼梯下面漆黑的地方,我拥吻了她。她把舌头伸到了我的喉咙半中腰,将我的一只手紧紧地按在她的乳房上。她的乳房被套在带钢圈的尖罩杯胸罩里。我几乎毫不怀疑她会允许我再进一步,可我无意那样做。浓浓的香水味

---

① 一种鸡尾酒。

并没有完全盖住她腋窝里散发的带馊味的汗臭，而我也已经厌倦了她那些空洞无聊的闲扯和刺耳的大笑。

第二天我收到了莫琳的信，是圣诞节前一天寄出的，信上说我们这段时间最好先不要见面了，最后一场话剧演出除外。信里是她那种女孩子气的圆润字迹，信纸是通常的那种带薰衣草香味的紫色信纸，只是字母 i 上是正常的点儿，而不是气泡一样的小圆圈。我没有回信，但我给比德·哈林顿写了一封信，说我不能参加最后一次话剧演出了，并建议他让彼得·马雷罗兼演希律王。我再也没有去过教区青年俱乐部，也退出了足球队。我不再锻炼了。很可能就是从那时起，我的腰围开始扩展，特别是在我喜欢上啤酒之后。我开始跟一个叫奈杰尔的年轻人交上了朋友，他在我们办公室楼下的剧院售票处工作。他带我去了许多苏荷区的小酒馆，我们待在一起的时间很多。几个月后，我意识到他有同性恋倾向。跟我同一办公室的女孩们觉得我一定也是同性恋，所以我和她们几乎没什么进展。实际上，直到入伍服役的时候我才终于不再是处男——那次是跟一个喝醉的女兵迅速下流地解决的，就靠在卡车司机休息区的墙根上。

圣诞话剧演出后的几个月里，我偶尔能见到莫琳，在街上，或者上下公共汽车的时候。但我没有跟她说话，她看见我也假装没看见。在我眼中，永远穿海军蓝风雨衣也永远不换发型的她，显得越来越女孩子气也越来越不谙世事了。有一次，就在我刚刚接到兵役通知书的时候，我们在一家药店迎面相遇——我进门时她正在往外走。我们尴尬地交谈了几句。我问她学校的事。她说她正在考虑进护士学校学习。她问我工作的事。我告诉她我刚刚接到入伍通知，还说我希望被派到国外去开开眼界。

结果我接受了文职训练，被派往德国北部的某个地方。在那里，甜菜地一望无际，冬天冷得彻骨，以至于我有一次站岗时冻得哭了出来，眼泪在脸颊上结成了冰。在无聊至极的生活中我唯一赖以解闷的事情就是表演和写剧本——时事讽刺剧、哑剧、男扮女装秀和其他自编自演的军营娱乐。转业后，我决定在演艺圈找个部门继续发展。我得到了一小笔奖学金，进了伦敦一家不太有名的戏剧学校，晚上在一家小酒馆打工，赚点生活补贴。我回家看望父母时没有在哈崎福见到莫琳，有一次倒是碰见了彼得·马雷罗，他告诉我莫琳已经离家去了护士学校。那大约是三十五年以前的事了。从那以后，我再也没有见到或者听说过她。

6月6日,星期天。我花了整整一个星期写那份回忆录,差不多什么别的事也没做。我昨晚十点打印出了最后几个段落,然后出去舒舒腿脚,买星期天的报纸。在莱斯特广场地铁站外,工友们正在从一个带篷的货车上将报纸卸到人行道上,像渔夫们在码头上出售他们的渔获一样,撕开大捆大捆不同的报纸版面——新闻、体育、商务、艺术,匆忙将它们组装成一份份报纸,就像赌徒们推出钞票押注。今天买明天的报纸总给我一种刺激,让我产生一种窥视未来的感觉。可实际上,我所做的只不过是赶着看完过去一周的新闻。这个大千世界没有发生多少变化。在萨拉热窝,波斯尼亚塞族人向一个足球场发射迫击炮弹,十一人被炸死。在索马里,二十五名联合国士兵因遭到艾迪德将军军队的伏击而丧生。约翰·梅杰的支持率降到了自从有民意调查以来历届英国首相的最低点。我几乎开始为他感到难过。我怀疑这是不是不自信的保守党人精心策划的企图赢得大选的阴谋。

过去一个星期我没有买过报纸,因为不想从手头的工作中分心。我也几乎没有听收音机或是看电视。只有上个星期三英格兰队跟挪威队进行足球比赛时例外,可是看过又后悔了。真是英国的耻辱。被一帮业余球员以二比零打败,结果很有可能还要被淘汰出世界杯。他们应该把那天宣布为国丧日,把格雷厄姆·泰勒[①]送到盐矿

[①]格雷厄姆·泰勒(1944—1917),曾在1990—1993年间担任英格兰足球队主教练。

去。(他很可能要将他那帮做苦力的囚犯排成"3-5-2"阵形,让他们像英格兰队一样撞来撞去。)它让我至少有半天时间无法将注意力集中到回忆录上来,这就是我看球赛的结果。

我想我以前从来没有做过类似的事情。也许我正在变成一个写书的作家。我注意到,在这篇回忆录里没有"你"。这次我不是像往常一样采用在小酒馆里向一个朋友或者什么人讲故事的叙述方式,而是努力恢复了我原有经历的真实面目,竭尽全力找到能最为公正地对待这些经历的语言。我做了很多修改。当然,我习惯于做很多修改——剧本写作主要就是重写——不过那是为了对别人的意见做出回应。但这一次,我是唯一的读者,唯一的批评家,我一边写一边改。我还做了一些自从买了电子打字机以后就再也没有做过的事情——用传统的书写工具写第一稿的每一个片断。不知怎么,手握钢笔试着再现过去似乎比用手指在键盘上敲击更为自然。钢笔就像一个工具,一个切割或者挖掘的工具,它可以切进记忆的根部,像探针一样探进记忆的岩层。当然,在写对话时我做了少许自由发挥。这些事情全都发生在四十年前,而我又没有做任何笔记。可我完全可以肯定,我写的情感都是真实的,而这才是重要的东西。我一刻也没法丢下它:我不断拾起打印出来的手稿,再读,调整,修改,尽管我应该去收拾公寓。

厨房看上去像垃圾场,堆满了脏盘子和空快餐盒,咖啡桌上还有一堆没有拆开的邮件,录音电话已停止接受留言,因为录音带已经满了。格雷厄姆进来看英格兰队的球赛时,这地方乱糟糟的样子让他感到十分恶心。他比我的持家标准更高——有时候他会找我借簸箕和扫帚,去打扫门廊里大理石地板上他的那点小小空间。不过我担心他栖居此地的时间已经不多了。四号公寓那两位美国学者要来英国度暑假,他们经常有客人来。可以理解他们会反对门廊里常驻着个流浪汉,客人来去时都得从他身上跨过去。昨天他们在电梯里跟我说要去警察局投诉。我努力劝他们说格雷厄姆不是一般的流浪汉,但他们并没听进去。格雷厄姆提到这些人时轻蔑地称其为"那俩美国鸡奸犯",但也帮不了自己什么忙。

阅读和重读回忆录留给我的是一阵阵压倒一切的失落感。不仅仅是因为失去莫琳的爱情,还因为失去了少年的天真无邪——她的和我自己的。过去每当我想起她时——并不是那么频繁——总是带着一种深情的、发自内心的苦笑:那些关于好孩子、初恋女友、那时我俩多天真、已经回不去了之类的情愫。详细回顾我们过去的关系,我第一次意识到在那些年里我做过的事情是多么令人震惊。我击碎了一个少女的心,我是多么无情无义、自私自利、不负责任。

当然,我完全知道,如果不是最近发现了克尔凯郭尔,我对过去的所作所为也不会有这样的感觉。这的确是一个非常克尔凯郭尔式的故事。它类似《诱惑者日记》中的故事,也类似克氏与蕾齐娜之间的关系。莫琳——蕾齐娜,两个名字也差不多是同韵的。[①]

不过,与莫琳相比,蕾齐娜进行了较多的抗争。当克氏退回她赠送给他的戒指时,她直接冲到他的住所,发现他不在,就留下一张字条,"以基督的名义,并凭着对你死去父亲的回忆",恳求他不要抛弃她——提到他死去的父亲是一种意在激励他的做法。人们相信,索伦像他的许多兄弟姐妹一样,会死在他父亲之前——似乎有一个诅咒以这种方式加在了他们家族身上。所以老人先他而死后,

---

① "莫琳"(Maureen)和"蕾齐娜"(Regine)在英文中韵尾相近。

索伦认为，从某种象征意义上来说，父亲是替自己死的。他将那一天定为自己的皈依宗教日。所以，蕾齐娜的字条的确触动了他。可他仍然继续假装冷漠和玩世不恭，伤了那姑娘的心，并固执地相信他"在不快乐中没有她会不快乐，拥有她会更不快乐"。我刚好翻到他们最后一次面谈的记录：

> 我试着说服她。她问我，你永远也不结婚吗？我回答说，结婚嘛，十年后吧，等我种完了我的野燕麦。我一定要找个年轻漂亮的小姐来让我返老还童。——这是必要的残忍。她说，原谅我对你做过的事情。我回答说，是我该请求你的原谅。她说，吻我。我吻了她，可是没有激情。仁慈的上帝啊！

"吻我"是蕾齐娜的最后一招。没能奏效时，她放弃了。

读到这里，我再次回忆起莫琳向我抬起她不快乐的脸，在暗淡的路灯下泛着蓝光，对我说"你可以吻我一下"，以及我的转身离去。那之后我拥抱过她吗？又或者，我仍然轻蔑地拒绝了她提出的道晚安时一个纯洁的吻吗？我没有保留她的最后一封信，我记不起她具体说了些什么，但可以肯定的是，信中使用的语言很平庸。她写信总是那样。我所能回忆起来的不是她说过的话，而是她的音容笑貌：她飘逸的长发，眼中的神采，笑时往上皱鼻子的样子……我希望我手头有她的照片。我曾经把她的一张照片放在钱包里，总是带在身边。那是一张假日黑白快照，是她十五岁时在爱尔兰照的。她靠在钟乳石墙上，在阳光下眯着眼微笑，清风吹得她的棉布裙子紧贴在腿上。照片因为长久的把弄而起了褶皱，卷了角。我们分手后，我扔掉了它。我记得撕掉它很容易，相纸已经完全没有光泽和弹性，我看着她影像的碎片散落在废纸篓底部。我仅有的她的另外一张照片，在霍利维尔家中阁楼上什么地方的一个鞋盒里，跟青年时代的其他纪念照放在一起。那种照片不多，因为那时候我和她都没有照相机。有几张郊游时青年俱乐部其他成员为我拍的快照，还有一张圣诞话剧的演员合影。如果我确信能找到一个莎丽不在家的时间，我很想明天开车去霍利维尔看看那些照片。

下午六点半。我打完最后一个句子、关上电脑后没多久，就卷起袖子准备开始打扫卫生，这时我有了一个主意：与其去阁楼上找莫琳的照片，为什么不去找莫琳本人呢？整个下午我很少想别的事情，我越是想那个主意，就越是被它所吸引。这个主意让人有点害怕，因为我不知道如果我想方设法寻找她，她会有什么反应。不过，使我兴奋的也正是这一点。她在哪里，我最后一次在哈崎福的那家药店见过她后她怎么样了——我对这些一无所知。她也有可能移居国外了。好吧，那不是问题，只要有必要，我可以去新西兰。她也可能已经死了。我想我经受不了这样的打击，可我得承认有这种可能性。癌症。交通事故。很多可能发生的事情。不过，不知为什么，我肯定她还活着。结了婚，这很有可能。唔，毫无疑问，一个像莫琳那样的姑娘怎么可能不结婚呢？她嫁给了一位医生，像大部分漂亮的护士一样，我猜想，而且他们的婚姻很稳定，因为她是个虔诚的天主教徒。当然，除非她已不再信仰天主教。这种事真的可能发生。也可能她成了寡妇。

嘿，我得留神别沉溺在这种一厢情愿的幻想中。她很可能是一位受人尊敬又十分乏味的幸福主妇，身材发福，头发灰白，住在郊外舒适的家里，家里的窗帘跟组合沙发的沙发罩有着相配的颜色，主要兴趣集中在孙子孙女身上，盼望得到一张铁路公司的老年优惠乘车证，以便更频繁地去看他们。很可能在几十年里她连想都没想到过我，如果我突然出现在她家的门阶前，她根本不会认出我来。然而，这正是我要做的，突然出现在她家的门阶前。要是我能找到她家的话。

* * *

6月7日，星期一。下午四点半。唷！我现在筋疲力尽，膝盖很疼。今天我回了哈崎福。爱之国哈崎福。

今天早上九点刚过，我在查令十字火车站坐上了火车。我顶"峰"而行赶上了交通高峰期，从区间火车上下来的上班族带着星期一早上的苍白面孔，潮水般涌过车站广场，在星星点点的领带店、内衣店和袜子店周围旋转着，形成巨大的旋涡，然后被地铁入口吸了进去，而我则要逆流而上。我坐的是回郊区的火车，车厢里几乎是空的。这条线路曾经属于南部电气火车，现在属于东南交通网，不过没有什么根本性的变化，只是车厢里面的涂鸦更丰富多彩了，这应该归功于毡尖笔的发明。以技术领先①。我坐上了靠车头一端的第二节车厢——因为到了哈崎福从这节车厢下车最方便，拖动双脚在满是垃圾的地板上扫出一点放脚的地方，吸入熟悉的灰尘味和那种从车座靠垫上散发出来的护发油味。一个行李搬运工走上月台，重重地关上车门，重得足以让你的牙齿在嘴里咯咯作响。接着司机启动了火车，车厢地板下的马达开始发出嘎吱和嘀嗒的声音。列车移动的时候猛地抽动了一下，辘辘驶上亨格福德桥，透过大桥的桁

---

①原文为德语。

梁，可以看到阳光下波光粼粼的泰晤士河，接着又蹒跚驶过东滑铁卢站和伦敦桥站之间的转轨器。从那里开始，铁路笔直延伸数英里，列车以高过沿线建筑屋顶的高度，快速驶过车间、仓库、租用车库、废料批发场、中学运动场和两侧是联排房屋的街道，偶尔还有廉租公寓大楼俯瞰着这一切。这从来都不是一条景色宜人的路线。

我最后一次搭乘这条路线已经是好多年前的事了，而在哈崎福下车更是几十年以前的事。1962年爸爸交了一点好运——实际上，除了遇到妈妈之外，这是他一生中仅有的一点好运气——他买了利特伍德公司的赌球票，赢了两万英镑。这在当时是一大笔钱，足以供他从伦敦交通局提前退休，在靠近博格诺的米德尔顿海滨买一栋小平房。他和妈妈搬到那里去住以后，我便没有任何必要也无意再去哈崎福了。今天回到那里感到忐忑不安，是一种既熟悉又陌生的复杂感觉。起先，我对五马路几乎没有什么变化感到惊讶——出现了一些不同的店面，道路也做了新的设计——街角的花店变成了录像带出租店，合作社面包店变成了一家DIY超市，路面上画了箭头、交叉阴影线、小型环形路标记，像复杂的棋类游戏一样，但街道和建筑的轮廓基本上还是我记忆中的样子。不过此地的社会结构已经发生了变化。从主街分岔出去的小街两旁的联排房屋，现在大部分由加勒比和亚裔家庭占据着，这是我去看我们在阿尔伯特街的老屋时的发现。

墙上的框格窗已经拆除，被密封的铝材单元窗所取代，前门还加装了一个小小的玻璃门廊，但除此之外，房子还是那所老房子，半灰不黄的砖，石板瓦，仅有一码深的狭窄前院。正面墙上的石头窗壁架上那个大豁口还在，那是战争时期被一块弹片击中造成的。我敲了敲门，一个头发灰白的加勒比男人将门打开了一条缝，狐疑地从门缝向外望。我解释说我曾经在这里住过,问他能不能进去看一看,就一会儿。他仍然面带疑色,似乎怀疑我是个窥探者或骗子——他的怀疑再正常不过了。但一个管他叫爸爸的年轻女人出现在他身后,一边在围裙上擦着手,一边好心地邀请我进屋。最先给我留下鲜明印象的,除了空气中弥漫的辛辣的烹调味之外,就是大门关上后过厅和楼梯的狭小和黑暗——我已经忘记了联排房屋里边是没有光线的。但是前过厅和后过厅之间的墙被打掉了,连成了一个亮堂又大小适宜的起居室。我们以前为什么没有那样做呢?我们大部分时间都挤在后过厅里,在那里走动时几乎不可能不撞上别人或碰到家具。答案嘛,当然是英国人根深蒂固的总爱留着东西的习性——不管是一件西服,一套茶具,还是一个房间——因为总有一天会有让它们派上用场的"特别场合"。

扩大了的起居室令人愉快,虽然那些黄色、紫色和绿色的装饰有些俗艳。电视机开着,两个小孩——大约三岁的双胞胎姐妹——坐在电视机前的地板上,边吮拇指边看卡通节目。两个壁炉被木板封住了,壁炉台已拆除,在前窗和后窗下面是中央供暖的暖气片。这个房间与我所记得的模样相去甚远,以至于我无法从中找到任何回忆。我向外瞥了一眼曾经被我们夸大其词地称为"后院"的一小块空地,大部分已经铺上了砖,还有部分变成了用透明纤维玻璃搭建的房屋延伸。空地上有一个带轮子的鲜红色的烤肉架,还有一个晾衣服用的旋转木马一样的装置,它取代了我们以前那根呈对角线拉开、中间用一根带杈的棍子支撑着的扯不直的绳子。年轻女人告诉我,她丈夫在路特玛斯特公司开公共汽车,我感激不尽地抓住这条可以将过去联系起来的线索。"我爸爸过去开过有轨电车。"我告诉她。可我还得跟她解释有轨电车是什么。他们没有带我看卧室的意思，我也没有提出这个要求。我往每个小孩的手里塞了一个一英镑的硬币，向她们的妈妈和爷爷道了别，离开了那里。

我走回五马路，然后开始爬比彻尔路。很快，哈崎福地区较高处出现的某种程度的雅痞化就显露出来了，这种变化很可能发生在20世纪80年代的房地产热中。很多在我童年时代被分割成公寓出租的大房子又重新改成了单个家庭拥有的住宅，同时也变漂亮了，前门上饰有铜质配件，门廊里挂着花篮，地下室前面还摆放了盆栽灌木。透过房子正面的窗户，我看到了许多大学文科毕业生生活方式的迹象：少数民族风格的地毯，墙上的现代印刷品，装得满满当当的黑桦木书架，转角灯台，最新流行的高保真音响系统。我不知道莫琳一家原来住的特里格罗温路九十四号的命运如何，是不是也发生了这样的变化。我到了比彻尔路的顶端，首先向左拐，然后向右拐，再向右拐。走近最后一个拐弯处时，不知道是由于爬坡费力还是紧张的期待，我的心跳开始加快。即使莫琳的父母还活着，他们也不大可能仍然住在那儿；即使他们仍然住在那里，她碰巧今天来看望他们的可能性也只有百万分之一。我这样对自己说，试着让脉搏平缓下来。可是，我对拐过弯后将带给我的震惊还是没有心理准备。

马路一侧，莫琳家的房子曾经所在的那一侧，原来的建筑已经被拆得干干净净，在原来的位置上建起了一批小型独立屋。那是一些又轻又薄、结构丑陋的砖盒子——它们如此狭小，看上去就像一些被锯开的半独立屋，窗户是铅条玻璃窗，正面贴着假立柱。这些房屋沿一条叫特里格罗温巷的弯曲死胡同排列开去。卡瓦纳一家住过的那栋巨大的维多利亚式别墅踪影全无，一块砖、一块石头、一棵树都找不到。我算出那栋老房子的位置就在现在这片房产的入口处，而地下室前的那块空地，我们曾经接吻的地方，我曾经抚摸莫琳乳房的地方，已经被填上了土又整平，铺上了混凝土。我感到自己被洗劫了，失去了方向的同时又出离地愤怒。

不过，始胎无玷教堂风采依旧。的确，它差不多一点变化也没有。童贞女玛利亚的塑像仍然立在前院的基座上，伸开双手向大千世界示意。教堂里面还是那些污迹斑斑的黑色靠背长凳和像大壁橱一样靠在墙边的忏悔室，还愿的香烛滴着钟乳石一样的烛泪。但也还是有些变化：在菲利浦·拉金所称的"神圣的圣堂①"之上，在雕刻而成的高高在上的圣坛前，我记得在祝福式上曾经烛光闪耀的地方，现在放着的是一个普通的石桌，圣坛台阶的底部也没见到围栏。一个系着围裙的中年妇女正在给圣坛上的地毯吸尘。见我在附近徘徊，她关上吸尘器电源，用询问的眼光看着我。我问她杰罗姆神父是不是还在这个教堂工作。她听一些上了年纪的教民提到过他的名字，但认为在她自己来哈崎福前他就早走了。她还知道他受命前往非洲传教。而马拉齐神父，我推测他已经去世。她点了点头，指了指墙上一块纪念他的匾牌。她说现任教区神父是多米尼克神父，我也许可以在神父宅第找到他。我记得神父宅第就是神父平时住的地方，走出教堂拐个弯第一间房子就是。我按响了门铃，一个穿套头衫和牛仔裤、大约三十多岁的男人来开门。我问多米尼克神父在不在。他说："我就是，请进。"他将我领进一个零乱的起居室，屋角书桌上一台电脑的绿色屏幕在闪烁着。"你知道什么是电子表格吗？"他问。我承认我不知道。"我正在试着用电脑管理教区的账目，"他说，"可我真的需要Windows才能把账算对。我能为你做点什么？"

---

①教堂里包括圣坛和周围区域的部分。

当我说我正在找四十年前在这个教区住过的一个人时,他疑惑地摇了摇头。"完全不能指望那个时候管理教区的老神父留下什么书面文件。要是他们有什么关于教区信众的文件,也一定在离开这里时随身带走了。唯一留下来的可以称为档案的东西,是洗礼、第一次圣餐礼、坚信礼和婚礼的登记表。"

我问我是不是可以看看婚礼登记表。他将我带到教堂后部,走进圣坛后的一个小房间,房间里散发着熏香和家具上清漆的气味。他从壁橱里取出一个皮革封面的长方形簿子。我从我最后见到莫琳的那一年开始往下看,没多久就找到了她的名字。1959年5月16日,特里格罗温路九十四号的莫琳·特蕾莎·卡瓦纳与哈崎福道一〇三号的比德·伊格内修斯·哈林顿结婚。"操他爹!"我脱口而出道,接着为自己不得体的语言道了歉。多米尼克神父似乎并没有在意。我问他哈林顿一家是否仍然住在这个教区。"我一点儿也想不起来了,"他说,"得去查查我的数据库。"我们回到神父宅第,他在电脑里找姓哈林顿的人,没有找到。本教区也没有姓卡瓦纳的人。"安妮·马洪妮可能知道点什么,"他说,"那时候她是神父宅第的管家。我自己照顾自己——因为雇不起管家。她住在隔壁的隔壁。你说话得大声点,她的耳朵很背。"我向他道了谢,问他我可不可以为教区的电脑软件基金捐点款,他感激地接受了。

安妮·马洪妮是个身材矮小、老态龙钟的驼背老太太,穿一身鲜绿色的跑步服和带魔术贴的里锐步牌训练鞋。她向我解释说,这是因为她的手指患了关节炎,再也没法扣扣子系鞋带。她孤身一人,显然很欢迎有人陪伴,也高兴有聊天的机会。刚开始,她以为我是市政厅来检查一个家庭服务组织提供给她的福利情况的人,但这个误会解除后,她开始将思想集中在我提到的关于卡瓦纳一家的问题上来。这是一次让人干着急的面谈。她这样回忆起卡瓦纳一家:"卡瓦纳先生,那样一个大块头的男人,你只要见过他一次,就再也忘不了他。他的妻子是个好女人,他们有五个漂亮的孩子,特别是他们的老大,我现在想不起她的名字。""莫琳。"我提示说。"对了,莫琳。"她说。她又回忆起莫琳的婚礼,按本教区的标准,那是一个时髦豪华的婚礼,新郎是最好的男人,穿着燕尾服,两辆劳斯莱斯运送客人去参加招待宴席。"我想是哈林顿医生付的车钱,他做事总是很妥当。"安妮打开了话旧的话匣子,"他大约十年前去世了,愿上帝让他的灵魂得到安息。他们说是心脏病。"然而她对比德和莫琳婚后的生活、他们住在哪里、比德以什么为生都一无所知。"莫琳当了老师,我想。"她冒险猜测道。我说我以为她想当护士。"噢对,护士,这才是我要说的,"安妮说,"她一定成了个很好的护士。性格多么可爱的姑娘。我还记得有一年圣诞节,青年俱乐部表演圣诞话剧的时候她演圣母,她的头发散开披在肩上,看上去真美。"我忍不住问安妮她是否记得同一话剧里的希律王,可是她不记得。

我察看了哈林顿家从前的房子。我记得,那是一幢远离主街的大别墅,大门令人印象深刻——两根门柱顶上各有一个足球大小的石球。现在它成了一家牙科诊所。门柱被移走了,前院铺了混凝土,成了医生和病人们的停车场。我进屋问接待员是否知道有关这幢房子上任主人的情况,但她无法提供帮助,也可能是不愿意。我现在又累又饿还极度忧郁,于是赶下一趟火车回到了查令十字车站。

这样,比德·哈林顿就成了我的施莱格尔。瞧吧,瞧吧。我总认为他对莫琳有所企图,可是她选择嫁给他这件事也让我有点吃惊。会有人爱比德·哈林顿吗?(我的意思是,如果你不是比德·哈林顿本人的话。）不过，我也不能自我抬举说那是因为我的缘故，是她失恋后出于伤心而草率行事的结果。从婚礼的日期判断，他花了好几年的时间才说服她嫁给他，或者好几年后才鼓起勇气向她求婚——所以他对她一定还有某种吸引力。我不能否认我感到了一种荒唐且毫无意义的嫉妒。这种嫉妒甚至比寻找她的欲望还要强烈。可是现在我去哪儿找她呢？

下午七点零六分。精心设计了许多计划后（比如找到那家负责将哈崎福道一〇三号卖给牙科诊所的房地产中介公司，看看能不能从那里得到年轻的哈林顿夫人的住址），我想到可以先试试一个简便的方法：如果比德和莫琳仍然住在伦敦，电话号码簿上很可能有他们的名字，而哈林顿又不是一个常见的姓。果然，上面只有两个比·伊·哈林顿。其中一个哈林顿的住址邮编是SW19，名字后面有大不列颠帝国勋章获得者的头衔。我想那恰恰是比德一有机会就会显摆的一类东西，所以首先试了那个号码。我立刻听出是他的声音。我们的电话交谈或多或少就是这样进行的：

  比德：哈林顿。
  我：您是在哈崎福住过的比德·哈林顿吗？
  比德：（谨慎地）我的确在那里住过，是的。
  我：你和莫琳·卡瓦纳结了婚？
  比德：是的。你是谁？
  我：希律王。
  比德：请你再说一遍。
  我：劳伦斯·帕斯摩尔。

比德：对不起，我没……你是说，帕森斯？

我：帕斯摩尔。你记得的。青年俱乐部。圣诞话剧。我是希律王。

（停顿）

比德：天哪！

我：那么，你还好吗？

比德：还好。

我：莫琳怎么样？

比德：她还好，我想。

我：我能跟她讲话吗？

比德：她不在。

我：噢，她什么时候回来？

比德：具体时间我不知道。她在国外。

我：噢——在哪儿？

比德：我得说，现在该到西班牙了。

我：我知道了……有什么办法可以让我跟她联系上吗？

比德：大概没有，没有。

我：她在度假，是吗？

比德：确切地说不是。你找她有什么事？

我：我只是想再见见她……（绞尽脑汁找借口）……我正在写有关那时候的一些事情。

比德：你是个作家？

我：是的。

比德：你写什么？

我：主要是电视剧。你大概知道一个叫《邻居》的节目吧？

比德：我恐怕从没听说过。

我：噢。

比德：我不怎么看电视。瞧，我正在做饭——

我：噢，对不起，我——

比德：你要是留下你的电话号码，莫琳回来后我会告诉她。

我将我的住址和电话号码告诉了他。在他挂断电话前，我问他因为什么得了英帝国勋章。他说："我在国家课程方案委员会混饭吃。"看来他是教育部里一个级别相当高的公务员。

那场交谈搅得我心神不宁，它让我既兴奋又沮丧。寻找莫琳在一天的时间里就取得了这么大的进展，我对此感到惊奇，不过她仍然远在天边，可望而不可即。我现在真希望那时我坚持让比德告诉我更多细节，比如她现在的位置以及她在那儿在干什么。我不喜欢干坐着无期限地等待她打来电话的主意，也不知道会等待多久——几天？几星期？几个月？——甚至也不知道她回来后比德是否会将我的口信转达给她。"现在该到西班牙了……确切地说不是度假"——那到底是他妈的什么意思？她去坐教育巡回巴士①了？或者某种性质的游轮？

晚上九点三十五分。我再次打电话给比德，对打搅他表示抱歉，问我是否可以见见他。当他问我为什么要见他时，我精心编造了一个托词，说要以20世纪50年代早期的哈崎福为背景写点东西。他

---

①一种具有公益性质和教育意义的乘坐巴士的旅行。

比以前客气了些——他说话的确有点含糊不清，好像吃晚饭时多喝了点酒。我说我的住处离白厅①很近，问他可不可以本周哪一天请他吃午饭。他说他去年年底退休了，不过要是我愿意可以去他家。SW19原来是温布尔登的邮编。我急不可待地提议说明天上午，让我高兴得要命的是，他同意了。他挂电话前，我设法插进了一个关于莫琳的问题："她是在做某种旅行，是吗？""不，"他说，"朝圣。"

那么，她仍然是个虔诚的天主教徒。噢，唉。

* * *

6月8日，星期二，下午两点半。今天上午再次乘坐东南交通网的列车，但这次是在滑铁卢站上的车，火车也比昨天的干净漂亮，这对我今天较为高档的目的地是合适的。比德和莫琳住在全英网球俱乐部附近一个绿树成荫的住宅区。比德在温布尔登住了那么多年，从来没看过一场网球比赛，仅仅把温布尔登网球锦标赛看成一年一度的交通麻烦，这是典型的比德。最近几年我作为哈德兰电视台的客人去过温布尔登几次。（那儿搭了许多接待用的大帐篷，电视台在一个帐篷里举办派对，派对上有香槟、草莓，还有免费的中心赛场门票。）我意识到那几次去温布尔登时，我一定从莫琳家百码之内经过。意识到这一点时我觉得这真够有趣。我完全有可能开着车与莫琳擦肩而过。

他们家是一幢战时修建的普通半独立屋，有一个很深的后院。比德说，他们婚后不久就搬到了那里，为了让越来越大的家庭有足够的住处，他们没有搬家，而是扩建了这幢房子，在车库上面和后

---

①伦敦市中心一街名，那里有许多重要建筑和政府机关。

院里加盖了新的房间，还翻新了阁楼。他们有四个孩子，显然，现在都已长大成人，离巢高飞。比德独自一人在家，家里显出不自然的干净和整洁，大部分房间好像清洁女工最后一次来过后就再也没有人进去过。我上楼上厕所时窥视了几个房间，我注意到主卧里有两张单人床，这给了我一种愚蠢的满足。啊哈，不再有性生活了，我在心里说道。当然，未必真的是那样。

比德没有多大变化，除了一头粗粝的乱发全变白了，脸颊也凹陷了下去。他仍然戴牛角镜框眼镜，镜片像瓶底一样。可我自己显然已经面目全非了。尽管我是在约定时间到达的，可他开门跟我打招呼时还是没法确定我是谁。"你的体重增加了不少。"我向他表明身份后他说。"头发也掉得差不多了。"我说。"是的，那时你的头发很浓很密，不是吗？"他说。他将我领进起居室（我注意到起居室窗帘的颜色跟沙发套的颜色是一样的，这让我觉得有趣），十分生硬地请我坐下。他就像那种一辈子大部分时间都穿西装、退休后完全不知道该如何穿戴的人一样，穿了件胳膊肘上打了皮补丁的粗花呢运动夹克和格子衬衣，打了羊毛领带，还有灰色精纺毛布裤子和深棕色粗革厚底皮鞋——尽管那天天气有点凉，还刮着大风，可这个季节他穿得未免也太多了。

"我该向你道歉。"他以他那种熟悉的自负口气说，"今天早上我跟女儿通电话时，她告诉我，你的节目——叫什么来着？——是电视上最受欢迎的节目之一。"

"《邻居》。你女儿看吗？"我问。

"她什么都看，毫无选择。"他说，"孩子们慢慢长大时我们家也没买电视——我认为它会妨碍他们做家庭作业。这对特蕾莎产生的影响就是，她一离开家、一有能力自己买电视之后，就完全上了瘾。

我得出了一个结论，"他接着说道，"控制别人生活的任何努力都是完全徒劳无益的。"

"包括政府吗？"我问。

"政府尤其是这样。"他说。尽管获得了大不列颠帝国勋章，但他似乎认为自己的公务员生涯是个败笔。"这个国家教育系统的现状比我刚进教育部时要糟得多，"他说，"那不是我的错，我只是对此无能为力。我花了一辈子的时间参加委员会会议、工作聚会，起草报告、备忘录……想到这些，我觉得它们全都毫无价值。我嫉妒你，帕斯摩尔。我希望我也是一名作家，或者至少在大学里教教书也好。我上完本科后本该去读硕士的，可是却参加了公务员考试。那时候当公务员似乎是个更保险的饭碗，而且我也想结婚，你知道的。"

我提议说他现在退休了，有大量的闲暇时间可以写作。

"是的，以前我总是觉得写作会是我退休后要做的事情。我年轻时写过很多东西——诗、散文……"

"戏剧。"我说。

"太对了。"比德露出苍老、怀旧的微笑，"可是如果你创作灵感的汁液不保持循环的话，它就枯竭了。有一天我试着写了点什么，一些很私人的东西，关于……丧亲。结果写出来就跟政府报告一样。"

他起身去厨房准备咖啡，我则在房间里盘桓，寻找莫琳存在的踪迹。房间里摆放着一些家庭成员比较近期的照片——毕业照，结婚照，还有比德和莫琳在白金汉宫的合影。照片里比德穿着常礼服，莫琳是一副自豪、笑盈盈的主妇模样。她头发灰白，也剪短了，不过还是我记忆中的那张可爱的心形脸庞。我贪婪地盯着这些照片，竭力用它们将她生活中的空白（我是说，对我来说的空白）填补起来。壁炉台上立着一张色彩鲜艳的照片式明信片，照片里是法国比利牛斯山脉的圣让·皮埃德波尔。明信片的背面是莫琳写给比德的简短留言:"亲爱的比德:我在这里休息几天,之后再去对付那些山。除了脚上起了水泡之外,都挺好。爱你,莫琳。"无论在什么地方,我都应该能认出这种圆圆的、女孩子气的笔迹,尽管 i 上不是小气泡而是点儿。明信片上的邮戳日期是大约三星期前。听见比德进了过厅,我赶紧放回明信片,匆忙撤回到座位上。

"那么,莫琳还好吗?"他端着茶盘进来时我说,"你在教育部步步高升时她自己在做什么?"

"我们结婚时她是个获得从业资格的护士。"他说话的同时用双手往下压咖啡壶的栓塞,好像在引爆炸药一样,"我们几乎一结婚就有了孩子,于是她放弃了工作,在家照顾孩子。最小的孩子开始上初中时她重新开始做护士,并成了一家医院的病房护士长,你知道,那是非常辛苦的工作。我们不再需要钱时,她放弃了那份工作。她做许多志愿服务工作,为教会什么的。"

"那么,你们俩仍然去教堂吧?"我说。

"是的。"他好像不愿多说,"牛奶?糖?"咖啡淡而无味,消化饼干受潮了。比德问了我有关写电视剧的一些技术性问题。片刻之后,我将话题拉回到莫琳身上:"那她是要去哪里朝圣?"

他在椅子上不安地扭动身体,眼睛向窗外望去。窗外正刮着大风,大风摇动树木,花瓣像雪片一样在空中飞舞。"要去圣地亚哥 - 德孔波斯特拉,"他说,"在西班牙的西北部。这是一项很古老的朝圣活动,可以追溯到中世纪。人们认为使徒圣雅各就葬在那儿。当然,'圣地亚哥'是西班牙语圣詹姆斯的意思,'圣雅各'是圣詹姆斯的法语名字。莫琳在什么地方读到了这条朝圣路线,我想是在一本从图书馆借来的书里。后来她决定去朝圣。"

"徒步去的。"我说。

"是的,徒步。"比德看着我。"你怎么知道的?"

我坦白说我偷看了她的明信片。

"这当然很荒唐,"他说,"像她这样年纪的女人。太荒唐了。"他摘下眼镜按摩眉头,好像他头疼犯了似的。不戴眼镜的他,眼睛好像因失去了保护而脆弱不堪。

"有多远?"我问。

"要看你从哪儿开始走。"他重新戴上眼镜,"有几个不同的起点,都在法国。莫琳是从勒皮开始的,勒皮在奥弗涅山脉。圣地亚哥离那儿大约有一千英里,我相信。"

我轻轻打了一个呼哨:"她有徒步旅行的经验吗?"

"一点也没有。"比德说,"星期天下午遛弯去温布尔登广场在她看来就已经是长途步行了。这整个主意完全是疯了。说实话,她能走到比利牛斯山那么远真是让我吃惊,也没有受伤,或者是被强暴,或者是被谋杀。"

他告诉我,莫琳在最初计划朝圣时,他主动提出,要是开车去的话他可以陪她一起。可她坚持要以最艰苦的方式,要步行,就像中世纪的朝圣者那样。好像他们在这个问题上争得不可开交。最后,大约两个月前,她不服气地独自出发了,随身带了个帆布背包和铺盖卷。那以后,她只给他寄来过两张明信片,我刚才看到的就是第二张。比德显然又担忧又懊丧又生气,他感到自己特别愚蠢,除了直挺挺地坐着等待并希望她安全到达圣地亚哥之外,他什么也做不了。我必须承认,我发现这个故事很吸引我,我对比德的困境感到某种程度的幸灾乐祸。然而,莫琳从事的就像一场堂吉诃德式的惊人冒险。我说了跟这个意思大致相同的话。

"是的,唉,最近她多了很多心理压力。我们俩都是。"比德说,"要知道,去年 11 月我们失去了儿子达米安。"

我脱口说出一些表示同情的话,并问了他事情的来龙去脉。比德走到写字台前,从抽屉里取出一张带相框的照片。是一个年轻人的彩色快照,小伙子健康英俊,穿着 T 恤衫和短裤,靠在一辆陆虎车的挡泥板上冲镜头微笑着,背景是蓝天和类似褐色的灌木丛。"他是在安哥拉被打死的,"比德说,"你可能在电视上读到过有关新闻。他为那儿的一家天主教救援组织工作,向难民发放救济物资。没有人知道到底发生了些什么,但看起来是叛军的某个异见团体拦住了他押运的卡车,要求他把食品和药品交给他们。他拒绝了,他们就将他和那个非洲人司机拖下卡车,向他们开了枪。达米安才二十五岁。"

"太可怕了。"我找不到能充分表达自己心情的词。

"不太能理解,是吗?"比德说。他再次转过头去望着窗外。"他爱非洲,你知道,爱他的工作,全部身心都投入进去了……我们把他的尸体空运回来,为他举行了安魂弥撒。来了很多人,很多我们从来没见过的人。从慈善机构来的人。他大学里的朋友。他的人缘很好。致辞的神父是那个慈善机构的神父,他说达米安是一位现代殉道者。"他停下来,陷入了沉思。我想不出该说什么,所以我们就那样沉默了一会儿。

"在这种时刻,你认为信仰将会是一种安慰,"他继续说道,"可当你需要它安慰的时候,你发现它不是。什么都不是。我们的全科医生劝我们去见一见被他称为好事者的慈善机构救灾顾问,愚蠢的女人,她说我们一定不要感到内疚。我说,我为什么要感到内疚?她说,因为你还活着,他死了。我从没听过这种胡说八道。我想达米安真是个傻瓜。他应该把那些见鬼的食品给那些畜生后开着车就跑,永远也不要停下来,直到走出那该死的黑大陆。"

他回忆这些时腮帮子气得发白。我问他莫琳是如何承受这场悲剧的。

"太难了。达米安是她最喜欢的孩子。她的精神完全垮了。这就是她离家去那荒唐的朝圣的原因。"

"你是说,把它作为某种治疗?"我说。

"我认为这是个很不错的说法。"比德说。

我说我想我该走了。他说:"可是我们还没谈多少哈崎福过去的事呢。"我说也许我们可以下次再谈。他点点头。"好吧。来个电话。你知道的,"他接着说,"我一直不太喜欢你,帕斯摩尔。在青年俱乐部时我认为你跟莫琳不合适。"

"你说得一点不假。"我说。这句话又从他脸上挤出了一丝笑容。

"不过你今天上午来这儿我很高兴,"他继续说道,"我有点寂寞,实话跟你说吧。"

"莫琳说起过我吗?"我问。

"没有。"他说,"从来没有。"他说这话时没有恶意也没有感到满意的意思,仅仅像在陈述一个事实。等出租车时,他问我有没有孩子。我说有两个,一个结婚了,一个跟她的伴侣住在一起。"噢是的,现在他们都这么做,不是吗?"他说,"甚至连我们这把年纪的人也是。没有顾虑。不像我们年轻那会儿,嗯?"

"的确不像。"我说。

"你的妻子呢?她做什么?"

"她是一所新大学的讲师,"我说,"教授教育学。实际上,她花了大把时间为那些被新的国家课程方案搞得精神崩溃的教师提供心理咨询。"

"这我也并不感到奇怪，"比德说，"那东西整个一塌糊涂。我想见见你妻子。"

"我恐怕她刚刚离开了我。"我说。

"是吗？那我们俩就同病相怜了。"比德说。这是比德特有的想要幽默一下的笨拙尝试。正在这时，门铃响了，一个令人生厌的饶舌司机来接我去温布尔登车站。我一点也不想谈论什么天气，也不想展望即将到来的网球比赛。我只想好好想想今天上午让我心旌摇荡的新发现。

一个计划在我脑子里成形了，一个如此疯狂而又令人兴奋的计划，我甚至不敢现在就写下来。

* * *

6月11日，星期五。好了，我已经决定了。我要去追赶莫琳。我要在通往圣地亚哥的路上追上她。最近三天我一直在做必要的安排——为汽车订轮渡的票，办保险卡，买导游手册、地图，准备旅行支票，等等。我撕开积压的全部邮件，听完所有的录音电话，办理完最为紧急的事情。丹尼斯·肖特豪斯一连来了几封信，告知我莎丽提出申请，要求法庭做出扶养判决，以支付房子的一应开销，并十万火急地要我进行指示。我打电话告诉他我不会再阻止离婚程序，并同意出适当的扶养费，做出合理的财产分割。他问我指的合理是什么意思。我说，那栋房子留给她，我要公寓，其余的不动产一分为二。他说："这不是合理，是慷慨。那栋房子远比公寓值钱。"我说我只是不想再为它费心了。我对他说我要出国几星期。我不知道追上莫琳要花多长时间，也不知道追上她后要干什么。我只知道我一定得去找她。如果我整个夏天都将自己禁闭在公寓里，为了接听她的电话而不得不接听所有令我避之不及的那些电话，这种想法令我无法忍受。

我没有告诉比德我的计划，以免他产生误解，尽管正确的理解是什么我实在是一无所知。我是说，我实际上不知道我想从莫琳那里得到什么。显然，不是想找回爱情——要重复的话，也太晚了。（不过我总是禁不住去仔细重温她跟比德的婚姻已经变得冷淡——如果曾经热烈过的话——的每一个细小的证据，比如卧室里的单人床，他们在她朝圣问题上的口角，那张态度相当冷淡的"亲爱的比德"明信片，等等。）可是，我想得到的如果不是爱情，那是什么？原谅，也许吧。赦免。我想知道她原谅了我多年前在圣诞话剧的剧组面前对她的背叛。它本身是个微不足道的举动，但它带来的后果却非同小可。你可以说它决定了我此后的生活。你可以说它是我人到中年后焦虑的根源。我在不知其为一种选择的时候做出了一种选择。或者不如说——这样更糟糕——我假装分手是莫琳的选择，而不是我的选择。现在看来，我似乎从来都没有从那个不良信念的影响中恢复过来。我为什么总是做出一个决定后立刻就后悔？在那里可以找到答案。

下次见到亚历山德拉，我一定要拿这个问题试试她，尽管我没法肯定她对此是否会感到高兴。在长久被压抑的记忆中找到疾患的根源后，我似乎放弃了认知性治疗，这对老式精神分析疗法是一个支持。不管怎样，与莫琳分享回忆，弄清楚她现在对那件事情是什么样的感觉，可以成为一种安慰。她自己心里怀有新的创痛这一事实使我更加急于找到她，并与她重归于好。

邮箱里还有萨曼莎的一份剧本草稿，她写出了一个混合着《邻居》《真爱狂爱深爱》和《人鬼情未了》的情节来结束《邻居》目前这一季。一点也不赖,不过我立刻发现还需要对它做点什么。她让普里茜拉的鬼魂在葬礼后出现在爱德华面前;而应该发生的事情是,在她遭遇那场致命的事故后,在别人都还不知道的时候,她立刻就出现在爱德华面前。起先他并没有想到那是她的鬼魂,因为她尝试慢慢把真相告诉他。接着她穿墙——隔墙——而过,去了戴维斯家,然后又回来,于是他终于意识到她死了。这让人伤心,但并不那么悲惨,因为从某种意义上说,普里茜拉还在那里。这一幕甚至还有种喜剧性。这是一层很薄的冰,但是我想可以成功地走过去。不管怎样,我做了很大的改动,然后寄回给萨曼莎,并附上了如何拿它去试奥利态度的指示。

接着我不得不给杰克打电话,他毫不留情地责备我不回他的电话。我忍气吞声地听了十分钟,然后才得以告诉他萨曼莎的手稿和我对其进行的修改。"太晚了,墩子,"他无精打采地说,"第十四款几个星期前就开始实施了。""那么,他们聘了新的编剧吗?"我问。我准备好了得到肯定的回答。"肯定聘了,"他说,"他们最晚在月底要拿到满意的最后一集剧本。"我听到他在转椅里摇动着身子,转椅发出吱吱嘎嘎的声音,他在考虑。"我想要是他们真的喜欢这个鬼主意,那可能还有时间。"他说,"接下来的两周你会在哪儿?"

我不得不告诉他我明天要出国,多长时间还不知道,没法给他可以跟我联系的电话或者传真号码。在他发出诅咒时,我像老喜剧电影里人们所做的那样,将听筒从耳边拿得远远的。"你为什么要现在出去度假,你这是见了什么鬼?"我听见他在电话里大声嚷嚷。"不是去度假,"我说,"是去朝圣。"趁他还没有做出反应,我迅速放下了电话。

追寻莫琳使我的心境发生的变化令我感到惊奇。我做决定时似乎不再有任何困难。我再也不感到自己像一个不快乐的人。也许我从来就不是——有一天我重新看了那篇文章，我认为我以前的理解不是十分准确。可是我在回忆莫琳，或者说希望找到她的时候，我肯定和我的自我是保持一致的——从来都没有比现在更为一致过。

我刚刚打完上面的句子，注意到窗外有灯光在规律地闪烁——现在是晚上，大约十点钟，但我没有拉上窗帘。定睛往下望去，我看到一辆警车的车顶，车就停在这幢楼外面，旋转的警灯闪着蓝光。我打开门廊里的监控，发现格雷厄姆在那儿，在两个警察的监视下卷起他的睡袋。我跑下楼去。年龄稍大的警察向我解释说他们正在让格雷厄姆搬走。"你就是向我们投诉的那位先生吗？"他问。我说不是。格雷厄姆看着我说："我不能上去吗？"我说："好吧。就几分钟。"警察惊讶地看着我。"我希望你知道你在做些什么，先生，"年长的警察不以为然地说。"我是不会让这个乞丐进我家的，我可以告诉你。""我不是乞丐。"格雷厄姆愤愤地说。那警察狠狠地瞪了他一眼。"别跟我顶嘴，乞丐。"他发出嘘声，"也别再让我逮着你在这个门口睡觉。明白了吗？"他冷冷地看了我一眼。"我可以告你妨碍执行公务。"他说，"这一次就算了。"

我带格雷厄姆上了楼，给他倒了一杯茶。"你得去另外找个地方，格雷厄姆，"我说，"我再也保护不了你了。我要到国外去，可能要去几个星期。"

他透过他的直额发狡黠地看着我。"让我在这儿住吧。"他说，"你不在时我可以替你照看这地方，像管理员一样。"

我嘲笑他脸皮厚："这儿用不着管理员。"

"你错了,"他说,"这附近什么坏人都有。你不在时会有人进来偷你东西的。"

"我以前没被偷过,这公寓大部分时间都空着。"

"我不是说要住在这儿,"格雷厄姆说,"只是睡觉而已。睡地板上——不是你的床上。我会让这地方又整齐又干净的。"他环顾四周,"比现在干净一些。"

"我希望你会那样,格雷厄姆。"我说,"谢谢你,可我不能,谢谢。"

他叹口气,摇了摇头。"我只是希望你别后悔。"他说。

"嗨,万一出现最坏的情况——我买了保险。"

我把他送出公寓楼。外面正下着毛毛细雨。当他竖起衣领背起铺盖卷时,我感到自己有点卑鄙——可我还能做些什么呢?我要是把公寓的钥匙交给他,那简直就是疯了。我回来时可能会发现他将这个地方变成了一个像他那样的油滑流浪汉的客栈。我往他手里塞了几张钞票,让他去找个房间过夜。"谢了。"他说着,转身走进温暖潮湿的夜里。我从没见到过一个像这样若无其事地接受别人好处的人。我有种感觉,我以后再也不会见到他了。

* * *

6月17日,星期四。我没有像计划的那样立刻动身。肖特豪斯打来电话,说要是我稍微等上几天,以便他跟对方确定财产分割细节,那他会高兴点。所以这个星期我得耐心地等着,为了临时找点事打发时间,我读遍了查令十字路的书店里所有能找到的关于圣地亚哥朝圣的书籍。今天上午我去鲁米治签了文件,赶下一趟火车回到了伦敦。晚上打点行李时,我意外地接到了莎丽打来的电话。这是几个星期以来我们第一次跟对方说话。"我只是想说，"她说，用的是一种中性的语调，"想说你一直都很慷慨。""这没什么。"我说。"事情闹得这么不愉快，我很抱歉。"她说，"恐怕一部分应该归咎于我。""是的，瞧，这种事总是很伤脑筋。"我说，"离婚，显示不出人们身上最好的一面。""好吧，我只是想说谢谢你。"莎丽说完挂断了电话。跟她说话我感到十分不自在。因为我了解自己的性格，我知道这种谈话要不了多久就会让我开始后悔所做的决定。我想离开这里，远离所有这一切，上路。我明天早上出发。圣地亚哥，我来了。

第 四 部 分

9月21日。我得出了一个结论，写小说和写剧本的根本区别并不在于后者主要是对话，而是一个关于时态的问题。剧本总是使用现在时态。不是字面意义上的，而是本体论意义上的。（这句话怎么样，嗯？是阅读所有那些克尔凯郭尔著作的结果。）我的意思是，在戏剧或者电影里，每一件事情都是现在正在发生。这就是为什么舞台说明总是现在时态的原因。哪怕在一个人物对另一个人物讲述过去发生的事情时，对观众来说，讲述也是发生在现在。与此相反，如果你写的是一本小说，一切都属于过去。哪怕你一遍又一遍地写"我在写作，我在写作"，但当某个人读到你写下来的东西时，写作的动作已经完成，他已经看不到你写作了。

日记介于以上两种形式之间。它就像默默独语。它是独白和自传的混合。你可以用现在时态写出很多东西，比如："窗外的梧桐树有了叶子……"可实际上那只不过是换一种更花哨的方式说"我在写作，我在写作……"罢了。这帮不了你什么，它不是在讲述一个故事。在写作中，一旦你开始讲述故事，不管这个故事是虚构的还是你生活中的真实故事，使用过去时都是自然的事，因为你在描绘的总是已经发生过的事情。日记的独特之处就在于，作者并不知道他的故事会怎样发展，也不知道它会如何结束，所以它似乎存在于一种连绵不断的现在时里，尽管单个事件可能会以过去时态描绘出来。小说是在事实发生之后，或者假定它们已经发生之后写的。小说家开始讲述一个故事时，可能并不知道故事会如何结束，可是对读者来说，看上去他总是知道的。开放式句子的过去时态意味着即将讲述的故事实际上已经发生了。我知道有些小说完全是用现在时态写成的，但它们都有些怪里怪气：它们是实验性的，现在时态对于这种形式而言并不太自然，它们读起来像剧本。现在时态的自传甚至会更为离奇。自传总是在事实发生之后写的。它是一种过去时态的形式，就像我写的关于莫琳的回忆录一样，就像我刚刚写完的那个片断一样。

我在旅行中一直在写各种各样的日记，可是我的笔记本电脑在莱昂①的山上出了故障，我没有时间也没有机会修好它，所以那之后就开始用笔写日记。现在，我已经把硬盘里的日记打印出来了，也把手写的日记一个字一个字地敲进电脑里再打出来，可是将它们拼接在一起后，我发现它们对我所经历之事的记录粗略而又零散。写日记的条件常常不理想，有时候一天下来我太累或者灌了太多葡萄酒，充其量只能做三两个隐喻性的标记。现在，我已经将它们全部重新写了一遍，可以这么说吧，因为我已经知道了故事是如何结束的，所以讲起故事来字句和逻辑也更加连贯。我的确觉得我已经知道了某件事情的结局，同时，也希望它是一个新的开始。

* * *

我从伦敦开车到圣让·皮埃德波尔（这个地名的意思是"隘口脚下的圣约翰"）用了两天时间。没费什么力气，仅有的麻烦是在法国的高速公路上很难将土豪车的速度控制在限速标准之内。巡航控制早晚都能派上用场。空调也是。在波尔多南部一望无际的沼泽地

---

①西班牙西北部一城市。

带，公路在灼热的空气中闪烁。当我爬上比利牛斯山的山麓小丘时，天气开始转凉，到达圣让·皮埃德波尔时，天下起了雨。这是一个有集市和度假区的令人愉快的小镇，有红色的人字形屋顶和湍急的小河，小镇偎依在波浪起伏的绿色田野中，那些形状各异的小田块阡陌相接，形成一张巨大的百衲被。那里有一家宾馆，宾馆的餐厅得了米其林二星，我足够幸运地订到了一个房间。我被告知，这个季节稍晚一些不预订是不可能找到房间的。小镇里已经有了大批穿短裤的徒步旅行者，他们穿着潮湿的连帽风衣郁郁不乐地游荡着，或者在小酒馆里喝得微醉打发时间，等待天气好转。你可以看出他们哪些人是去圣地亚哥朝圣的，因为他们的帆布背包上都缀着扇贝壳。

扇贝壳（圣雅各扇贝就是由此得名的，在我住的宾馆里，他们做这道菜做得特别好）是前往圣地亚哥朝圣的传统标志物，究其根源，像跟这位圣人有关的所有事物一样，一直都模糊不清。有一个传说是，圣雅各救过一个快被淹死的人，那人被从海里拽上岸时，身上盖着许多扇贝壳。更有可能的是，那只不过是一场漂亮的中世纪营销：到圣地亚哥的朝圣者回家时希望带点纪念品，而加利西亚海岸又有大量的贝壳。它们为小镇带来了一笔不错的收入，特别是，由于圣地亚哥的大主教有权将那些向小镇之外的朝圣者出售贝壳的人开除教籍，情况就更是如此。不过，现在朝圣者在前往圣地亚哥和从那里回家的路上都佩戴着贝壳。

我惊讶于朝圣者的人数之多，甚至在圣让·皮埃德波尔也是如此。我曾经将莫琳想象成一个孤独的怪人，去追寻已被现代世界遗忘了的古人足迹，可情况并不是这样。最近，朝圣活动大大复兴，这种复兴又被强有力的国际性行业合作推波助澜：几年前，罗马天主教会、西班牙旅游部和欧洲委员会选定圣地亚哥朝圣之路作为欧洲文化遗产。每年夏天都有成千上万的人上路，循着欧洲委员会竖立的蓝黄两色贝壳路标前行。有天晚上，我在酒吧遇见一对德国夫妇，他们从阿尔勒①一路走来，这是四条传统路线中最南端的一条。他们拿着一种由圣雅各公会颁发的护照，在沿途的每一个不同的落脚点都盖了印章。他们告诉我，到达圣地亚哥时，他们会在圣地亚哥大教堂出示这种护照，接受颁发"朝圣证书"，那是你完成朝圣的证明，跟古代的朝圣者获得的证书一样。我不知道莫琳是否也有这样一本护照。如果她有，那会对我追寻她有所帮助。两个德国人指点我去本地给护照加盖印章的那位女士的住处，并建议我不要把车开到她家门外。真正的朝圣者必须徒步旅行，或者骑自行车，或者骑马。

我步行爬上满是鹅卵石的小山来到她的住宅，不过我没有假称自己是个朝圣者。我假称（用的是洋泾浜英语、不连贯的法语和肢体语言的混合）自己是比德·哈林顿，正在追赶我的妻子，因为有急事需要她马上回英国。一个犹如玛丽·怀特豪斯②再世的女士为我开了门。只见她皱着眉头，似乎要杀了又一个这么晚还来敲门的朝圣者。不过，我向她讲了我的故事后她产生了兴趣，并采取了合作的态度。让我高兴的是，她已经为莫琳的护照盖了印章，而且很清楚地记得她是一个"非常可爱的女人"③，不过脚上的水泡让她疼得够呛。我问她觉得莫琳现在应该到哪里了，她皱起眉头耸耸

---

①法国南部城市。
②英国一位著名的爱揭露和抨击媒体弊端的老太太，曾发起过"净化电视运动"。
③原文为法语。

肩，说："看情况……"①显然，这取决于莫琳一天走多少公里。从圣让·皮埃德波尔到圣地亚哥大约八百公里。一个健康的年轻人平均每天大概步行三十公里，可是莫琳要是能走十五公里就算幸运了。我从宾馆房间取出地图，推算她现在可能在洛格罗尼奥和比利亚弗兰卡②之间的什么地方，离这里大约三百公里——这只是毫无把握的猜测。她也许会在什么地方休息一个星期，让脚上的水泡愈合，所以可能大大落后于原定时间。她还可能在某一路段搭乘公共交通，这样的话可能已经到了圣地亚哥。不过我了解莫琳，我不相信她真的会放宽规定。我想象着她正紧咬牙关，强忍疼痛，以图渡过难关。

　　第二天，我翻越了比利牛斯山脉。在弯弯曲曲的盘山公路上，我将自动换挡系统调到了"慢速"，以避免过多地换挡。汽车像风一样轻松地驶向瓦尔卡洛斯关隘顶端，一路上超过了好几个朝圣者，他们拖着沉重的脚步爬向山顶，被背包压弯了腰。天放晴了，山上的景色引人入胜：群山一直到山顶都是郁郁葱葱，山谷在阳光下微笑，焦糖色奶牛身上的牛铃叮当作响，羊群在山上吃草，秃鹫在与视线平行的高度翱翔。我的旅游指南告诉我，瓦尔卡洛斯的意思是查尔斯或查理曼的山谷，而在西班牙的一侧，山的名字叫龙塞斯瓦列斯。在那里，正如《罗兰之歌》③所记载的那样，有过一场查理曼大帝的军队和萨拉森人④之间的著名战争。只是在历史上，他们根本就不是萨拉森人，而是潘普洛拉⑤的巴斯克人，他们因查理曼的士兵们顷刻之间就毁了他们的城池而怒不可遏。没有什么跟朝圣之路

---

①原文为法语。
②二者皆为西班牙北部的城市。
③中世纪法国著名英雄史诗。
④古代基督教世界对阿拉伯人的称呼。
⑤位于比利牛斯山附近西班牙北部地区。

有联系的东西与他们所声称的完全一致。圣地亚哥圣陵本身似乎也完全是个骗局,找不到使徒真的葬在那里的任何证据。故事是这样说的,耶稣死后,雅各去了西班牙,打算使当地人皈依基督教。他似乎没有取得多大成功,因为他回到巴勒斯坦时只带去了两名信徒,还突然被希律王(我不知道是哪个希律王)斩了首。那两名信徒在梦中被告知将圣人的遗骸带回西班牙,于是他们将雅各的遗体装上石船(是的,石船),石船不可思议地漂过地中海和直布罗陀海峡,沿伊比利亚半岛西海岸北上,在加利西亚海滨上岸。几个世纪以后,当地的一名隐士见到一颗星星在一座小山丘上闪耀。小山丘被掘开时,人们发现了那位圣人和两个信徒的遗骸——或者说他们是这样声称的。当然,那可以是任何人的尸骨。可是信仰基督教的西班牙迫切需要一些圣物和一座圣陵,以推动驱逐摩尔人①的运动。圣雅各就是这样变成西班牙的保护神的,"圣地亚哥"在西班牙语中成了战时的呐喊。根据另一个传说,他亲自参加了公元834年克拉维霍的一场关键战役,他重整衰败的基督教军队,亲手杀死了七万摩尔人。为了感谢圣雅各,圣地亚哥大主教管区厚颜无耻地向西班牙其他地区征收了一项特别赋税。不过,不管圣雅各是否真的介入过,实际上都没有证据表明克拉维霍曾经发生过那场战役。朝圣之路沿线的所有教堂里,你都能看到"圣地亚哥·马塔摩尔"——即"摩尔人杀手圣雅各"的雕像,将他描绘成一个武士的形象,跨着战马,挥着利剑,践踏着那些黑皮肤、厚嘴唇的异教徒尸体。要是西班牙也奉行政治正确,这些塑像会让人感到尴尬的。

我发现有一个问题很难让人理解。在过去那些年代,为什么有

---

① 来自非洲西北部的古代伊斯兰教民族,曾统治伊比利亚半岛大部分地区。

肩，说："看情况……"① 显然，这取决于莫琳一天走多少公里。从圣让·皮埃德波尔到圣地亚哥大约八百公里。一个健康的年轻人平均每天大概步行三十公里，可是莫琳要是能走十五公里就算幸运了。我从宾馆房间取出地图，推算她现在可能在洛格罗尼奥和比利亚弗兰卡②之间的什么地方，离这里大约三百公里——这只是毫无把握的猜测。她也许会在什么地方休息一个星期，让脚上的水泡愈合，所以可能大大落后于原定时间。她还可能在某一路段搭乘公共交通，这样的话可能已经到了圣地亚哥。不过我了解莫琳，我不相信她真的会放宽规定。我想象着她正紧咬牙关，强忍疼痛，以图渡过难关。

　　第二天，我翻越了比利牛斯山脉。在弯弯曲曲的盘山公路上，我将自动换挡系统调到了"慢速"，以避免过多地换挡。汽车像风一样轻松地驶向瓦尔卡洛斯关隘顶端，一路上超过了好几个朝圣者，他们拖着沉重的脚步爬向山顶，被背包压弯了腰。天放晴了，山上的景色引人入胜：群山一直到山顶都是郁郁葱葱，山谷在阳光下微笑，焦糖色奶牛身上的牛铃叮当作响，羊群在山上吃草，秃鹫在与视线平行的高度翱翔。我的旅游指南告诉我，瓦尔卡洛斯的意思是查尔斯或查理曼的山谷，而在西班牙的一侧，山的名字叫龙塞斯瓦列斯。在那里，正如《罗兰之歌》③所记载的那样，有过一场查理曼大帝的军队和萨拉森人④之间的著名战争。只是在历史上，他们根本就不是萨拉森人，而是潘普洛拉⑤的巴斯克人，他们因查理曼的士兵们顷刻之间就毁了他们的城池而怒不可遏。没有什么跟朝圣之路

---

①原文为法语。
②二者皆为西班牙北部的城市。
③中世纪法国著名英雄史诗。
④古代基督教世界对阿拉伯人的称呼。
⑤位于比利牛斯山附近西班牙北部地区。

有联系的东西与他们所声称的完全一致。圣地亚哥圣陵本身似乎也完全是个骗局，找不到使徒真的葬在那里的任何证据。故事是这样说的，耶稣死后，雅各去了西班牙，打算使当地人皈依基督教。他似乎没有取得多大成功，因为他回到巴勒斯坦时只带去了两名信徒，还突然被希律王（我不知道是哪个希律王）斩了首。那两名信徒在梦中被告知将圣人的遗骸带回西班牙，于是他们将雅各的遗体装上石船（是的，石船），石船不可思议地漂过地中海和直布罗陀海峡，沿伊比利亚半岛西海岸北上，在加利西亚海滨上岸。几个世纪以后，当地的一名隐士见到一颗星星在一座小山丘上闪耀。小山丘被掘开时，人们发现了那位圣人和两个信徒的遗骸——或者说他们是这样声称的。当然，那可以是任何人的尸骨。可是信仰基督教的西班牙迫切需要一些圣物和一座圣陵，以推动驱逐摩尔人[①]的运动。圣雅各就是这样变成西班牙的保护神的，"圣地亚哥"在西班牙语中成了战时的呐喊。根据另一个传说，他亲自参加了公元834年克拉维霍的一场关键战役，他重整衰败的基督教军队，亲手杀死了七万摩尔人。为了感谢圣雅各，圣地亚哥大主教管区厚颜无耻地向西班牙其他地区征收了一项特别赋税。不过，不管圣雅各是否真的介入过，实际上都没有证据表明克拉维霍曾经发生过那场战役。朝圣之路沿线的所有教堂里，你都能看到"圣地亚哥·马塔摩尔"——即"摩尔人杀手圣雅各"的雕像，将他描绘成一个武士的形象，跨着战马，挥着利剑，践踏着那些黑皮肤、厚嘴唇的异教徒尸体。要是西班牙也奉行政治正确，这些塑像会让人感到尴尬的。

我发现有一个问题很难让人理解。在过去那些年代，为什么有

[①] 来自非洲西北部的古代伊斯兰教民族，曾统治伊比利亚半岛大部分地区。

那么多人在通常是极其困难和危险的条件下，徒步穿越半个欧洲大陆，去朝拜这位令人半信半疑的圣人的令人半信半疑的陵墓？更让人难以理解的是，为什么现在仍然有那么多人继续这样做，尽管数量少了些？对于后一个问题，我在龙赛斯瓦列斯山的奥古斯丁修道院差不多找到了答案。那座修道院自中世纪以来一直为朝圣者提供食宿招待。从远处看去，修道院宛如幻境，一群灰色的石头建筑掩藏在绿色山麓小丘的凹地里，阳光在屋顶闪烁——你只有走近一些才能看清，那些屋顶是用波纹锌材做的，建筑也多半平淡无奇。我从车里出来时，一个穿着黑色裤子和红色开衫的男人正在看我，发现车上的英国车牌后，他用英语跟我打招呼。原来他就是负责朝圣活动的僧人。我又表演了一遍装扮比德·哈林顿的台词，于是他让我跟他去了一间小办公室。他记不得莫琳是否来过，但又说如果她在修道院出示过护照，就一定被要求填写过一份问卷。果然，他在文件柜里找到了莫琳的问卷，是她四个星期前用她那又圆又大的字填写的。"姓名：莫琳·哈林顿。年龄：五十七岁。国籍：英国。宗教：天主教。旅行动机（勾选一项或多项）：1. 宗教 2. 精神 3. 娱乐 4. 文化 5. 体育。"我饶有兴趣地注意到，莫琳只勾了一项"精神"。

这位僧人向我做了自我介绍，说他叫唐·安德烈亚斯，然后带我参观了修道院。他抱歉地对我说我不能住避难所[①]，因为我是开车来的。不过我看了光秃秃、用煤渣砖块砌成的宿舍，看了孤零零的灯泡、由木头和钢丝做成的床铺后，觉得丧失这一权利似乎也不是什么难以忍受的事情。宿舍是空的：今天分配来这里的朝圣者还没

[①] 原文为西班牙语。

有到达。我在附近的村子找了一家小旅馆，旅馆的木头地板吱吱嘎嘎地响，墙像纸一样薄，不过还算干净舒适。然后我回到修道院，因为唐·安德烈亚斯邀请我参加每晚六点钟举行的朝圣弥撒，拒绝显得不通情理，不管怎样，我喜欢做莫琳几星期前肯定做过的事这样的主意。我觉得这可能会有助于我进入她的精神世界，并通过某种心灵感应雷达追上她。

自从我们分手后，我再也没有参加过天主教的礼拜仪式，而朝圣弥撒跟我所记得的始胎无玷教堂里的全部节目没有多少相似之处。有几个神父同时诵读经文，在一个无装饰的桌子式圣坛（跟我最近在哈崎福的教堂里看到过的相仿）后面站成一个半圆，面对会众。偌大的教堂里一片幽暗，只有神父所站之处有一块灯光，像岛屿一样，所以你可以十分清楚地看到他们所有的动作、放在金盘子里的高脚杯和餐具。会众们各种年龄、各种高矮胖瘦都有，都很随意地穿着毛衣、短裤、凉鞋和专业运动鞋。很显然他们大部分都不是天主教徒，对眼前正在进行的仪式了解得甚至比我还少。也许他们认为自己必须参加礼拜仪式，因为得到了一晚上的免费住宿，就像救世军招待所的住宿者一样；也许他们在聆听弥撒的轻声低语时获得了一种真正的精神快感，那声音在古老教堂的立柱和拱顶之间回响，多少个世纪以来始终不变。虽然只有几个人上前领了圣餐，但到最后，所有人都受到邀请，到圣坛的台阶上接受三种语言的祝福——西班牙语、法语和英语。令我感到吃惊的是，会众中的每一个人都往前走，我也驯顺地加入了他们的行列。我在接受祝福时甚至还画了十字，这一被我遗忘很久的动作是多年前在祝福式上从莫琳那里模仿来的。我默默地向有关神明发出祈祷，让我找到她。

接下来的两个星期,我一直在西班牙北部的公路上来回开车巡视,盯着从我身边经过的每一个远远望去像莫琳的朝圣者。有时候发现背影像莫琳的徒步者,我便在超过她们时转过头去仔细观察她们的面孔,结果汽车危险地偏到了路中间。朝圣者总是很容易辨认——她们无一列外地佩戴着贝壳,通常还拿着一根长手杖或棍子。然而,我走得越远,路上的朝圣者就越多,我又不知道多少莫琳身上与众不同的特征可以作为辨认她的依据。怀特豪斯女士记得莫琳背了一个背包,背包顶上绑了个卷起来的泡沫塑料垫,可是她记不得背包和垫子的颜色了。有一个想法一直在折磨着我:我可能已经在不知不觉中超过了莫琳——我超过她时,她可能正在某个教堂或咖啡店里歇脚,或者正在经过朝圣之路的某些狭窄路段,这些小径小道从现代公路网络分岔出去后,四轮交通工具无法通过(我那超低车身的车子肯定也是这样)。我在沿途见到的每一个教堂都要停下——西班牙的这一地区教堂多得出奇,这是中世纪朝圣活动留下的遗产。我查看我能找到的每一个避难所——沿途为朝圣者们免费提供最基本住宿条件的招待所——它们中的大部分都简陋至极,几乎就是些地上铺了石板的马厩,我很难想象莫琳会睡在那里面。不过我想我这样找下去,总会遇到某个在路上见过莫琳的人。

我遇到了各色各样的朝圣者。人数最多的是西班牙的年轻人,对他们来说,朝圣是个走出有父母看管的家庭、与别的年轻异性接触的无懈可击的借口。避难所不分男女。我并不是在暗示他们会在那里耍什么花招(不管怎样,那里没有隐秘的空间),但有时候到了晚上,你会发现他们中有种小狗似的调情味道,这种味道使我想起了始胎无玷青年俱乐部。其次是那些从国外来的较为老练的年轻背包客,他们有着古铜色的皮肤和发达的肌肉,被国际上流传的有关圣地亚哥的小道消息所吸引而慕名前来,那些小道消息说圣地亚哥是个真正酷毙了的旅游胜地,有迷人的风景、便宜的葡萄酒,还可以免费让你打地铺。此外还有一些从法国和低地国家①来的自行车俱乐部成员,他们穿着颜色相同的T恤衫和裤裆兜得紧绷绷的短裤。这是一个被其他所有人蔑视和愤恨的团体,因为他们有后援卡车一站一站地运送行李。再然后就是跑单帮的自行车手,以每分钟七十八转的速度踩着挂驮篮的山地自行车。还有一些结伴而行的夫妇和情侣,他们对徒步旅行、西班牙历史或古罗马建筑有着共同的兴趣,想知道是谁在漫长的岁月里年复一年地修建这些朝圣之路。在我看来,对所有这些群体来说,朝圣主要是一种可供选择的、带有冒险性质的度假。

接下来,就是那些有着更为独特和个性化动机的朝圣者:为癌症患者收容所募捐的受资助的自行车手;到圣地亚哥庆祝四十岁生日的荷兰艺术家;将朝圣作为退休生活第一项活动的六十岁比利时人;为未来祈祷的遭解雇的南锡②工人。还有一些处在生活转折点上的人,他们来朝圣是为了寻求安宁、启蒙或者仅仅为了逃离纷纷扰扰、你追我赶的日常生活。这种类型的朝圣者旅程最远,常常从他们在北欧的家一路步行而来,风餐露宿,有些人已经走了好几个月。他们的脸被晒脱了皮,身上的衣服因风吹日晒雨淋而斑驳褪色。他们都有一种沉默寡言、冷漠孤僻的气质,似乎在漫长而又孤独的旅程中形成了与世隔绝的习惯,感到其他热心朝圣者吵吵嚷嚷的陪伴有时令人厌烦。他们目光悠远,似乎定焦在圣地亚哥。少数人是天主教徒,但大部分人没有特别的宗教信仰。有些人带着一种轻松愉

---

①荷兰、比利时、卢森堡的总称。
②法国南部城市。

快、不妨一试的心境开始朝圣旅行,后来就逐渐被这种旅行深深迷住了。另外一些人起程时可能并不太理智。这类人物五花八门、千奇百怪,却是我最感兴趣的一类朝圣者,因为我认为他们最有可能在路上见过莫琳。

我尽自己所能地描绘她的特征,可是被问到的人都一脸茫然。这种情况一直持续到我到达距圣地亚哥只有一百五十公里的塞布雷罗——莱昂地区的一个小山村。这是一个奇特的地方,位于一个民俗村和一座教堂的中间。山村里的住所都是远古时代留下来的样式,圆形石头墙,锥形茅草屋顶,山民们仍然在里边居住。西班牙政府很可能为他们提供了补贴。那座教堂保存着中世纪发生过的一件可怕奇迹的遗物,奇迹发生时,圣餐仪式上的面包和葡萄酒变成了真正的肉和血,这地方据说还跟寻找圣杯的传奇有关。毫无疑问,这也是我自己的追寻中关键的一站。那座教堂旁边有一个酒吧兼小饭馆。这是一个陈设简朴的小店,餐桌是食堂里用的那种又窄又长的条形木板餐桌。我在那里跟一个上了年纪的荷兰自行车手攀谈起来,他声称一星期前在莱昂附近的一个避难所遇到过一个叫莫琳的英国朝圣者。她有一条腿受了伤,对他说要在莱昂休息几天再接着走。我最近到过莱昂,可还是跳上土豪车,调头向莱昂驶去。我准备查遍那儿的每一家旅馆。

我开着车沿阿斯托加和奥尔维戈之间的 120 国道向东行驶,这是一条繁忙的公路干线。就在这时,我看见了她,她在公路边朝向我的方向慢慢走着。一个丰满、孤单的女人,穿着鼓鼓囊囊的棉布裤子,带着阔边草帽。她的身影一闪而过,当时我的车速是每小时七十英里。我急忙踩刹车,引得车后那辆巨型油罐车的司机怒吼起来。这条双向行驶的公路两个方向的车都很多,停车根本不可能,我只好又往前开了一两公里,才把车开到一个路边小餐馆的土质地面停车场。我在飞扬的尘土中调头飞快往回赶,怀疑自己刚才看到莫琳是个幻觉。可那不是幻觉,她就在那里,在我前方公路对面一侧迈着沉重缓慢的脚步走着——或者不如说,那里走着一个几乎被背包、铺盖卷和阔边草帽掩盖的女人。我减慢车速,招来后面更多汽车愤怒的笛声。经过那个女人时,我转过头去看她的脸。那毫无疑问就是莫琳。听见汽车鸣笛的嘈杂声,她不经意地朝我的方向瞥了一眼,可是土豪车的黑色玻璃使她看不见我,我也无法停车。又往前开了大约几百码远,我在路边足够宽的地方停了车,钻出汽车,穿过柏油石子路。这地方有一个斜坡,莫琳从坡上往坡下朝我走来。她走得很慢,微微有点瘸,手里抓着一根拐杖。每迈一步前,拐杖都"咚"一声落在她前面的路面上。尽管如此,她的步态我是不会看错的,甚至在远处也不会看错。我的生命中仿佛失窃了四十年光阴,我又回到了哈崎福,站在五马路街角那家花店前,看着穿校服的她从比彻尔路的坡顶向我走来。

如果是在剧本里写这次相遇,我会选择一个较为浪漫的环境——也许是某个华丽黑暗的古老教堂,或者是一条乡村小路,微风拂动着路边的野花,只有羊儿的咩叫打破周围的宁静。当然也一定会有背景音乐(也许是乐器演奏的《太年轻》)。可实际情况却是,我们相遇在一条丑陋的公路主干道的路边,那里是卡斯蒂利亚[①]最缺乏吸引力的地方之一,轮胎摩擦路面和引擎发出的噪音震耳欲聋,汽车废气呛得人喘不过气来,经过的重型卡车扬起一阵阵扑面而来

[①]西班牙中部地区,临近莱昂,历史上曾是卡斯蒂利亚王国的所在地。

的灰尘。在她渐渐走近时我也开始向她走去,她第一次注意到了我。她放慢步伐,犹豫了一刻,最后停下脚步,好像在害怕我有什么企图。我大笑起来,然后又冲她微笑,向她伸出双臂,以为这是一个可以让她放心释虑的姿势。她警觉地看着我,显然以为我是某种杀人狂或者打劫者,然后她开始退缩,举起拐杖好像准备用它自卫。我停下动作,说道:"莫琳!没事的!是我,劳伦斯。"

她吃了一惊。"什么?"她说,"哪个劳伦斯?"

"劳伦斯·帕斯摩尔。你不认得我了吗?"

让我失望的是,她显然认不出我了——甚至好像连我的名字也想不起来。不过正如她后来合情合理地解释的那样,她有好多年根本就没有想起过我,而我却在几个星期里除她之外几乎什么都没想。我在西班牙西北部遍地寻找,时刻希望在某个道路拐弯处跟她偶遇。而对她来说,我在120国道上幽灵般地突然出现,就跟从天而降或者从地缝里钻出来一样诡异和令人惊奇。

我大声喊道:"多年以前,我们曾经在一起。在哈崎福。"声音盖过了来往车辆的轰鸣声。

莫琳的表情变了,担心从她的眼里消失。她眯缝起眼睛打量着我,就好像她近视或是被炫目的阳光刺得睁不开眼睛。她向前走了一步。"真的是你吗?劳伦斯·帕斯摩尔?你怎么会在这儿?"

"我一直在找你。"

"为什么?"她说。担忧的表情重新回到她的脸上。"家里没出什么事吧,是吗?"

"没有,没出什么事。"我让她放心,"比德在为你担心,但是比德很好。"

"比德?你什么时候见的比德?"

"就在几天前。我在试着找到你。"

"为什么要找我？"她问。现在我们面对面站着。

"说来话长。"我说，"上车吧，我会告诉你的。"我指了指我那趴伏在公路对面闪着银光的宠物。她快速地瞟了一眼，摇了摇头。

"我在朝圣。"她说。

"我知道。"

"我不能上车。"

"就算是一次例外吧。"我说，"你不搭车好像是走不动了。"

的确，她的身体状况很糟糕。我们谈话时，我在心中默默地与一个让我伤心的事实达成协议：莫琳已不再是我记忆或幻想中的莫琳了。她已经到了女人生命中的这样一个阶段，她的美貌开始不可逆转地弃她而去。莎丽还没有完全到达这个阶段，艾米也还有几年的时间。不管怎样，她们两人都在想尽除了整容手术之外的一切办法，抗拒岁月的进程。但莫琳好像没有进行什么抵抗就举手投降了。她的眼角出现了鱼尾纹，眼睛下面有了眼袋。曾经的她脸颊是那么丰满光滑，现在变成了松垮垮的垂肉；她的脖子像旧衣服一样有了一圈圈的褶皱；她的身材也失去了往日的柔软和苗条，在肉垫一样的乳房和宽大的屁股之间，看不出腰身。长久的旅途跋涉并没有使她的整体外观得到什么改善：她的鼻子被太阳烤得脱了皮，头发也变得稀薄蓬乱，手指关节脏兮兮的，指甲也裂开了。她的衣服上满是尘土，汗迹斑斑。我不得不承认，她的这副外表让我感到非常惊讶，比德家起居室里那张摆好姿势后拍下又加以修饰的照片让我对此一点心理准备都没有。我敢说，岁月在我身上留下的痕迹一定更深，可是也没有在莫琳的身上制造什么相反的错觉。

她身体前倾使背包能够保持平衡，脚上的运动鞋已经磨破了。

她在犹豫着是否上车。这时我注意到,她在背包的两条肩带下垫了几块海绵橡胶,以防锁骨被擦伤。不知为什么,在她的整个形象中,这是个最激发我怜惜之情的细节。我感到心里涌起一股温情,一种将她从这个愚蠢的自我戕害的折磨中拯救出来的欲望袭上心头。"就到下一个村子,"我说,"到一个我们可以喝杯冷饮的地方。"太阳炙烤着我的秃脑瓜,我能感觉到汗水正在衬衫里沿着身体往下淌。我又加上了一句诱惑她的话:"车上有空调。"

莫琳笑着皱了皱她晒伤的鼻子,就像我记忆深处中的那样。"最好是有,"她说,"我身上一定臭气熏天。"

她叹了口气,舒展身体很受用地坐在土豪车的前座上,同时我开动汽车,在高速公路上像电气火车一样静悄悄地快速行驶。"嗨,真漂亮。"她环视着汽车内饰说,"什么牌子的?"我告诉了她。"我们有辆沃尔沃,在家里,"她说,"比德说这种车很安全。"

"安全不是一切。"我说。

"对,不是一切。"她轻轻地咯咯一笑。

"要知道,我现在梦想成真了。"我说,"几个月来我一直幻想着开着这辆车载你。"

"是吗?"她发出一个羞涩又迷惑不解的微笑。我没有告诉她,在我的幻想里,她还是个十几岁的少女。

往前走几公里,我们发现了一个酒吧。酒吧外橡树下的树荫里摆了一些桌椅,远离叽里呱啦的电视机和嘶嘶作响的咖啡机。我们一边喝着啤酒和柠檬水,一边开始我们的初次交谈。这之后还有许多次这样的交谈,它们将慢慢填补我们三十五年的信息空白。自然地,莫琳想知道的第一件事情就是我为什么要找她。我扼要地向她解释了我在前面的篇章中写下的东西:我的生活乱了套,个人生活和工作都乱了套,有一天我突然想起了我们曾经的恋爱关系,我最后那样对待她是多么卑鄙,以及我如何被再次见她一面的欲望所吞噬。"为了得到赦免。"我说。

莫琳被太阳烤伤的脸红了。"天哪,劳伦斯,你没必要要求这个。差不多是四十年前的事了。实际上,那时我们都还是孩子。"

"可你当时一定很难受。"

"噢,是的,当然。有好几年我都是哭着入睡的——"

"你瞧,就是嘛。"

"不过年轻姑娘就是那样。你是第一个让我为之哭泣的男孩,不过不是最后一个。"她笑着说,"你看上去很吃惊。"

"你是说,是比德?"我说。

"噢,不,不是比德。"她绷起脸,做了个滑稽的怪相,"你能想象有谁会为比德哭吗?不是他,在他之前还有别的人。医院里有一个非常漂亮的负责挂号的小伙子,我毫无希望地爱上了他,像医院里所有的实习护士一样。我甚至怀疑他是否知道我的名字。我取得护士资格后,跟一个有妇之夫有过一段关系。"

"你的意思是……真正意义上的关系?"我将信将疑地盯着她。

"我跟他睡了,如果你指的是这个的话。我不知道我为什么要告诉你这些私人生活的细节,不过不知为何,你越老就越不在乎人们知道你的某些事情,你没有发现这一点吗?你的身体也同样如此。在医院,你给病人清洗身体和使用便盆之类东西时,最感到难堪的总是那些年轻患者。老年患者一点也不在乎。"

"可你的信仰怎么办?你跟别人搞婚外恋的时候。"

"噢,我知道我在犯道德上的罪。可是不管怎样我还是那样做了,因为我爱他。要知道,我以为他会娶我。他说过他会的。可他改了主意，要不就是他在骗我。所以我从那件事情恢复过来后就嫁给了比德。"

"你嫁给他之前跟他睡了吗？"认真想想，这是个很粗鲁的问题，可我的好奇心战胜了风度。

莫琳笑得前仰后合。"天哪，没有！想想这个主意就会把比德吓死。"

她令人惊讶的坦白使我陷入了一阵沉思。"那么，这些年你没有对我怀恨在心？"我终于问道。

"当然没有！说实话，我很久没有想起你了……不知道有多少年了。"

我想她是在试着安慰我，可不得不承认，我觉得很受伤。"那么，你也没关注过我的事业吗？"我说。

"没有，我应该那么做吗？你非常有名吗？"

"准确来说不能叫有名吧。不过我在电视剧创作方面取得了一些成功。你看过《邻居》吗？"

"是那个喜剧节目吗？那种你听到很多人在笑可是看不到笑的人在哪儿的节目？"

"是的，那叫情景喜剧。"

"我恐怕我们一般避免看那些。不过现在我知道你是这个节目的编剧了……"

"全是我写的，是我的创意。人们知道的我的名字是墩子·帕斯摩尔。"我说。我不顾一切地想在她的记忆里激出一点认出我的火花。

"真的吗？"莫琳皱起鼻子大笑起来，"墩子！"

"不过我宁愿你叫我劳伦斯。"我说。我后悔告诉她这个名字。

"它让我想起过去那些日子。"

可是从那以后,她一直叫我墩子。她好像很喜欢这个名字,说她无法忘掉它。"我本来要叫你'劳伦斯'的,可一叫出口就成了'墩子'。"她说。

我们相遇的那天,莫琳的计划是走到阿斯托加。她拒绝让我开车从酒吧送她过去,不过,在承认她的腿很疼之后,她同意我带着她的背包先走。她打算在当地的一个避难所过夜,在朝圣旅行指南上,那个避难所被毫无吸引力地描绘为一个"没有任何设备的体育馆"。莫琳做了个鬼脸,说:"也就是说不能洗澡。"我说在这个值得庆祝的日子里,要是她拒绝我请她吃饭,我会绝望死的,她也可以在我的旅馆房间里洗个淋浴。于是她欣然接受了我的邀请,我们约定在大教堂的门廊见面。我把车开到阿斯托加,在一家旅馆登记了房间,也为莫琳预定了一个房间,希望我能说服她住在那里。(她被说服了。)我一边等莫琳,一边开始在阿斯托加观光。这里有一座大教堂,教堂内部是哥特风格,外面则是巴洛克风格(到这时我才能分辨两者之间的区别),还有一个教区大主教官邸,像高迪设计的童话里的城堡一般。巴塞罗那的那座未完工的奇怪教堂①就是他设计的,有大教堂那么大,尖顶像一个巨大的丝瓜。阿斯托加还为拥有许多圣物而感到自豪,包括耶稣受难的十字架上的一片木屑,以及神秘的克拉维霍战争中的一块旗帜残片。

我们分手后大约三小时,莫琳出现在了大教堂。她微笑着说,少了背包的重量,走起路来就像星期天午后散步一样。我要求看看

---

①指巴塞罗那的圣家堂,1882 年开始修建,至今未完工。

她的腿，可是肮脏的绷带下面的情形令我不怎么喜欢：小腿已经变色发紫，脚踝也肿了。"我认为你得让医生看看。"我说。莫琳说她在莱昂找过医生了。医生诊断为韧带拉伤，建议她休息并给了一些药膏。这种药膏涂上后还有点效果。她让腿休息了四天，但现在还是疼。"你需要再休息四个月。"我说，"这种韧带拉伤我知道，它好不了，除非你停止朝圣。"

"我是不会现在放弃的。"她说，"已经走了这么远，我不会放弃的。"

我很了解她的个性，所以没有再费口舌说服她停止朝圣回家。我设计了一个帮助她尽可能舒服而又不失荣誉地到达圣地亚哥的计划。我每天开车拉着她的行李到一个约定的会面地点，在某个朴素的小旅馆或民宿为我们俩预定好房间。莫琳原则上不反对这种住宿安排，之前她也偶尔住住旅馆，款待一下自己。她说离圣地亚哥越近，避难所就越来越人满为患，很不舒适。可是她带的钱不多，又不想打电话给比德要他汇钱给她。她同意让我付旅馆房间的钱，条件是回到英国后把她花的那部分还给我，我们的共同花销也被她一丝不苟地记了下来。

我们慢慢向圣地亚哥前进，每天走的路程很短。甚至在没有背包的情况下，莫琳也无法每天舒舒服服地走完十到十二公里以上的路程。就连这么短的路程，她也要花四个小时才能走完。通常的情况是，在安排好住处后，我会回头沿着朝圣之路向东一路步行去找她，陪她走完剩下的路段。让我高兴的是，我的膝盖完全经受得住这种锻炼，甚至在陡峭和崎岖不平的道路上也是如此。实际上，我发现自从我到达圣让·皮埃德波尔，膝盖疼痛一次也没有发作过。"是圣雅各，"我谈起此事时莫琳说，"这种现象很多人都知道。是他在帮你。要是没有他,我绝对走不了这么远。我记得在比利牛斯山脉的关口向上爬时,我汗流浃背,筋疲力尽,感到再也没法往前挪动一步了,最后只能滚到沟里摔死。就在这时,有一股无形的力量像手一样推着我的后腰,我还没弄明白我走到哪里了,就已经到了山顶。"

我无法确定她在多大程度上是认真的。我问她是否相信圣雅各真的葬在圣地亚哥,她耸耸肩膀说:"我不知道。不管怎样,我们永远也无法确切地知道。"我说:"多少世纪以来,成千上万的人来到这里,可能仅仅是因为一个书写错误。这不会让你感到不安吗?"我这是在卖弄我在一份导游手册里发现的一点小知识:显然,圣雅各与西班牙最初的联系应该追溯到一个抄书员的一个书写错误,他误将使徒的墓地所在地耶路撒冷——在西班牙语里写作"Hierusalem"——写成了"Hispaniam"①。"不,"她说,"我认为他就在附近的什么地方。有这么多的人步行到圣地亚哥来向他致敬,他不太可能在别的地方,不是吗?"不过在说这些话时,她的眼睛里有一丝闪烁,好像这是一个为了让像我这样的新教怀疑论者出丑而设计的秘密笑话或者戏弄人的说辞。

然而,莫琳对朝圣的信念却是不可动摇的。"很荒唐,太荒唐了"——我想起比德的话。不过他的用词在我看来与克尔凯郭尔产生了共鸣,这不是他有意为之的。在中世纪古城比利亚弗兰卡,有一座为圣雅各而建的教堂,教堂有一个被称为"大赦之门"的门廊。根据传统,如果一个生了病的朝圣者一直努力走到了这座教堂的门前,他就可以打道回府,所得的荣誉和祝福跟完成了整个朝圣之旅

---

① 与拉丁语中"西班牙"(Hispannia)一词相近。

的人一样。到达比利亚弗兰卡时，我向莫琳指出了这个可钻的空子，坚持要求她利用这一大好机会。她最先是大笑，但当我一直坚持要她这样做时，她开始生气了。在那之后，我再也没有试图劝阻她到达圣地亚哥。

说实话，要是莫琳不能到达圣地亚哥，我差不多会跟她一样失望。朝圣之旅，哪怕是像我这样以不恰当的机动化方式进行的朝圣之旅，也开始让我着迷。虽然断断续续，零零碎碎，但我感觉到了莫琳在她始于勒皮的长征途中，更为深刻也更为强烈地体验到的东西。"你好像脱离了时间。你一点也不注意新闻。在酒吧和咖啡店里，电视里关于政治、汽车炸弹和自行车赛的画面吸引你注意力的时间不会超过几秒钟。所有重要的事情都是最基本的那些：喂饱自己，保持体力，让脚上的水泡好起来，趁天气还不太热或者不太凉或者不太潮之前赶到下一个落脚点。生存。最先你以为你会因为孤独和疲劳而发疯，可是一段时间之后，你厌恶有别人跟你在一起，宁愿独自一人走下去，只有你自己的思想、你脚上的疼痛跟你做伴。"

"那么，你不希望我在这儿？"我说。

"噢不，你突然出现的时候我几乎支撑不下去了，墩子。要是没有你，我指定走不了这么远。"

我皱了皱眉头，就像瑞安·吉格斯在漂亮的带球过人后踢进了球一样。可是莫琳后面的一句话让我脸上皱眉的表情一扫而光："就像一个奇迹。又是圣雅各。"

在适宜的时间她跟我谈到了达米安的死，以及它如何导致她开始了这场朝圣之旅。"孩子在父母之前死去是一件可怕的事情。这好像是违反自然规律的。你无法控制自己不去想所有那些他再也没有机会去经历的事情,比如结婚、儿孙满堂。幸运的是,我相信达米安体验过爱情。这是一个安慰。他在非洲有个女朋友,她为同一个组织工作。在照片里她看上去非常漂亮。在他死后,她给我们写过一封很美的信。我希望他们做过爱。我想他们一定做过,你不这样认为吗?"

我说是的,毫无疑问。

"他在剑桥大学读书时,有一次带回来一个姑娘——不是同一个。他问我他们可不可以一起在他的房间里睡觉。我说不行,在我家里不行。可要是我知道他的生命如此短暂,我应该允许他们那样做的。"

我让她一定不要为了这件事情责备自己,在当时,她那样做是完全合情合理的。

"噢,我不责备自己。"她说,"责备自己的是比德,虽然他否认这一点。他认为他该多费点口舌,劝达米安别去做救济工作。你知道,毕业后,达米安先是在英国海外自愿服务队工作。那之后他本来要回剑桥读博士的,可他决定留在非洲。他爱那里的人民。他爱那里的工作。他的生命虽然很短暂,但很充实,很热烈。他做过许多好事。他死后我不停地告诉自己这些,可这些对比德毫无帮助。他变得非常沮丧。退休后,他整天闷闷不乐地待在家里,眼睛瞪着空中发愣。我受不了了。我决定我必须找个别的地方自己待着。我在一份杂志上读到了一篇关于朝圣的文章,那好像就是我所需要的:一种有十足的挑战性又概念明确的事情,一种将在两三个月的时间里占据你的整个自我、你的身体和心灵的东西。我读了一本关于朝圣历史的书,完全被它吸引住了。在只能步行和骑马的时代,确确实实有几百万朝圣者踏上了这条朝圣之路。我对自己说,他们必定从中得到了某种非常重要的东西,不然不会有那么多人不停地前去朝圣。我从圣雅各公会弄到了一本关于这条朝圣路线的导游手册,在温布尔登高街的一家野营用品商店买了帆布背包、睡袋和其他装备。当然,家里人都认为我疯了,都竭力劝阻我。其他人则认为我受到了资助,为了慈善基金募捐而来。我说,不是的,我一生都在为别人做事,这次是为我自己。我当过护士,我在撒玛利亚救济会①工作,我是——"

"真的吗?"我插话说,"在撒玛利亚工作?比德没提起过这件事。"

"比德从来都不真正支持我做这份工作,"莫琳说,"他认为那些不幸都会通过电话渗出来,影响我的生活。"

"我敢打赌你一定很擅长这种工作。"我说。

"嗯,我六年里只失去了一个客户。"她说,"我的意思是,只有一个人真的自杀了。这个纪录不错吧。注意,达米安死后,我发现自己少了一些同情心。对一些打来电话的人,我不再有以前那样的耐心,他们的麻烦跟我的比起来好像不值一提。你知道我们一年里最忙的是哪一天吗?"

"圣诞节?"

"不是,圣诞节排在第二,最忙的一天是情人节。这让你思考点什么,不是吗?"

我们像蜗牛一样缓慢地沿着朝圣之路往前走,常有比我们更年

---

①英国救济组织,会员多为义务参加,通过电话联系和走访为那些深陷绝望、企图自杀者提供帮助。

轻、更健康或者精力更充沛的步行者超过我们。离圣地亚哥越近，这样的人就越多。现在离一年一度的朝圣最高潮——也就是7月25日圣雅各节只有一两周的时间了，每个人都急于在最佳时间赶到那里。有时候，在路上的制高点，你可以俯瞰往前延伸数公里的朝圣之路。独自旅行的、两人结伴的或是三五成群的朝圣者，就像串成一串的念珠，一直延伸到天边。这一定跟中世纪人们看到的景象一样。

在塞布雷罗，我们碰上了一家英国电视台在制作有关朝圣的实况报道节目。他们在一座小教堂外伏击朝圣者，询问他们前来朝圣的动机。莫琳直截了当地拒绝参与。导演是个金发碧眼的家伙，穿着短裤和T恤衫，试着劝说莫琳改变主意。"我们非常需要一位讲英语的年长女士，"他说，"我们一直忙着采访西班牙的年轻人和比利时的自行车手。您再合适不过了。""不，谢谢你。"莫琳说，"我不想上电视。"导演看上去好像受了伤：传媒界的人永远也不能理解业外人士为什么就没有跟他们一样的需要优先考虑的事情。他接着来找我，把我作为退而求其次的选择。"我不是个真正的朝圣者。"我说。

"啊！谁是真正的朝圣者？"他的眼睛一亮。

"真正的朝圣者，对他们而言，朝圣是一种关乎存在的自我定义行为，"我说，"是进入荒诞的跳跃——从克尔凯郭尔哲学的意义上来说。我的意思是，那种应该是——"

"停！"导演喊道。"先别说了，我要拍下来。去找戴维，琳达。"他对一位脸上有雀斑、头发沙黄、手拿夹纸板的年轻女人说道。显然，戴维是这个节目的撰稿人兼主持人，可是找不到他。"他大概在为今天上午不得不真的走一点路而生闷气。"导演嘟囔道。这位导演也叫戴维,两个戴维叫人容易混淆。"我得自己来做采访了。"

这样,他们支起了摄像机。在司空见惯的延误之后——这期间导演要决定以哪里为背景,摄像师和摄像助理要摆弄好镜头、滤镜和反光板,音响技师要对背景噪音的音量感到满意,导演助理要拦住在我身后背景里走进走出的人们——我冲着镜头对朝圣做了一通存在主义的阐释。(到这时莫琳已经不耐烦了,于是她离开了拍摄现场去参观教堂。)我根据克尔凯郭尔的说法,对个人发展的三个阶段做了描述,即审美阶段、伦理阶段和宗教阶段,并提出有三种与之相对应的朝圣者。(我在路上一直在考虑这个问题。)审美型朝圣者最关心寻找快乐,享受朝圣之路沿线的美景和文化上的愉悦。伦理型朝圣者主要将朝圣看成一种对自己身体耐受能力和自律能力的考验。他(或她)对正确的朝圣行为有严格的要求(比如说,不住旅馆),在路上很爱跟别人竞争。真正的朝圣者是宗教型朝圣者,克尔凯郭尔意义上的宗教。对克尔凯郭尔来说,基督教是"荒诞的":如果它完全是理性的,将它作为一种信仰便没有价值。全部的意义就在于,你是在没有理性强制的情况下选择信仰它的——你完成了进入空虚的跳跃,并在此过程中选择了自我。在不知道是否有谁真正葬在那里的情况下步行一千英里来到圣地亚哥的圣陵就是这样一种跳跃。审美型朝圣者不会假装自己是真正的朝圣者;伦理型朝圣者总是担心自己是不是真正的朝圣者;而真正的朝圣者只是去朝圣。

"停!太棒了。非常感谢。"导演说,"让他签授权合同,琳达。"

琳达把圆珠笔挂在夹纸板上,朝我微微一笑。"如果我们采用,你将得到二十五英镑的报酬。"她说,"请问,你叫什么名字?"

"劳伦斯·帕斯摩尔。"我说。

音响师从他的设备上抬起头来,用锐利的目光盯着我。"你不是墩子·帕斯摩尔吧？"我点点头。他一拍大腿，说："我就知道我以前在什么地方见过你。是两年前，在哈德兰电视台的餐厅里。嗨，戴维！"他向导演喊道——导演已经离开这里，去寻找下一个牺牲品——"猜猜这是谁？墩子·帕斯摩尔，那个编剧。《邻居》。"他转回头来对我说："那节目太棒了，我在家的时候一集都不落。"

导演慢慢转过身来。"噢，不。"他伸出食指模拟向自己头部开枪的动作。"那么你只是在寻开心？"他懊悔地笑起来，"我们真的上当了。"

"我不是在寻开心。"我说。但我认为他并不相信我的话。

日子缓慢而节奏规律地一天天过去。我们每天早早起床，这样莫琳就可以趁早上天气凉爽时出发。她通常在大约中午的时候到达我们约好的会面地点。花很长时间吃完一顿安逸的西班牙式午餐后，我们回到房间睡个午觉，睡过炎热的下午，在傍晚时分醒来。然后，我们会跟当地人一起到户外呼吸新鲜空气，去有餐前小吃的酒吧吃小吃，品尝当地的葡萄酒。我无法描述与莫琳在一起有多么自在和无拘无束，好像很快就恢复了过去那种亲密无间。尽管我们谈话很多，我们时常也满足于无言的相伴，就像在度过了漫长幸福的一生后，在一起享受夕阳人生。别人一定以为我们是一对夫妇，或者至少是一对情侣。旅馆的伙计发现我们住在不同房间时总是惊讶不已。

一天晚上，她谈了很久有关达米安的事情。显然她的情绪不错，甚至在回忆他的一次幼稚的意外事故时还笑了起来。可是回房间后，透过我们住的那家零星级旅馆薄薄的隔墙，我听到她在隔壁房间里哭泣。我敲了敲门，发现门没有锁，便走了进去。窗外的路灯透过窗帘向室内投下晦暗的光线。在靠墙的床上,莫琳弯曲着脊背的身影动了动,恢复了常态。"是你吗,墩子?"她说。

"我以为我听到你在哭。"我说。我摸索着往房间里面走,脚碰到了床边的一把椅子。我在椅子上坐下来。"你没事吧?"

"是因为谈到了达米安。"她说,"我总以为我已经挺过去了,可我发现我没有。"她又开始哭起来。我摸到了她的一只手。我抓住它。她感激地紧紧握住我的手。

"我可以抱着你,要是那样会让你好受些的话。"我说。

"不,我没事。"她说。

"我愿意那样做。非常愿意。"我说。

"我认为那不是个好主意,墩子。"

"我不是在暗示我们要做什么别的事情,"我说,"只是抱一抱。这会帮助你入睡。"

我在床上她的身边躺下,躺在毯子和被子上面,用手搂住她的腰。她翻了个身,侧躺着背对我。我把身子蜷起来,拥住她宽大柔软的屁股。她停止了哭泣,呼吸变得均匀起来。我们都进入了梦乡。

不知道过了多少小时之后,我醒了。夜间的空气转凉,我的脚变得冰凉。我坐起来揉搓双脚。莫琳被惊动了。"怎么了?"她说。

"没什么。只是有点冷。我能到被子里来吗?"

她没有说不行,所以我掀开被子和毯子依偎着她。她穿着一件薄薄的无袖棉睡衣。她的身上散发出一种温暖好闻的气息,就像刚出炉的面包的气味。我勃起了,这并不让我感到奇怪。

"我想你最好还是回到你的床上去。"莫琳说。

"为什么?"

"要是继续待在这儿,你可能会大吃一惊的。"她说。

"你什么意思?"现在她仰躺着,我隔着她的睡衣用指尖轻轻按摩她的肚子——莎丽怀孕时喜欢我这样做。我的头枕在莫琳的一只又大又圆的乳房上。我屏住呼吸,非常缓慢地将手移向她的另一只乳房并握住它,就像我多年前在特里格罗温路九十四号黑暗潮湿的地下室前所做的那样。

可是它不在了。

"我提醒过你了。"莫琳说。

当然,这让我吃了一惊,就像在黑暗中爬楼梯时发现楼梯比你预料的少了一级。我下意识的动作是缩回我的手,但几乎是马上,我又将手放回了只剩皮肤和骨头的平坦胸部。隔着睡衣薄薄的纤维,我可以摸出下面伤疤的不规则轮廓,它就像一幅星座图。

"我不在乎。"我说。

"你在乎。"她说。

"不,我不在乎。"我说。我解开她睡衣前面的扣子,亲吻曾经长着乳房的地方起皱的肌肤。

"噢,墩子,"她说,"从来没有人对我这么好过。"

"你想做爱吗?"

"不。"

"比德绝不会知道的。"我似乎听到了从前另一次对话的回声。

"这样做不对,"她说,"不能在朝圣的时候。"

我说我明白她的意思。我亲吻她,然后下了床。她坐起来,抱住我,再次吻了我,嘴唇很温暖。"谢谢,墩子。你真是我亲爱的人。"她说。

我回到自己的房间,有一会儿躺在床上没有入睡。我不会说我生活中的麻烦和挫折跟莫琳的比起来显得微不足道,可它们显然要比她的轻微得多。她不仅失去了心爱的儿子，还失去了一只乳房——这是女人身体上表明女性性征的部分，也许比任何别的部分都更显而易见。尽管莫琳自己肯定会说前者是她最大的损失，可是更让我难过的是后者。这也许是因为我从不认识达米安，可是我认识那只乳房，我认识它，爱它——也写过它。原来我的回忆录竟是一曲挽歌。

在朝圣的最后一段路上，我跟莫琳一起步行。我在她的帆布背包里放了些短途旅行用的物品，我们轮流背着。我把车留在距圣地亚哥大约十二公里远的一个小村子拉巴科拉，那里离机场近，曾经是旧时朝圣者进入圣陵之前洗浴的地方。那个村名的字面意思是"洗净你的屁股"，而中世纪的朝圣者在到达那儿的时候，屁股很可能需要好好擦洗一下。

那是一个温暖、晴朗的早晨。行程的最初一段路穿过一片树林，横贯田野。田野的左边是令人愉快的空旷乡村，右边是公路主干道上隆隆行驶的车流。接着我们来到了一个村子，村子遥远的尽头就是戈佐山，即"喜悦之山"。站在山上，朝圣者可以第一次远远望见圣地亚哥。过去，每个朝圣团体都要在这里举行登山比赛，率先登顶的人所得的奖励就是对渴望已久的目的地先睹为快。这项活动虎头蛇尾，现在已不复存在，因为山头已经几乎完全被一个巨大的圆形剧场占据了。而且，从这么远的距离眺望，圣地亚哥跟任何其他现代城市已没什么两样，周围环绕着高速公路、工业建筑和公寓高楼。如果你仔细用力地看，或者你的眼神特别好，也许刚刚能够从中辨认出圣地亚哥大教堂的尖顶。

无论如何，我很高兴自己步行到达了圣地亚哥。我得以分享莫琳在到达她的马拉松终点时的兴奋与欢欣,甚至连我自己也感到了少许兴奋与欢欣。徒步旅行能让你注意到比坐在车里旅行多得多的东西,缓慢的步行本身也制造了一种戏剧性的紧张感,因为它延迟了旅行圆满完成的那一刻。艰难地从这座城市丑陋的现代化市郊穿过只会增加到达它美丽古老的中心时的快乐和宽慰。那里有绿树成荫的弯曲街道,到处是角度奇特和不规则的屋顶轮廓线。转过一个街角,突然之间,你发现自己来到了巨大的奥布拉多依罗广场,正在抬头仰望雄伟的大教堂的一对尖塔。

我们于7月24日赶到圣地亚哥,那里已是人满为患。为期四天的节庆已经开始,街道和广场到处是列队行进的乐队、踩着高跷走来走去的巨大人偶和走街串巷巡回演出的音乐家们。像莫琳那样真正的朝圣者被淹没在来访者的人海中,他们当中既有不信教的游客,也有虔诚的天主教徒,都是搭乘飞机、火车、长途汽车或者自己开车来的。有人告诉我们,因为今年的圣雅各节刚好是星期天,所以是圣年,在圣陵的祝福和赦免都有特别的功效,所以人特别多。我向莫琳建议我们应该马上去找住处,一刻也不能耽误,可是她急于去看大教堂。我只好由着她。看样子我们不大可能在老城区的任何地方找到栖身之处了,于是我打算回拉巴科拉过夜。

大教堂的建筑有些杂乱,可是就像电视里说的那样,这也管用。装饰精美的正面是18世纪的巴洛克风格,两座尖塔之间有着宏伟华丽的台阶。台阶后面的拱门名叫光荣拱门,属于古罗马早期的建筑风格,上面的浮雕是一个叫马斯特罗·马特奥①的中世纪天才创

---

① 马斯特罗·马特奥(1150—1200或1217),中世纪伊比利亚半岛上的雕塑家、建筑师。

作的。那些浮雕描绘了大约两百个人物的故事，故事详细得让人惊讶，通常还很幽默，其中的人物包括耶稣、亚当和夏娃、马太、马可、路加、约翰、《启示录》里二十四个手持乐器的长老，以及在最后的审判中得到拯救或被打入地狱的一些代表人物。圣雅各在其中占有头等重要的位置，他坐在耶稣下方正中间立柱的顶端。有这样一个习俗，来参观大教堂的人都要跪在那根柱子底下，将手指放进柱子上的小洞里，那些小洞就像指节套环上的小孔，是几个世纪以来人们不断来此致敬，在大理石上磨出来的。人们排着长队等着完成这一仪式，从他们的衣着和肤色来看，有许多人是当地人。这时，排在队伍前面的人们发现了跟真正的朝圣者一样拄着拐棍、背着帆布背包、衣服被太阳烤得褪了色的莫琳，他们满怀敬意地向后退，示意莫琳往前走。她红着被太阳晒黑的脸摇了摇头。"走吧，"我催她说，"这是你的重要时刻。快去吧。"于是她迈步向前，跪了下来，一只手掌紧紧按在柱子上，另一只手的手指不大不小刚好放进了那些小洞里。她闭上眼睛祷告了片刻。

在立柱背面的基座处，马斯特罗·马特奥雕了一座自己的半身像。参观者用头碰一碰雕像的头，以获得他的一点智慧，这已经成了一种习俗。相比之下，这座雕像更是我的怪力乱神，我将自己的额头在大理石额头上结结实实地碰了一下。我发现这两个仪式容易搞混淆。时不时有人在将手指放进那些小洞的同时，用头去碰圣雅各雕像下面的立柱，而一旦有人那样做了，排在他后面的每一个人便都跟着那样做。我忍不住想在下拜时试着拍打自己的屁股，像巴伐利亚的传统舞蹈那样，只为看一看会不会有人跟着做，可我没这个胆量。

我们又排进了另一条队伍，轮流去拥抱高高的圣坛上的圣雅各雕像。这座大教堂的圣殿采用了大理石、金箔和上漆的雕花木头，简直奇幻得过了头。看摩尔人杀手圣雅各身上的装束和骑马的样子，仿佛一名文艺复兴时期的骑兵军官，手持长剑，在由四个巨型天使托举着的华盖之上。使徒圣雅各身上紧裹的是银片和金片打造的嵌满珠宝的铠甲，他掌管着圣坛，看上去与其说像一个天主教圣人，不如说像一个异教偶像——特别是从教堂主体看过去的时候，这位圣人就像多长了两双手一样。圣坛后面有个小平台，人们可以站上去从背后抱住圣人——那双手就是他们的手——如果是朝圣者的话，还会为在一路上帮助过自己的人祈祷。这就是传统的"圣雅各拥抱"。圣坛的下面是一间地下室，里面有一个银棺，盛殓着圣人的遗骸——也可能什么都没有，而这并非不可能。

"简直太美了！"我们从大教堂出来，走进阳光明媚、人潮涌动的广场时，莫琳说道。我对她的话表示赞同，可是禁不住拿这个圣地的盛况和气氛跟哥本哈根博物馆里那间陈设简陋的小房间，或者是克尔凯郭尔墓地里简陋的石碑进行比较。那间克尔凯郭尔展厅里只有半打橱柜，橱柜里装着少许家常什物、书籍和图画。我真想知道，要是克尔凯郭尔是天主教徒，他们现在是不是已经把他奉为圣人、在他的坟墓上建起一座宗座圣殿了。他完全可以做神经病患者的守护圣人。

"现在我们真的应该开始找地方住了。"我说。

"别操心这个，"莫琳说，"我先得去取我的朝圣证书。"我们跟随指示，来到教堂背后广场旁边的一间小办公室。办公室外面，一群皮肤晒成古铜色、穿着皮短裤和靴子的德国年轻人正在喜气洋洋地互相拍照，冲着镜头胜利地挥舞手里的一张纸片。莫琳在办公室里排起了队，然后将她皱巴巴、带着汗渍的护照交给了坐在柜台后面的穿黑色西服的年轻司铎。他对护照里的邮戳数量之多发出赞叹,在将证书发给她时跟她握了握手。

"现在我们可以去找旅馆了吗?"从办公室里出来时我说。

"唔,实际上,"莫琳有点不好意思地笑着说,"我已经在天主教双王酒店预订了一个房间。是在离开英国之前预订的。"

天主教双王酒店是一座宏伟的文艺复兴时期建筑。如果你面对大教堂,它就位于奥布拉多依罗广场左侧。它起初是到达终点前的最后一个避难所,是腓迪南德国王和伊萨贝拉王后为接待和照料朝圣者而修建的,现在是一家五星级国营宾馆,也是西班牙最大的酒店之一,又或者是全世界最大的酒店之一。

"太好了!你为什么不早告诉我?"我大声说道。

"好吧,有个小问题。我只预订了一个房间,是以哈林顿夫妇的名义订的。我以为比德会坐飞机来找我。可是他在我朝圣这件事情上太小气,所以我没有告诉他。"

"那么,"我说,"我就只好扮演比德了。也不是第一次了。"

"你不介意跟我一起住?"

"一点也不。"

"不管怎么样,我要的是两张单人床,"莫琳说,"比德更喜欢这样。"

"真遗憾。"我说。我很喜欢看她脸红的样子。

我们快要走到那家酒店时,一辆闪亮的加长轿车驶过酒店前的鹅卵石车道,发出轻快的啪嗒声,去接站在酒店门外的一对穿着考究的老夫妇上车。身穿制服、戴白手套的门卫将小费塞进兜里,关上车门,挥手示意汽车开走。他用一种不以为然的目光看着我们。

"领过朝圣证书的人有资格免费在这里吃一顿饭,"莫琳低声说道,"不过我听说他们给你的是些叫人恶心的饭菜,还会让你在厨房边上洞穴一样的小房间里吃。"

显然,那位门卫一定以为我们是为了那顿饭而来的,因为他用西班牙语说了几句稍显轻蔑的话,用手势示意我们往酒店背后走。我想,鉴于我们近乎肮脏的外表,这种傲慢是可以理解的。不过我们很快让他收起了那副放肆态度,并从中得到了一些满足。"我们预订了房间。"莫琳像帝王一样堂皇地从他面前走过,推开了旋转门。一个行李搬运工跑步追着我们进了大堂。我把帆布背包递给他拿着,自己向总服务台走去。"我们是哈林顿夫妇。"我壮着胆子说。那个服务员恭敬有礼,近乎讨好。有意思的是,他看上去非常像比德:高个子,佝偻着背,满身学者气质,头发灰白,戴着厚厚的眼镜。他在电脑上查了查,然后给了我一张登记卡片让我填写。莫琳订了三个晚上,并付足了押金。

"你怎么能肯定你能分毫不差地在今天到这儿呢?"我对这一点感到很惊讶。我们跟随行李搬运工向房间走去,那搬运工犯难地试着背起帆布背包,就好像那是一只箱子。

"我有信心。"她简单地回答说。

这家酒店由四个雅致的庭院组成,每个庭院都以一位福音传道者的名字命名,有回廊、花圃和喷泉。我们的房间位于马太园。房间又大又豪华,单人床都有一个小双人床那么大。萨曼莎一定会喜欢这个房间。大理石浴室里有十六条大小不同的蓬松柔软的白毛巾,没有那种需要更换毛巾就将卡片的红色一面朝上放置的废话。莫琳看到浴室里的一排水龙头、淋浴喷头、可调浴室镜和镶进墙里的吹风机,高兴地轻哼了几声,宣布她要立刻泡个澡,把头发洗干净。她的帆布背包底部放了一个像降落伞一样折叠得十分平整的塑料袋,里面装着一条干净的棉质连衣裙，连衣裙是她专为这一刻留着的。她将裙子交给酒店的管家去熨，我则搭出租车回拉巴科拉取我的汽车。我的车里有一套亚麻布西服，我在路上一直没有穿过。

所以那天晚上我们没有辱没那家酒店高雅的餐厅。饭菜惊人的贵，不过非常可口。饭后我们走出酒店，挤进广场上的人山人海中，等待观看焰火表演。这无疑是这一节日里最受欢迎的节目。西班牙人喜欢热闹，他们似乎打定主意要把这种表演作为对他们在第二次世界大战中被排除在盟国之外的补偿。使表演达到高潮的一组焰火表现的是对圣地亚哥大教堂的空袭，显然整座建筑都着了火，火焰映出雕像和石墙的轮廓，连续袭来的火箭炮轰在头顶炸开，震耳欲聋。我看不出这和圣雅各有什么关系，但是聚集在此的人们都非常喜欢。当巨大的舞台暗淡下去，直至一片黑暗，人们异口同声地发出叹息。路灯亮起来时，又爆发出潮水般的欢呼声和掌声。人群开始散去。我们回到天主教双王酒店，门卫微笑着迎接我们。

"祝您晚安，先生，夫人。"他一边稳住打开的门一边说道。

我们轮流使用浴室。我从浴室里出来时，莫琳已经躺在了床上。我弯腰吻她，向她道晚安。她搂住我的脖子将我拉到她身边躺下。"多美好的一天。"她说。

"朝圣期间不允许过性生活真是遗憾。"我说。

"已经不是朝圣期间了。"她说，"我已经到了。"

我们以教会认可的姿势做爱。我高潮了——没有任何问题。膝盖也没有问题。"我再也不找圣雅各的茬儿了。"事后我说。

"什么意思？"莫琳昏昏欲睡地嘟囔道。她似乎也度过了一段美妙的时光。

"别管它了。"我说。

第二天早上醒来时,莫琳不在。她留下一张字条,说要早一点去教堂占个位子,参加圣雅各大弥撒。可是在我吃早饭时她就回来了,说教堂已经被人挤满了,所以我们在电视上收看弥撒。这是一项国事活动,在国家电视网上现场直播。我认为莫琳没去成教堂并没有错过什么了不起的东西。大部分会众在炎热和令人厌烦的等待中变得麻木、茫然。这次礼拜活动的高潮是摆荡一只巨大的香炉,大概有一颗人造卫星那么大。六个身材魁伟的男人不停地拉动一架由绳子和滑轮组成的精心安装的起吊设备,将冒着圣烟的香炉吊到大教堂的高空前后摆荡。要是滑车突然松脱,西班牙皇室和相当一批红衣主教和主教就会死于非命。

我们在老城区四处溜达了一圈,吃了午饭,然后回到酒店房间睡午觉。我们在睡觉之前做了爱,那天晚上又做了一次。莫琳跟我一样急切。"这就像四旬斋期间戒甜食,"她说,"复活节一到,你就开始大吃大喝。"

对她来说,斋期已经持续了五年,是从她做了乳房切除手术后开始的。她说比德一直不能适应这种变化。"他并不是有意这样的。诊断出肿瘤时,以及在我住院期间,他都非常支持我。可我回家后犯了个错误,我给他看了胸部的伤疤。我永远也忘不了当时他脸上的表情。我恐怕他没法将那个画面从脑子里赶出去了。我试着在睡觉时戴上有假乳的乳罩,可无济于事。那之后大约六个月,他建议我们把双人床换成两张单人床。他假称那是因为他背疼,需要特制的床垫。可是我知道,他的意思是我们的性生活已经结束了。"

"可那太可怕了!"我说,"你为什么不离开他嫁给我?"

"别荒唐了。"她说。

"我要多认真有多认真。"我说。我的确是认真的。

上面那段对话发生在俯瞰大西洋的一处悬崖边。那是我们到达圣地亚哥后的第三个晚上,也是我们一起待在西班牙的最后一晚。第二天莫琳就要飞回伦敦,机票是几个月前就买好的。去机场送走她后,我将开着土豪车去桑坦德赶开往英国的轮渡。

在一个特别激情的午觉之后,下午我们开车出了圣地亚哥,去寻找一丝平静与安宁——现在甚至莫琳也已经受够了街道上的拥挤和喧闹。我们发现自己正开在一条路牌指向天涯角①的路上,我们继续往前开。我在收音机的海洋航线预报和风浪警报里一定成百上千次听过这个地名,但并不知道它在西班牙,也不了解它在拉丁语里是"世界的尽头"的意思。路途很远——在地图上看感觉并没有那么远。环绕圣地亚哥的是树木葱茏、上下起伏的山峦,此时取而代之的是崎岖不平、石南丛生的荒野,地上的野草被风吹向一边,偶尔有巨大的灰色岩块和执拗、歪斜的树打破地平线。我们快要到达半岛尖端时,地面开始往上抬升,形成一个斜坡。越过斜坡向远处眺望,除了天空之外什么也看不见。你真的觉得你来到了世界的尽头。不管怎样,它的确是什么东西的尽头。我们把汽车停在一座灯塔旁边,沿着一条小路绕到灯塔另一侧。大洋就在我们的脚下展开,沉静,蔚蓝,渐渐向远方隐去,在烟波迷蒙的天边融入苍穹,令人几乎感觉不到海天的区别。我们在丛生的杂草和野花中间找到一块温暖平坦的岩石坐下,看着太阳像一块裹着薄云面纱的圣饼,徐徐坠入远处波光粼粼的海面。

---

① 西班牙西北端一海角,位于大西洋海岸。

"不,"莫琳说,"我不能撇下可怜的老比德。没有我他怎么办呢?他会完全垮掉的。"

"可是你有权得到幸福,"我说,"更别说我了。"

"你会没事的,墩子。"她微笑着说。

"我喜欢你的自信。我是个出了名的神经病。"

"在我看来你的神志很清醒。"

"那是因为我重新跟你在一起了。"

"那样真好。"她说,"可是它就像这整个朝圣之旅,像时间的一个结,这时候生活中的普通规则都不管用了,可我回家后就会重新变成比德的妻子。"

"那是没有爱的婚姻!"

"也许吧,没有性生活,但不是没有爱。"她说,"毕竟,不管是好是坏,我的确嫁给了他。"

"你就从没想过离开他吗?"

"没有,从来没有。我想,我所受的教育就是这样的。对天主教徒来说,离婚完全是不可想象的事情。我知道这给许多人带来了许多痛苦,可是对我来说它管用。它让事情变得简单。"

"让你不必再做一次决定。"

"一点不错。"

我们有一会儿没有说话。莫琳拔出一根草,放在嘴里嚼着。"你想过试着重新跟你妻子在一起吗?"她说。

"试也没用。她铁了心了。"

在过去几个星期的交谈中,我当然对莫琳说过我跟莎丽婚姻破裂的全部经过。她带着极大的兴趣和同情心听着,但没有做出任何判断。

"你最后一次见她是什么时候?"莫琳问。我算了算时间,大约三个月之前。"在这段时间你可能发生了变化,而你并不完全知道这些变化。"莫琳说,"你自己告诉我的,你在春天有点神经错乱。"我承认她说得对。"莎丽也可能有了变化,"莫琳继续说道,"她也许在等你首先示好。"

"从她那些律师信里可看不出这个意思。"我说。

"你不能靠它们来做判断。"莫琳说,"律师就靠吓唬别人吃饭。"

"没错。"我承认。我想起就在我要动身离开伦敦时,莎丽那个让我十分惊讶的电话。如果我那时不是急于上路,我本可能会把她的语调解释为和解。

我们坐在那里一直聊到日落,然后去了一家海滨餐馆吃晚餐。餐馆好像是用浮木搭建的,我们在一个装着海水的大鱼缸里挑选中意的鱼,再让他们在木炭上烤。我们在天主教双王酒店吃过的东西,没有一种比得上这些烤鱼。我们在夜色中开车回住地。开到石南丛生的荒野的某个地方时,我停下车,灭了车灯,我们下车看星星。方圆几英里看不到人造的亮光,空气中几乎不可能有任何污染。银河由东向西延伸,像一幅苍白、闪烁着光的天幕。我从来没有见过这么清晰的银河。"天哪!"莫琳叫道,"太美了。我想,很久以前,不管什么地方都能看到这么美的天河。"

"古希腊人认为这是通往天堂的路。"我说。

"这我一点也不奇怪。"

"有些学者认为在基督教出现很久前,这里有这样一种朝圣:人们跟随银河走到他们所能走的最远的地方。"

"天哪,你是怎么知道这些事情的,墩子?"

"我在书上查过。这是我的习惯。"

我们回到车上,很快回到了圣地亚哥,一路上没怎么说话,注意力都集中在汽车前灯的灯光下向前延伸的公路上。回到天主教双王酒店的房间,我们互相拥抱着,很快进入了梦乡。因为太累——或者太伤心——而没有做爱。

我在轮渡上有充足的时间仔细考虑莫琳的建议。船在朴茨茅斯靠岸时,我已经做出决定要试它一试。我给莎丽打了个电话确认她在家,然后马不停蹄地驾车直奔霍利维尔。莎丽听到车轮碾过石子车道的声音,来到大门口。她将脸颊凑过来让我亲。"你看上去不错。"她说。

"我一直在西班牙,"我说,"步行。"

"步行!你的膝盖怎么样?"

"好像好些了,终于好些了。"我说。

"太好了。进屋都跟我说说。我去沏杯茶。"

家里的感觉真好——我仍然把它看成家。我骄傲而又快乐地环视着厨房里圆滑的线条和漂亮的色彩搭配。莎丽看上去状态也不错。她穿着一条红色亚麻连衣裙,裙幅上开了一条长长的口。她在厨房里走动时,偶尔一闪而过被阳光晒成褐色的腿。"你自己看上去也不错。"我说。

"谢谢,我是不错。你来这儿有什么东西要拿吗?"

"不。"我说。我的嗓子突然干了。我咳嗽几下清了清嗓子。"实际上,我来是有话要说。我一直在想,莎儿[①],也许我们该试试重新住在一起。你看呢?"

---

① 莎丽的昵称。

莎丽一脸沮丧。这是形容她脸上表情的唯一准确的字眼：沮丧。"不行，墩子。"她说。

"我不是说马上就那样，我们可以继续同屋分居一段时间。不管怎样，分床。看看情况会怎么样。"

"我恐怕那是不可能的，墩子。"

"为什么？"我说。不过在她回答前我就知道了答案。

"还有另外一个人。"

"你说过没有别人。"

"嗨，那时候没有，可是现在有。"

"是谁？"

"一个同事。你不认识他。"

"那么，你认识他有一段时间啰？"

"是的。可是那时候我们没有……我们不是……"

莎丽找不到词的时候只有这一次。"直到最近，我们才——才成了情人，"她终于说道，"以前我们只有友谊。"

"可你没对我说过这件事。"我说。

"你也没对我说过艾米的事。"她说。

"你怎么知道艾米的？"我说。地在旋转。

"噢，墩子，谁都知道你和艾米的事！"

"那是柏拉图式的关系，"我说，"至少在你离家出走之前是这样的。"

"我知道。"她说，"我见到她时，就知道你们一定是柏拉图式的关系。"

"那个跟你同事的家伙，"我说，"他结婚了吗？"

"离婚了。"

"我明白了。"

"我们很可能要结婚。我认为那会让我们的离婚协议有点变动,你大概不必给我那么多钱。"她向我露出一个苍白无力的微笑。

"噢,去他妈的钱。"我说着走出那幢房子,永远不再回去。

当然,那对我是一个巨大的打击——我精心准备好的和解提议还没有出笼便夭折,话到嘴边又咽了回去。但是驱车回到一号高速公路,在矮小的松林间穿行时,我开始看到这一反转的正面意义。莎丽显然几年前就对那家伙有意,不管他们之间的关系是什么性质。自从布赖特·萨顿被证明无辜之后,我一直以为她离开我的原因完全是她宁愿一个人过也不想跟我生活在一起。发现这一点对我有奇妙的安慰作用。它让我恢复了自信。

不过这一天的打击远未结束。我回到伦敦,打开公寓门,发现里边空空如也。公寓就像大水洗过。没有留下一样搬得动的东西:小到电灯泡和窗帘轨道,以及椅子、桌子、地毯、陶器、餐具、衣服和床上用品——全都无影无踪。唯一剩下的东西,被端端正正地放在光秃秃的水泥地板中央的是我的电脑。这是格雷厄姆善解人意的做法:我有一次向他解释过,我的硬盘里的内容有多么宝贵,可他不知道的是,我动身去西班牙前,已经往银行里存了所有文件的备份。我不知道他和他的朋友是怎么进来的,因为他们没有弄坏门,走时还小心地把门锁好。可能是格雷厄姆哪一天来公寓时趁我上厕所拓了我的钥匙——我曾经在厨房里挂了一套备用钥匙。要不就是他擅自取走过那套钥匙,但我并没注意。他们显然在某一天上午开着一辆搬家卡车来到这里,一边将公寓里的全部家当搬往某个伪造的新地址,一边还厚着脸皮向警察申请了在楼外停车的特别许可。

我走进公寓，目瞪口呆地环顾四周。半分钟后我大笑起来，笑得眼泪滚到了脸上，不得不靠墙支撑住身体，最后跌坐在地上。无疑，这种大笑有一丝歇斯底里的味道，可它是真实的。

如果这是一部电视剧剧本，我会就此结束全剧，在空空如也的公寓画面上滚动播放接受鸣谢者名单，我自己则坐在一角，伸开四肢背靠着墙又笑又哭。可那已是几个星期前发生的事了。我想写下故事的最新进展，写到我正在写目前段落的时刻，以便我可以把日记继续写下去。回伦敦后我一直很忙，忙着写《邻居》的剧本。奥利和哈尔真的很喜欢我对萨曼莎上一季最后一集剧本的修改。显然，我本人也大受演播室观众的欢迎。（录制那天我没在那儿，那天是7月25日，圣雅各节。）黛碧演了普里茜拉的鬼魂之后大受感动，以至于改了主意，在基于这一构思的整个新一季的合同上签了字。新一季的剧本还是由我来写，不过萨曼莎将扮演重要角色，这完全是公平的。她在很短的时间里就成了哈德兰电视台数一数二的剧本医生①。今天吃午饭时我跟杰克打了个赌，我说，不出两年，萨曼莎就会干上奥利的工作。

杰克对我家被盗不抱丝毫同情。他说我信任格雷厄姆真是疯了，还指出要是我外出时把公寓交给他做爱巢，格雷厄姆和他的伙伴就不敢掠走我的东西了。不过我很快就可以重新给公寓置办一套新的家具——保险公司非常公平——而且，毕竟，我从来都不太喜欢原来的那些家具。那都是莎丽挑的。这就好像从零开始重新生活一样，把公寓里所有东西都换掉。不过，要长期住在这儿的话，这套公寓

---

①技艺精湛、受聘改写剧本对话和节奏等环节的电视剧编剧，以改善和挽救趋于失败的电视剧作品。

就显得太小了。我正在考虑搬到郊区去住,准确地说是搬到温布尔登去。最近我跟莫琳和比德见面非常频繁。住在他们家附近会很不错,我想我可能会试着加入当地的网球俱乐部——我的确一直在幻想着重新穿上深绿色的运动夹克。一天,我去霍利维尔的老俱乐部清空了我的储物柜。那是个有些伤感的时刻,直到后来碰上乔·惠灵顿并跟他打了一场赌注为十英镑的单打我才高兴起来。我把他打了个屁滚尿流:六比零,六比零。每次发球后我都冲到网前准备拦截,他企图吊我的高球时我则急奔到底线防卫。"你的膝盖怎么样了?"打完后他喘着粗气问我。"笑着掏钱吧,乔。"我说,"原因不是膝盖。"我想他并不知道这是一句引语。①

我看上了全英网球俱乐部附近一座山坡上的小房子,不过我也不会放弃伦敦的公寓。在伦敦西区有一个根据地对工作是有用的,我和莫琳也时不时来这里睡午觉。我没有问过她如何解决这件事与她良心的冲突——我已经变聪明了。我自己的良心则十分干净。我们三人是最好的朋友。实际上,秋天我们一起去度了个短假,去哥本哈根。那是我的主意。你可以把它叫作朝圣。

---

① 双关语。"原因不是膝盖"(Reason not the knee)中的"膝盖"跟"需要"在英文中谐音。"原因不是需要"(Reason not the need)出自莎士比亚戏剧《李尔王》中李尔王的一句台词。墩子以此引语自比李尔王。

译后记[1]

  戴维·洛奇是一位多才多艺、享誉世界的小说家兼文学批评家。他从 1960 年发表第一部小说，至今已有十四部长篇小说问世。他的作品被翻译成近三十种文字在世界各地出版。《小世界》等作品中译本的出版使他在中国，特别是在中国学界广为人知。其小说以幽默的语言、机智的嘲讽、富于创意的构思以及各种传统和新潮小说技法的灵活运用，受到包括普通读者、知识分子和批评家在内的广大读者的喜爱。长篇小说《治疗》(Therapy) 1995 年出版，进一步巩固了他作为战后英国第一流小说家的地位。

  戴维·洛奇每一部小说都将我们带进一个全新的题材领域。《治疗》写的是妄自尊大又十分可笑的英国电视界，其中年危机、抑郁和五花八门的"治疗"等主题，是首次出现在他的创作中。

  《治疗》的故事全都以日记的形式从主人公的"权威"视角展开。主人公是一位五十开外的电视剧编剧，名叫劳伦斯·帕斯摩尔，但因其光秃的头顶和矮胖的身材，圈内人士都叫他"墩子"。墩子的

---

[1] 这个"译后记"是在 2001 年旧版前言基础上修改而成的。

情景喜剧《邻居》获得了巨大的成功,他生活的其他方面似乎也同样成功,版税"像打开的水龙头里的水一样涌进我的银行账户",他有一个身材健美、在大学里当教师的妻子,有让人羡慕的家庭、豪华轿车、位于市郊的豪华别墅,在伦敦还有一套公寓,有一个柏拉图式的情人……可是,他"大部分时间都感到不快乐",还受着一种莫名其妙的膝盖疼痛的困扰。他尝试过几乎所有心理治疗方法,包括认知行为治疗、理疗、瑜伽、芳香疗法、针灸,做过膝关节内窥镜手术,可是一切都徒劳无益。一向忠实于他,或者他自以为忠实于他的妻子突然提出要跟他分手,原因是忍受不了继续跟他生活在一起。他的生活陷入了前所未有的危机。他跟踪妻子的网球教练并深夜闯入他家,结果因此成了小报丑闻报道的主角;他开始入迷地在克尔凯郭尔的著作和生平中寻找共鸣;他马不停蹄地飞往好莱坞、西班牙的特纳里夫、哥本哈根,饥不择食地寻找可能的性爱伙伴,想获得婚姻破裂后的心理补偿,结果却无功而返;他遵医嘱写日记,写回忆录;他千里迢迢追踪正在朝圣的初恋情人……

　　从表象层次来看,这部小说以洛奇惯有的幽默和调侃笔调表现了"生病"(抑郁)与治疗,中年危机与反危机的主题;但它深层次上的哲学意蕴则是精神上的"沉沦"或者说精神的危机与拯救。如此严肃、沉重的主题与作品的喜剧风格似乎是不相称的,但正如一位评论家所说:"洛奇通过这部喜剧式的小说再次证明,有着浓厚道德意味的小说仍然可以是一部魅力十足的作品。"

　　读者不难看出小说与丹麦哲学家克尔凯郭尔之间的关系。这种关系从表面上来看仍然带有滑稽色彩。没有受过多少正规教育的墩子有个查字典的习惯,情人偶尔问候他"你的 Angst 怎么样了",他从字典里发现了德语词 Angst 与存在主义的关系,然后又由存在主义找到其创始人克尔凯郭尔,他对克氏"一见钟情",克氏的那些书名"听上去不像是哲学著作的题目,倒好像是一针见血地道出了我目前的状况。就连那些我读不懂,或者只能猜测其内容的题目……好像也隐含着许多专为我设计的意义"。墩子的"忧惧"、初恋情人的失去似乎都在克氏的生平和著作中找到了共鸣。

墩子的精神危机或者抑郁,属于克尔凯郭尔精神哲学中"忧惧"(Dread,有别于 Fear 和 Anxiety)和"绝望"的范畴。按克氏的理论,一个人的自我是有限与无限、暂时与永恒、必然性与可能性的综合,二者不可偏废;一个人的自我中只有有限和必然性时,他处在人类生活道路较低级的审美阶段(这里"审美"的概念有别于我们日常所说的"审美",它接近"感性生活"的概念,不具备"精神"的品质),如果他甘于这种"审美"生活,他便不会产生忧惧和绝望这样的否定精神,也不会出现精神危机;一旦他开始产生不满、忧郁、厌倦等情绪,他便意识到自我的无限与可能性,但是他还不习惯或没有能力做出选择,面对虚无与自由,他产生了一种眩晕,就是萨特所说的"自由的眩晕",这就是忧惧和绝望。忧惧和绝望使人综合自我成为可能,也使人有上升到较高级的伦理生活和最高级的宗教生活阶段的可能。

墩子人到中年,差不多拥有物质或者世俗层面的一切东西,他对此感到满足和骄傲,可是他"不快乐","潮水般涌来的人类悲情惨状"也不能映射出他的快乐,他感到绝望。那是一种高质量的不快乐;如果他所拥有的东西使他乐在其中,那就是沉沦,就是一种真正意义上的绝望,也就没有"拯救"的希望。他的不快乐源于他意识到自己生活中"精神"的缺乏,源于他对有限与必然性的厌倦,对重新综合自我的焦灼和渴望。有了否定精神和对自己的否定才有可能通向无限和可能性。他开始了他的治疗,或曰拯救。他最初尝试过的一切方法如果不是无效的也是治标不治本的。而他的有效治疗始于他对克尔凯郭尔的"发现"。克氏的哲学和人生都成为他的一面镜子。克氏名字里那种顶上带小圆圈的字母让他想到了他的初恋情人莫琳,使他回忆起少年时代对她的伤害和背叛,进而认识到"它是我人到中年后焦虑的根源"(这种分析显然又是弗洛伊德式的)。他发现他的处境跟当年的克氏有着惊人的相似。克氏也拒绝过自己深爱着的未婚妻,此后也忍受着折磨。克氏的治疗方式是为蕾齐娜与他人结婚发出欢呼,不停地写作,在许多著作里为自己的行为辩护。可是墩子在克氏的日记中发现,克氏在得知蕾齐娜已跟别人订婚后,并没有像在他的哲学著作中所描绘的那样"觉得自己获得了解放和统一",而是"彻底地垮了"。悔恨和负疚感压得他得了脊椎弯曲病(至少墩子是这样认为的),四十二岁便死于中风。

  墩子是在"超越"克尔凯郭尔的过程中完成自己的治疗的。这种"超越"包括对克氏哲学和经验的超越。克氏的疗方是"信仰拯救",他认为只有依托信仰,人才能进入伦理和宗教生活阶段。但墩子自始至终是个怀疑论者,他是在找回真爱时完成他的治疗并完成人格转型的。

  少年墩子与少女莫琳情窦初开,因为道德上的压力而分手。终于找到莫琳后,他的忧惧和长期困扰着他的膝盖疼痛突然神秘地消失了,他不再害怕做出决定和选择,不再满足于在离婚诉讼中用财产来限制和报复莎丽,不再满足于按制片人的指令写那种机械操作的娱乐喜剧,他要写克尔凯郭尔……小说结尾处墩子放弃他的豪华住宅,他的公寓家具被盗贼洗劫一空,只剩下用以写作的电脑等细节,差不多是克氏哲学所说的"死离这个世界",完成"人格转型"

的象征。小说结尾处墩子用一句双关语自比李尔王，也有其影射意义：李尔王失去了一切，但人性复归。墩子的治疗方法是"爱的拯救"而不是"信仰拯救"，不过若要把爱说成一种信仰，也未尝不可。

真爱的失而复得，是构成小说情节结构的重要维度之一。主人公寻回真爱的过程，似乎也是一个定义真爱的过程。墩子和莎丽的婚姻且不论起初是否彼此有爱，但危机使其一朝变得无性也无爱；莫琳与比德的结合显然出于丈夫比德的单恋，在莫琳出现身体变故后也顿成无性婚姻；婚姻出现危机之后墩子与另外几位异性（萨曼莎、露易丝）的关系，都被以喜剧的方式和调侃、揶揄的语调暗中破坏掉了，其中的寓意显然是此种两性关系仅仅出于无爱的身体欲望；而他与艾米的特纳里夫岛寻爱之旅被糟糕的环境所"解构"，则隐喻着所谓纯"精神之爱"的脆弱和不堪一击。以哲学家弗罗姆"真正的爱"的定义，爱"……包含着关心、尊重、责任……"[①]，少年墩子当年的背叛行为说明他那时还不懂得真正的爱，而在与莫琳的重聚中，他的爱显然具备了以上因素。

小说里的真爱，身心都不可缺席，在这种爱里，青春、美色与激情，甚至健全的肌肤都不再是必要条件，它剥离了一切炫目的外衣，有的是倾慕、共享、宽和、温情。

在《治疗》中，洛奇继续了他的天主教主题（此前，洛奇的《常看电影的人们》《大英博物馆在倒塌》《你能走多远?》《天堂消

---

① [德]埃·弗洛姆著：《为自己的人》，孙依依译，三联书店，1988年，第129页。

息》等小说皆以天主教为主题）。

　　出身于爱尔兰天主教家庭的纯朴善良的少女莫琳与劳伦斯（少年墩子）之间细腻动人的、感伤的爱情故事，使人想到惯于调侃讥讽的作者写起爱情故事来丝毫也不逊色于卢梭、歌德。两个少男少女纯洁而甜蜜的爱情因为天主教的某些戒条（当然还因为男主人公的少年气盛和不负责任）而横遭夭折。作者用一个非天主教徒青年的视角来叙述那场爱情悲剧，读者自然容易产生对传统天主教会刻板的清规戒律的反感，作者调动读者的感伤情绪对天主教教义提出质疑。这里包含着作为天主教作家的作者对传统天主教的批评，也说明了天主教革新的必要性。

　　莫琳身上似乎寄托着洛奇的新天主教理想。纵观莫琳一生中的行为，她差不多就是一个女圣徒：她以优异的成绩考入圣心修女院办的中学；为了维护教义规定的"贞节"和圣母扮演者的神圣，忍痛拒绝了心爱的男友；后来嫁人生子，家里不再需要钱后在一个救济组织成为一名志愿者，帮助那些对生活感到绝望的人；她年轻的儿子为一家基督教慈善组织在索马里做救济工作时被叛军开枪打死，从没有做过长距离步行的她在五十多岁时徒步从法国的勒皮前往西班牙的圣地亚哥朝圣；为了丈夫和天主教，她拒绝跟千里迢迢找到她的墩子结婚……

　　可是另一方面，她显然也背离了传统的天主教，而且"走得很远"。她放弃了"婚前童贞"；虽然去朝圣，但她清楚地知道圣徒和圣徒事迹的神话性质多于历史真实；她出于责任拒绝跟丈夫离婚，但她的良心宽容地接纳了墩子的追求。可以肯定的是，作为一个天主教徒，莫琳没有放弃自己的信仰，而且她对这种信仰还是非常虔诚的，只是这种信仰所保留的主要是天主教的精神价值。这种精神价值的内涵,对他人,包括博爱、献身、尽责;对自己,包括精神的寄托、心灵的慰藉,对世俗(包括物欲和空虚)的抵抗。从某种意义上来说,信仰也有治疗作用,礼神朝圣和慈善活动就是一种治疗。在回答关于朝圣目的的问卷调查时,莫琳在"宗教、精神、娱乐、文化"等选项中只选择了"精神",这是一个意味深长的细节。

这似乎是洛奇第三次将朝圣写进小说。天主教从本质上说是目的论的,朝圣也有其目的,但洛奇将朝圣的目的带到了地上,带到了现实生活中。在这里,朝圣变成了一种融观光旅游、体育锻炼、调节精神于一体的宗教活动,它的意义已不是"来世"得益,而是现实的功用。这是洛奇新天主教理想的一部分。

洛奇的新天主教理想显然是用世俗的、人文主义的价值观和当代心理学(特别是精神分析)理论对传统天主教教义和神学进行过滤,用人文主义和精神分析学说的语言对它们做出新的阐释后的新的宗教信仰。

《治疗》整体上采用了日记体小说的形式,第二部似乎例外,看上去像是几个主要人物的独白,但最终证实它们仍然出自墩子之手,它们仍然可看作主人公的日记。小说的主旨是探索人类的精神世界,日记体应该是一种便利的方式。不过,洛奇在第一部插入了墩子的"自画像",第二部转换成主人公所想象的人物独白,第三部插入可加标题为《少年墩子之烦恼》的回忆录。这些变换有效地避免了小说在形式上的单调。第二部所采用的形式对作家的想象力是一个严峻的考验,它使用的实际上是一种"双重视角"。身为作家的墩子在写那些独白时会有意识地使用符合他们各自身份的语言,试着用他们的意识去过滤所发生的事件,从不同的视角去观察那些事件,所以，那些独白除了使整部作品的形式有所变化，对人物有限视角的叙述盲区或死角进行必要的补充，其重要的功能就在于表现不同人物的不同观点和态度，形成人物与人物之间观点的"距离"，以及这些观点与事实（此后墩子日记中的"权威"记叙）的距离，从而产生反讽效果。如在莎丽的"独白"中她声称自己"不是个硬心肠的女人"，可是跟莫琳比较起来，其心肠之硬和自我中心的特点便显而易见。她的独白中也可以看出她对墩子的数种偏见。另一方面，那些独白实际上又是墩子想象的产物，所以它们仍然或多或少是墩子的视角，是墩子观点中的别人的观点。前面提到的为自己做不实辩解的莎丽和有偏见的莎丽，实际上是墩子意识中的莎丽，读者会用自己对莎丽的判断跟墩子的想象陈述比照，并由此对墩子的心态、性格等产生更为立体的认识。

《治疗》体现了洛奇创作重心向"人文关怀"的转变，聚焦于对生命意义的追寻。它有趣依旧，"梗"随处可见，但它不是一部仅供消遣的喜剧性小说。作品表现的"中年危机"和人满足物质需求后的精神危机，是后工业社会和物质文明较为发达的社会普遍面临的问题，小说对"治疗"和"拯救"主题的探讨，对幸福的探讨，它所表现的劳伦斯·帕斯摩尔精神意识的发展和超越，是作者奉献给我们的一剂"良药"。

借由新星出版社出版戴维·洛奇系列作品的机会，我将《治疗》译文做了一次较大的修订。此书的修订，似乎从一个特别的视角，见证了中国二十年的沧桑巨变。二十年前译者着手翻译此书时，个人电脑还是拨号上网，网上几乎找不到有用资讯；常常为了弄清某个新奇事物及其名称,查遍图书馆所有工具书也一无所获;虽然彼时改革开放已经十年,但本书所涉及的西方世界及其生活方式对绝大部分中国人来说仍然是陌生的,至少对那时的译者如此。二十年过去,曾经的稀罕事物,许多已走进我们的日常生活,译者因赴外访学和工作的经历也对它们不再完全陌生,人们通过发达的通讯技术可以找到海量可资利用的网络资源。这为本书修订提供了有利条件。

本次修订,断断续续历时两年,几易其稿。初译版中一些个人化译名已改为现在通用的名称,一些知识性和技术性的错译、欠妥的和不甚顺畅的表述也得以修正。希望《治疗》修订版是一个比初译版更为流畅、更贴近原文风格、更少瑕疵的译本,可以为读者带来更美好的阅读体验。本书的策划者程卓女士对译稿进行了细致校对,提出了许多宝贵的修改意见,在此表示感谢。

译无止境,本修订版一定还存在疏漏与瑕疵,请读者方家不吝赐正。

罗贻荣
2020 年 5 月于青岛

THERAPY
Copyright © DAVID LODGE, 1995
Simplified Chinese translation rights arranged through BIG APPLE AGENCY, INC.
Simplified Chinese edition copyright © 2020 New Star Press Co., Ltd.
All rights reserved.
著作版权合同登记号：01-2018-3691

图书在版编目（CIP）数据

治疗／（英）戴维·洛奇著；罗贻荣译. -- 北京：新星出版社，2020.7
（戴维·洛奇作品）
ISBN 978-7-5133-4021-2

Ⅰ.①治… Ⅱ.①戴… ②罗… Ⅲ.①长篇小说-英国-现代 Ⅳ.①I561.45
中国版本图书馆 CIP 数据核字（2020）第 065271 号

治疗

[英] 戴维·洛奇 著；罗贻荣 译

策划编辑：程　卓
责任编辑：孙立英
特约编辑：程　卓
责任校对：刘　义
责任印制：李珊珊
装帧设计：冷暖儿

出版发行：新星出版社
出 版 人：马汝军
社　　址：北京市西城区车公庄大街丙3号楼　　100044
网　　址：www.newstarpress.com
电　　话：010-88310888
传　　真：010-65270449
法律顾问：北京市岳成律师事务所

读者服务：010-88310811　　service@newstarpress.com
邮购地址：北京市西城区车公庄大街丙3号楼　　100044

印　　刷：北京美图印务有限公司
开　　本：889mm×1194mm　　1/32
印　　张：12.5
字　　数：290千字
版　　次：2020年7月第一版　2020年7月第一次印刷
书　　号：ISBN 978-7-5133-4021-2
定　　价：69.00元

版权专有，侵权必究；如有质量问题，请与印刷厂联系调换。

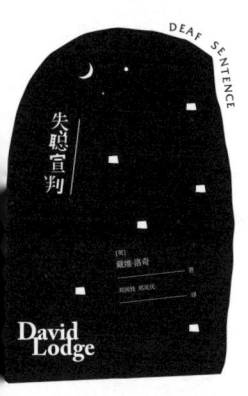

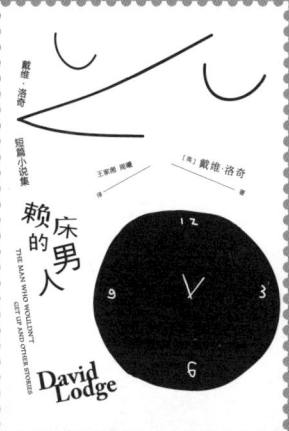
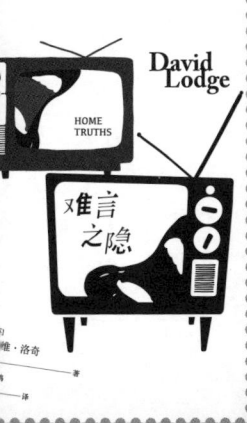